BASTEI
LÜBBE
TASCHENBUCH

Madelynne Ellis

DIE ENTDECKERIN

Erotischer Roman

Aus dem Englischen von
Sandra Green

BASTEI
LÜBBE
TASCHENBUCH

BASTEI LÜBBE TASCHENBUCH
Band 16 727

1. Auflage: März 2013

Dieser Titel ist auch als E-Book erschienen

MIX
Papier aus verantwortungsvollen Quellen
FSC® C006701

Vollständige Taschenbuchausgabe

Deutsche Erstausgabe

Titel der englischen Originalausgabe: »Passion of Isis«
Published by Arrangement with Virgin Books LTD.,
London, England
Dieses Werk wurde vermittelt durch die
Literarische Agentur Thomas Schlück GmbH; 30827 Garbsen

Titelillustration: © getty-images/Valentin Casarsa
Umschlaggestaltung: Tanja Østlyngen
Satz: Urban SatzKonzept, Düsseldorf
Gesetzt aus der Palatino
Druck und Verarbeitung: CPI – Ebner & Spiegel, Ulm
Printed in Germany
ISBN 978-3-404-16727-2

Für Lisabet, Belinda, Maddy, Amanda und Virginia,
meine Kritikerinnen.
Und für alle bei ERWA: zu viele, um alle aufzulisten.

Erstes Kapitel

»Oh, verdammt.«

Adie schlug mit der Faust auf den Schreibtisch, wodurch die Lampe zu flackern begann. Es war nach neun Uhr, und sie war der Entzifferung der Hieroglyphen im Manuskript mit den Eselsohren immer noch nicht näher gekommen. »Frag doch Joe«, sagte sie ein wenig entspannter und ließ sich von ihrem hohen Stuhl hinunter. Ihr Chef würde noch hinter dem Schreibtisch sitzen. Man sah ihn kaum woanders.

Sie schleppte sich durch das Halbdunkel über den Hauptflur. Alle paar Schritte fielen Schatten durch die Jalousien herein. Teufel, wenn das so weiterging, würde sie ihn niemals überzeugen können, dass er ein kleines Genie ausgebildet hatte. Jetzt musste sie ihn um Hilfe wegen der Inschrift bitten. Okay, es war eine komplizierte Aufgabe.

Adie warf wieder einen Blick auf das Papier. Sie hasste es, eine Niederlage eingestehen zu müssen, besonders dem barschen, bärtigen alten Professor gegenüber, der sie während ihrer Doktorarbeit unter seine Fittiche genommen hatte. Ihre Hoffnung auf eine permanente Anstellung begann zu schwinden. Ihre Kommilitonen waren schon weitergezogen und hatten Jobs gefunden, die meisten in klerikalen Einrichtungen. Ein oder zwei waren als Kurator oder Archivar untergekommen, aber Adie wollte mehr. Sie wollte einen Platz in einem Ausgrabungsteam haben.

Das Licht im Büro brannte, und die Tür stand halb offen wie immer. Ihr Doktorvater hockte in seinem unförmigen braunen Anzug über den Schreibtisch gebeugt. Professor Josef Levine war fast siebzig und reif für die Pensionierung, obwohl er heilige Eide schwor, davon nichts wissen zu wollen. »Wenn sie mich abschieben, Adie«, hatte er ihr mal an einem Nachmittag anvertraut, »bin ich nach spätestens einem Jahr ein toter Mann. Arbeit ist der einzige Grund für mich, morgens aufzustehen. Alle meine anderen Leidenschaften sind längst verwelkt.«

Für Adie war er der exzentrische Onkel, den sie nie gehabt hatte. Sie befand sich noch ein paar Schritte von ihm entfernt, als er den Kopf hob. »Sie sind also wieder in Saqqara«, sagte er zu der unsichtbaren Gestalt auf der anderen Seite seines Schreibtischs.

Adie hielt mitten im Schritt inne, überrascht, dass um diese späte Zeit noch jemand bei ihm war. Sie warf einen Blick auf die Uhr, lehnte sich gegen den Fotokopierer und richtete sich auf eine längere Wartezeit ein.

»Eines Tages musste ich wieder hin. Außerdem sind die Aussichten für die neue Grabung gut.«

»Aber die Saison hat schon vor zwei Wochen begonnen. Warum kommen Sie also zu mir?«, fragte Joe.

»Mangel an Fachkräften. Ich hoffe, dass Sie mir jemanden empfehlen können.«

Adie hörte auf zu atmen. Eine Gelegenheit, in Saqqara, der Totenstadt in der Wüste, zu arbeiten, würde heiß begehrt sein, und wenn sie sich still verhielt, hatte sie vielleicht die Chance, ihre Bewerbung einzureichen, bevor irgendjemand überhaupt von der Vakanz erfuhr.

»Nun hören Sie schon auf. Sie brauchen doch meine Hilfe nicht. Sie können sich nehmen, wen Sie wollen.«

»Vielleicht«, räumte der Fremde ein. Er rutschte auf seinem Sitz herum, und die uralten Federn quietschten. »Aber Sie wissen doch, welche Schwierigkeiten ich im Umgang mit der Öffentlichkeit habe.«

»Sie meinen, Sie wollen kein Stellenangebot schalten, weil

Sie fürchten, von Touristen und Amateuren überschwemmt zu werden.« In Joes Stimme schwang Verachtung mit.

Der Mann hüstelte vor sich hin, während Joe die Brauen noch ein wenig höher hob. Er nahm einen langen Schluck vom abgestandenen Kaffee. »Sie wissen, wie sehr ich es hasse, den einen oder anderen Studenten zu bevorzugen. Und wieso glauben Sie, dass ich jemanden habe, den Sie brauchen können?«

»Weil Sie einen hohen Standard haben, Josef, genau wie ich. Wie Sie es mir beigebracht haben.«

Das Lob ließ Adie lächeln. Dies war vielversprechender, als sie gehofft hatte. Aber zu ihrem Entsetzen hob Joe nur die Schultern und zog eine Grimasse, entweder wegen des Kaffees oder wegen der Schmeichelei. Adie tippte auf Letzteres.

Sie hätte gern gewusst, wer der Mann war. Joe schien ihn mit Respekt zu behandeln, also musste er ein einflussreicher Mann sein. Es gab nicht mehr viele berühmte Ägyptologen; die Tage eines Howard Carter waren längst Vergangenheit. Sie lugte an der Tür vorbei, aber sein Sessel stand zu weit vom Schreibtisch zurück, sodass sie nur einen Blick auf seine frisch gebügelte Hose werfen konnte.

»Ich brauche eine kompetente Kraft, die niemand vermissen wird.« Die Stimme war ihr nicht vertraut, einige Töne klangen sehr tief. Adie nahm an, dass er oft arabisch sprach, obwohl er sich sehr britisch anhörte. »Einer mit ein bisschen Feldarbeit, der seinen Doktor hinter sich hat.«

In Adies Kopf begann es zu pochen. Das war perfekt für sie. Vor zwei Monaten hatte sie ihren Doktor gemacht, und im Sommer hatte sie auf einer Grabungsstätte auf Zypern gearbeitet. Okay, das war was anderes als Ägypten, aber Feldarbeit war es trotzdem. Und sie wäre sofort einsatzbereit. Sie hielt den Atem an, damit sie nicht verpasste, wenn Joe ihren Namen nannte.

Stattdessen schüttelte er den Kopf. »Da ist niemand«, sagte

er. »Tut mir leid, Killian, aber ich glaube nicht, dass ich Ihnen helfen kann.« Er setzte sich im Sessel zurück und verschränkte die Arme vor der Brust.

Adie stieß ein ungläubiges Schnaufen aus, aber sie hörten ihren stummen Aufschrei nicht. Was sollte das heißen – es gäbe niemanden? Er wusste, dass sie Arbeit suchte. Am liebsten wäre sie in ihrer Wut ins Zimmer geplatzt. Aber ihr Verstand wies sie an, an Ort und Stelle zu verharren – seit Joe den Namen seines Besuchers genannt hatte.

Killian – Dr. Simon Killian Carmichael, um genau zu sein, war die führende Autorität der Frühen Dynastien und hatte Aufsehen erregende Expeditionen in Giza, Abusir, Dahshur und kürzlich in Lisht durchgeführt. In der Abteilung hatte es schon immer Gerüchte gegeben, dass er ein Student von Josef Levine gewesen war, und jetzt hatte sie es aus seinem eigenen Mund gehört. Und nun schien die Chance, für ihn arbeiten zu dürfen, ihren Händen zu entgleiten.

»Warum brauchen Sie eigentlich zusätzliche Kräfte?«, fragte Joe.

»Nicht zusätzlich, sondern eine Auswechslung. Ich habe Bill Harris mit einem gebrochenen Bein nach Hause geschickt. Er ist bei der Grabungsstätte auf einer Treppe ausgerutscht und wird monatelang ausfallen.«

Joes Lippen wurden dünn wie ein Strich. »Und dann wollen Sie ihn zurück haben.«

Killian gab keinen hörbaren Kommentar von sich.

Adie versuchte, sich seinen Gesichtsausdruck vorzustellen. Sie hatte ihn noch nie gesehen, wohl aber von seiner Arbeit gehört. Welcher Student der Ägyptologie hatte das nicht? Seine Bücher und Papiere lagen in ihren Zimmern herum. In den letzten fünf Jahren war er der gefragteste Gast für die Semesterabschlussvorträge gewesen, aber er hatte sie alle abgelehnt.

Joe schob eine Büroklammer zur Seite. »Also gut, ich werde darüber nachdenken, aber ich kann nichts versprechen.«

»Ich danke Ihnen. Sie können mich im Hotel erreichen.«

Joe nickte. »Ich werde mich melden.« Er erhob sich. Offenbar war das Gespräch beendet. Adie steckte ihre Inschrift in die Tasche. Sie konnte ihn jetzt unmöglich um Hilfe bitten, selbst dann nicht, wenn es ihr die Möglichkeit geboten hätte, einen Blick auf Dr. Carmichael zu werfen. Sie wollte diesen Job, und mit diesem Gedanken zog sie ihre Schlüssel heraus und ging in Richtung Ausgang. Morgen früh würde sie Joe als erstes zur Rede stellen.

Joe ging die Arbeiten der Studenten durch, als Adie eintraf. Sie stellte einen Becher mit frischem Kaffee vor ihn, dann setzte sie sich ihm gegenüber, genau in den Sessel, in dem Dr. Carmichael gestern Abend gesessen hatte.

»Was wollen Sie?«, fragte Joe zur Begrüßung, knurrig aber mit einem freundlichen Lächeln, und ohne den Fluss der Tinte seines Füllers zu unterbrechen.

»Ich wüsste gern, ob Sie von neuen Projekten gehört haben, für die ich mich bewerben könnte«, sagte sie, weil sie sich vorgenommen hatte, es mit Vorsicht zu versuchen.

Joes roter Füller blieb mitten im Wort stecken.

So ganz vorsichtig war sie wohl nicht vorgegangen.

Er sah sie fragend unter seinen buschigen Brauen an. »Nein«, sagte er dann. »Jedenfalls fällt mir nichts ein.«

Adie verdrehte die Hände in ihrem Schoß. Der Füller begann wieder über das Papier zu kratzen. »Was ist denn mit dem Saqqara-Projekt, über das Sie gestern Abend gesprochen haben?«

Joe setzte sich im Sessel zurück und legte den Füller auf den Schreibtisch. Als er endlich seine Sprache wieder gefunden hatte, fragte er, die Stimme kaum mehr als ein Flüstern: »Wer hat Ihnen denn davon erzählt?«

»Niemand. Ich habe Sie gehört. Dr. Carmichael sucht jemanden, der für ihn an diesem Projekt arbeitet, nicht wahr? Er war gestern Abend hier.« Es war unmöglich, die Aufregung aus ihrer Stimme zu halten.

Joe legte den Füller auf die oberste Arbeit des Stapels. Seine sonst so fröhlichen blauen Augen schienen glasig. »Und Sie glauben wohl, dass Sie es sind, die er sucht. Ich werde Sie nicht empfehlen. Adie, Sie vergeuden Ihre Zeit.«

»Aber ... ich ... Sie ...« Sie klappte den Mund zu. Gestern Abend hatte sie geglaubt, dass er einfach nicht an sie gedacht hatte, jetzt stand aber fest, dass er sie nicht vergessen hatte. Ihre Stirn legte sich in Falten. Joe war nicht fair; er wusste, wie sehr sie diesen Job haben wollte.

»Warum nicht?«, brachte sie mühsam hervor. »Ich habe das Gespräch gehört. Er will jemanden mit dem Doktortitel und ein bisschen Felderfahrung. Beides kann ich vorweisen, und hier wird mich niemand vermissen.«

»Adie, Sie sind nie in Ägypten gewesen. Außerdem habe ich meine Entscheidung schon getroffen. Ich schicke Murphy und Longford. Sie haben beide im vergangenen Frühjahr am Projekt in Luxor gearbeitet.«

Adie fuhr sich verzweifelt mit den Händen durch die langen Haare, dann klatschte sie beide Handflächen auf den überladenen Schreibtisch. Ihre Hände schmerzten, aber wenigstens hüpften sein Füller und irgendein Ornament. »Das ist Unsinn! Wie erfahren muss ich denn sein? Chris Longford ist nicht mal qualifiziert!«

Joe betrachtete sie ernst.

»Bitte, Joe, geben Sie mir wenigstens eine Chance. Ich kann doch nicht mein Leben lang hier bleiben und die zerbrochenen Töpfe anderer Leute zusammenflicken. Mein Gehirn wird ganz matschig.«

Joe drückte seine Finger gegen die Schläfen. »Adie, Sie wissen nicht, was Sie von mir verlangen. Ich helfe Ihnen, etwas anderes zu finden, aber Carmichaels Team ist nichts für Sie.«

»Warum nicht? Bin ich plötzlich nicht mehr gut genug? Muss es ein Mann sein?«

»Nein, muss es nicht. Ich glaube nur nicht, dass Sie unter Carmichael erfolgreich arbeiten können. Sie sind sehr intuitiv, und das ist nicht sein Ding. Er wird Ihnen die Luft zum Atmen nehmen, und ich fürchte, dass er Sie ruinieren wird.«

Adie verstand kein Wort. »Ist das alles, was Sie gegen mich einzuwenden haben? Er ist einer der größten Namen auf seinem Gebiet. Auf eine solche Chance kann ich doch nicht verzichten! Außerdem, sollte ich nicht selbst entscheiden, für wen ich arbeite?«

Joe hob die Schultern und hüstelte. »Es ist meine Entscheidung, und ich habe sie schon getroffen. Bitte, ich muss diese Arbeiten noch durchsehen.«

Adie biss sich auf die Lippe und erinnerte sich an Killians Bitte um Diskretion. »Ich werde durchsickern lassen, was Dr. Carmichael gefunden hat«, platzte sie heraus.

»Seien Sie nicht verrückt. Sie wissen ja nicht, worüber Sie reden.«

»Doch.«

Ein längeres Schweigen entstand. Adie starrte eigensinnig auf die studentischen Arbeiten. Sie konnte es nicht ertragen, die Enttäuschung in seinen Augen zu sehen, aber sie wollte unbedingt diesen Job. Mach einen Rückzieher, mahnte sie sich, denn wenn sie sich mit ihrem Professor anlegte, konnte sie gleich ihre Sachen packen.

Joe zupfte eine Fussel von seiner Kordjacke. »Ich kann nicht glauben, dass Sie der Presse etwas stecken würden. Einigen meiner Studenten traue ich das zu, aber nicht Ihnen.«

»Könnte aber sein«, sagte sie, die Stimme nicht mehr so überzeugt wie zuvor. »Auch ein paar E-Mails an die richtigen Webseiten würden schon genügen. Wollen Sie dieses Risiko eingehen?«

Einen Moment lang sah Joe wirklich besorgt aus, und sie

fragte sich, ob sie, ohne es zu wissen, einen wunden Punkt erwischt hatte.

»Sie würden Ihre Karriere ruinieren.«

»Ich habe keine Karriere und nichts zu verlieren!«

Die Krähenfüße um seine Augen wurden weicher, dann zuckten seine Lippen. Er schüttelte den Kopf.

»Bitte, Joe«, bettelte sie. »Ich will doch nur ein Gespräch mit ihm.« Sie senkte den Kopf. Dies war schon zu weit gegangen, und wenn er nicht bald nachgab, musste sie etwas Dramatisches tun. Zum Beispiel heulend aus seinem Büro rennen. Die Tränen würden echt sein.

Joe stieß einen Seufzer aus. »Ich bin nicht glücklich darüber, doch wenn es Ihnen so viel bedeutet, werde ich ihn anrufen. Gehen Sie jetzt zurück an die Arbeit. Ich rede später mit Ihnen.«

»Danke, Joe.« Die Erleichterung löste ihre Verkrampfung. Sie kam um den Schreibtisch herum und schlang die Arme um seine Schultern. »Sie werden nicht enttäuscht werden.«

»Das werden wir ja sehen«, hörte sie ihn knurren, als sie durch die offene Tür lief.

Am Morgen des Bewerbungsgesprächs hatte sich Adies Aufregung zu einem überaus nervösen Unbehagen gewandelt. Der ganze Körper fühlte sich wie gelähmt an, nur der Bauch nicht, denn ihr drehte sich jedes Mal der Magen um, wenn sie auch nur an etwas Archäologisches dachte. Am schlimmsten war, dass sie nicht wusste, was sie zu erwarten hatte. Sie wusste nicht, worauf es Dr. Carmichael ankam, um was es bei dem Projekt ging, und sie hatte auch keine Ahnung, wie er aussah.

Ihre Freunde hatten ihn als verwegenen, attraktiven Indiana-Jones-Typ beschrieben, was sie aber nicht glauben wollte. Trotzdem hoffte sie insgeheim, die Freunde hätten Recht, ein bisschen Aufregung und Abenteuer wären endlich mal was Neues für sie.

Sie traf zwanzig Minuten zu früh in Joes Landhaus ein. Die Holzpfosten des Zauns standen krumm und schief und waren mit Moos bedeckt und von Efeu umschlungen. Das Unkraut hatte im kleinen Gemüsebeet gesiegt.

Das nach hinten liegende Wohnzimmer war unaufgeräumt und verstaubt, und das braune, verblichene Mobiliar passte zum schmuddeligen Eindruck des Besitzers. Adie befingerte die Fransen eines der schweren Sessel, während Joes uralte getigerte Katze sie von ihrem zerfetzten Kissen aus misstrauisch betrachtete.

Joe brühte ihr eine Tasse Tee auf, dann ging er wieder hinaus und kehrte die gefallenen Blätter zusammen. Adie spürte, dass er immer noch unglücklich war, aber sie verstand nicht warum. Sie wünschte, er wäre nicht so geheimnisvoll. Wenn Dr. Carmichaels Projekt mit etwas Dubiosem behaftet war, würde sie gern vorher gewarnt werden.

Es dauerte noch zehn Minuten, bevor Dr. Carmichael eintraf. Bis dahin war Adie so unruhig, dass sie ihre eigene Galle schmecken konnte, aber sie zwang sich zu einem ruhigen Ausdruck, als sie hörte, wie der Türknopf gedreht wurde.

Seine Erscheinung schockierte sie.

Dr. Carmichael war so ganz anders, als sie erwartet hatte, dass sie vergaß, aufzustehen, um ihn zu begrüßen. Stattdessen starrte sie ihn verwundert an. Von den vielen Gesichtern, die sie sich vorgestellt hatte, entsprach ihm kein einziges, nicht einmal annähernd. Killian Carmichael war ein eleganter Geschäftsmann. Er trug einen teuer aussehenden schwarzen Mantel, und obwohl er einen verblüffend weißen Haarschopf hatte, war er keinen Tag über fünfunddreißig, oder sie würde ihr Leben lang auf Schokolade verzichten.

»Killian, das ist Adie Hamilton«, verkündete Joe, als er das Zimmer hinter seinem Gast betrat, und seine buschigen

Brauen tanzten wie zwei fette Raupen, was sie wahrscheinlich daran erinnern sollte, sich aus dem Sessel zu erheben. Das leichte Baumwollhemd, das sie trug, klebte an ihrem Rücken, und sie registrierte gerade noch rechtzeitig, dass ihre Handflächen verschwitzt waren. Sie konnte sie rasch an ihrem Rock abwischen, bevor sie die rechte Hand ausstreckte.

»Dr. Carmichael, ich freue mich sehr, Sie endlich kennen zu lernen.« Ihre Stimme klang ein wenig holprig, und sie fühlte, wie sie beim Sprechen errötete. Er war überraschend gut aussehend, sogar schön auf eine gelassene, maskuline Art.

Killian griff ihre Hand; es war ein fester Griff, aber die Berührung war eisig, und sein Lächeln erfasste nicht seine Augen. Er trug keinen Schmuck an den feingliedrigen Fingern, aber Adie bemerkte die teure Armbanduhr.

»Ich lasse Sie beide allein.« Joe zog sich durch die Terrassentür wieder in den Garten zurück. Adie nahm vage wahr, wie er in einem baufälligen Geräteschuppen verschwand. Schalte dein Gehirn ein, dachte sie, als sie sich wieder setzte. Du willst diesen Job, und du willst diesen Mann beeindrucken.

Killian nahm im gegenüber stehenden Sessel Platz. Er schlug seine langen Beine übereinander und holte ein modisches Notizbuch mit Lederumschlag aus seiner Aktentasche. Adie nahm zur Kenntnis, dass er offenbar ein wohlhabender Mann sein musste. Im Vergleich zu ihm kam sie sich relativ schäbig vor – sie trug den einzigen Rock, den sie für solche Gespräche hatte.

Er legte den Kopf schief und betrachtete sie kalt. »Professor Levine sagt, Sie hätten gedroht, zur Presse zu gehen.«

Adie hustete laut, um Zeit zu gewinnen. Joe hatte sie tatsächlich verpetzt. Es überraschte sie, dass Killian sich überhaupt die Mühe des Bewerbungsgesprächs machte.

Killian wartete geduldig auf ihre Antwort.

»Ich hätte das nicht getan, und Joe weiß das.«

Killian beugte sich im Sessel vor, als sie sprach, und ihr Bild füllte seine Pupillen. Die Augen waren grau, sie hatten die Farbe von Taubenfedern und hielten eine seltsame innere Wärme. »Gut. Ich wollte nur, dass Sie mir das bestätigen. Josef würde niemanden empfehlen, den er nicht mag. Ich nehme an, er mag Sie sehr.«

»Ja, das hoffe ich«, sagte Adie. Aber warum versuchte er dann, diese Bewerbung zu torpedieren? Und warum schien Killian zu glauben, dass sie dadurch etwas Besonderes war?

Killian schaute in sein Notizbuch. »Warum wollen Sie nach Ägypten gehen, Dr. Hamilton?«

Sie war noch erschüttert von seiner ersten Aussage, deshalb musste sie erst einmal kräftig durchatmen, ehe sie ihre Gedanken ordnen konnte. »Ägyptische Kultur und die Gesellschaft faszinieren mich. Ich will die Fundamente sehen, auf denen die Theorien beruhen.« Sie wusste, dass sie eine bessere Antwort hätte geben können.

»Ich mag keine Theorien«, sagte er mit Bestimmtheit. »Ich arbeite nur mit konkreten Fakten. Abenteuergeschichten und Tagträumereien interessieren mich nicht.«

»Oh.«

Konnte er ihre Gedanken lesen? Ahnte er, dass sie davon träumte, vergessene Grabstätten und spektakuläre Schätze zu finden?

Er notierte sich ein paar Stichworte, dann begann er sie zu allen Aspekten der Ägyptologie zu befragen. Sie antwortete mit einer Klarheit, die sie bei Examen nie gefunden hatte, aber sie geriet ins Stottern, als sie vier der dreißig Söhne von Ramses II benennen sollte. Ihr fielen die Namen nicht ein.

»Ich könnte sie nachschlagen«, bot sie an. Der Ansatz eines leichten Lächelns umspielte seine Lippen. Am liebsten hätte sie eine Hand ausgestreckt, um seine Lippen zu berühren. Sie schlug den Gedanken in die Flucht.

»Ist das Ihre Dissertation?«

Adie reichte ihm das in Leder gebundene Exemplar. Er

klappte sein Notizbuch zu und begann, das schwere Buch durchzublättern. Ab und zu stellte er eine Frage. Er schien wirklich interessiert zu sein, und weil er sie nicht anschaute, konnte sie ihn ausgiebig betrachten.

Jetzt wusste sie, warum die Presse ihn so hofierte. Erfolg und gutes Aussehen waren eine rare Kombination, vom Showbusiness mal abgesehen, und dieser Mann konnte beides im Überfluss aufweisen. Sie fühlte sich von seiner wortkargen, kühlen Art angezogen und erregt von seiner lässigen Schönheit. Adie presste ihre Schenkel zusammen, wodurch sie das Baumwollhöschen gegen ihre Spalte rieb. Sie war nass. Sie errötete, als sie bemerkte, dass sie von seiner Betrachtung erregt worden war. Sie versuchte, ihre Fassung wiederzugewinnen, indem sie einen Schluck des eiskalten Tees trank.

Schließlich gab er ihr die Dissertation zurück. »Ich habe noch eine letzte Frage«, sagte er, während sie sich bemühte, aufmerksam und aufgeweckt auszusehen. »Stellen Sie sich vor, Sie leiteten eine Grabungsstätte und brauchten noch ein zusätzliches Mitglied für Ihr Team. Sie haben schon mit Dutzenden Studenten gesprochen, und deren Erfahrung besteht günstigenfalls darin, Fundstücke zu polieren und zusammenzuleimen. Was würde Sie an einem von ihnen interessieren?«

»Die Tiefe ihres Wissens«, meinte Adie.

Killian schüttelte den Kopf. »Das setze ich bei allen voraus. Versuchen Sie es noch mal.«

»Teamgeist.«

»Das ist keine Computergruppe. Noch ein letzter Versuch.«

Streng dich an, Adie, spornte sie sich an und mahnte sich, nicht so finster zu blicken. Einen kurzen Moment lang befand sie sich wieder in ihrer Klasse beim Geschichtsunterricht. ›Das dürft ihr nie vergessen‹, sagte der Lehrer und schrieb ein Wort mit dicker Kreide an die Tafel. Adie hatte es abgeschrieben und in ihrem Heft unterstrichen.

»Objektivität«, sagte sie und wusste, dass es ihr daran oft genug mangelte.

Killian betrachtete sie ein paar Sekunden lang, dann sagte er: »Damit ist unser Gespräch beendet, Miss Hamilton. Ich lasse von mir hören.«

»Warten Sie. Kann ich nicht auch ein paar Fragen stellen?«

Sein heimliches Halblächeln kam zurück. Es war ein entwaffnendes Lächeln, das einen aus der Bahn warf und einen glauben ließ, dass alles, was er sagte, richtig war. Adie fragte sich, welche Wirkung er auf sie haben würde, wenn er jemals ein offenes Lachen für sie übrighatte.

»Nein«, sagte er. »Wenn ich entscheide, Sie einzustellen, werde ich Ihnen alle Informationen geben, die Sie brauchen.«

Er schüttelte ihre Hand, und bevor sie es begriff, begleitete Joe sie über den Kieselsteinweg zu ihrem Auto. Er fragte nicht, wie das Gespräch gelaufen war, und Adie hielt auch mit ihrer Meinung hinter dem Berg. Sie war zu sehr damit beschäftigt, über Dr. Carmichael nachzudenken, und natürlich fragte sie sich, ob sie ihn jemals wiedersehen würde.

Sechs Stunden später dachte sie immer noch darüber nach. Das Gespräch schwebte wie in einem dichten Nebelfeld über ihr, und sie konnte sich bestenfalls noch an die Hälfte dessen erinnern, was sie gesagt hatte.

Das Telefon schlug an.

»Hallo?«, fragte sie, während sie das Puzzle aus Tonscherben auf ihrem Tisch betrachtete.

»Adie, ich bin's, Joe Levine. Herzlichen Glückwunsch, Sie haben den Job.«

»Ich habe ihn?«, keuchte sie und hätte fast den Hörer fallen lassen.

»Ja. Killian will Ihnen die Position anbieten, vorausgesetzt, dass Sie Ende nächster Woche in Kairo sein können.«

»So schnell!«

»Ja. Wenn Sie sich nicht sicher bin – nun, ich glaube, er würde Verständnis dafür haben.«

»Nein, nein. Ich habe kein Problem damit. Ich werde da sein.« Sie biss sich auf die Lippe und sah stirnrunzelnd auf den Hörer. Joes Stimme hörte sich ungewöhnlich heiser an. »Ist etwas nicht in Ordnung?«, fragte sie.

»Nein, natürlich ist alles in Ordnung. Ich freue mich für Sie. Es wird eine wunderbare Erfahrung für Sie sein. Ein Schritt in die richtige Richtung.« Er versuchte, fröhlich zu klingen, und Joe war nie fröhlich. Sie nahm an, dass es ihm gegen den Strich ging, sich geirrt zu haben. Sie hoffte, dass das der Grund für sein seltsames Verhalten war. »Killian wird Ihnen genaue Anweisungen mailen. Viel Glück«, sagte er, »und rufen Sie mich an, wenn Sie Hilfe brauchen.«

»Das werde ich. Bye, Joe, und vielen Dank. Danke für alles.« Sie legte auf.

»Ja!« Zu leise, deshalb sagte sie es noch einmal laut und schlug eine Faust in die Luft. Sie vergaß Joes ungewöhnliche Stimme und starrte argwöhnisch aufs Telefon. Hatte jemand sie reingelegt? »Herzlichen Glückwunsch«, sagte sie leise. »Du hast es geschafft.«

Adie grinste verwegen und stellte sich vor, wie lange Schatten über den Wüstensand huschten, während sie verborgene Schätze mit Killian barg. Er war reich, berühmt und einfach phantastisch. Das Leben war in eine neue Dimension getreten.

Sie sah sich mehrmals im leeren Arbeitszimmer um. Es war Freitagnachmittag, und sie würde vermutlich nicht gestört werden. Sie ging zur Tür und schaltete das Licht an der Decke aus. Sofort legten sich dunkelblaue Schatten über den fensterlosen Raum, der jetzt nur noch vom warmen Licht ihrer Schreibtischlampe erhellt wurde.

Adie zog ihr Höschen aus und legte es zusammengeknüllt

in ihre Schreibtischschublade. Sie setzte sich mit gespreizten Beinen auf den Stuhl und hob vorn ihren Rock hoch, damit sie eine Hand zwischen die Beine schieben konnte.

Die kühle Luft auf ihren Oberschenkeln ließ ihre Nippel kribbeln. Sie ging ein Risiko ein, als sie ihren Phantasien während der Arbeitszeit nachhing, aber der Gedanke, mit Dr. Carmichael zu arbeiten, war zu verlockend, um ignoriert zu werden. Sie brauchte eine kleine persönliche Feier, und sie wusste, dass ihre Freunde sie zum Abschied einladen würden.

Adie schloss die Augen, während ihr Mittelfinger ihre Klitoris fand. Ihre Lippen teilten sich, als sie einen leisen Seufzer ausstieß. Sie rief sich Killians Gestalt in Erinnerung zurück, und sie sah sein neugierig machendes Halblächeln, denn stellte sie sich vor, wie er ihre Bluse aufknöpfte und ihre Brüste aus den Spitzenkörbchen des BHs hob.

Er war angezogen wie am Morgen, hatte aber seinen Mantel abgelegt. Ein weißes Baumwollhemd spannte sich über seine kräftigen Schultern.

»Können Sie sich nicht konzentrieren, Miss Hamilton?«, fragte er mitten im Bewerbungsgespräch, während er ihre Nippel zupfte. Er kniete zwischen ihren Beinen und schob ihren Rock weit nach oben. Wellen goldener Sensationen lockerten ihre Nervenknoten; sie krümmte den Rücken und stieß ihre empfindlichen Brustspitzen seinem Mund entgegen. Sein Atem flüsterte über ihre Haut. »Erinnern Sie sich jetzt?«

»Khaemwese ... Merenptah ...« Keuchend kamen die Namen der Söhne von Ramses II heraus. Als Reaktion auf jede Antwort strich er mit der Zunge über die Nippel. Adie zermarterte ihr Gehirn nach weiteren Namen. Innerlich brannte sie; sie lag unter dem blauen Himmel der Wüste, und ihre Haut fühlte sich herrlich warm an. »Amunhotep... Mery-Atum.« Ein Finger stieß zur Klitoris vor. Ihr Bild schwamm in seinen tintenblauen Pupillen. Er zog sie näher. Die Lust baute sich um die Knospe auf und wurde immer intensiver. Flüssige

Hitze wirbelte durch ihren Körper und stieg zu winzigen schäumenden Bläschen auf der Haut auf, bis sie ihrem Ziel immer näher kam.

»Noch einen, noch einen, Adie, denn gebe ich Ihnen, was Sie wollen ...«

»Ich kenne keinen mehr.«

»Nur noch einen.« Alles, was zwischen ihr und den sanften Berührungen seiner Fingerkuppen stand, war ihre ultimative Belohnung.

»Ich kenne keinen mehr«, keuchte sie, und fast in Panik klammerte sie sich an sein Hemd. »Ramesses, nach seinem Vater.«

»Gut geraten.« Seine Daumenkuppe glitt rascher über ihre prickelnde Klitoris. Adie hielt den Stuhlrücken gepackt und ritt ihrem Höhepunkt entgegen, dann sackte sie zusammen und presste ihre glühende Wange gegen die kühle Oberfläche des Schreibtischs. Ihre Kehle fühlte sich wund an vom gewürgten Keuchen, und sie musste husten. Um sie herum war alles still geblieben. Sie seufzte, dann lächelte sie. Wenn ihr Bewerbungsgespräch doch auch so verlaufen wäre.

Auf der anderen Seite der Stadt legte Joe Levine den Hörer auf, während Killian über die Reihe verstaubter Fotografien auf dem Kaminsims schaute. Er wusste, Josef war nicht einverstanden, dass er Adie Hamilton in sein Team berief, und er hatte eine vage Idee, warum nicht. Seine Vergangenheit war stets eine Bedrohung seiner Zukunft, und Josef Levine würde das nie vergessen. Er war überfürsorglich, was Adie anbetraf.

Mit fünf Schritten durchquerte Joe das Zimmer. Sein zerfurchtes Gesicht sah wie versteinert aus, aber seine Augen funkelten. »Warum sie?«, fragte er scharf. »Sie haben gewusst, dass ich dagegen war. Sie hat nicht die richtige Einstellung.«

»Hat sie nicht?« Killian fand, dass Adie Hamilton genau das war, wonach er auch sonst schaute – jung, klug und selbstsicher.

»Nein.« Joes Augen leuchteten zornig. »Sie ist impulsiv und viel zu romantisch. Sie will Geheimnisse entschlüsseln und Schätze entdecken.«

»Wollen wir das nicht alle?«

»Früher haben Sie das gewollt.« Killian zuckte unter Joes schneidendem Ton zusammen. Er sah zu, wie Joe den Arm ausstreckte und ein Foto vom Kaminsims nahm. Er wusste, was jetzt kam. Der alte Mann war vorhersehbar geworden.

Joe drückte ihm das Foto in die Hand. »Erinnern Sie sich überhaupt noch, wie es war, so einen Idealismus zu besitzen, all diese Hoffnungen zu hegen?«

Killian warf einen Blick auf das Foto. Er kannte jede Einzelheit darauf. Bei ihm musste auch noch eine Kopie des Bildes herumliegen. Das Foto zeigte zwei junge Männer, die am Tag des Staatsexamens ihren Professor flankierten.

»Sie ist heute genau da, wo Sie damals waren. Erinnern Sie sich, dass Sie es nicht erwarten konnten, nach Ägypten zu reisen, auch wenn Sie mit den eigenen Händen graben müssten? Der junge Dr. Carmichael und sein getreuer Gehilfe.«

»Menschen verändern sich«, sagte Killian lässig. Er stellte das Foto vorsichtig zurück auf den Sims.

»Haben Sie ihn seither noch mal gesehen?«

»Sie wissen, dass ich ihn nicht wiedergesehen habe.« Er wandte dem alten Mann den Rücken zu und trat ans Fenster. Er brauchte die Zukunft wegen der Vergangenheit nicht zu fürchten. »Sie wird gut arbeiten, Joe. Das haben Sie mir selbst gesagt, und genau das brauche ich jetzt. Wenn sie so ehrgeizig ist, wie Sie sagen, wird sie in ein paar Jahren ihre eigenen Projekte leiten. Sie sollten mir dankbar sein, dass ich ihr einen guten Start anbieten kann.«

»Wenn das alles wäre, könnte ich tatsächlich glücklich sein.

Sie haben im Moment den Respekt Ihrer Kollegen, aber Sie wissen selbst, wie schnell man oben und wieder unten ist.«

»Josef, das liegt in der Vergangenheit. Lassen wir es dort. Ich würde sie nicht anheuern, wenn ich glaubte, ich könnte ihr schaden.« Killian atmete tief ein. Als er weitersprach, war seine Stimme viel weicher geworden. »Und ich verspreche Ihnen, dass ich sie mit meinem Zynismus nicht ruinieren werde.«

Joe senkte traurig den Kopf. »Es liegt nicht mehr in meiner Hand. Ich kann nichts tun.« Er setzte sich in einen der breiten Sessel, und die Katze sprang auf seine Knie. »Aber passen Sie gut auf sie auf, ja? Sie hat sonst keinen.«

Hundert Meilen nördlich von Joes Landhaus brach der laute Applaus in der schlecht geheizten Sporthalle abrupt ab und wurde vom Lärm des Stühlerückens ersetzt, als die Zuschauer von den Sitzen aufstanden.

Dareth Sadler zerdrückte den Plastikbecher in seiner Hand und stand von seinem Stuhl auf, ohne den anderen Diskussionsteilnehmern auch nur zuzunicken. Es war sowieso nur eine mickrig kleine Versammlung mit Science-Fiction-Fans und verwirrten Frauen gewesen, die leidenschaftlich an Elfen und Drachen glaubten und deren einziges Talent darin bestand, dich aus einer Entfernung von vierzig Schritten mit dem Gestank ihres Parfums umzubringen. Er hatte es nicht nötig, sich das anzutun; er selbst konnte noch Auditorien in der ganzen Welt füllen. Was für ein Idiot, dieser Autor mit seinem schwachsinnigen Cyber-Fantasy-Gesabbel.

Dareth warf den zerquetschten Becher in einen Abfallkorb. Viele seiner Bücher wurden auch jetzt noch verkauft, also war er noch nicht darauf angewiesen, in den Second-Hand-Läden einzukaufen. Im Gegenteil, er könnte zu jeder Zeit einen weiteren Bestseller schreiben. Er hatte schon darüber nachgedacht, dass es Zeit war, nach Ägypten zurückzugehen und wieder den Kontakt mit seinen Bekannten aufzunehmen.

»Mr. Sadler ... hier drüben.«

Dareth erreichte die obere Treppenstufe zum Podium. Er schaute auf die zwei hübschen Studentinnen, die Exemplare seiner Bücher in die Höhe hielten, und blieb einen Moment stehen, um sich einen Fussel von den schwarzen Klamotten zu zupfen.

Nein, er stand noch voll im Saft.

»Wir halten Sie für großartig«, riefen sie und hielten ihm die gebundenen Exemplare eines seiner früheren Titel mit Kugelschreibern hin. »Dieser Kerl da drüben weiß doch nicht, wovon er redet.«

Dareth stieß ein Grunzen aus und kritzelte seine Unterschrift in die Bücher.

»Ich habe mich die ganze Zeit gefragt«, sagte eines der Mädchen und drängte sich an ihn heran, »was Sie mit positiven und negativen Prinzipien in ägyptischem Zauber meinen. Können Sie mir das erklären?« Sie spielte mit ihren gefärbten schwarzen Haaren und starrte ihm ins Gesicht. Während er sie ansah, steckte sie ihren kleinen Finger in den Mund und saugte bedeutungsvoll daran.

Dareth brachte endlich ein Lächeln fertig. Er strich mit den Fingern durch seine blonden Haare und senkte den Blick zu ihren kecken Brüsten, die von einem superengen T-Shirt betont wurden. »Das ist ziemlich kompliziert, man kann es besser demonstrieren als erklären. Wenn du Zeit hast, können wir zurück in mein Hotel gehen, da würde ich es dir gern zeigen.«

Sie wandte für einen Moment den koketten Blick ab, dann schaute sie ihm wieder ins Gesicht. »Das wäre großartig.« Sie hakte sich bei ihm ein. »Wir haben einige der einfachen Rituale schon mal durchgespielt, nicht wahr, Kate?« Sie zog ihre Freundin am Handgelenk näher heran.

»Ja! Aber wir waren nicht sehr erfolgreich«, ergänzte Kate. Sie biss sich auf den Daumennagel und fügte hinzu: »Wenn Sie es uns zeigen könnten, wäre das phänomenal.«

Dareth lächelte die etwas fülligere Rothaarige freundlich an; sie wäre hübscher gewesen, wenn sie auf einige Piercings verzichtet hätte; sechs oder sieben Ohrringe, ein Nasenstecker und ein *tongue bar*. Zu viel Metall, dachte er, obwohl er das Pendel um ihren Hals bewunderte.

Die aufdringliche Aufmachung wies sie als Möchtegernhexe aus, die ihre Sexualität von der Göttin zurückverlangen wollte. Sie ließ sich mit vielen Männern ein; eine Nummer war schließlich nur eine Nummer.

Alle suchten immer nur das Eine: ein kleines bisschen Zauber in ihrem kleinen schnöden Leben. Das bedeutete, dass sie auf jeden Betrüger mit Ziegenbärtchen, einem schwarzen Anzug mit silbernem Medaillon hereinfielen, und er war hier draußen bei weitem nicht der Schlimmste. In letzter Zeit schlug er einen Bogen um die Psycho-Messen. Zu große Konkurrenz, und außerdem wollten die Frauen sich nur zudröhnen und die ganze Nacht quatschen. Die Mädchen bei den Fantasy-Treffen waren jünger und leichter zu beeindrucken. Er brauchte sich nur in ihre Fantasy einzufügen. Die Vorausschaubarkeit ihrer Reaktionen stimmte ihn depressiv und entzückt zugleich.

Sie verließen die Sporthalle mitten in der Menge der vielen anderen Besucher mit selbstgefertigten Mänteln, und überquerten die Straße.

»Was ich nicht verstehe«, sagte Kate zögernd, »ist, warum die Gesellschaft Sie immer noch nicht ernst nimmt. Ich meine, Ihre Theorien sind doch sehr fortschrittlich.«

»Die Leute sind engstirnig und tragen Scheuklappen«, sagte ihre Freundin und ersparte Dareth eine Antwort. In seiner zehnjährigen Karriere hatte er solche Sätze ungezählte Male gehört. Alles beschränkte sich auf die Tatsache, dass Leute glaubten, was sie glauben wollten. Trockene, verstaubte Ägyptologen wollten trockene, verstaubte Theorien hören, während seine Leser mehr Spekulationen lesen wollten.

»Hierher, die Damen.«

Er führte sie im Konferenzzentrum auf sein Zimmer, ein typisch langweiliges Arrangement mit einem an der Wand befestigten Hosenbügelautomaten, einer zu teuren Minibar und einem kombinierten Angebot für Pizza und Pornofilme, das er hastig in eine Schublade versenkte. Teufel, er brauchte diese Abwechslung, er musste wieder klar denken können, um dann ganz vernünftig mit seinem Agenten zu reden.

Dareth knipste die Nachttischlampe an und zog die Vorhänge zu.

»Wisst ihr, dass ganz in der Nähe ein Zusammenfließen von Energielinien stattfindet?« Er ließ die Frage eine Weile auf die jungen Frauen wirken, dann fuhr er fort: »Ich habe auf diesem Zimmer bestanden, denn eine dieser Energielinien verläuft direkt unter uns. Kommt mal her.« Er nahm die Rothaarige an die Hand und zog sie zu einer bestimmten Stelle in der Mitte des Zimmers. »Kannst du sie spüren?«

Sofort und ohne große Überraschung begannen ihre Augen zu leuchten, als würde der Fluss der Energie sie verschlingen. »Ja, ja, ich kann sie spüren.«

Dareth starrte auf ihr Pendel, das sich in den tiefen Ausschnitt schmiegte, ein lüsternes Versprechen. »Ich wusste es«, sagte er. »Als ich dich sah, wusste ich, dass du einfühlsam genug für solche Dinge bist.«

Sie strahlte ihn an. Dareth lächelte zurück, dann trat er auf das andere Mädchen zu. »Haben wir uns schon mal gesehen?«, fragte er und nahm ihre Hände in seine. Er blinzelte sie an. Sie schüttelte den Kopf. »Nein, jedenfalls nicht in diesem Leben«, sagte er dann. »Aber du bist wie eine Wiedergeburt von Ankara, der Prinzessin aus der dritten Dynastie. Hast du schon mal von ihr gehört?«

»Nein«, sagte sie. Ihre Augen glänzten vor Aufregung.

»Du solltest es mal mit einer Rückführung in vergangene Leben versuchen. Ich bin sicher, du wirst viele Verbindungen herausfinden.« Er tupfte mit dem Zeigefinger auf seine Lippen, dann wandte er sich ab, um dieses Thema abzuschließen. »Du hast mich nach den positiven und negativen Aspekten gefragt, also lasst uns darauf konzentrieren.«

Nun zog er sie beide zum Bett. Auf dem Nachttisch, gleich neben dem Wecker, lagen mehrere Masken. Er suchte jeweils eine für die Mädchen aus.

»Kate.« Er reichte der kleineren Frau eine verzierte Augenmaske aus Fell. »Du übernimmst in diesem Reinigungsritual die Rolle der Löwengöttin Sekhmet. Und ...«

»Judy«, informierte ihn die schwarzhaarige junge Frau.

»Du bist die Prinzessin Nut. Ihr beide repräsentiert das negative Prinzip. Später stelle ich euch das positive Prinzip vor. Vorher ist es notwendig, dass ihr euch gegenseitig kompensiert.«

»Wie geht denn das?«, fragte Kate. Sie kratzte an einem abgebrochenen schwarz lackierten Fingernagel und vermied es, Dareth anzusehen.

Dareth öffnete seinen Kragen. »Um damit zu beginnen, müsst ihr euch ausziehen.«

Kates Mund öffnete sich. »Wir sollen was?« Sie stemmten die Hände in die Hüften. Judy grinste breit. Dareth erkannte ihre komplizenhafte Bereitschaft und wandte sich an sie.

»Die Himmelsgöttin Nut trägt kein Marilyn Manson T-Shirt.« Er fasste an den Saum des Kleidungsstücks, und Judy hob willig die Arme. Sie trug einen violetten seidenen BH mit Halbkörbchen. »Die angemessene Kleidung ist ein wichtiger Aspekt beim rituellen Zauber, und möglicherweise habt ihr deshalb bisher noch keinen Erfolg gehabt. Vertraut mir, ihr müsst euch in die Mitte des Geschehens begeben, damit die Energie fließen kann.«

»Richtig«, sagte Kate. Sie zweifelte zwar noch, aber sie folgte Judys Beispiel, als sie Jeans und Unterwäsche abstreifte.

Dareth ließ sich im einzigen Sessel nieder, den es im Zimmer gab, einen Ellenbogen auf der Lehne, und mit der freien Hand schlug er einen Rhythmus aufs Polster.

»Vor dir, Nut, steht die mächtige Tochter von Ra, die alle bestraft, die sich der Ehrfurchtslosigkeit strafbar gemacht haben.« Er senkte die Stimme und modulierte die Sätze, dass die Silben der Monotonie seines Rhythmus entsprachen. »Um ihre Kraft aufzuheben, ist es erforderlich, dass du sie mit deinem Körper verführst.«

Er blieb bewegungslos in seinem Sessel sitzen und wartete auf die Wirkung seiner Worte. Schritt für Schritt würde Judys Bereitschaft zu Kates Kapitulation führen. Sein Rhythmus wurde langsamer, jetzt imitierte er das regelmäßige Pochen eines Herzschlags im Schlaf.

»Eins, zwei, drei ... Wachet auf, Nut und Sekhmet.« Die beiden Frauen bewegten sich aufeinander zu und hielten sich jeweils an den Oberarmen der anderen fest. Kate, durch die Maske vielleicht mutiger geworden, oder auch angetrieben von ihrem geheimnisvollen Anhänger, zog die Freundin an sich, bis sich ihre Lippen begegneten, wenn auch anfangs nur ganz leicht. Dann stießen ihre Hüften aneinander, und der Kuss wurde intimer.

Dareth überlegte, ob er nach seiner Kamera greifen sollte, aber das schob er wegen des Risikos hinaus. Der Blitz würde den Zauber vielleicht brechen. »Erinnere dich, Nut, du musst die Lockende sein«, sagte er.

Das dunkelhaarige Mädchen berührte noch ein wenig verunsichert die vollen Brüste ihrer Freundin, dann nahm sie die Halbkugeln in die Hände, beugte den Kopf und schloss den Mund um einen aufgerichteten Nippel.

Dareth öffnete die letzten Knöpfe seines Hemds und rieb eine Hand über die wachsende Beule seines Schoßes. Manchmal liefen Dinge ein bisschen zu einfach ab. Aber Judy war von Anfang an bereitwillig gewesen. Jetzt war es Zeit, das Tempo ein wenig zu erhöhen.

»Lege Kate hin und spreize ihre Beine«, sagte er leise. »Setze deine Zunge ein, um sie zu zähmen.«

Gehorsam wälzten sie sich über die gestärkten Laken des Betts.

»Sekhmet, du bist eine Löwin, ein wildes Tier, lass dich also nicht so einfach einlullen.« Dareth schob sich im Sessel nach vorn und lehnte sich dann zurück, um seine Hose zu öffnen und mit einer Hand in den Schlitz zu greifen. Er hörte nicht auf, sich darüber zu wundern, wie leicht sich Menschen durch angeblichen rituellen Zauber und ein paar sanfte Anweisungen verführen ließen. Wundern und genießen.

Judy glitt an Kates angenehm gerundeten Körper entlang und besuchte mit Lippen und Zunge die empfindsamen Stellen. Ihre Freundin murmelte lüstern. Sie erreichte das Bettende und kniete sich zwischen Kates ausgestreckte Beine auf den Boden.

Dareth ließ seinen Schaft ins Freie springen und zog Hose und Unterhose aus. Einige Tropfen hatten die Eichel schon befeuchtet, und er rieb sie jetzt leicht, während er zuschaute, wie Judys dunkler Schopf auf und ab fuhr und Kates Klitoris leckte. Es war fast an der Zeit, dass er seinen Vorteil aus der Erregung der Mädchen zog und das positive Prinzip vorstellte.

Nackt schritt er über den Teppich aufs Bett zu. Sein hagerer Körper leuchtete schwach in der trüben Beleuchtung. Er erreichte das Bett und strich mit einem Finger von Judys Schulter bis zum Hals. »Genug«, flüsterte er. »Komm jetzt hoch, damit sie sich bei dir revanchieren kann.«

Dareth presste sich gegen ihren nackten Po, als sie vom Bett aufstand. Sein Penis suchte den Eingang zwischen ihren Schenkeln. Judy rieb ihre Backen gegen ihn, als wollte sie ihn anspornen, sie zu pfählen, aber Dareth neckte sie nur mit der Eichel, während er einen Arm um ihre Taille legte und mit dem Daumen über ihre Klitoris strich.

Judy schmiegte sich fest an ihn und stieß einen leisen Seufzer aus. Auf dem Bett hob Kate ihnen die Hüften entgegen, die blassblauen Augen weit und flehend hinter der Fellmaske. Ihr Atem kam weich und tief, aber Dareth hörte auch ihre Verzweiflung. Judy würde warten müssen.

Dareth schob Judy aufs Bett und positionierte sie rittlings über ihre Freundin. Er schaute zu, wie sie auf ihr herumrutschte, bis ihr schön getrimmter Busch sich über Kates Mund senkte, während er sich der warmen, feuchten Hitze von Kates Körper näherte. Er fragte sich kurz, ob die übrigen Podiumsteilnehmer auch nur halb so viel Spaß hatten wie er im Moment, aber er hielt das für unwahrscheinlich. Teufel, mit vierzig war er immer noch heiß, und bevor das Jahr vorbei war, würde er dem jungen Aufschneider, diesem Autorenprotz, zeigen, dass er nichts als Schwachsinn produzierte.

Kate schnappte nach Luft. Ihr Körper saugte ihn tiefer herein. Als sie ihren Orgasmus erreichte, wurde ihr ganzer Körper geschüttelt. Sie gab einen einzelnen gedämpften Schrei von sich, dann hob sie Judys Bein hoch und wand sich aus der Umklammerung der Freundin.

Dareth zog sich zurück. Kate kniete sich hin und schob Judy auf alle viere. Sie hielt die Freundin in dieser Position, damit Dareth von hinten in sie eindringen konnte. Seine Eichel klopfte ungeduldig an, dann glitt der ganze Schaft in sie hinein.

Sein Ärger verrauchte, als die kribbelnden Sensationen in seinen Hoden begannen und dann seinen harten Penis überfluteten. Er ritt die junge Frau kräftig und ließ seinen Instinkt den Rhythmus bestimmen.

Kate langte mit einer Hand herüber und streichelte seine Schenkel; ihre Finger waren sehr geschickt. Für ihn kam es völlig unerwartet, als sie mit einem Finger über den Damm strich, die empfindliche Stelle zwischen Hodensack und Anus.

Die intime Berührung brachte ihn für einen Moment aus dem Rhythmus, seine Rückenmuskeln zogen sich zusammen und brachten seine Erregung auf ein neues Plateau. Feuer strömte durch seinen Penis, und im nächsten Augenblick schoss es wild aus ihm heraus, begleitet von einem röhrenden Schrei der puren Ekstase.

Das war genau die Reinigung, die er gebraucht hatte.

Zweites Kapitel

Adie ließ sich erschöpft auf dem Kairoer Flughafen gegen eine Wand fallen, auf der es einen dünnen Streifen Schatten gab. Sie ignorierte die lärmenden Taxifahrer in ihren staubigen alten Peugeots 404 und besah sich die fremdartige Landschaft. Seit ihrem Bewerbungsgespräch war erst eine Woche vergangen. Ihr Arm und ihr Po schmerzten von den vielen Spritzen, und ihre Nase war noch ein bisschen rot nach dem tränenreichen Abschied von ihrer Zimmergenossin. Aber jetzt war sie in Ägypten gelandet. Sie freute sich schon auf ein Treffen mit ihrem Arbeitgeber. Seit ihrer ersten Begegnung war er stets in ihren Gedanken. Sie hatte alle Zeitungen gelesen, um auch nur jede Erwähnung seines Namens in sich aufzunehmen, aber die meisten Berichte waren seltsam trocken und unpersönlich.

Links von ihr bildete sich eine Menschentraube um einen schmutzigen Bus. Sie fielen durch ihre milchige Hautfarbe als Touristen auf, im Gegensatz zu der dunklen Haut der Einheimischen, und hatten einen Schwarm von Führern und Verkäufern angezogen. Eine groß gewachsene Nubierin schob einen Gepäckwagen an ihnen vorbei, und hinter ihr folgte eine Reihe großäugiger Kinder, deren melodische Stimmen in der Luft zu hängen schienen. Adie hielt sich an ihrer Tasche fest, um irgendeinen Halt zu haben. Sie kam sich verletzlich vor, musste in diesem Tumult auffallen und dachte an ihr Zuhause, das so weit entfernt war.

Bald dünnte sich der Strom der Menschen aus. Adie gähnte, müde von der Hitze, und trat nervös von einem Fuß auf den anderen. Ihre Kleider waren feucht vom Schweiß; ein kleines

Rinnsal rann ihr den Rücken hinunter und verlief sich in ihre Pokerbe. Sie lechzte nach dem kühlen Geschmack eines Gin and Tonic, seufzte lethargisch und schloss die Augen.

Killian hatte nur einmal Verbindung mit ihr aufgenommen, eine E-Mail, die sie immer wieder gelesen hatte. Sie war kurz und knapp gewesen, ohne jede Information über ihre Rolle, ihre Kollegen oder ihren Aufenthaltsort. Sie hätte gern gewusst, ob er die Frau in ihr sah oder nur eine weitere Arbeiterin, die im Dreck grub und ihn vorsichtig siebte.

»Dr. Adina Hamilton – Adie?« Die sanfte Stimme einer Frau drang in ihre Überlegungen.

»Ja«, sagte sie und schlug die Augen auf. Die Frau vor ihr war blond, schlank und delikat wie eine Lilie. Sie hatte grüne Augen und gut ausgebildete Trizepse. Viele Männer, die immer noch herumstanden, starrten sie bewundernd an.

»Ich bin Sian Lawrence. Dr. Carmichael hat mich geschickt, um Sie abzuholen.«

»Oh.« Adie bemühte sich, nicht enttäuscht auszusehen, obwohl sie innerlich zusammenzuckte. Welche Chance hatte sie, wenn er solche Frauen beschäftigte? Auf der Stelle beneidete sie Sian um ihre langen, geflochtenen Haare und ihre von der Sonne geküssten honiggoldenen Haut. Aber die Frau bedachte sie mit einem so freundlichen Lächeln, dass sie ihr nichts verübeln konnte. Außerdem, erinnerte sie sich, war sie zum Arbeiten hier und nicht zum Flirten.

Sian hob mühelos den schweren Koffer auf. »Tut mir leid, dass Sie warten mussten. Um diese Tageszeit ist der Verkehr sehr stark, und die Straßen sind dicht.« Sie führte Adie an den parkenden Autos und Eselskarren vorbei zu einem verbeulten alten Land Rover. »Steigen Sie an Bord, es ist offen«, sagte sie, während sie Adies Koffer auf den Rücksitz legte.

Vom Flughafen nach Heliopolis fuhren sie südlich durch das zentrale Kairo, von dort erreichten sie die Außenbezirke und den Nordfriedhof. Ein trockener Wind wehte den Staub durchs offene Fenster. Adie sah fasziniert auf die Stadt und die Mischung alter und neuer Häuser sowie auf die vielen Minarette. »So habe ich es mir nicht vorgestellt«, gab sie zu.

»Niemand stellt es sich so vor. Die meisten Menschen glauben, Kairo verharrte noch in der Vergangenheit. Kairo ist die größte Stadt Afrikas und des Nahen Ostens. Glauben Sie mir, hier gibt es alles, was auch andere Städte haben, einschließlich des Verkehrs.« Als wollte sie das beweisen, drückte sie auf die Hupe, und dann schoss sie über eine rote Ampel.

Adie sprang fast aus dem Sitz. Niemand auf der Straße oder in den anderen Autos schien auch nur gelinde überrascht zu sein. Ein paar Fußgänger winkten sie sogar vorbei.

»Keine Angst«, murmelte Sian. Sie drückte wieder auf die Hupe, als sie zwischen den beiden Fahrbahnen Slalom fuhr. Adie hielt sich am Sitz fest; sie hatte eine gemütliche Fahrt durch die Stadt erwartet, nicht das waghalsige Abenteuer, als wäre Sian die Schwester von Steve McQueen. Draußen ertönten überall die Hupen.

»Ist das normal?«, fragte sie keuchend, als sie an zwei gewaltigen Bronzelöwen vorbei auf eine Brücke fuhren. Der breite graublaue Wasserstreifen unter ihnen glitzerte in der frühen Nachmittagssonne. Am Ufer standen Dattelpalmen und flankierten die Promenade aus blauem Stein. Viele Menschen waren unterwegs. Sie schaute hinunter auf den Nil, die Lebensader Ägyptens seit grauer Vorzeit.

Sian nickte, während sie ein anderes Fahrzeug überholte.

»Wohin fahren wir?«, fragte Adie.

»Zur Wohnung. Sie liegt auf Gezira, das ist eine der beiden Inseln, auf die sich Kairo im neunzehnten Jahrhundert ausweitete. Hauptsächlich ist es eine grüne Wohninsel, und es gibt dort nicht viele Touristen. Heute Abend fahren wir zum Essen in die Altstadt, dann können Sie sich schon ein besseres Bild machen.« Sie fuhren wieder an zwei Bronzelöwen vorbei und erreichten trockenes Land.

»Wer ist ›wir‹?«, fragte Adie, während sie versuchte, sich ihre neue Umgebung einzuprägen. Die Gebäude auf der Insel waren kleiner, und es gab viele grüne Stellen.

»Damit ist das Team gemeint. Alle warten darauf, Sie kennen zu lernen.«

»Auch Dr. Carmichael?« Sie war sicher, dass Killian gesagt hatte, er würde sie persönlich abholen, aber sie konnte ihm nachsehen, dass er sich der stickigen Hitze am Flughafen entzog, wenn er sie in der Wohnung begrüßen konnte.

»Ich fürchte nein. Er ist an der Universität beschäftigt.«

Adie verspannte sich auf ihrem Sitz. Das war nicht der Empfang, mit dem sie gerechnet hatte. Sian schien ihr Unbehagen zu spüren, denn sie warf ihr einen neugierigen Seitenblick zu. »Sie schwärmen wohl schon für ihn, was?«

»Nein.« Ihre Antwort hätte nicht schroffer klingen können, und auch ihr Erröten strafte sie Lügen.

»Es hat nichts mit Ihnen persönlich zu tun. Er wollte Sie treffen, aber dann ist etwas dazwischen gekommen, was keinen Aufschub duldete, denn morgen sind wir wieder an der Grabungsstätte.« Sians Lächeln wurde zu einem schelmischen Grinsen. »Sind Sie sicher, dass Sie nicht für ihn schwärmen? Sie wären die einzige Frau, die das nicht tut.«

Adie schüttelte den Kopf.

»Ehrlich?«

»Ja.« Nach einer Pause fuhr sie fort: »Ich finde ihn intellektuell faszinierend, das ist alles.« Es klang lahm, und dem Leuchten in Sians Augen nach zu urteilen, konnte sie sie nicht täuschen. Ihre Begleiterin musste sich bemühen, nicht noch breiter zu grinsen.

»Also gut, ganz, wie Sie wollen. Aber halten Sie nicht den Atem an, wenn Sie darauf warten, dass er irgendeinen Annäherungsversuch macht, denn den wird es nicht geben. Und vergessen Sie den romantischen Scheiß, den die Medien schreiben. Er setzt eher auf Disziplin.«

»Verstehe.« Adie sah eine kurze Vision vor sich, wie er mit einer Peitsche hinter ihr stand und ihren nackten Hintern traktierte.

»Er ist auch immun gegen Verführungen und hält seinen Schwanz tiefgefroren, aber ich schätze, das gehört zu seinem Charme.«

»Wollen Sie mich warnen?«

Sian schüttelte den Kopf. »Nein, nein, ich wollte Sie nur vorbereiten. Ansonsten wünsche ich Ihnen viel Glück, denn das werden Sie brauchen.«

Sie warteten, bis sie links in eine von Bäumen gesäumte Straße einbiegen konnten. »Was ist mit dem Rest des Teams? Sind sie nett?«, fragte Adie.

Sian trommelte nachdenklich aufs Lenkrad. Draußen lauschte jemand einer seltsamen Mischung aus östlicher und westlicher Musik, die aus einem blechernen Kassettenrecorder kam, wimmernde arabische Vokale über balearischem Beat.

»Außer Killian und mir sind da noch Matthew und Lucas als Vollzeitkräfte. Matthew ist dunkel und sieht ganz gut aus, und Lucas trägt eine Brille und hat blonde Haare. Sie brauchen sich nur zu merken, dass Matthew immer für ein Lachen gut ist und Lucas nicht. Er ist ein Experte für alte Texte, und man kann sich auf ihn verlassen. Dann sind auch noch Jason und Samih da, aber Sie werden ihnen nicht oft begegnen. Sie gehören zur Uni von Kairo und reinigen und sortieren eine Menge. Sie kommen selten nach Saqqarra, was schon gut ist, denn wenn sie da sind, schaffen sie es immer, Lucas zu ärgern.«

»Wieso?«

»Ach, nur weil sie da sind, glaube ich. Sie nehmen kaum etwas ernst, und das gefällt Lucas nicht. Sie werden es ja sehen.«

»Dann steht Lucas ziemlich für sich da, nicht wahr? Ich meine, Matthew, Samih und Jason halten zusammen ...«

Sian schüttelte den Kopf. »Das könnte man meinen, aber die drei haben sich noch nicht gefunden. Sie haben nicht viel gemeinsam, und außerdem glaube ich, dass Matthew ein bisschen auf sie hinabschaut.« Sie hob die Schultern und lenkte das Fahrzeug durch eine Toreinfahrt. Sie blieb auf einem weißen Kieselsteinweg stehen.

»Was ist mit Killian? Kommen die Leute gut mit ihm aus?«

Sian stellte den Motor ab. »So gut es sein muss. Er ist der Boss. Sie tun, was er ihnen sagt. Machen Sie sich keine Sorgen wegen ihm. Wenn Sie sich professionell verhalten, sind Sie auf der sicheren Seite. Aber Sie werden bald schon genug über ihn herausfinden. Kommen Sie. Mal sehen, ob sie uns wenigstens ein Eis übriggelassen haben.«

In seinem Büro in der Universität studierte Killian noch ein letztes Mal die Pläne für die Ausgrabungsstätte, dann faltete er sie zusammen und steckte das Papier in seine Tasche. Inzwischen würde Adie Hamilton eingetroffen sein, und das Team würde sie aushorchen, ein paar Witze reißen, Geschichten zum Besten geben, ihn aufbauen und zugleich herunterspielen. Er nahm einen Schluck Kaffee, der vor einer Stunde schon kalt geworden war. Der bittere Geschmack erinnerte ihn an den wütenden Abschied von Joe.

Er hatte den Mann nicht wirklich verletzen wollen, der ihn auch in den schlechten Zeiten seiner Karriere unterstützt hatte, aber er brauchte eine kompetente und eifrige Kraft, und er hatte schon vor seinem Gespräch mit Adie gewusst, dass sie genau seinen Vorstellungen entsprach, allein schon von den Berichten, die Joe über sie erzählt hatte. Mit ein bisschen Training würde sie eine ausgezeichnete Ägyptologin werden.

Stirnrunzelnd erhob er sich von seinem Stuhl. Die Abendsonne spiegelte sich auf den Autos, die vor seinem Fenster parkten. Er öffnete das Fenster und lehnte sich hinaus. Die trockene Hitze fühlte sich angenehm auf seiner Haut an, eine Wohltat nach dem grauen, nassen und kalten englischen Wetter. Selbst nach zwei Tagen Kairo fühlte er sich noch unterkühlt. Er wollte nichts davon wissen, dass seine Kälte auf die Furcht zurückzuführen war, die Joe durch seine Warnung ausgelöst hatte.

Killian würde nie behaupten, dass sein Weg nach oben glatt verlaufen war. Ganz im Gegenteil – seine Karriere wäre fast beendet gewesen, bevor sie überhaupt begonnen hatte, was an einem Ereignis lag, das er am liebsten für immer vergessen würde. Damals hatten seine Kollegen ihn links liegen lassen, aber er hatte sich abgestrampelt, bis er die Spitze wieder erklommen hatte. Heute, wenn sie ihn mit Lobesreden überhäuften, hätte er am liebsten in ihre Gesichter gelacht.

Natürlich war er stolz auf das, was er erreicht hatte, aber die neue Saison würde bitter für ihn werden. Saqqara war ein Synonym für seine Träume geworden. Er wusste, dass Freunde wie Joe Levine um seine Reputation fürchteten, sogar um seinen Verstand, wenn die Vergangenheit wieder hochkommen sollte. Sie sahen in Bill Harris' Sturz ein böses Omen. Aber Killian weigerte sich, die Szene so zu bewerten. Einzig der Weg zurück nach Saqqara konnte seinen Dämon besiegen.

Unten sah er, wie eine Gruppe von Studenten zum Parkplatz ging. Zwei von ihnen winkten hoch. Im Bestreben, positiv zu denken, winkte er zurück, aber die ungewöhnliche Geste ließ sie hastig davoneilen. Killian dachte, dass Adie Hamilton sich ebenso verwirrt fühlen musste. Er wusste, dass er sie selbst am Flughafen hätte abholen sollen. Er konnte dem Team sagen, dass er zu beschäftigt war, aber sich selbst konnte er nicht belügen. Er mied sie und wusste nicht warum.

In der letzten Woche hatte er oft an sie gedacht. Vor zwei Nächten war er schweißgebadet aufgewacht, mit ihrem Namen auf der Zunge. Natürlich war Josefs Mahnung genug, um den Namen in sein Gehirn zu meißeln. Aber es war nicht nur das. Das hatte er bei ihrem Bewerbungsgespräch gespürt. Sie wurde von einer erregten Energie umgeben, und er hätte sie gern an die Hand genommen und ihr all die Wunder gezeigt, die er schon gesehen hatte. Er wollte das Licht der Erkenntnis in ihren Augen sehen.

Killian riss sich zusammen, bevor er auf und davon stürmte. Er wollte, dass sie still und effektiv arbeitete; das war ihr Stil und auch sein Stil.

Er kehrte an seinen Schreibtisch zurück und blätterte durch seinen Terminkalender. Nichts bis zum nächsten Semester. Er hatte alle Termine abgesagt, damit er sich auf dieses Projekt konzentrieren konnte. Aber jetzt wünschte er, den Vorlesungen in der Amerikanischen Universität in Kairo zugestimmt zu haben. Das hätte ihn vom morgigen Tag abgelenkt, aber jetzt war es für sein Bedauern zu spät. Er sackte nach vorn und drückte die Stirn auf den Schreibtisch.

Bis morgen.

Der Geruch scharfen Tabaks und starken Kaffees vermischte sich in der kühlen Nachtluft, als Adie mit glasigen Augen auf den schmalen Pfad schaute. Sie hatten in einem Hotel am Nil zu Abend gegessen und waren dann weiter zu Fishwari's gezogen, Kairos ältestem Kaffeehaus, wo sie zwei Tassen der dicken, süßen Flüssigkeit getrunken hatten, nach denen sie sich wie aufgedreht fühlte. Sie war immer noch enttäuscht, dass Killian sich nicht hatte sehen lassen, aber der Rest des Teams gab sein Bestes, sie willkommen zu heißen. Sogar der ›langweilige‹ Lucas gab sich freundlich und warmherzig.

»Der arme Bill«, murmelte Samih und sprach von ihrem Arbeitskollegen, der durch seinen Unfall eine Zeitlang ausfallen würde. Adie konzentrierte sich wieder auf die Gesellschaft am wackligen kleinen Tisch. »Er hatte sich gut auf das nächste Rennen vorbereitet, und dann bricht er sich das Bein. Jetzt werden wir ihn eine Ewigkeit lang nicht sehen. Ich hatte schon Geld auf ihn gesetzt.«

Bill, so stellte sich heraus, war das schwarze Schaf des Teams gewesen. Er hatte sein Architekturstudium abgeschlossen und war im Nahen Osten gelandet, wo er Wolkenkratzer entwarf. Er hatte Verbindung zur Ägyptischen Antiquitäten Organisation aufgenommen und für sie einige kleinere Objekte entwickelt. Irgendwie war es ihm gelungen, eine Dauerstellung in Killians Team zu ergattern.

»Adie ist hübscher«, sagte Jason. Er wandte den Kopf und lächelte sie an. Auch Samihs Ausdruck hellte sich auf.

»Das stimmt. In der ersten Zeit gab er sich immer sehr grimmig. Ich nehme nicht an, dass du was mit Kamelrennen zu tun hast, was?«

Die beiden jungen Kairoer Männer, so nahm Adie bald wahr, liebten es, sich gegenseitig zu ergänzen. »Ich fürchte nein. Ich habe noch nie neben einem Kamel gestanden.«

»Ich an deiner Stelle würde das auch weiter so halten«, warf Lucas ein. Sein Sitz quietschte, als er sich vorbeugte. »Kamele sind skrupellose Ungeheuer, und ihre Besitzer sind nicht viel besser. Wenn du die Gegend anschauen willst, miete dir ein Pferd oder, besser noch, lasse dich von jemandem fahren.«

»Ist doch langweilig«, sagte Jason seufzend, während Samih nickend zustimmte.

Adie sah zu Sian, die den Kopf schüttelte. »In dieser Frage schließe ich mich Lucas an. Wenn du irgendwas sehen willst, lasse es mich wissen. Ich bringe dich gern hin.«

»Danke.«

Sian nickte. »Die beiden haben gut reden; sie sind Männer und hier aufgewachsen. Kairo ist ziemlich sicher, aber ich würde dir nicht empfehlen, dich allein auf Tour zu begeben. Westliche Frauen haben in diesen Gebieten einen Ruf, den sie nicht verdient haben.«

»Zu viele Hollywood-Importe«, behauptete Lucas. »Durch sie entsteht der Eindruck, dass alle westlichen Frauen zur Verfügung stehen und fremdgehen. Einige der Touristinnen helfen auch nicht, das Bild zu korrigieren. Achte also darauf, wie du dich kleidest. Bewahre deine dünnen Tops und Shorts für die Grabungen, da gibt es weniger wandernde Hände.«

»Ah, das erinnert mich an was.« Sian kramte in ihrer Tasche und zog eine kleine Schachtel heraus. »Killian hat mich gebeten, dir das zu geben.«

Adie nahm die kleine Schachtel. Ihre Finger kribbelten vor Aufregung über das unerwartete Geschenk. Sie öffnete den Deckel und starrte auf einen goldenen Ehering. Sie brachte keinen Ton heraus.

Sian gluckste und neigte sich zu ihr. »Ich habe auch einen.« Jetzt erst sah Adie den goldenen Ring an Sians linker Hand. »Das ist wegen der Sicherheit. Die Kerle belästigen dich eher nicht, wenn sie glauben, dass du verheiratet bist. Die Anwesenden natürlich ausgenommen.«

Adie schaute nachdenklich auf den Ring, dann schloss sie den Deckel wieder und verstaute die Schachtel in ihre Tasche. Sie mochte ihn jetzt noch nicht überstreifen, vielleicht morgen. Das war ein ganz neues Gefühl, mit einem Ehering herumzulaufen – sie war dann wirklich mit dem Job verheiratet.

»Wir sollten gehen, denn morgen beginnt die Arbeit wieder«, schlug Lucas vor, was zu Stöhnlauten am Tisch führte.

»Sei nicht so ein Langweiler, es ist nicht mal Mitternacht.« Jason schob seinen Stuhl näher zu Adie und legte einen Arm um ihre Schulter.

»Du brauchst morgen nicht in aller Frühe aufzustehen.«

»Ja, aber für sie ist es die erste Nacht. Komm schon, Mann«, bettelte er, aber Jason blieb erfolglos. Lucas verschränkte die Arme vor der Brust. Jason seufzte, dann wandte er sich wieder an Adie. »Hör nicht auf ihn«, lockte er. »Du solltest den Abend genießen. Damit ist es vorbei, wenn du erst mal in Saqqara bist. Dann ist Schluss mit lustig, kein Lächeln, kein Alkohol. Killian ist ein Sklaventreiber.«

»Recht hat er«, fügte Samih hinzu. Er lehnte sich verschwörerisch über den Tisch. »Du hast gesehen, was Lucas für ein Typ ist. Killian ist doppelt so schlimm. Warum, glaubst du, dass wir in der Stadt bleiben?«

Adie sah die beiden skeptisch an. Sie grinsten beide. »Was ist mit dem Hotel?«

»Es gibt kein Hotel«, sagte Matthew, der den ganzen Abend sehr still gewesen war. Er lächelte steif, und Adie sah, dass seine Lippen noch vom Wein befleckt waren, den sie vorher getrunken hatten. Sian hatte ihn korrekt beschrieben, als sie ihn auf dem Weg vom Flughafen hübsch genannt hatte. Matthew war schlank und feingliedrig; er hatte eine lange gerade Nase und blaue Augen. Er sah wie ein Kunststudent aus, aber sicher nicht wie ein Ägyptologe. Adie wandte sich an Sian.

»Es stimmt. Killian besitzt ein *dahabiyya*, ein Hausboot. Es liegt ganz in der Nähe der Grabungsstätte. Er sagt, dass es angenehmer ist, als im Hotel zu wohnen und jedes Mal von Kairo aus nach Saqqara zu fahren. Ich stimme ihm darin zu, obwohl ich zugeben muss, dass man sich manchmal allzu sehr eingesperrt fühlt.«

»Er hat das so arrangiert, damit er uns überwachen kann«, sagte Matthew. Adie atmete erleichtert aus; für einen Moment hatte sie befürchtet, dass sie in Zelten untergebracht wären. »Du wirst es noch erleben – abends früh ins Bett und morgens früh raus. Der Mann hat kein einziges menschliches Bedürfnis, und Sian verteidigt ihn nur deshalb, weil sie versessen ist auf ihn. Ich hoffe, du bist vernünftiger.«

»Ignoriere ihn. Er will dich nur ärgern.« Sian drohte Matthew mit einem erhobenen Finger. Ihre Stimme wurde strenger, als sie hinzufügte: »Diese beiden sind schon schlimm genug, da brauchst du nicht auch noch anzufangen. Lucas hat Recht; wir sollten nach Hause gehen.«

»Oh, wie empfindlich wir doch sind, Sian! Was ist denn los? Fürchtest du dich vor der Konkurrenz? Ich sage dir doch immer, wenn du seine Aufmerksamkeit willst, soll dich jemand mit Gold bestreichen und begraben. Er ist nur an alten Frauen interessiert. Sehr viel älteren Frauen.«

Sian stieß den Tisch zurück, wobei ein paar Gläser klirrten, dann erhob sie sich. »Zeit zu gehen«, verkündete sie.

Am Tor zur Wohnung stiegen sie aus dem Taxi, während Lucas mit dem Fahrer feilschte. Die Nachbarschaft lag dunkel und still da, und die Luftverschmutzung trübte den Blick auf die Sterne. Es war eine milde Nacht. Adie folgte Matthew über den Rasen bis zur Haustür, um das Knirschen auf dem Kieselsteinweg zu vermeiden. Sian schloss die Tür auf, und helles Licht fiel über die Holzlatten der Veranda.

Sie drängten sich alle in die Küche, während Adie über Matthews Bemerkung nachdachte. Jeder hatte ein bestimmtes Bild von Killian, zurückgezogen und sachlich, aber sie war sicher, dass sie echte Wärme hinter seiner kalten Professionalität empfunden hatte. Und war Sian wirklich so versessen auf ihn? Irgendwie bezweifelte Adie das, aber Matthew schien sie verstimmt zu haben.

Die Küche war eine Mischung aus islamischem Design und westlicher Ausstattung. Sian öffnete den Kühlschrank und nahm Orangensaft heraus, den sie aus dem Karton trank. Sie zog sich auf eine Arbeitsplatte hoch, was Lucas zu einem tadelnden Schnaufen veranlasste. Er schenkte sich ein Glas Wasser ein. Jason und Samih setzten sich an den Tisch.

Matthew watschelte über den Fliesenboden zu Sian. Er strich über ihren Oberschenkel und raunte ihr irgendwas zu. Adie strengte sich an, ihre Antwort zu hören, und war verblüfft über das Spiel der beiden. Das Paar hatte sich während der Rückfahrt mit giftigen Blicken durchbohrt.

»Ich bin sicher, nicht zu begreifen, wovon du redest.« Sian packte Matthews Handgelenk, aber er konnte sich mühelos befreien und packte stattdessen ihre Hand. Er hob sie an seinen Mund küsste sie auf die Knöchel.

Sians katzengrüne Augen blitzten. »Schieb ab«, sagte sie schroff.

Matthew reagierte darauf, indem er seine freie Hand auf ihren Rücken legte und Sian nach vorn zog. Sie glitt auf der polierten Arbeitsplatte zur Seite und fiel in seine Arme. Sian schlang ihre Beine um Matthews Hüften. »Hast du es dir so vorgestellt?«, fragte sie.

»Ja, genau.«

Sie begannen sich zu küssen. Sie waren ein Paar, irgendwie, diese beiden, mutmaßte Adie und wandte sich ab. Das erklärte einige Dinge.

»Werdet erwachsen, ihr zwei. Keiner will es sehen«, blaffte Lucas irritiert, als die Küsse lauter wurden.

»Nein, Mann, uns gefällt es. Eine lebensechte Show, dafür musst du in bestimmten Bars Geld bezahlen.« Samih grinste Adie an. »Jason und ich gehen nicht oft aus«, sagte er. Seine dunkle Olivfarbe war auf den Wangen einem hellen Pink gewichen, und seine dunklen Augen waren groß wie Untertassen geworden. Jason rührte einen dritten Löffel mit Zucker in seinen Tee.

»Okay, wir gehen«, sagte Sian. Sie glitt von der Arbeitsplatte und zog Matthew mit sich zur Tür. »Du bist nur eifersüchtig, Mr. Marsh. Wann hast du das letzte Mal eine Frau flachgelegt?«

»Das war etwa zu der Zeit, als auch Killian noch mal aktiv war«, warf Matthew ein. Sian stieß ihm in die Rippen, aber er fuhr trotzdem fort. »Erinnere mich daran, dass ich eine neue Karriere anfange, wenn ich mal zu gut in meinem Job geworden bin.«

Lucas ignorierte die Bemerkungen. »Einen Augenblick

noch«, sagte er, und das Paar hielt in der Tür inne. »Habt ihr nicht was vergessen?«

Sians Gesicht verdunkelte sich. »Ich hatte gehofft, dass du es vergessen hättest.«

»Nun, habe ich nicht. Wir müssen noch entscheiden, wer morgen früh aufsteht. Wegen Killian.«

»Schau uns nicht an«, sagten Jason und Samih im Chor. Samih ließ ein übertriebenes Gähnen hören. »Wir fangen erst um neun an. Lasst die Karten entscheiden, dann geht es schneller als bei eurem üblichen Palaver.«

Lucas öffnete eine Schrankschublade und holte eine Hand voll unterschiedlich lange Kerzen heraus. »Die sollen entscheiden.« Er hielt das Bündel, und alle zogen eine dünne Kerze heraus. »Du auch, Adie. Du gehörst jetzt zum Team, das heißt, du wirst nicht anders behandelt als wir.«

Zögernd griff sie nach einer Kerze. Es war die kürzeste.

»Pech«, sagte Sian und klopfte Adie mitfühlend auf die Schulter. »Sieht so aus, als wenn du den Boss begrüßen müsstest. Es wird dir gefallen, denn zuerst ist er immer sehr liebenswürdig.«

»Und du beschimpfst mich, weil ich die Leute necke«, knurrte Matthew. Er drückte einen Kuss auf Adies Braue, und sie fing einen Hauch seines würzigen Colognes auf. »Schlaf gut. Und willkommen im Team.«

»Ja«, stöhnte Adie. Sie sah zu, wie sie aus der Küche gingen, dann starrte sie Lucas an, der die Kerzenstümpfe zurück in die Schublade legte. »Wie früh denn?«

»Sehr früh. Er wird um fünf hier sein, um die Koffer und Truhen zu entladen. Du musst ihm die Tür öffnen, denn sie ist von innen verriegelt, wenn jemand hier wohnt und seine fünf Sinne beisammen hat.« Er warf einen Blick auf die beiden Kairoer. »Er erwartet wahrscheinlich auch eine helfende Hand.«

»Ist das dein Ernst?«

»Ja.«

»Himmel!« Sie gähnte, dann zwang sie sich auf die Füße. Wenn sie vor fünf Uhr wach sein wollte, musste sie schleunigst ins Bett.

Lucas ging hinter ihr aus der Küche. »Denkt dran, das Licht auszumachen, ihr zwei«, rief er.

»Alles klar. Gute Nacht.«

Adie schloss die Schlafzimmertür. Sie sollte es sich mit Sian teilen. Jetzt zog sie sich schnell aus und kuschelte sich unter die kühlen Laken. Morgens war sie normalerweise zu nichts zu gebrauchen.

Von der Sonne gewärmter Sand bedeckte ihren nackten Körper. Adie lag in einem quadratischen Steinraum auf einer Seidendecke. Nach oben war der Raum offen, deshalb konnte sie ein Stück Himmel sehen. Irgendwas berührte ihren Schenkel. Es kitzelte. Sie versuchte, ihren Körper zu bewegen, aber irgendwie gelang ihr das nicht, als wäre sie auf dem Boden festgenagelt. Dabei fühlte sie kein Gewicht auf sich, und ihre Handgelenke waren auch nicht gefesselt.

»Ein außergewöhnlicher Fund«, sagte jemand hinter ihr, und sie musste lächeln, denn sie wusste, dass er auf sie anspielte. Ihr Kopf lag auf einem Kissen, und ihr Haar steckte unter einem eleganten Hut.

Die Sonne schien rot durch ihre Lider. Sie spürte den Hauch des Wüstenwindes auf ihrer Haut und versuchte, die Zehen zu bewegen. Der Versuch scheiterte, aber sie empfand immer noch keine Panik.

»Exquisit und perfekt erhalten«, sagte eine Stimme, die sie kannte. »Sie muss seit über dreitausend Jahren hier gelegen haben, und kein Kratzer an ihr.« Das sanfte Streicheln blieb und wischte den Sand von der Unterseite ihrer Brust. Ihr Nippel versteifte sich. Offenbar hatte sie ihre Gefühle noch nicht verloren.

»Sie sieht so real aus«, sagte die erste Stimme. »Wenn sie nicht aus Gold gemacht wäre, würde ich sagen, sie schläft nur.«

Gold? Wovon redete er? Sie blinzelte zu ihrem ausgestreckten Körper und stellte fest, dass er die Wahrheit sagte, denn ihre Haut glitzerte metallisch im Sonnenlicht. Gold!, wollte sie sagen, aber sie konnte nicht sprechen.

»Alle Einzelheiten von ihr sind erhalten«, sagte Killian und strich mit einem Pinsel über die Aureole ihrer Brust. Ein Splitter aus Eis schien sich bei dieser Intimität unter ihrer Haut zu bilden. Die kalte Erregung schockierte die gerade erwachte Leidenschaft. Sie zitterte vor Anspannung und wartete auf seine nächste Berührung.

»Erstaunlich. Ich kann es nicht erwarten, dass Sie sie dem Vorstand zeigen. Dabei fällt mir ein, dass einer von uns den Vorstand informieren sollte.«

»Machen Sie das«, sagte Killian und strich mit einem Finger über ihre Hüfte. Der ersehnte Kontakt wirkte sich direkt auf ihre Vagina aus, die sich schwer und voll anfühlte. Er begann, ihren Nabel mit einem Finger zu umkreisen, zuerst schien der Finger unsicher und nervös zu sein, dann wurde er kühner, vielleicht, weil sich die Schritte des anderen Mannes entfernten. Jetzt waren da zwei Finger, dann drei, und schließlich strich er mit beiden Handflächen über ihren warmen Torso.

Adies Haut kribbelte vor lüsternem Vergnügen. Die Hitze ihres Schoßes sickerte wie Sirup durch ihre Glieder. Sie seufzte leise. Er starrte sie an, als hätte ihre Schönheit ihn bezaubert und jeden anderen Gedanken aus seinem Gehirn vertrieben.

Langsam senkte er den Kopf und berührte ihr Kinn mit seinen geschwungenen Lippen. Sein Geruch waberte um sie herum. Er erforschte die Schatten ihres Halses. Er setzte den Kuss auf ihren leicht geöffneten Lippen fort, leicht wie die Flügel eines Schmetterlings, bevor die Zunge tief in ihren Mund eindrang. Er schmeckte nach Koriander, ein wenig würzig und süß. Adie schnurrte leise; sie versuchte, nach ihm zu greifen, aber ihr Körper reagierte nicht.

Killian zog sich zurück und betrachtete sie wundersam. Sie sah den Schatten eines Zweifels in seinen feuchten grauen Augen, und sie wünschte, sie könnte seine Zweifel wegwischen. In seiner Hose bildete sich eine verräterische Beule, und er sah sich nervös um. Schließlich wischte er die letzten Sandkörner von ihren Schenkeln, dann strich er mit einer Hand über ihr Delta. Seine Finger öffneten die Labien, die ihn mit einem klebrigen nassen Laut willkommen hießen.

Er stöhnte, als er sie so nass vorfand, so bereit für ihn. Sie fühlte, wie sein Körper zitterte, als er sich zwischen ihre goldenen Schenkel klemmte. Er zog den Reißverschluss seiner Hose auf, dann strich er mit einer Hand über die Erektion, als wollte er sich vorbereiten.

Seufzend starrte Adie auf den harten Schaft mit der roten Eichel. Ein Tropfen wie Honig sickerte aus ihrer Vagina, ein weiteres Zeichen ihrer Erregung. Sie wollte ihn berühren, wollte ihn anflehen, seinem Verlangen nachzugeben, aber sie konnte nur auf der Stelle liegen und warten.

»Eine Statue?«, fragte er sich, als das makellose Bild der Frau seine dunklen Pupillen füllte. »Ist sie echt? Ah!« Stöhnend stieß er gegen ihre Spalte.

Adies Sinne hüpften. Er glitt mit dieser flüssigen Sinnlichkeit in sie hinein, mit der auch schmelzende Eiscreme an einem glühenden Augustnachmittag durch ihre Kehle rinnen würde. Es fühlte sich herrlich an, wie er in sie eindrang, bis Schoß gegen Schoß rieb. Sie wünschte, sie könnte dieses Gefühl konservieren und dann immer wieder erleben. Zuerst stieß er langsam in sie hinein; sein Penis bewegte sich wie Satin in ihrer Scheide. Er streichelte ihre Wange und küsste ihre goldenen Lippen. Sie spürte jeden kleinen Stoß seines Schwanzes, jeden heißen Atem auf ihrem Hals, aber immer noch konnte sie sich nicht bewegen. Und sie konnte ihm auch nicht sagen, dass einige feste Berührungen ihrer Klitoris die Lust noch verstärken würden.

Er legte an Geschwindigkeit zu und begann seiner eigenen Lust zu frönen, kurze und schnelle Stöße. Auf seinen Brauen bildeten sich kleine Schweißperlen. Jetzt stieß er tiefer und härter, doch immer noch schnell. Er veränderte den Winkel und stieß gegen ihren G-Punkt. Ihr Bauch spannte sich an. Ein wildes Prickeln setzte zwischen Klitoris und Rückgrat ein.

»Hör nicht auf, hör nicht auf«, sagte sie stumm. Die Sensationen bauten sich auf, drängten sich in ihr Gehirn. Sie erlebte einen Moment absoluter Ruhe, dann wurde ihr Körper vom Orgasmus geschüttelt.

»Oh, Himmel«, murmelte er in ihr Ohr, als sich sein Körper unter ihrem verspannte. Sein Gewicht lag auf ihr, und sein Herz schlug so heftig und schnell, dass sie es gegen ihre Brust spüren konnte. Er krümmte den Rücken und stieß den Schaft in ihre tiefste Stelle. Noch ein einziger Stoß. Seine Augen verengten sich, dann drückte er sie zu. Seine Lippen teilten sich, und sein Schaft zuckte gewaltig, während der Orgasmus die Luft aus seinen Lungen zwang.

Drittes Kapitel

Das Geräusch seines Herzschlags hörte nicht auf, als sie die Augen öffnete, aber es verwandelte sich in ein dumpfes Klopfen gegen die Tür. Adie sah sich blinzelnd im dunklen Zimmer um, dann fand sie ihre Armbanduhr – kurz vor fünf. Sians Bett war noch leer, und im Haus war alles ruhig. Irgendwie gelang es ihr, sich zu konzentrieren. Sie warf sich den Hausmantel über. Der Gürtel fehlte, deshalb hielt sie den Kragen mit einer Hand fest und stolperte durch das ihr nicht vertraute Zimmer.

»Ja, ja, ich komme ja schon«, rief sie. Der schwere Riegel glitt zurück, dann drehte sie den Schlüssel im Schloss.

»Wurde auch Zeit.« Killian schob sich an ihr vorbei, dann drehte er sich zu ihr um, als sie die Tür wieder abschloss. Er schaltete das Licht ein und weckte das Zimmer mit einem sanften orangefarbenen Schimmer. Im ersten Moment entspannten seine Augen, und sein Ausdruck wurde sanfter. »Hat man Sie schon dazu verdonnert, die Tür zu öffnen?«

»Ich habe die kürzeste Kerze gezogen«, antwortete Adie und schlang den Mantel fester um sich. Ihre Nippel waren nach dem Traum noch erigiert. Killian war schlanker und sah noch besser aus, als sie ihn in Erinnerung hatte. Sie sah ihn wieder vor sich, wie er den Sand von ihrem Körper wischte. Sie spürte den Puls der Erregung.

»Das ist eine Überraschung.« Er warf einen kurzen Blick über ihren fast nackten Körper. Adies Wangen brannten, als ihr bewusst wurde, dass er sie wahrscheinlich durch den dünnen Stoff sehen konnte.

»Vielleicht wollen Sie sich zuerst was anziehen«, sagte er.

»Ja.« Sie flüchtete auf ihr Zimmer, zog die Tür hinter sich zu und presste die Stirn gegen den Türrahmen. Sie hatte Angst, dass er ihr folgen würde, und war enttäuscht, als er das nicht tat. Erschöpft setzte sie sich aufs Bettende. Nach einem tiefen Atemzug öffnete sie ihren Koffer und nahm eine leichte Hose und ein Top heraus.

Es klopfte schroff gegen ihre Tür. »Ich habe Kaffee gemacht«, rief Killian. »Sie sehen so aus, als könnten sie ihn brauchen.«

»Ja, prima.« Adie zog sich die Stiefel an und schnürte sie rasch. Sie stand schon an der Tür, als sie sich an den Ehering erinnerte, den Sian ihr gegeben hatte. Sie nahm ihn aus der Tasche und steckte ihn an den Ringfinger. Er passte.

Killian stand im Flur, als sie ihre Schlafzimmertür öffnete. Er reichte ihr einen Becher, und sie nahm ihn und nippte vorsichtig an dem starken Gebräu, dann stellte sie den Becher ab, als ihr Magen protestierte.

»Ich hoffe, dass sich das Team gestern Abend gut um Sie gekümmert hat. Leider ist mir was dazwischen gekommen.«

Sie nickte und schaute fasziniert zu, als er die Lippen gegen den Becherrand drückte. Wie schon zuvor hätte sie ihn gern berührt, aber sie fürchtete seine Reaktion.

»Fangen Sie immer im Morgengrauen an?«, fragte sie stattdessen.

»Meistens.« Er wandte sich ab, und damit schien die Unterhaltung für ihn beendet zu sein. Adie schaute ihm nach, als er die Küche verließ. Als er zurückkam, trug er einen großen Koffer. »Können Sie mir die Tür aufhalten?«, fragte er.

Draußen schien der Mond auf die Stadt hinunter wie das linke Auge von Horus. Adie sah, wie das Mondlicht seinen Glanz auf Killians silberweiße Haare warf. Er schob den Koffer in einen großen Wagen mit Vierradantrieb. Sie probierte noch mal einen Schluck Kaffee, und diesmal sträubte sich ihr Magen nicht.

»Kann ich helfen?«, fragte sie, als er einen weiteren Koffer durch den Flur zog. Sie sah auf den offenen Kragen seines Hemds. Wo sich der Stoff teilte, konnte sie die dunkle Linie seines Schlüsselbeins erkennen. Seine Haut war einige Nuancen dunkler als das Hemdleinen. Sie nahm an, dass er manchmal mit nacktem Oberkörper arbeitete. Auf diesen Anblick freute sie sich jetzt schon.

Killian musterte sie auf seine leidenschaftslose Art. Daran würde sie sich gewöhnen müssen. »Wenn Sie wollen.«

Adie bückte sich und nahm einen der Ledergriffe in die Hand. Sie half ihm, den Koffer anzuheben. Er war schwerer, als sie vermutet hatte, aber sie biss sich auf die Zähne, entschlossen, nicht zu schwach und hilflos zu sein. Als sie die Last gemeinsam in den Kofferraum gehievt hatten, war sie verschwitzt und heiß, und ihr Atem ging schwer.

»Noch einen?«, fragte sie und hoffte, dass sie sich zäh und stark gezeigt hatte.

Killian schüttelte den Kopf. »Ich schaffe das schon. Warum suchen Sie nicht schon mal Ihre Sachen zusammen?«

»Ja, gut.« Man konnte ihm nichts vormachen, und außerdem war sie nicht scharf darauf, sich noch einmal derart anstrengen zu müssen. »Was brauche ich?«

Killian schaute auf die Stellen, wo sich ihr feuchtes Top an die Brüste schmiegte. »Bei Ihrer Haut und diesem Aufzug? Sonnenschutzfaktor fünfzig.« Adie errötete und wandte sich ab. Sie kam sich wie eine blutige Anfängerin vor. »Nehmen Sie Kleider für eine Woche mit, Ihre Zahnbürste und einen Sonnenhut«, fügte er hinzu.

Um Viertel vor sechs erreichten sie Saqqara. Die frühe Morgensonne beschien die Wüstenlandschaft, die wie ein Meer aus Gold aussah. Adie sah verzaubert auf die Totenstadt; sie sah so ganz anders aus als auf dem Fernsehschirm. Nichts hatte sie auf diese gleißende Helligkeit vorbereitet. Rechts sah sie Djosers Pyramide, die in sechs vergoldeten Stufen hinauf zum Himmel führte, umgeben von mehreren Hügeln anderer Pyramiden und *Mastabas,* die zusammengebrochen waren, und über allem der *khamseen*, der heiße Wind, der Staubwolken wie Mückenschwärme vor sich her trieb.

Killian stand schweigend neben ihr. Auf den ersten Blick schien er vom Eindruck der Geschichte um sie herum nicht beeindruckt zu sein, aber als sie sich der Grabungsstätte näherten, glaubte sie, einen sanften Glanz in den kühlen grauen Augen bemerkt zu haben.

Sie ließen die Koffer im Auto und gingen an der zusammengefallenen Pyramide des Unas vorbei – er war der letzte König der fünften Dynastie – und ließen den grubenähnlichen Einstieg zu Sekhemkhets noch nicht fertig freigelegter Grabkammer links liegen, während sie auf einen uninteressant aussehenden Hügel von Schutt zugingen.

»Eindrucksvoll, nicht wahr?«, kommentierte Killian, als sie vor dem Hügel aus Sand und Steinen standen. »Man sieht, warum es in den letzten hundert Jahren schlicht ignoriert worden ist.« Er kratzte mit den Händen ein wenig okerfarbene Erde weg und rollte einige kleine Steinbrocken zur Seite, und darunter lag eine solide Eisentür mit einem dicken Vorhängeschloss. »Wir haben die Tür angebracht, als wir begriffen, dass darunter interessante Funde liegen. Sie sorgt dafür, dass Tiere nicht angelockt und Touristen abgeschreckt werden.«

»Und wahrscheinlich auch die Grabräuber«, fügte Adie hinzu, bevor sie von einem Hustenanfall geschüttelt wurde, denn plötzlich hatte sie die trockenen Sandkörner im Mund.

Killian stieß ein trockenes Lachen aus und nahm einen Schlüssel aus seiner Gesäßtasche. Adie starrte auf seine gespannten Backen, als er das Vorhängeschloss öffnete. Sie hätte ihm am liebsten in die harten Muskeln gegriffen, aber neben dem Risiko einer scharfen Abfuhr bestand auch die Gefahr, dass er durch die Türöffnung flog, und sie hätte Mühe gehabt, den Vorgang dem Team zu erklären.

Die Tür öffnete sich, und vor ihnen lag ein kleiner Vorraum, der zu einer breiten Treppe führte, und aufgeregt folgte sie ihm durch die Tür. Was ihr hier begegnete, war der Grund, warum sie unbedingt bei der Grabung dabei sein wollte. Jahre voller Arbeit, Wochen des Bettelns, erpresserische Drohungen – und nun das. Schließlich stand sie in einem ägyptischen Haus der Toten.

Killian zog die Tür hinter ihnen zu. Er schloss die Morgensonne aus und das Heulen der südlichen Winde. Keine untote Mumien sprangen ihnen aus der Dunkelheit entgegen, keine riesigen Felsbrocken versperrten ihnen den Weg, und keine verborgenen Schätze glitzerten vor ihnen. In der schwarzen Stille verebbte Adies Aufgeregtheit. Sie hatte solche Dinge auch nicht wirklich erwartet, aber trotzdem empfand sie eine leichte Enttäuschung im leeren steinernen Vorraum. Sie schüttelte sich. Der scharfe Geruch tierischer Exkremente stieg ihr in die Nase und ließ sie würgen.

Killians Taschenlampe warf Schatten auf die Wände, die sie als Störenfriede zu beschreiben schienen – und das, begriff sie, waren sie auch. Die verschüttete Grabkammer war der letzte Ruheplatz eines alten Pharaos, und welches Motiv sie auch hatten – sie waren nicht willkommen.

»Passen Sie auf, wohin Sie treten«, mahnte Killian sie. Seine Stimme klang dumpf. »Wir hatten schon einen Unfall, der hat mir gereicht.«

Adie nickte und ließ sich von Killian weiter hineinführen.

Die nächste Treppe führte an weißen Kalksteinmauern vorbei und zu einer steinernen Türöffnung, auf deren Sturz Hieroglyphen eingeritzt waren. Killian schob sie in einen quadratischen Raum. Eine Ecke war eingefallen, aber die linke

Mauer schien noch intakt zu sein. Auf deren Oberfläche befand sich ein breites, buntes Relief. Wesen mit Tierköpfen betrieben irgendein Ritual. Ein Teil des Fries schien herausgestochen worden zu sein, es war genau die Genitalgegend einer der Figuren.

»Puh!« Sie strich mit einer Hand über die farbenfrohen Oberflächen, aber Killian zog sie zurück.

»Schön, nicht wahr?«, flüsterte er in ihr Ohr, und sie spürte seinen Atem auf ihrer Wange. Für den Moment war sie sprachlos, sie konnte nur nicken. Wieso hatte man das so lange übersehen können?

»Der Eingang war unter einem Steinschlag verschüttet«, erklärte Killian und beantwortete damit ihre stumme Frage. »Wir haben ihn entdeckt, als wir eine Kartographie der Gegend anlegen wollten. Touristen waren hineingeklettert und hatten einige Steine weggeschlagen, um eine Lücke reißen zu können, aber dann ist es uns gelungen, den Eingang freizulegen.«

»Was für ein Fund«, sagte sie ergriffen, immer noch fasziniert von den Wandzeichnungen.

»Eher eine Wiederentdeckung. Wir waren nicht die Ersten, die hier unten waren, was man an den Graffitis sieht«, sagte er und zeigte auf die nördlichen und westlichen Wände. »Andere Archäologen hatten schon von einem Nachweis einer Grabkammer in dieser Gegend geschrieben.«

»Ja, aber …« Adie trat einen zögernden Schritt vor. Sie würde gern mit den Fingerspitzen über das antike Bild streichen, aber sie traute sich nicht. »Was stellt es dar?«

Killian trat ebenfalls einen Schritt vor. »Wegen des fehlenden Stücks ist das schwer zu sagen, aber die Gestalt rechts scheint der Pharao als Erscheinung des Horus zu sein. Die kniende Sklavin ist Teil eines Rituals. Die priesterliche Figur im Hintergrund stellt Osiris dar, der möglicherweise seine weltliche Macht an seinen Sohn weitergibt.«

Adie nickte. Sie erkannte die deutlichen Wesenszüge der Gestalten. Horus, der Himmelsgott mit dem Falkenkopf, und Osiris, vermummt wie eine Mumie, trugen die Symbole der Königsmacht – Krummstab und Dreschflegel.

»Manche glauben, dass es sich um die Präsentation einer Fellatio handelt«, fuhr Killian fort, und ein kurzes Lächeln weichte seine harten Gesichtszüge auf. »Andere glauben, dass die Szene eine Waschung oder ein Einsalbungsritual darstellt, wofür die Gefäße sprechen könnten. Unser Team ist gespalten. Sie sind herzlich eingeladen, sich Ihre eigene Meinung zu bilden, aber bitte nicht nach außen tragen.«

Adie schluckte. Sie stellte sich Killian als Pharao vor und sich selbst als Sklavin, die Lippen geöffnet, um seine Erektion aufzunehmen. Er stand sehr nahe bei ihr, und sie konnte seinen Duft riechen, eine exotische, leicht würzige Mischung, dazu noch der Geruch seines Körpers.

»Ist alles in Ordnung mit Ihnen?« Killian legte eine Hand fest auf ihre Schulter. Bei der Berührung leckte ein Schauer der Erregung in ihrem Inneren. Sie widerstand dem Drang, sich an ihn zu lehnen oder aus seiner besorgten Geste eine Umarmung zu erzwingen.

»Adie?«

»Mir geht es gut. Nur ein wenig Schlafmangel, das ist alles«, sagte sie atemlos. »Welche Meinung haben Sie, was das Wandgemälde angeht?«

»Ich habe keine Meinung. Es gibt andere Themen, die viel dringender auf eine Antwort warten.«

»Gut.« Adie trat einen unsicheren Schritt zurück, überrascht vom kalten Realismus seiner letzten Bemerkung. »Was ist eigentlich mit dem fehlen Stück passiert?«

»Ein Forscher namens William Jacobs hat Mitte des neunzehnten Jahrhunderts das Stück herausgehackt. Man erzählt sich, dass er nach einer erfolgreichen Ausgrabung in Gizeh Ende Dezember 1881 nach Saqqara gekommen ist, begleitet von seiner neunzehnjährigen Tochter und ihrem gemeinsamen einheimischen Begleiter. Er betrat die Grabkammer vor seiner Tochter und dem jungen Mann und hat die Genitalien entfernt, um ihre Unschuld zu schützen.«

Killian schüttelte traurig den Kopf. »Die Menschen im viktorianischen Zeitalter hatten einige seltsame Wertevorstellungen. Sie haben unglaubliche Forschungsergebnisse erzielt, aber sie haben auch schlimmen Schaden angerichtet. Sie werden ja auch von anderen Beispielen verstümmelter Statuen und abgehackten Genitalien gehört haben.«

Adie nickte.

»Josef hat eins als Briefbeschwerer benutzt, bis es gestohlen wurde.«

»Dann ist es also eine Fellatio-Szene«, schloss Adie.

»An der Stelle fehlt der Penis, das steht so in Jacobs Tagebuch. Was sich übrigens in der Bibliothek des Kairoer Museums befindet, wenn Sie mal nachschauen wollen.«

»Was hat er mit dem Gemäldeausschnitt angestellt?«

»Wer weiß. Vielleicht taucht es hier noch auf, aber ich bezweifle das. Möglich, dass es einem privaten Sammler verkauft wurde. Wir können nur glücklich sein, dass er nicht die ganze Szene abgemeißelt und nach England geschifft hat. Solche Dinge sind damals oft geschehen.«

Killian drehte sich um und ließ die Stablampe über die Wände gleiten. Nach dem brillanten Wandgemälde schien der Rest der Kammer nichts mehr zu bieten. »Dieser Weg führt in einen weiteren Korridor, aber schon kurz dahinter ist alles verschüttet, vielleicht von einem Erdeinsturz. Davor zweigen weitere Korridore zu einem Netzwerk von Abstell- und Vorratskammern ab. Sie werden sie sich später anschauen können. Bis dahin werden Sie hier arbeiten, damit Sie mir zeigen können, wie Sie drauf sind. Sehen Sie all die Fragmente, die hier überall herumliegen? Ich möchte, dass Sie sie sammeln und sie zusammenstellen. Hoffentlich haben Sie ein Talent für Puzzles.«

Adie unterdrückte einen Seufzer. Noch mehr zerbrochene Krüge. Aber trotzdem, hier hatte sie die Chance, etwas zu finden – vielleicht sogar das fehlende Stück.

»Frühstücken Sie, bevor Sie anfangen. Es wird ein langer Tag für Sie.«

Er hatte nicht übertrieben, dachte Adie an diesem Abend. Die anderen waren kurz nach sechs Uhr eingetroffen und hatten den ganzen Tag gebraucht, um die Beleuchtungsanlage aufzubauen. Es war eine harte, heiße und trockene Arbeit gewesen, und auch die Grabkammer hatte sich langsam aufgewärmt. Matthew und Sian hatten sie immer wieder angetrieben. Killian rackerte unermüdlich; er schien immun gegen die Hitze zu sein.

Die *dahabiyya* erwies sich als umgebautes Fährschiff. Es war in den zwanziger Jahren gebaut worden, um betuchte Touristen auf dem Nil zwischen Kairo und Luxor hin und her zu fahren. Jetzt war es neu eingerichtet worden und enthielt sogar einen gut ausgestatteten Arbeitsraum. Adie hatte versucht, sich Hercule Poirot vorzustellen, Agatha Christies Detektiv, wie er ruhelos auf dem Deck hin und her ging, aber er wäre mit Sicherheit über die vielen Kästen mit Werkzeugen gestolpert.

Es gab ein gemeinsames Abendessen. Lucas hatte ein *fiteer* zubereitet, eine Art gefüllte Pizza mit einem Mürbeteig. Alle hatten geduscht. Killians weiße Haare trockneten allmählich in der Abendsonne. Er schien in dieser Umgebung entspannter zu sein als im Herzen der Totenstadt. In seinen grauen Augen lag ein ferner Blick, als träumten seine Gedanken, während sein Körper Nahrung aufnahm. Adie versuchte, seinen Blick aufzufangen, aber das gelang ihr nicht. Plötzlich fühlte sie sich verlegen und neu.

»Gut gemacht«, sagte Lucas neben ihr. »Du hast den ersten

Tag überstanden, ohne etwas zu zerbrechen.« Er gab ihr einen leichten Klaps auf den Rücken. Nach dem Lob ging es Adie ein bisschen besser.

Sian beugte sich vor und schenkte Kaffee ein. »Mein erster Tag war eine einzige Katastrophe. Ich war so aufgeregt, dass ich es sogar geschafft habe, mir eine Axt in den Fuß zu schlagen.«

»Du machst Witze!«, rief Adie entsetzt.

»Ich wünschte, das wäre so. Ich brauchte drei Monate, bis ich wieder laufen konnte und verpasste den Rest der Saison, aber ich habe eine hübsche Narbe, mit der ich es beweisen kann. Ich werde sie dir irgendwann mal zeigen.«

»Lieber nicht. Mir wird leicht übel.«

Sian hob ihre schlanken Schultern und ging mit der Kaffeekanne zu den anderen am Tisch.

»Wovon träumen Sie?« Adie wandte sich an Killian. Er schien langsam wieder zu sich zu kommen, aber sein Gesichtsausdruck zeigte Verärgerung.

»Ich träume nicht. Ich plane, ich forsche und ich lasse die Fakten für sich selbst sprechen.« Er sah sie kalt an. »Joe scheint Sie für intuitiver zu halten, als eine solche Frage zu stellen. Er glaubt auch, dass ich Ihren Übereifer brechen werde.«

Adie starrte dumpf vor sich hin. Sie hatte oft Erfolg, wenn sie sich von ihren Instinkten leiten ließ, und Joe hatte das erkannt und sie wegen ihrer Fähigkeit gelobt, Muster zu sehen, auf die andere nicht gekommen waren.

»Ich habe keine Zeit für alle Wenns und Vielleichts. Denken Sie daran, Ihre Meinung für sich selbst zu behalten, bis Sie sie mit Beweisen belegen können.«

Adie nickte wortlos und versuchte, die kleine Lektion zu schlucken.

Killian blieb am Tisch sitzen, noch lange nachdem die anderen gegangen waren, womit Sian gerechnet hatte. Sie war an seine Eigenarten gewöhnt, und wenn sie auch seine Gedanken nicht lesen konnte, so erkannte sie doch seine Stimmungen. Jetzt sah sie, dass seine Gedanken auf das Projekt konzentriert waren – und auf Adie. Wenn man seit einigen Jahren unter engen Bedingungen Seite an Seite gearbeitet hatte, wusste man, wann ein Mann scharf wurde. Aber das würde er nicht zugeben, und dank seines gewöhnlichen Charmes würde es Adie gar nicht bemerken.

Früher einmal wäre Sian eifersüchtig gewesen, damals, als sie gerade zum Team gestoßen war. Sie war ganz vernarrt in sein gutes Aussehen und seine ausstrahlende Selbstsicherheit gewesen, aber seither hatte sie erfahren, dass er eine Menge emotionales Gepäck geladen hatte. Sie nahm an, dass der Sex gut sein würde mit ihm, aber den konnte sie auch von Matthew haben, ohne sich wie verrückt zu bemühen. Außerdem waren Killians Kicks nicht ihre eigenen; sie legte Wert darauf, dass ihre Partner mit ihr auf Augenhöhe waren, und mit Killian würde es immer den großen Machtunterschied geben.

Sie schlich hinter seinen Stuhl und presste eine Hand auf seine Schulter.

»Sian«, murmelte er. Niemand sonst von der Mannschaft würde sich eine so vertraute Geste erlauben. Er bewegte sich nicht und sagte auch nichts, als sie die Kaffeetasse aus seiner Hand nahm und einen Schluck trank.

»Igitt! Der ist ja eiskalt! Wie können Sie so ein Zeug trinken?« Sie stellte die Tasse sofort wieder auf den Tisch.

»Ich habe nicht getrunken.«

»Soll ich Ihnen einen frischen aufschütten?«

»Für mich nicht«, sagte er gähnend. »Ich gehe ins Bett. Ich bin seit vier Uhr auf den Beinen.« Er wollte aufstehen, aber Sian legte eine Hand auf seinen Arm, um ihn daran zu hindern.

»Warten Sie. Ist alles in Ordnung mit Ihnen? Sie sehen so aus, als wollten Sie etwas ausbrüten.«

Killian betrachtete sie stumm. Da er sie jetzt ansah, erkannte sie einen flüssigen Schimmer in seinen Augen. Sian erwartete nicht, dass er reden würde. Gewöhnlich hielt er seinen Ärger und seine Leidenschaften in sich verschlossen, auch wenn es trotzdem manche Wutausbrüche gab.

»Mir geht es gut«, antwortete er. Das gleichmäßige Timbre seiner Stimme klang wie eingeübt.

»Adie wird gut zu uns passen«, sagte sie.

»Das hoffe ich. Wenn sie nicht vertrieben wird.«

»Eh?«

»Matthew. Er hat sie den ganzen Tag wie ein Hai belauert.«

»Ah, ja.« Er hatte es also bemerkt. Doch das bewies nur sein Interesse an Adie. Matthew war auf jedes Weib scharf, aber Killian hatte vorher noch nie darüber gesprochen. »Was wollen Sie tun?«, fragte sie.

Killian stieß den Stuhl vom Tisch zurück und stand auf. »Ich werde ins Bett fallen. Ich will morgen früh beginnen, um verlorene Zeit einzuholen.« Er nahm die Kaffeetasse und schüttete den Rest über Bord.

Sian schaute ihm nach, dann ging sie langsam über Deck, dem Bug entgegen.

Adie saß da, das Kinn in die Hände gestützt, als sie über dem heulenden Wind die nahenden Schritte hörte. »Ich dachte, alle lägen schon im Bett«, sagte sie, als Sian neben ihr stehenblieb. Die blonde Frau stellte sich mit dem Rücken zur Reling, während Wasser gegen die *dahabiyya* klatschte.

»Nicht alle. Wir haben über dich geredet.«

Adie hob abwehrend die Schultern. »Sollte ich das wissen?«

»Nichts Schlimmes. Wir versuchen nur, dich besser kennen zu lernen. Und Matthew ist scharf auf dich.«

Adie schob sich auf der Kiste, auf der sie saß, ein wenig nach vorn. »Ich dachte, ihr beide gehört zusammen.«

»Teufel, nein.« Sian schob ihren langen Zopf über eine Schulter und täuschte Empörung vor. »Wir ficken zusammen. Er ist immer für einen Lacher gut, aber für was Ernsthaftes ist er nicht zu haben. Nein, ich würde auch nichts Ernstes mit ihm anfangen wollen. Er braucht zu lange im Badezimmer, wenn du weißt, was ich meine.«

»Ja, ich glaube, ich weiß es. Ich habe euch gestern Abend gehört.«

Sian lachte. »Wir wollten die gute Gelegenheit ausnutzen. Hier gibt es keine Privatsphäre. Jeder kann alles hören.«

»Das werde ich mir merken.« Im Geiste zerriss sie ihren Plan, Killian zu verführen. Außerdem schmerzten noch seine Worte beim Abendessen.

»Ich lege mich jetzt hin«, sagte Sian. »Killian will morgen in alle Frühe anfangen, deshalb solltest du auch schlafen gehen.«

»Ja, werde ich.«

Adie sah ihr nach, dann richtete sie den Blick wieder auf den leuchtenden Himmel. Killians Ausbruch hatte ihr geholfen, Joes Zögern zu verstehen, sie nach Saqqara zu schicken, aber ihre Intuition sagte ihr noch etwas anderes. Vermutlich würde sie das mit der Zeit erfahren. Bis dahin würde sie gute Miene zum bösen Spiel machen, bis Killian ihr einen zeitlich nicht begrenzten Vertrag gab.

Viertes Kapitel

Adie schaute verträumt auf die wandernden Dünen hinter dem schmalen Eingang der Grabkammer. Ihre ersten sechs Tage in Ägypten waren in einem Wirbel von Sand, Schweiß und Zweideutigkeiten verschwommen, wobei die Anzüglichkeiten von Matthew kamen, der die Enge ihrer Zusammenarbeit ausnutzte. Als die beiden neuesten Mitglieder des Teams war ihnen der mühselige Job zugefallen, die zerbrochenen Teile des Putzes vom Boden der Vorkammer zu finden. Das bedeutete viele lange Stunden auf Händen und Knien, und Adie fühlte sich schnell von den exotischen Schönheiten da draußen abgelenkt.

»Drückst du dich wieder?«, fragte Sian, die von hinten an sie herantrat. »Wie ist es hier draußen?«

»Windig.«

»Ich hätte es wissen müssen. Wieder eine schaukelnde Nacht auf dem Fluss, und wieder eine Mahlzeit, die nach Sand schmeckt. Ich hasse diese Jahreszeit. Nun ja, sie sollte bald vorbei sein.«

»Ich dachte, der *khamseen* soll fünfzig Tage dauern«, sagte Adie.

»Tatsächlich? Normalerweise ist so ein Sturm nach ein paar Stunden beendet. Du hast uns Ärger mitgebracht. Seit du hier bist, hat der Sturm nicht aufgehört.«

»Soll ich auch daran noch schuld sein?«

Sian hob die Schultern und blinzelte über ihre billige Sonnenbrille. Sie drückte sich zu Adie in den Türrahmen und schaute ein paar mutigen Touristen zu, die sich gegen den

Wind stemmten. In der Ferne warteten die drei berühmtesten Sehenswürdigkeiten Ägyptens auf sie, während der Sandsturm ihre Umrisse nur wenig veränderte.

»Killian sucht dich.« Sian tauchte in die Vorkammer und nahm einen üppigen Schluck aus ihrer Wasserflasche. Ein Teil des Wassers lief ihr übers Kinn und hinterließ dunklere Stellen auf dem marineblauen T-Shirt. »Er will wissen, ob du Fortschritte machst. Ich würde zu ihm gehen, solange du ihn noch beeindrucken kannst.«

»Danke für den Tipp.«

Killian hatte ihr den Rücken zugewandt, als sie den Raum mit dem Wandgemälde betrat. Seine weißen Haare waren klamm von der Hitze, und sein feuchtes T-Shirt klebte an seinen breiten Schultern. Sie konnte verstehen, wie er die Medien verführte. Er plante solche Auftritte. Wenn sie Indiana Jones haben wollten, trat er verschwitzt und verstaubt aus einem der Tunnel. Und wenn sie den vorbildlichen Wissenschaftler haben wollten, trat er ihnen kühl im dunklen Anzug gegenüber.

Adie konnte sich nicht festlegen, welches Bild sie lieber mochte. Sie wünschte sich nur, dass er nicht so distanziert blieb. Statt Geschichten von seinen Abenteuern bei voraufgegangenen Grabungen zu erzählen, wusste sie inzwischen, dass er von Smalltalk nichts hielt.

»Da ist sie«, sagte Matthew. Er hockte über einem Viereck, das er gerade geräumt hatte. Killian drehte sich halb um.

»Adie, ich habe gerade Matthew gesagt, dass ihr euch auf die Nordwestecke konzentrieren sollt. Versucht, diesen Teil des Reliefs zu rekonstruieren. Vielleicht findet ihr ein Ornamentmotiv oder die Umrahmung irgendeiner Hieroglyphe, die uns Hinweise bringt, wem diese Grabkammer gehört.«

Adie schaute zu der Stelle, die er ansprach.

»Ich habe gesagt, dass wir gleich damit anfangen«, warf Matthew ein.

»Aber was ist mit den anderen Stellen? Wir könnten das fehlende Fragment dort finden, wo wir bisher gearbeitet haben.«

»Eher nicht.«

Adie biss sich auf die Unterlippe. Wenn Killian solche Sachen behauptete, kam es ihr so vor, als hätte die Grundschullehrerin ihr einen Klaps auf die Finger gegeben. »Ist denn ein Ornamentmotiv wichtiger?«

»Sponsoren sind wichtig«, antwortete Killian trocken. »Und unsere Gönner sind glücklicher, wenn sie mit einem Namen aus der Geschichte prahlen können.«

Matthew klopfte den Staub von den Knien seiner Hose, dann schaute er auf die Uhr. »Es bleibt nicht mehr viel Zeit, um damit jetzt anzufangen. Ich schätze, wir verschieben es auf morgen. Es sei denn …« Er leckte sich über die Lippen, während er zu Adie blickte, dann zu Killian. »Es sei denn, wir hängen heute Abend ein paar Stunden dran. Ich weiß nur nicht, was Adie dazu sagt.«

Killian hob eine Augenbraue. »Ihr wisst, dass keine Überstunden bezahlt werden?«

»Ja, ich weiß.«

»Gut. Und Adie?« Er richtete seinen stählernen Blick auf sie.

Adie grinste. »Kein Problem.« Sie nickte begeistert, aber als Killian sich abwandte, starrte sie wütend auf Matthew. So sehr sie auch beeindrucken wollte – sie brauchte ihre abendliche Erholungsphase.

»Ich lasse euch um neun Uhr abholen«, sagte Killian. »Das sollte euch für den Anfang genug Zeit geben.«

»Ich könnte dich umbringen«, sagte Adie zwanzig Minuten später, als der Rest der Mannschaft in den Feierabend gegangen war. »Mir tut alles weh, und heute Abend hätte ich als

Erste unter die Dusche gedurft. Wieso fragst du mich nicht vorher?« Sie rammte ihre Kelle in den Erdboden und zog sie wieder heraus, wobei Dreck durch die Gegend flog.

»He, vorsichtig! Niemand zwingt dich zum Bleiben. Du hättest nein sagen sollen.«

»Als ob das eine Option gewesen wäre! Ich befinde mich noch in der Probezeit.«

»Beruhige dich, Adie. Es ist doch klar, dass er dich behalten wird.«

»Woher weißt du das denn, du Genie?«

»Weil er scharf auf dich ist, und das kann ich ihm nicht verübeln.« Er grinste sie fröhlich an, und sein Blick fixierte sich auf ihre Brüste, die sich gegen den runden Halsausschnitt drängten, als wollten sie herauskullern.

Adie schürzte die Lippen und stieß ihn mit der Kelle an. Die ganze Woche lang hatte er versucht, ihr einzureden, dass Killian eine Schwäche für sie hatte. Es war das langweilige, vorausschaubare Ende jeder Unterhaltung zwischen ihnen geworden. »Das nächste Mal fragst du mich zuerst, bevor du mich zum freiwilligen Dienst anmeldest«, sagte sie. »Und hör auf, meine Titten anzustarren.«

»Das hat dich bisher nicht gestört.«

»Es stört mich.«

Matthew starrte weiter, und Adie wurde wütend. »Ich habe dir gesagt, dass ich kein Interesse habe«, sagte sie und bemühte sich, sein freches Grinsen nicht mit einem Lächeln zu beantworten. Trotz ihrer Behauptung spürte sie die ersten Anzeichen einer Erregung in ihrem Innern. Selbst nur ein paar Minuten in Killians Gegenwart schienen ihre Sinne anzufeuern. Sie fragte sich, ob sie allmählich besessen von ihm war. Und Matthew spielte mit ihrem Verlangen. Er zog einen Finger über die flammendrote Wange, dann am Kinn vorbei und hinunter zum Hals.

»Ich vergesse nicht, dass du dich für den Boss aufsparen

willst«, sagte er. »Aber bis er in die Hufe kommt, wirst du vergessen haben, was du eigentlich mit ihm tun wolltest.«

Adie versteifte sich bei seiner Berührung. Ihre Nippel wurden deutlich härter unter dem T-Shirt. Bleib ganz kühl, mahnte sie sich. Sie hatte sein Angebot, mit ihm ohne jede Verpflichtung zu schlafen, mehrmals abgelehnt und gesagt, dass sie davon nichts hielt. Aber vielleicht würde es ihr helfen, eine Perspektive zu finden.

»Wirst ganz schön heiß, was?«, fragte Matthew und strich mit dem Daumen über ihren Hals.

»Nein.«

»Bist du da sicher?« Matthew strich mit dem Finger tiefer, nahm sich eine Brust vor und kreiste um den Nippel. »He«, sagte sie, wich aber nicht zurück.

»Wie wäre es, wenn ich dir eine Massage verspreche, um die Schmerzen deines Körpers zu lindern?«

»Das würde dir gefallen, was?«

»Ja, aber dir auch.« Er klatschte in die Hände, dann blies er auf die Handflächen, um sie zu wärmen. »Ich glaube, ich könnte jetzt sofort damit anfangen. Am besten mit ihnen.« Er berührte ihre Brüste und spreizte die Finger, um ihre Nippel zu umspannen. Adie stöhnte und spürte, wie ihr Höschen feucht wurde. Matthew trat näher an sie heran, bis sich ihre Nasenspitzen fast trafen. »Sage nein, wenn ich aufhören soll.«

Seine Zungenspitze erforschte ihre Lippen mit der Zartheit von Seide, dann öffnete er sie und drang langsam hinein. Die Sensationen liefen ihre Kehle hinunter wie schwerer Wein. Ihre empfindsamen Nippel kribbelten. Sie streckte die Hand aus nach ihm und wollte über seine Schenkel streichen, aber er schob sich aus ihrer Reichweite. »Ah«, neckte er, »ich bin mit meiner Massage noch nicht fertig. Es gibt noch ein paar Stellen, die ich durchkneten will.«

Adie setzte sich auf die Waden. »Ich finde, ich verdiene eine Revanche.«

»Wieso? Willst du meine Nippel streicheln?«, fragte er und hob sein Polohemd an. Adie war überrascht, dass es golden aufleuchtete. Seine linke Brustwarze war gepierct.

»Nicht unbedingt.«

»Wenigstens mal kurz drücken?« In seiner Stimme klang ein bisschen Enttäuschung mit, und sie vermutete, dass seine Nippel zu seinen erotischen Zonen gehörten. Sie hätte gern gewusst, ob es ihn anmachte, wenn das Metall durch die Öffnung gezogen wurde. Ach, es war niemand in der Nähe, und es gab nur einen sicheren Weg, das herauszufinden.

Sie kroch auf ihn zu und berührte mit scheuer Neugier das kleine Metallstück mit der Zunge. Er stöhnte leise und strich mit den Händen ihren Rücken entlang bis zu ihren Pobacken. »Hm, da haben wir ja einen String«, murmelte er, nachdem er auf dem Po keinen Saum eines Höschens gefunden hatte. »Ich habe eine Schwäche für Strings.«

Adie legte den Kopf schief und schaute zu ihm hoch. »Ich bin sicher, du siehst bezaubernd in ihnen aus. Trägst du jetzt auch einen String?« Sie drückte ihre Lippen auf seinen Bauch, direkt über dem Nabel, dann öffnete sie seinen Gürtel und den obersten Knopf der Hose. Der rosige Kopf des Penis streckte sich gegen den Bund der Shorts. Matthew zog sein Hemd über den Kopf, und Adie zog Hose und Shorts mit einem Ruck nach unten, sodass sein Penis frei schwingen konnte.

»Lutsch mich«, sagte er heiser.

Adie lachte, doch sie gehorchte. Sie leckte am Bändchen unterhalb der Eichel, dann drückte sie leichte Küsse von der Spitze bis zur Wurzel und wieder zurück, ehe sie ihn in den Mund nahm. »Ah«, stöhnte er, als sie ihre ganze Aufmerksamkeit auf die oberen sechs Zentimeter seines Schafts richtete. Mit einer Hand umfasste sie seine Hoden, dann nahm sie die hüpfenden Bälle in den Mund. Sie mochte Fellatio. Sie liebte die Macht, einen Mann ganz in ihrer Gewalt zu haben.

»Adie«, zischte er mit brüchiger Stimme. Schweißperlen hatten sich auf seiner Oberlippe gebildet. Er biss sich auf die Unterlippe, bis die Farbe daraus verschwand. »Hör auf, sonst komme ich gleich.«

»Wirklich?« Sie hob eine Augenbraue. »Ein Mann, der nicht in meinem Mund kommen will, das ist was Neues.«

»Adie! Natürlich will ich! Aber nicht jetzt!«

Sie ließ ihn los, nachdem sie noch einmal mit der Zunge über die Eichel geleckt hatte. Matthew zog Adie hoch und umarmte sie. Er schloss ihren Mund mit seinem, dann wandte er sich wieder ihren Brüsten zu. Er leckte ihre Nippel, bis ihr T-Shirt durchnässt war, dann zog er es ihr über den Kopf und hakte den BH auf. »Wo hast du denn gelernt, so gekonnt zu saugen?«

»Das möchtest du wohl gern wissen, was?« Ihre Technik hatte sich schon in den frühen Collegetagen entwickelt, um ihre Freunde von ihrer Pussy fernzuhalten. Sie war fast zwanzig, als sie das erste Mal mit einem Jungen geschlafen hatte.

Matthew griff mit einer Hand in ihre Hose. Seine Handfläche fühlte sich heiß auf ihrer Haut an. Adie öffnete die Schenkel, und er strich mit einem Finger in ihre Spalte. »Hast du was zum Überziehen?«, fragte sie.

»Für wen hältst du mich?« Er bückte sich und kramte in seiner rechten Hosentasche. »Feinstes *kababit,* eine Aufmerksamkeit der freundlichen Zamalek Apotheke«, sagte er mit dem Akzent der Kairoer. Er riss die Folie mit den Zähnen auf, dann beendete er die Prozedur mit der Hand, die bisher in ihrer Hose gesteckt hatte.

Adie schaute fasziniert zu, wie er den Pariser über seine Erektion zog. Ihr gefiel, dass er keine Spur von Verlegenheit zeigte, auch nicht, als er bemerkte, dass sie ihm eifrig zuschaute. Sie erwischte sich bei dem Gedanken, dass sie wünschte, er wäre Killian, auch wenn sie bezweifelte, dass ihr Boss so entspannt gewesen wäre.

»Du hast immer noch zu viele Klamotten an«, sagte Matthew, als er sich über sie schob. Sein Penis zielte zwischen ihre Schenkel, während sie ihre Hose von den Füßen streifte.

»Komm näher«, raunte sie.

»Vielleicht so?« Die ersten zwei Zentimeter glitten in sie hinein. Sie hielt die Luft an, weil die Hitze seines Schafts sie fast versengte, und dann wegen der Sensation, von seinem Schaft gedehnt zu werden. Es war zu viel, und doch nicht genug. Sie wand sich vor ihm, damit sie ihn tiefer in sich aufnehmen konnte, und fühlte den pikanten Kick wie ein Kratzen im Gehirn.

Matthew drückte ihre Schenkel mit seinen Knien zusammen. Ein Schwall cremiger Flüssigkeit befeuchtete ihre enge Pussy, als er in sie hineinstieß, so tief, wie es ihre Position in diesem Moment zuließ.

»Ah, das fühlt sich gut an«, keuchte er, sein Atem heiß an ihrem Ohr. Er umarmte sie noch etwas fester und hauchte eine Serie von Küssen auf Gesicht und Haare.

Ihr Orgasmus baute sich auf, und ihr Blut donnerte durch ihre Lenden wie ein außer Kontrolle geratener Expresszug.

»Kannst du so kommen?«, fragte er. Adie nickte. Sie wusste durch seine ruckenden Bewegungen, dass er nicht weiter vom Ziel entfernt war als sie.

»Ein bisschen schneller«, flüsterte sie.

Er stieß den Atem aus. »Ich versuche es.«

Matthew grub seine Finger in ihre Pobacken. Er knetete das Fleisch, während er auf seine Selbstbeherrschung achtete, der er nicht mehr viel zutraute.

Adie krümmte ihren Rücken. Ihre Nippel verhärteten sich; sie ratschten bei jedem seiner Stöße über seinen Brustkorb. Es begann in ihr zu summen, und die Hitze breitete sich in ihr aus wie ein Präriebrand. »Noch ein bisschen mehr«, bettelte sie und schrie dann auf, als der bittersüße Lustschmerz an ihrer Haut nagte, kurz bevor ihr Leib im Orgasmus geschüttelt wurde, und vage nahm sie wahr, dass auch Matthews Körper vor und zurück ruckte, während er sich in das Kondom ergoss.

Matthew stand noch über sie gebeugt da, federte sein Gewicht aber rücksichtsvoll mit den Ellenbogen ab. Adie gab einen Seufzer von sich und strich über seine Schulter. Seine Haut war feucht vom Schweiß und vom Dreck beschmutzt, aber Adie sah auch nicht besser aus.

»Kurz, aber intensiv«, murmelte er, dann drehte er den Kopf und gab ihr einen Kuss auf die Nase. »Puh, ich glühe noch«, sagte er. Adie rieb sich an seine Wange und genoss die Wärme und seine Nähe, bis er die Erektion verlor und sich aufrichtete. »Der Ruf der Natur«, sagte er grinsend und zog das Kondom ab. Sie sah, wie er die Hose hochzog. »Nur ein paar Sekunden, dann bin ich wieder da«, sagte er.

Matthew lief die Treppe hoch in die Nachtluft. Er rieb sich die nackten Arme warm. Er lauschte, und selbst die leisesten Geräusche entgingen ihm nicht. In der Totenstadt schien es ungewöhnlich still zu sein, als wollte sie etwas verbergen, als hielte sie den Atem an, bis er gegangen war.

Er fand eine abgeschiedene Stelle, an der er sich erleichtern konnte. Dabei sah er sich nervös um, denn er wollte nicht erwischt werden. Seine Anspannung wuchs noch, als er einen Motor hörte. Matthew zog rasch den Reißverschluss hoch, dann sprintete er über den sandigen Boden auf den Parkplatz zu.

Tatsächlich, er konnte Killians Auto ausmachen, und durch das Fenster erkannte er auch die Umrisse des Fahrers. Er hatte wahrscheinlich die Fundstücke des Tages abgegeben und war sofort nach Saqqara zurückgekehrt.

Matthew schluckte gegen den harten Kloß an, der sich in seiner Kehle gebildet hatte. Er hoffte, dass Adie ihre Kleider wieder angezogen hatte, sonst würden sie beide in ernste Schwierigkeiten geraten. Er musste sie warnen. Er rannte zurück.

Die Grabkammer lag im Schatten, und ohne Matthew fühlte sich Adie einsam. Sie wälzte sich auf den Bauch und strich in Gedanken über das Gemälde. Es schien sich auch unterhalb des Bodens noch fortzusetzen. Adie hob eines der abgemeißelten Stücke auf, dann griff sie zur Stablampe und richtete den Strahl auf die Stelle, an der sich Wand und Boden trafen. Schmetterlinge flatterten in ihrem Bauch. Da war doch was ... Mit der Kelle kratzte sie den Erdboden auf. Nur die obere Lage war fest, darunter war der Boden locker. Sie grub ein wenig tiefer, und sie sah, dass das Bild tatsächlich tiefer ging.

»Matthew«, rief sie, obwohl sie ahnte, dass er nicht in Hörweite sein würde. Ihre Stimme hallte von den Wänden wider, aber sie war zu aufgeregt, um sich davon irritieren zu lassen. Sie richtete sich auf und rannte die Stufen hoch, um ihn zu suchen.

Vor der Tür blieb sie einen Moment stehen und stieg in ihre Stiefel. Der Wüstenwind schob die Sanddünen langsam nordwärts. Das Zwielicht der Dämmerung war voller Staub, der sich in ihre nackte Haut biss.

»Matthew!«, rief sie wieder. Mit einem Arm bedeckte sie die Brüste, als sie auf die nächstgelegene Düne zulief. Sie nahm an, dass er dahin gelaufen war, um in aller Ruhe seine Blase leeren zu können.

»Wo, zur Hölle, bist du?«

Sie trat gegen einen Stein, der zur Seite fiel, und darunter bewegte sich etwas. »Oh, verdammt«, rief sie und rannte wie aufgedreht zurück. Der Skorpion, den sie gestört hatte, war mit einem dicken Panzer geschützt. Er rannte auf sie zu, während Adie hastig die Flucht antrat und wieder versuchte, ihre

Brüste bedeckt zu halten. Der Sand unter ihr gab nach, und abrupt fand sie sich auf ihrem Po wieder, den Blick zum Himmel gerichtet.

Der Himmel schillerte in vielen Blautönen. Adies Mund klappte auf, als sich in ihrem Kopf das Bild von Pferd und Reiter oben auf dem Gipfel der Düne abzeichnete. Im verführerischen Mondlicht kam es ihr so vor, als sähe sie Rudolph Valentino vor sich, der direkt aus dem Film *Der Scheich* auf die Düne geritten wäre. Sie musste blinzeln, und schon war er weg.

Die scharrende Bewegung des Skorpions zwang ihren Blick wieder nach unten. Er befand sich jetzt fast auf der Höhe ihrer Füße, und ihre Zehen verkrallten sich instinktiv in den Stiefeln. Entsetzt sprang Adie auf und floh zurück zur Ausgrabungsstätte.

Matthew wartete an der Tür auf sie, komplett angezogen. »Was machst du denn?«, schimpfte er und starrte auf ihre nackten Brüste. »Willst du, dass wir beide gefeuert werden?«

»Ich habe versucht, dich zu finden«, gab sie zurück, als er sie durch den Eingang schob. »Ich glaube, ich habe eine Entdeckung gemacht.«

»Welche denn? Einen FKK-Strand?«

»Einen Eingang, glaube ich. Ich habe mir die Bilder auf der rechten Wand angesehen, und da beschlich mich irgendein Gefühl.« Sie stolperte über ihre Schnürsenkel und wäre beinahe ebenso gestürzt wie vor ihr Bill, für den sie eingesprungen war, aber Matthew konnte sie rechtzeitig auffangen.

»Das ist wirklich faszinierend«, blaffte er, und jetzt erst sah Adie die Panik in seinen blauen Augen.

»Was ist denn los?«

Matthew zog sie die Stufen hinunter in die Vorkammer mit dem Wandgemälde. Er bückte sich nach ihren Kleidern und drückte sie in ihre Arme. »Killian ist gerade zurückgekommen, er kann jede Minute hier eintreffen. Also zieh dich gefälligst an, bevor er hier auftaucht.« Er rieb über die schmale Schweißlinie auf der Oberlippe.

Adie zog sich schnell den BH an, darüber ihr Top. Über sich hörten sie das Quietschen der Türscharniere und kurz darauf das dumpfe Poltern der Stiefel auf den Stufen. Adie griff mit gespreizten Fingern durch ihre zerzausten Haare, und einen Moment später trat Killian vom Flur in die Kammer. Er verharrte nur einen Moment auf der Schwelle und sah sie beide argwöhnisch an, seine gemeißelten Gesichtszüge versteinert wie Granit.

»Alles fertig?«, fragte er.

»Adie hat eine Entdeckung gemacht«, platzte Matthew heraus. Er trat irgendwas mit dem Fuß in den Schatten, den einer der Arbeitstaschen bildete. Adie warf einen heimlichen Blick darauf und musste voller Erschrecken feststellen, dass es ihr String war. Sie presste ihre zwei Schneidezähne auf die Unterlippe, aber dann fiel ihr auf, dass Killian sie beobachtete, deshalb zwang sie sich zu einem freundlichen Lächeln.

Matthew stolperte vor. »Wir haben mit der Arbeit aufgehört, als wir es entdeckt haben. Wir hielten es für besser, wenn Sie sich die Entdeckung erst einmal ansehen.« Seine Stimme klang ein wenig überfallartig und verzweifelt.

Adie rieb sich die Nase. Killian starrte sie an. »Das Bild setzt sich unter dem Boden fort. Ich glaube, dass wir vielleicht auf die Stufen gestoßen sind, die in die richtige Grabkammer führen«, sagte sie.

»Alles nur wegen einer Kerbe in der Wand? Es handelt sich eher um einen strukturellen Schaden.« Killian trat einen Schritt auf sie zu und nahm einen kleinen schwarzen Käfer aus ihrem Haar. »Normalerweise befindet sich die Grabkammer am Ende einer sich neigenden Passage, die sich von der Mauer im Süden her öffnet.« Er drehte sich um und besah sich die Stelle genau. Da führte tatsächlich ein Flur nach unten.

Adie knirschte mit den Zähnen, aber es gelang ihr zu entspannen, bevor er sich wieder zu ihr umdrehte. Seine überlegene Logik ärgerte sie. Er hatte wahrscheinlich Recht, aber musste er es auf diese Weise sagen?

»Zeige es mir.«

Adie führte ihn zur Wand. Er kniete sich auf die Stelle, an der sie eben noch nackt gelegen hatte, und überprüfte das Gemälde, indem er mit den Fingern darüber fuhr.

»Du hast Recht. Da ist irgendwas. Wir schauen uns das morgen genauer an, dann erfahren wir, ob es von Belang ist oder nicht. Sucht eure Sachen zusammen, dann fahren wir zum Boot.«

»Was machen wir mit den Fragmenten?«, fragte Adie.

Killian warf einen Blick auf den Haufen zu seinen Füßen. »Bringt mit, was ihr bisher gefunden habt, dann können wir anfangen, am Puzzle zu arbeiten.« Er wandte ihnen den Rücken zu, was Adie die Chance gab, sich nach ihrem String zu bücken, bevor sie ihm nach oben folgte.

Er schien ihre Erklärung akzeptiert zu haben.

Nur einige Schritte entfernt starrte Dareth Sadler aus dem Schutz eines Leihwagens durch das Fernglas auf den Schutthaufen, der die Ausgrabungsstätte markierte. Viel gab es da nicht zu sehen, aber erste Eindrücke konnten oft täuschen, und er hatte aus zuverlässiger Quelle erfahren, dass Carmichael ein Team zusammengestellt hatte, das da unten grub. Obwohl Dareth sich allmählich fragte, welche Arbeiten sie verrichteten, denn er hatte eben gesehen, wie sich zwei Leute des Teams halb nackt über das Gelände jagten.

»Kannst du mir mal erklären, warum dieser Schutthaufen so aufregend sein soll?«, fragte er seinen ägyptischen Begleiter. »Und warum ich ihm mein nächstes Buch widmen soll?«

Der Mann bedachte ihn mit einem schiefen Lächeln, wodurch eine hakenförmige Narbe auf der rechten Wange sichtbar wurde. »Es geht um ein pornographisches Wandgemälde aus der frühen Dynastie.«

Dareth ließ das Fernglas sinken und wandte den Kopf zum Fahrersitz. Jamal grinste.

»Ich dachte, das könnte dein Interesse wecken«, sagte Jamal. »Ich hoffe, du hast genug *guineas* mitgebracht.«

»Und wie hast du das herausgefunden?«, wollte Dareth wissen. Er fing die kleine Figurine ein, die vom Rückspiegel herunterhing, und bewegte sie zwischen Daumen und Zeigefinger. Er hatte eine üppig ausgestattete Frau erwartet, aber dann sah er, dass sein eigenes Image ihn anstarrte. Er hob eine Augenbraue. »Hübsches Spielzeug. Aber mit solchen Sachen gibst du dich sonst nicht ab. Schmuggelware?«

Jamal nickte. »Freunde von mir haben einen Stand auf dem Markt. Als sie hörten, dass du kommst, haben sie das produziert. Und ich dachte, es würde dir gefallen.«

»Ich schätze, ich sollte mich geschmeichelt fühlen. Wenigstens haben sie mich gut angezogen.« Er öffnete die Hand und ließ das Püppchen an der winzigen Kette drehen. »Wie hast du von diesen Ausgrabungen erfahren?«, hakte Dareth nach.

Jamal ließ die Hände über das Lenkrad gleiten. »Ich hatte das Glück, jemanden von der Mannschaft in einer Bar kennen zu lernen. Er betrank sich mit Gin. Später erfuhr ich, dass er sich am nächsten Tag ein Bein gebrochen hat, vermutlich vom Kater. Er beschrieb das Wandgemälde. Der Pharao ist als Horus gemalt, und er lässt sich von einer knienden Sklavin saugen, aber genau dieses interessante Detail fehlt.«

»Weiter.« Dareth setzte das Fernglas wieder an, um einen zweiten Blick auf den Schutthaufen zu werfen. Die Geschichte mit dem Wandgemälde hörte sich spannend an, aber seine bisherigen Bücher hatten sich ausnahmslos mit beeindruckenden Monumenten beschäftigt, wie mit den sechs goldenen

Stufen zu Djosers Pyramide zu seiner Rechten, die man auch leicht fotografieren konnte.

Wenn er sich dieses Projekts annahm, brauchte er Innenaufnahmen, und die waren nicht so leicht zu beschaffen. Zum Glück konnte Jamal zaubern, wenn es darum ging, Ägyptens sich ständig verändernde Vorschriften zu überlisten und die Schreibtischhengste gleich mit.

»Im Ägyptischen Museum hütet man das Tagebuch eines Forschers, der so freundlich war, in der viktorianischen Zeit seine Abenteuer in dieser Grabungsstätte aufzuschreiben. Vielleicht lohnt es sich, das mal zu lesen.«

Dareth stieß ein skeptisches Grunzen aus. »Das muss ich mir erst einmal zu Gemüte führen. Wahrscheinlich hat er nur festgehalten, wie viele Dynamitstangen er gebraucht hat, um die Grabungsstätte in Schutt und Asche zu legen.« Er steckte das Fernglas ins Etui. Er wollte das Tagebuch nicht völlig ignorieren, vielleicht enthielt es nützliche Pläne und Zeichnungen. Das hieß, wenn Carmichael es nicht schon ausgeliehen hatte. Er ließ sich in den Beifahrersitz zurücksinken. Vielleicht konnte er nutzen, was er bisher vom Team gesehen hatte.

»Okay, das genügt. Fahre mich nach Kairo zurück.«

Fünftes Kapitel

Killian wachte von den ersten Strahlen auf, die durch die Jalousie seines Kabinenfensters fielen. Die warmen Laken rieben verführerisch über seine Haut, als wollten sie ihn dazu bringen, im Bett zu bleiben. Er verschränkte die Hände hinter dem Kopf und war froh, dass er noch ein wenig ausspannen konnte. Es war erst zwanzig nach fünf.

Es würde ein arbeitsreicher Tag werden. Neben allem anderen musste er Adies Entdeckung erforschen. Die Aussage, dass sie etwas gefunden hatte, überraschte ihn immer noch, denn als er die Kammer betreten hatte, schien nichts nach Arbeit auszusehen. Im Gegenteil. Ihre Kleidung war ziemlich zerknittert gewesen, sie hatte die Stiefel nicht geschnürt, und Matthews panischer Blick hatte eher darauf schließen lassen, dass sie mit etwas ganz anderem beschäftigt gewesen waren.

Er setzte sich abrupt auf. Das Bild ihrer sich windenden halb nackten Körper auf den herumliegenden Artefakten ließ Galle aufstoßen. Er griff nach Quellwasser, das neben seinem Bett stand, aber der Geschmack im Mund blieb.

Natürlich war es nicht wirklich eine Überraschung gewesen. Er war früher zurückgekommen, weil er Matthews Motiven nicht traute. Er hatte wie wild mit Adie geflirtet. Er wünschte, Adie wäre wählerischer oder auch zurückhaltender als andere in der Mannschaft. Er wusste von Sians und Matthews sexuellen Spielen, und auch Bill hatte immer schon eine Menge Schwierigkeiten mit Frauen gehabt.

Es klopfte an seiner Tür, und seine Gedanken wurden unterbrochen. »Herein.«

Lucas steckte den Kopf durch die Tür. »Ich treffe mich heute mit Mark Leyham«, sagte er. »Ich wollte Sie nur daran erinnern.«

Killian presste die Finger gegen seine Braue und bedauerte die Entscheidung, Lucas an das Team auszuleihen, das bei Unas' Pyramide arbeitete. »Das hatte ich tatsächlich fast vergessen. Wie lange will er dich behalten?«

Lucas trat durch die Tür, zog sie aber nicht zu. »Ich bin mir nicht sicher.« Er schob die Brille die lange Nase hoch. »Er möchte, dass ich mir einige Inschriften ansehe, die sie im Tempel gefunden haben.«

»Nun, bleib nicht den ganzen Tag weg. Wir haben eine Menge zu tun.«

»Ich gebe mir Mühe.« Er wollte zurück durch die Tür.

»Warte!«, rief Killian. »Nimm Matthew mit. Für ihn wird es eine wertvolle Erfahrung sein.«

Lucas runzelte die Stirn über dem Rand der ovalen Brille. »Ich dachte, Sie hätten gesagt, es gäbe viel zu tun.«

»Das stimmt, aber wir werden es verschmerzen.« Es war Zeit, dass er Adie Hamiltons Fähigkeiten einem Test unterzog, und er nahm an, dass sie produktiver arbeitete, wenn sie allein war.

»Wie Sie wollen.« Lucas schaute auf seine Uhr. »Dann gehe ich besser. Ich möchte Mark nicht warten lassen.«

»Schick Adie zu mir, sobald sie gefrühstückt hat«, sagte Killian.

Die Tür wurde wieder geschlossen, und Killian ließ sich zurück in die Kissen sinken. Wenn Matthew und Lucas weg waren, blieben nur noch er und Sian übrig, um die intakten Teile des Wandgemäldes zu stabilisieren, während Adie die verlorenen Teile auf dem Boden suchen würde. Das war mehr als genug, um sie beschäftigt zu halten – und um seine dunklen Gedanken aus seinem Bewusstsein zu verbannen. Joes Vorahnungen hatten einen alten Dämon geweckt.

Killian strich mit einer Hand über seinen Torso. Saqqara – das war seine erste Liebe, aber es war auch eine lebendige Mahnung an Versagen und Schande. Dieser Gedanke, verbunden mit der süßen Sensation, als das Laken über seine Eichel strich, ließ ihn empfindlich werden. Er warf die Laken zurück und ging barfuß über den Holzboden zum provisorischen Anziehtisch. Ihm war bewusst, dass er halb hart war.

Ein viereckiges Tuch lag zerknüllt auf dem Boden. Killian starrte auf das uralte Erinnerungsstück, dann bückte er sich und hob es auf. Selbst nach all diesen Jahren hatten der Stoff und der Geruch ihren Zauber noch nicht verloren. Er musste lächeln. Es schien ein ganzes Leben lang zurückzuliegen, damals, auf dieser Grabungsstätte in England. Er hatte das Banner, das seine Studenten ihm in der Hoffnung untergeschoben hatten, dass er einen Narren aus sich machte, aus dem Dreck gezogen. Aber nach weniger als einer Minute hatte er es als Produkt des zwanzigsten Jahrhunderts entlarven können, allein schon vom Geruch her. Der schwache Duft des Sandelbaums war immer noch wahrnehmbar.

Er trat unter die Strahlen des Duschkopfs und hatte das Baumwolltuch noch in der Hand. Er erinnerte sich an das schwarzhaarige Mädchen, dessen Zimmer es mal geschmückt hatte, und an die Nächte, die er bei ihr verbracht hatte, damals, als er noch ein Sexleben hatte. Auch sie hatte nach Sandelholz geduftet.

Adie Hamilton duftete nach Talkumpuder mit Jasmin.

Verloren in den Erinnerungen, ließ Killian das rote Tuch über seinen Bauch kreisen. Er schloss die Augen und spielte mit den Fingern an der empfindlichen Eichel seines Schafts. Statt seiner früheren Geliebten sah er Adie vor sich, die Haare zerzaust und noch ein bisschen verschlafen, die Umrisse ihres Körpers durch die Seide des Morgenmantels zu erkennen.

Er schüttelte den Kopf, als wollte er den Gedanken abschütteln. Sie war tabu, es war gegen seine Prinzipien, und sie hatte sich an Matthew verschwendet. Außerdem hatte er Joe versprochen, sich auf Distanz zu halten. Aber das Bild von ihr verfolgte ihn.

Er erinnerte sich, wie sie auf ihrem Sitz gethront hatte, als er sie am ersten Morgen nach Saqqara gebracht hatte. Die frühe Sonne hatte ihre braunen Haare mit hellen Lichtern besprenkelt und die Wangen gerötet, wann immer sie ein Gähnen unterdrücken wollte. An diesem Morgen hatte Killian sich das erste Mal seit langem heiß unter dem Kragen gefühlt.

Das Wasser rann seinen Körper hinab. Er hob wieder das rote Tuch. Ein dünner Faden des Sehnsuchtstropfens blieb daran hängen, er sah wie ein seidiges Spinngewebe mit Regentropfen aus. Er fragte sich, wie Adie wohl aussah, wenn sie ein Höschen in dieser roten Farbe trug; ein dünner String zwischen den hübschen runden Backen. Er schloss die Augen wieder und sah vor sich, wie er am String zupfte, dann ließ er den Schwanz in die warme Spalte ihrer Backen gleiten.

Er hatte nie Blondinen bevorzugt. Vielleicht war das der Grund, warum er nie dem überzeugenden Charme Sians verfallen war. Er fragte sich, ob er einen ähnlichen Grund finden würde, um sich von Adie fernzuhalten.

Die Bilder von ihr kamen schneller, als er nicht mehr versuchte, sie zu verbannen. Sensationen spannten sich in seinen Lenden. Er presste sich gegen die kalten Fliesen und stellte sich vor, wie er seinen Penis in das schattige Tal ihrer Backen rieb. »Ja«, murmelte er, schmiegte sich an ihren Hals, während er den pochenden Schaft auf sein Ziel zusteuerte. »Entspann dich, Adie, du kannst mir vertrauen …«

Das Bild der Penetration war nahezu überwältigend. Sein Penis zuckte, gefangen zwischen seinem Körper und den harten Fliesen. Sein Orgasmus setzte in den Hoden ein; er erwischte ihn wie der Biss einer Peitsche und schickte Strahlen der Lust durch seine angespannten Muskeln. Sein Samen klatschte gegen die Fliesen.

Er sackte zusammen und ließ das Tuch fallen. Der Exorzismus war abgeschlossen. Er rieb sich das Wasser aus den Augen und suchte die Seife. Das alles lag nur an einer neuen Frau im Team, und dazu noch die relativ neue Grabungsstätte. Mit Adie hatte es nichts zu tun. Sie war ein Teil der Mannschaft, mehr nicht. Das würde er sich noch beweisen.

Adie blieb vor Killians Kabine stehen und starrte einen Moment nachdenklich auf die Tür. Sie biss sich auf die Unterlippe und fragte sich, warum er sie so früh am Morgen allein sprechen wollte. Obwohl sie gern geglaubt hätte, dass er sie zu einer erotischen Liaison einladen wollte, gab es nur zwei ernsthafte Möglichkeiten. Entweder beschloss er, sie nach ihrer Entdeckung mit einer verantwortungsvolleren Arbeit zu betrauen, oder er hatte irgendwie herausgefunden, was gestern Abend zwischen ihr und Matthew gelaufen war, dann wäre sie reif für einen Verweis.

Adie hoffte, dass sie wegen eines kurzen Spaßes nicht alles verdorben hatte. Mehr als ein Spaß war es ganz sicher nicht gewesen mit Matthew. Sie atmete tief ein und klopfte.

»Komm herein«, rief er. Seine Stimme klang wie immer, kühl und neutral.

Adie öffnete die Tür und schaute um die Ecke. Das einzige Licht in der Kabine fiel durch die Schlitze der Jalousie. Die Luft roch nach Wasserdampf. Killian stand neben einer Kommode und rubbelte seine weißen Haare trocken. Er sah noch köstlicher aus als sonst, was an einem schlichten Bademantel aus ägyptischer Baumwolle lag, der an seiner feuchten Haut klebte.

Adie schloss aus seiner Kleidung, dass er keinen Verweis aussprechen würde. Irgendwie glaubte sie, dass er sonst anders gekleidet wäre, formeller. Erleichtert und voller Bewunderung atmete sie aus.

Killian wandte den Kopf in ihre Richtung. »Such dir einen Platz, ich brauche nicht mehr lange.« Er warf sein Handtuch über einen Stuhlrücken.

Lass dir Zeit, dachte sie, als sie sich neben die zerknitterten Laken setzte. Mir wird die Schau gefallen. Killian öffnete eine Schublade und begann mit einer Suche. Schließlich zog er Shorts an, und als er den Bademantel zur Seite schob, sah Adie, dass die Haut seiner nackten Gesäßbacken zwei Nuancen heller war als die seines Torsos. Plötzlich wurde Adie von einem glühend heißen Verlangen erfasst, das ihre Hoffnung nährte, einen Tag weniger mit dem Schürfen in der Vorkammer zu verbringen und stattdessen eine Schicht in der Waagerechten einzulegen.

Killian zog seine Hose an, dann drehte er sich um.

Adie senkte den Blick und wurde knallrot, denn sie war sicher, dass er sie mit diesem frostigen Ausdruck bedachte, den sie schon einige Male bei ihm gesehen hatte, wenn etwas nicht nach seinen Wünschen verlief. Als sie keinen Kommentar von ihm hörte, hob sie langsam den Blick wieder und bekam gerade noch mit, wie der Mantel seine Arme hinunter glitt und zu Boden fiel. Sein Körper war Beweis für die vielen Stunden harter Arbeit und wunderbar gebräunt.

»Kannst du mir einen Gefallen tun?«, fragte er und zog ihre Aufmerksamkeit wieder zu seinem Gesicht. Er reichte ihr eine Tube Sonnencreme und wandte ihr den Rücken zu. Adie konnte die neue Situation nur mit Mühe begreifen. Sie drückte ein bisschen Creme auf ihre Fingerspitzen. Die Creme war kalt, als hätte er sie im Kühlschrank aufbewahrt, aber sein Körper war warm und fest, als sie den Sonnenschutz vorsichtig auftrug.

»Du kannst härter reiben, ich zerbreche nicht so leicht«, murmelte er.

»Ja, gut.« Ihre Stimme klang viel zu schrill. Adie leckte sich die Lippen und rieb jetzt mit der ganzen Handfläche. Sie war noch ein bisschen durcheinander und dachte für einen Moment, sie läge im eigenen Bett und hätte wieder verschlafen.

Sie konnte jeden seiner Atemzüge spüren, jeden Herzschlag. Ihr eigener Puls ging schneller. Die Bewegung ihrer Hände begann in langsame, sinnliche Kreise überzugehen, und sie lechzte danach, die Kreise anschließend mit den Lippen nachzuziehen.

Killian wechselte die Stellung seiner nackten Füße auf den Holzplanken. Obwohl er ganz entspannt zu sein schien, spürte Adie Verhärtungen in seinen Schultern, und ihre Berührungen ließen sie nur noch fester werden. Adie runzelte die Stirn, offenbar war sie es, die ihn verspannte. Das war kein gutes Zeichen.

»Erzähle mir, wie du zu deiner Entdeckung gekommen bist«, sagte er.

Adie starrte auf seinen Nacken. Ihr Herz schlug in ihrer Kehle. Ahnte er was?

»Sage mir genau, wie du die Stelle gefunden hast. Und beschreibe mir die Szene genau.«

Adie wich vor ihm zurück, und genau in dem Moment drehte er sich um. »Ich arbeitete ganz in der Nähe«, sagte sie zögernd und versuchte krampfhaft, eine plausible Erklärung zu finden, ohne gestehen zu müssen, dass sie ganz entspannt nach dem Sexspiel mit Matthew da gelegen hatte. »Ich sah auf das Gemälde, und mir fiel auf, dass es sich unterhalb des Gerölls fortsetzte. Also begann ich die Erde wegzuscharren. Ich habe aber nicht weiter gemacht, weil Matthew sagte, ich sollte zuerst Sie informieren.«

Killian strich sich über die Unterlippe. »Ich verstehe.« Er nahm ihr die Sonnencreme aus der Hand und trug ein wenig auf ihre Nase auf, die von der Sonne gerötet war, dann schraubte er den Deckel zu. »Und was bringt dich auf den Gedanken, das Bild führte in die Grabkammer?«

Adie dachte einen Moment nach, dann erkannte sie, dass er sie testen wollte. »Euphorie«, gab sie zu.

»Es freut mich, dass du das einsiehst. Das ist die Sorte der unbedachten Äußerungen, die jemand von der Presse aufschnappt, der daraus eine Riesenstory baut. Denk in Zukunft vorher nach, bevor du eine Meinung von dir gibst.«

»Okay.« Das würde ihr leichtfallen. Nur wegen des Schocks, dass er sie beinahe erwischt hatte, war sie auf diese Behauptung gekommen.

Killian trat ans Fenster und schaute durch die Jalousie. »Ich will, dass du dich heute um die Fragmente kümmerst. Je schneller wir sie eingesammelt haben, desto eher können wir untersuchen, wohin deine ›Stufen‹ führen.«

Bis zur Mittagspause hatte Adie etwa zwei Drittel der Fragmente vom Boden aufgehoben, aber ihre Euphorie war vollständig gewichen. Killian nahm Maße am südlichen Ende des Korridors auf, wo die Decke eingebrochen war. Sie stieß sich das dritte Mal in zwanzig Minuten gegen ihr Knie und fluchte wütend. Sie verließ ihren Arbeitsplatz. Ihr Schatten hüpfte über die Wand wie eine demente Motte, als sie sich hinter Sian stellte, die am Wandgemälde arbeitete.

»Bist du fertig?«, fragte Sian, ohne den Blick von der Wand zu nehmen. Sie stützte sich mit einer Hand ab und spritzte eine lange Kanüle, gefüllt mit Epoxidharz, in die Wand.

Adie reagierte mit einem Stöhnen. »Nein, aber ich gönne meinen Knochen eine Pause.« Sie rieb sich über die aufgerissenen Stellen ihrer Hose. »Meine Knie bringen mich noch um.«

Sian drehte sich halb zu ihr um und lächelte mitleidend. »Du wirst dich daran gewöhnen. Ist Killian das noch nicht aufgefallen? Ich bin sicher, er würde dir für eine Weile eine andere Aufgabe geben.«

»Nein, und ich werde ihn auch nicht anbetteln. Ich will wissen, was ich entdeckt habe. Außerdem glaube ich nicht, dass mein Jammern ihn beeindrucken würde.«

»Stattdessen willst du dich weiter quälen?«

Adie hob die Schultern.

»Ich habe es dir doch gesagt«, begann Sian. »Seit vier Jahren versuche ich, ihn auf mich aufmerksam zu machen. Das Ergebnis meiner Bemühungen ist eine Weihnachtskarte. Und einmal hat er mir einen Filzschreiber geliehen. Dabei habe ich mehr Tage auf meinen Knien gerobbt, als ich zählen kann. Wenn du also nicht bereit bist, ihn anzuspringen und festzubinden, hast du mehr Chancen, das fehlende Stück im Gemälde zu finden.« Sie wies mit dem Kopf auf die Gestalt des Pharaos und auf das fehlende Stück. »Aber wenigstens hättest du dann einen Schwanz gefunden.«

»Sian!«

Sian legte ihr Werkzeug hin und rutschte über den Boden zur nächsten Stelle. »Der alte Pharao muss ein Stück von mindestens fünfundzwanzig Zentimetern besessen haben. Da kannst du nicht die Nase rümpfen.«

Adie starrte auf das Gemälde. »Wollen wir wetten? Es gibt auch Geräte, die zu groß sein können.«

»Wenn du das sagst!«

»Ja, sage ich. Du bist schlimmer als meine frühere Zimmergenossin, und ich glaube, die hat nie ein zweites Mal mit demselben Kerl geschlafen.«

Sian nickte eifrig. »Sehr klug. Du kannst nicht vorsichtig genug sein, und wenn du nicht aufpasst, behandeln sie dich wie eine Fußmatte.«

Adie kreuzte die Arme vor der Brust. »Nun ja, zuerst musst du dafür sorgen, dass sie sich überhaupt für dich interessieren.« Das fehlende Stück im Wandgemälde hatte sie auf eine Idee gebracht. Wenn sie dieses Fragment fand, war Kilians Aufmerksamkeit garantiert. Sie sollte damit beginnen, Jacobs Tagebuch nach Hinweisen zu durchsuchen. Aber bis sie dort etwas entdeckt hatte, konnte sie hier weiter den Boden absuchen. Ihre Begeisterung kehrte allmählich zurück, und mit neuer Lust wollte sie sich wieder an die Arbeit begeben.

»Hast du einen neuen Plan ausgeheckt?«, fragte Sian.

Adie grinste. »Nein.«

»Freut mich zu hören. Das erspart dir neue Herzschmerzen.«

»Lechzt ihr zwei immer noch nach eurem Boss?«, fragte Matthew, als er den Raum betrat. Er war von Kopf bis Fuß mit dickem weißem Staub bedeckt. »Was hat er diesmal angestellt?«

»Nichts«, sagte Sian. »Das würdest du noch erfahren haben, wenn du nicht einfach in unsere Unterhaltung geplatzt wärst. Du bist früh zurück. Ich dachte, du würdest den ganzen Tag weg sein.«

»Sie haben mich zurückgeschickt, als die Arbeit mit dem Spaten erledigt war. Lucas konnte es offenbar nicht erwarten, mich los zu sein.« Er hob die Schultern und begann ohne viel Erfolg, den Staub von seiner Hose zu klopfen. »Mir ist es egal. Der Wind ist wieder stärker geworden. Ich komme mir vor, als wäre ich gesandstrahlt worden. Und den ganzen Morgen hat Lucas mich genervt.«

»Ist er zurück?«, fragte Adie.

»Nein. Hast du nicht gewusst, dass er besondere Fähigkeiten hat? Ich schätze, dass sie ihn abwerben wollen.«

»Und hast du keine besonderen Fähigkeiten?«

Matthew schlenderte, wo Adie auf den Knien lag. »Jedenfalls nicht solche, die Mark Leyham braucht.« Er schob die Zunge von innen gegen die Wange. Adie ignorierte ihn, deshalb wanderte er zu Sian. »He, was sagst du?«

Adie hob den Kopf und sah, wie er auf das fehlende Stück im Wandgemälde starrte. Während sie hinschaute, nahm er die Position des Pharaos ein. »Lässt er sich einen blasen, oder was? Lucas meint nein. Zwei Stunden lang habe ich mit ihm darüber diskutiert.«

Sian legte ihr Werkzeug ab und schaute erst ihn an, dann

das Wandgemälde. »Vielleicht, aber er ist offenbar nicht so heiß wie du.« Auf den Knien rutschte sie auf ihn zu, bis sie die Position des Sklavenmädchens eingenommen hatte. »Sage uns deine Meinung, Adie.«

Adie stand auf und trat einen Schritt zurück, um einen besseren Überblick zu erhalten. Matthews fröhlicher Ausdruck passte nicht wirklich zur Arroganz des Pharaos, und Sian war nicht annähernd devot genug. »Ich weiß nicht. Da fehlt etwas. Das stimmt nicht überein«, sagte sie zögerlich.

Matthew runzelte die Stirn, dann grinste er. »Ich weiß.« Er begann, seinen Hosenschlitz zu öffnen.

Adie schluckte, als sie zusah, wie er mit den Daumen in den Bund seiner Unterhose griff und sie nach unten zog, um den Penis zu entblößen. Finger und Daumen bildeten einen Kreis um den Schaft, und nach ein paar ermutigenden Auf- und Abbewegungen richtete sich der Penis auf.

»Und wie sieht es jetzt aus?«

Es sah viel unanständiger aus, ihn jetzt bekleidet zu sehen, bis auf den sich reckenden Penis, als gestern Abend, als sie beide nackt gewesen waren, dachte Adie. Sie starrte auf die heiße rote Spitze, und unbewusst leckte sie sich die Lippen. »Ich weiß nicht. Vielleicht, wenn Sian etwas näher käme ... Du hast immer noch nicht die richtige Pose.«

Eine erotische Unwirklichkeit schien die Atmosphäre in der Kammer zu bestimmen. Sians Mund schwebte dicht über der Eichel von Matthews Penis und reizte ihn mit ihrer Nähe. Adie fühlte, wie ihr Herz zu rasen begann. Wie weit würden ihre Kollegen gehen? »Noch ein bisschen enger zusammen«, murmelte sie, um sie aufzustacheln.

Sian beugte sich vor, ruckte aber im letzten Moment zurück und stieß ein entsetztes Keuchen aus. Adie folgte ihrem Blick und schaute über die eigene Schulter. Killian stand im Torbogen, der in den südlichen Korridor führte. Seine grauen Augen glitzerten wie Glassplitter.

»Verdammt«, hörte sie Matthew zischen.

»Was, in Gottes Namen, geht denn hier vor?« Killian klatschte das Stahllineal, das er mitgebracht hatte, in die offene linke Hand. Der Schlag musste schmerzen, aber er verzog keine Miene. Das tat Adie für ihn. Sie sah, wie seine Nasenflügel bebten und erwartete eine Serie von Kraftausdrücken, aber er schien seinen Ärger zu beherrschen und sagte stattdessen mit angespannter, eisiger Stimme: »Ich dachte, dies wäre eine Ausgrabungsstätte und keine Peepshow. Sian, geh in die Mittagspause. Matthew, besorge dir Werkzeug und fang an zu arbeiten.«

Adie hörte, wie Matthew seinen Reißverschluss zuzog, und riskierte einen raschen Blick auf ihn. Er fuhr sich mit gespreizten Fingern durch seine vom Staub versteiften Haare.

»Adie«, sagte Killian.

Sie stolperte ein paar Schritte auf ihn zu, aber sie traute sich nicht, ihn anzusehen.

»Vielleicht könntest du mir erklären, warum ich dich nicht mit dem nächsten Flieger nach Hause schicken soll.«

»Es war nicht ihre Schuld«, sagte Sian.

»Ich habe gesagt, du sollst in die Pause gehen«, fauchte Killian sie an, dann wandte er sich wieder Adie zu.

Adie stocherte mit dem Absatz im Bodenschutt herum. »Wir wollten nur mal herausfinden ...« Sie hob den Kopf. »Es tut mir leid. Es wird nicht wieder passieren.«

»Richtig. Du bist keine Studentin mehr. Das gilt auch für euch beide.« Sie nickten. »Geht jetzt an eure Arbeit, es sei denn, ihr habt mehr Interesse für das, was Matthew in der Hose hat, als an Adies Entdeckung.«

Adie arbeitete die Pause durch, entschlossen, ihre Begeisterung zu beweisen. Falls Killian das bemerkte, kommentierte er es nicht. Am Nachmittag war der Boden geräumt, und die Fragmente lagen noch unsortiert auf Paletten, die sie zum

Hausboot bringen wollten. Jetzt waren sie bereit, Adies Entdeckung zu erforschen.

»Okay, du fängst an«, sagte Killian und reichte Adie einen Spaten.

Sie stieß in den Boden und gab den Sand an Sian weiter, die ihn siebte. Killian schaute ihnen zu, was die schweißtreibende, schmutzige Arbeit noch erschwerte. Sie nahm an, dass er ihre Technik überprüfen wollte.

Sie arbeiteten schweigend.

Als die Wanne etwa zu einem Drittel gefüllt war, rieb sich Adie mit der Manschette des Handschuhs über die Brauen. Sie folgte dem Bild unter dem Niveau des Bodens. Killian war mit einer anderen Arbeit auf der hinteren Seite des Raums beschäftigt.

»Was ist denn?«, fragte Sian und griff ins Sieb. Sie legte eine Tonscherbe in die Kiste.

»Nichts, ich muss nur mal meinen Griff wechseln.« Adie schaute unsicher hinüber zu Killian.

»Geh tiefer«, sagte Sian.

Adie schob lockeren Boden zusammen, und ein dunkler Spalt zwischen Boden und Wand wurde sichtbar. Sie starrte unsicher auf die Stelle, dann bückte sie sich und griff mit einer Hand in die Leere. »Sian! Killian!«

»Was hast du gefunden?«, rief er zurück.

Adie öffnete das Loch noch ein wenig weiter. »Ich glaube, es ist ein Tunnel«, sagte sie.

»Bist du sicher?«

Er kam herüber und kniete sich neben sie, dann nahm er ihren Spaten und vergrößerte das Loch, bis er den Kopf hindurchstecken konnte. Er kam wieder hoch und griff nach seiner Stablampe.

»Gratuliere«, sagte er, nachdem er ausgiebig in das Loch geleuchtet hatte. »Du hast etwas sehr Interessantes gefunden. Räumt auf, dann könnt ihr Feierabend machen.«

Adie starrte ihn an. War er wirklich so leidenschaftslos? Der Teufel soll ihn holen. Sie hatte etwas gefunden! Hurra! Sie erlaubte sich ein Grinsen.

»Prima, gut für dich«, sagte Sian, als er außer Hörweite war. »Lass mich mal graben, dann kannst du sieben.« Sie nahm den Spaten und trat in die Wanne. »Hol uns eine Plastikdecke, um den Aushub umzuschichten. Du kannst nicht schnell genug sortieren, denn das hier wird Stunden dauern.«

Es war lange nach Sonnenuntergang, als sie schließlich einen niedrigen Tunnel freigelegt hatten. Adie rieb sich die schmerzenden Muskeln, zu erschöpft, um sich auf die morgige Ausgrabung zu freuen. Sie brauchte ein langes Schaumbad, aber das gab es nicht auf der *dahabiyya*. Sie würde sich mit ihrer Tube einer Antirheumasalbe begnügen müssen.

Weiter nördlich stand Dareth Sadler auf der Dachterrasse einer Bar an der Pyramidenstraße. Der Nachthimmel war klar und dunkel, und die drei Sterne des Oriongürtels zeigten haargenau auf die Pyramiden von Khufu, Khafre und Menkaure auf dem nahegelegenen Plateau von Giseh. Er war hergekommen, um mögliche Fährten mit Antiquitätenhändlern zu verfolgen, aber die Interviews zogen sich in die Länge, und er begann zu argwöhnen, dass Jamal ihn zum Narren hielt.

Er drehte sich um und starrte auf den Ägypter, der seine Nase zwischen den Busen der Tänzerin auf seinem Schoß stieß. Jamal hatte sich von einem traditionellen Bauchtanz verführen lassen, den Karima mit der Anmut einer Amateurringerin dargeboten hatte, aber was ihr an Talent fehlte, machte sie durch Begeisterung wett.

»Ich habe genug von dieser Scharade«, sagte Dareth. »Ich erkenne verkleidete Fremdenführer, wenn ich sie sehe.«

Jamal hob kurz den Kopf und sah nachdenklich auf den gestreiften Sonnenschirm. »Ich verstehe nicht, warum du das fehlende Stück des Wandgemäldes nicht einfach nachmachen lässt.«

»Weil ich plausible Theorien nicht dadurch unglaubwürdig mache, indem ich sie von Anfang an mit einem angreifbaren Makel vorbringe.« Dareth nippte am Wein und zog eine Grimasse. Es war ein ungenießbares Gepansche. Er kippte ihn in den nächsten Blumentopf. »Ich brauche das Original, um meine Theorie zu unterstützen, denn wir haben keine Innenaufnahmen. Außerdem nützt es dem Verkauf, wenn wir bei der Buchvorstellung das fehlende Stück im Gemälde vorzeigen können.«

»Also gut«, sagte Jamal mit einem Seufzer. Er schob Karima von seinem Schoß und beugte sich über den Tisch. »Wir haben mit den Händlern gesprochen. Mal sehen, was sie uns zu sagen haben.« Er hob eine Hand, um Dareths harsche Replik zu bremsen. »Ich gebe zu, dass sie nicht die vertrauenswürdigsten Leute sind, aber sie kennen viele, die was wissen. Es wird sich herumsprechen, dass wir auf der Suche sind. Bis dahin musst du dir das Tagebuch vornehmen.«

Dareth fuhr sich frustriert mit den Fingern durch die blonden Haare. »Sage mir nicht, wie ich meinen Job zu erledigen habe.«

»Das wollte ich auch nicht. Aber wenn ich einem Pharao die Eier abgeschnitten hätte, würde ich festhalten, was ich mit ihnen getan habe.« Jamal griff wieder nach Karima und zog sie zurück auf seinen Schoß. Sie sagte nichts, schmiegte sich nur an ihn und berührte seine Narbe mit der Zungenspitze.

»Ja, aber er war ein englischer Gentleman, und du bist ein verschwitzter, perverser Ganove.«

»Und du vereinigst beides in dir. Ich schlage vor, du nimmst dir das Tagebuch vor, und ich rede mit meiner Quelle in der Antiquitätenbehörde. Vielleicht kann er einen Besuch an der Grabungsstelle arrangieren.«

Dareth erhob sich und warf ein paar *guineas* auf den Tisch. »Das wäre hilfreich. Ich bin weg. Wir reden später.«

Sechstes Kapitel

Am anderen Morgen wachte Adie mit steifen Gliedern auf, aber sie freute sich jetzt schon auf die Arbeit. Sie hatte mal den einen oder anderen Krug gefunden, auch ein paar römische Münzen oder Teile von Wikingerwaffen, aber noch nie so eine wichtige Entdeckung gemacht. Sie hoffte, dass die morgendliche Besprechung über die Aufgaben des Tages kurz dauern würde, damit sie sich auf das Graben im Tunnel stürzen konnte.

Es war ungewöhnlich, dass Killian als Letzter eintraf, und er hielt auch nicht die übliche Tasse Kaffee in der Hand. Sie fragte sich, ob er ihnen noch nicht vergeben hatte.

»Guten Morgen«, begann er und versammelte sie alle um eine Karte der Ausgrabungsstätte, die auf dem großen Tisch im Arbeitszimmer ausgebreitet lag. »Fangen wir an. Die heutige Aufgabe konzentriert sich auf den Tunnel, den wir gestern Abend freigelegt haben. Wir müssen den Hauptzugangsweg räumen. Bill hat das Dach stabilisiert, bevor er gehen musste, deshalb sollten wir mit der Decke keine Probleme haben. Wir müssen herausfinden, ob es einen Weg durch das ganze Geröll gibt. Sian, du arbeitest mit mir im Tunnel. Lucas, der Hauptzugang ist deine Verantwortung. Matthew und Adie, ihr schließt euch Lucas an. Irgendwelche Fragen?«

Adie runzelte die Stirn. Wenn sie nicht gewesen wäre, hätten sie den Tunnel nie gefunden. Und sie hatte gegraben, bis sie das Loch entdeckt hatte. Sie fühlte sich unfair behandelt. Sie starrte Sian auf der anderen Seite des Tisches an, die ebenso verblüfft und unbehaglich über Killians Entscheidung schien.

»Gibt es ein Problem?«, fragte er, aber das hörte sich nicht nach einer Frage an. Er sah zu Adie, die absichtlich auf die Karte starrte, um seinen Blick zu meiden. »Nun?«

Sie biss sich auf den Daumennagel. »Ich frage mich nur, warum Sian im Tunnel arbeitet, wenn ich ihn gefunden habe.«

Killian legte beide Hände auf den Tisch. »Weil du keine Erfahrung mit Höhlen hast oder mit der Erschließung neuer Gebiete. Wir haben keine Ahnung, wohin der Tunnel führt, deshalb nehme ich keine Anfängerin mit nach unten. Du wärst eher eine Belastung, und bei Lucas kannst du dich nützlich machen.«

Adie fühlte, wie die Röte in ihre Wangen schoss. Gegen die Logik kam sie nicht an. Er hatte Recht, sie war das unerfahrenste Mitglied des Teams, aber sie konnte ihn trotzdem hassen, weil er es so deutlich ausgesprochen hatte. Und fair war es ganz bestimmt nicht. Sie wandte sich vom Tisch ab und grub die Zähne in ihre Unterlippe. Er war ein Schwein. Es gab keinen Grund, sie nicht mitzunehmen. Von irgendwoher musste die Erfahrung ja kommen, die sie jetzt noch nicht hatte.

Sian kniete am Rand der Öffnung und schaute hinunter auf Killian. Der Rest der Mannschaft befand sich im abschüssigen Hauptzugang, und das Echo ihrer Hacken und Spaten hallte mit einem metallischen Klang von den Wänden wider. Lucas hatte Adie und Matthew ihre Positionen zugewiesen. Adie war immer noch eingeschnappt und schleppte sich müde an ihren Platz. Sian erinnerte sich, wie verloren Adie gewirkt hatte, als sie zum Tunnel gegangen war, während sie selbst nicht die Früchte ihrer Entdeckung genießen konnte. Killian hatte es entweder nicht bemerkt, oder es war ihm egal. Er zeigte wieder seine sture Seite, und Sian fand, dass er dem neuen Mitglied des Teams gegenüber besonders hart war.

»Komm herunter«, sagte Killian.

Sian setzte ihren Helm auf und ließ sich vorsichtig in den Tunnel gleiten. Es war eng für sie beide, als sie nebeneinander im Tunneleingang knieten. Der Kern des Tunnels zog sich über die Reichweite ihrer schmalen Taschenlampen hinaus; er führte nach links und dann tiefer nach unten.

»Du zuerst«, wies Killian sie an. Sian rutschte weiter vor, der ovalen Öffnung folgend. Die Neigung, die auf dem ersten Meter kaum bemerkbar war, wurde bald zu einem unangenehmen steilen Abhang. Ihre Hand glitt von einem lockeren Stein ab, und Sian wäre fast kopfüber in die Dunkelheit gefallen. Zitternd sah sie ihre Taschenlampe wegrollen, und der Strahl erhellte für kurze Momente verborgene Spalten und einige Stützbalken, ehe die Lampe in die Tiefe fiel. Verdammt, sie würde ihre Arbeit gern mit Adie tauschen.

»Vorsichtig. Hier, nimm meine«, sagte Killian und drückte sich fest hinter sie.

»Sie müssen sie für sich behalten«, gab sie zurück. »Es gibt viele lose Steine. Außerdem schaffe ich das schon. Sie ist nicht allzu tief gefallen.«

Während das Licht jetzt auf ihren Helm fiel, kämpfte sich Sian weiter vor und nach unten. Sie dachte nur an die Erdmassen über ihr und hörte ihr eigenes lautes Atmen. Nach einer scharfen Biegung am Ende konnte sie ihre Lampe wieder an sich nehmen. Jetzt öffnete sich der Tunnel in eine runde Höhle, hoch genug, dass sie aufrecht knien konnte. Heiß und klebrig blieb sie knien und sah hinter sich, wo Killian es ihr gleichtat. Er richtete seine Lampe über die derb behauenen Wände, wischte sich über die Brauen und öffnete eine Wasserflasche.

Sian war dankbar für einen Schluck. »Was ist das für ein Tunnel?«

Killian fuhr mit einer Hand über die Wand, als könnte er ihre Geschichte lesen wie in Brailleschrift. »Nach dem Zustand der Steine zu urteilen, könnte es ein Diebestunnel sein. Wenn er ein Teil der Grabkammer wäre, würden die Wände glatt sein. Diese Wände wurden in aller Eile gehauen.«

»Glauben Sie, dass man sie gefasst hat? Es wäre schrecklich, wenn sie uns den Preis vor der Nase weggeschnappt hätten.«

Killians Brauen schoben sich zusammen.

»Ich weiß«, sagte Sian, lächelte und schüttelte den Kopf. »Wir werden wahrscheinlich nur ein paar zerbrochene Gefäße finden, aber ein Mädchen darf doch Träume haben. Nach sieben Jahren in diesem Geschäft wäre es wunderbar, mal einen Blick auf Gold werfen zu können. Man kann doch nicht immer pessimistisch sein.«

»Realistisch«, korrigierte Killian und fuhr fort, die Wände zu überprüfen. »Wenn sie entdeckt worden sind, müssten die Wächter den Eingang verborgen haben. Vielleicht haben sie deshalb die unterste Ebene angehoben.«

»Ja, das ergäbe Sinn.« Sian wischte sich den Staub von der Nase. »Sie hätten Adie mitbringen sollen. Sie wäre völlig aus dem Häuschen gewesen. Und sie kann eine Menge.«

»Es war die richtige Entscheidung.« Killian nahm einen Schluck Wasser. »Adie hat weder deine Fähigkeiten noch dein Wissen.«

»Das können Sie nicht behaupten.«

Killian wischte sich die schneeweißen Strähnen aus dem Gesicht. »Ich gehe weiter.« Er kroch an ihr vorbei und richtete den Strahl der Lampe auf den Fortgang des Tunnels. »Es sieht so aus, als könnte uns dieser Abschnitt hinter die Blockade im Hauptzugang bringen. Wir könnten vielleicht eine Leiche finden. Geh nach oben und bringe frische Batterien mit, dann kommst du schnell zurück.«

Adie saß auf der unteren Stufe der Haupttreppe, als Sian sich aus dem Loch zog. »Habt ihr was gefunden?«, fragte sie missmutig.

Sian schüttelte den Kopf. »Nein, noch nicht. Ich bin hier, weil ich mehr Batterien und eine anständige Lampe holen soll. Killian glaubt, es könnte der Zugang zur Grabkammer sein, deshalb werden wir wohl noch eine Weile da unten bleiben.« Sie öffnete eine der Vorratskisten und kramte sich durch den Inhalt.

Adie schaute ihr neidisch zu. Vielleicht hatte Joe Recht gehabt, als er ihr gesagt hatte, Killians Mannschaft wäre nicht richtig für sie, aber nicht aus den Gründen, die er genannt hatte. Nein, sie waren alle eine Klasse besser als sie. Vielleicht war sie nur hier, um eine Planstelle zu besetzen.

»Ich sehe lieber mal nach, ob Lucas wieder was für mich zu tun hat«, murmelte sie und richtete sich auf. »Es können nur zwei Leute gleichzeitig graben, deshalb brauchen sie mich im Moment nicht.«

Sian legte im Vorbeigehen eine Hand auf ihre Schulter. »Du darfst es nicht persönlich nehmen. Es ist einfach so. Es wird Tage geben, da könntest du töten für ein bisschen Ruhe wie gerade jetzt.«

»Ja, vielleicht.« Der Versuch, sie zu trösten, schlug ins Gegenteil um, und der Kloß in ihrem Magen zog sich noch enger zusammen. Sie hatte versucht, sich zu sagen, dass Killian eben nur ein Arsch war, aber das half ihr auch nicht weiter.

Sian wandte sich wieder der Kiste zu und holte einen Sack heraus, dessen Inhalt sie auf den Boden schüttete. Pinsel und Meißel fielen heraus. »Du kommst auch noch dran«, sagte sie zuversichtlich.

Ja, dachte Adie, aber nur, wenn noch jemand ausfällt. Sie ging zum Rand des Lochs und starrte verdrießlich auf den Tunneleingang. Wäre es ein Fehler, jetzt hinunterzugehen? Vielleicht gäbe es da unten was für sie zu tun. Auch wenn es eine schmutzige, minderwertige Arbeit wäre, musste das besser sein, als Matthew und Lucas dabei zuzusehen, wie sie Sand schippten. Und es war ihre Entdeckung. Sie hatte ein Recht, da zu sein.

»Wie tief ist es?«, fragte sie.

Sian schaute über die Schulter zu ihr. »Nicht sehr tief. Warum?«

Adie schüttelte den Kopf.

»Hör mal, wenn du vorhast, da hinunterzugehen, dann weiß ich von nichts. Ich habe nichts gesehen. Außerdem ...«, sie klappte den Kistendeckel zu, »... haben wir keine Batterien mehr hier. Ich muss zum Auto.«

Zwei Minuten später stiefelte Adie durch die runde Kammer, die Taschenlampe in ihr Top gesteckt, gehalten vom BH. Noch hatte sie Killian nicht gesehen, weder Killian noch irgendwas Interessantes, abgesehen vom schindelähnlichen Bodenbelag, der sich in Knie und Handflächen grub und Haut und Stoff aufkratzte, während sie sich kniend fortbewegte. Aber das spielte keine Rolle. Von solchen Momenten hatte sie geträumt, seit sie alt genug war, von vergrabenen Schätzen zu lesen.

Sie kroch in die zweite Hälfte des Tunnels, in der sie nur langsam vorankam. Zuerst musste sie den Rücken auf eine unangenehme Weise krümmen, damit sie der scharfen Biegung folgen konnte, und dann konnte sie sich nur vorwärts bewegen, indem sie auf dem Bauch herumrutschte und sich mit Händen und Füßen auf dem Boden abdrückte. Zum Glück war dieses Stück nur halb so lang wie der erste Teil, dann steckte sie den Kopf in die dunkle, stickige Luft einer breiten Kammer.

»Sian.« Killians leise Stimme wurde von den Wänden zurückgeworfen.

Adie streckte eine Hand aus, um herauszufinden, wie tief

der Boden der Kammer sein mochte. Es war seltsam still um sie herum. Ihr fiel auf, dass sie schon seit einiger Zeit das stete Heulen des *khamseen* nicht mehr hörte. Sie nahm an, dass dieser Teil der Grabkammer viel tiefer liegen musste als ihr bisheriger Arbeitsplatz.

Ein Lichtbündel bewegte sich auf sie zu.

»Adie!« Killian leuchtete ihr ins Gesicht. Adie drückte die Augen zu. »Welches Spiel, in Gottes Namen, treibt ihr denn? Wo ist Sian?«

»Ich weiß es nicht«, log sie. »Ich will helfen. Lucas braucht mich nicht.«

»Und ich habe dir gesagt, dass du ein zu großes Risiko bist, um hier unten zu sein. Also dreh dich um und geh den Weg zurück, den du gekommen bist.«

»Hier muss es doch was geben, was ich tun kann.« Adie wand sich weiter aus dem Tunnel. »Oder vielleicht kann ich etwas lernen.«

»Du kannst lernen, das zu tun, was man dir sagt. Ich will es dir noch mal deutlich sagen: Ich bin der Boss, und du bist die Neue. Gibt es irgendwas, was du davon nicht verstehst?«

Adies hoffnungsvoller Ausdruck verwandelte sich in große Enttäuschung. Sie streckte die Arme aus, um das Gleichgewicht halten zu können.

Plötzlich entstand ein lautes Knacken. Adie kippte nach rechts, und unter ihr gab etwas nach. Ein scharfer Schmerz schoss durch ihren Arm, und ihre Hand griff in etwas Schleimiges. Sie schrie vor Angst und Schmerz.

Killian war sofort auf den Knien neben ihr, und mit der Lampe leuchtete er in die Grube, in die Adie gefallen war. Ihre Hand hatte in eine große Urne aus Lehm gefasst und steckte dort bis zum Ellenbogen in scharfen Scherben.

Den Schaden, den sie gerade angerichtet hatte, ließ Adie in Panik geraten. Sie stieß ein Stöhnen aus und zog die Beine an.

Irgendwie schaffte sie es, sich aus dem Tunnel zu befreien. Sie kam stolpernd auf die Füße und torkelte gegen die nahe Wand. Killian folgte ihr sofort, sein Ausdruck eine Mischung aus Besorgnis und Wut.

»Halte den Arm hoch«, wies er sie an.

Adie starrte auf ihren Unterarm, auf dem eine ganze Reihe von Kratzern ihre Haut geritzt hatte. Klebriges rotes Blut lief zwischen ihren Fingern, und ihre Haut war mit einer gelblichen, zähflüssigen Paste bedeckt. Killian fasste den Arm am Handgelenk an und schüttete Wasser aus seiner Flasche über die Risse. Rote Tropfen fielen auf den Boden. Keine der Wunden war sonderlich tief.

»Sie sehen sauber aus«, murmelte er. Adie schaute zu, wie er sein Hemd auszog und vom Hemdschoß einen Streifen abriss. Damit verband er ihren Arm. »Nicht sehr steril«, sagte er, »aber besser als nichts. Ich habe gute Gründe für meine Anweisungen, und jetzt siehst du, was geschieht, wenn du dich nicht an meine Regeln hältst.«

Adie nickte geläutert und starrte auf seinen nackten Oberkörper. »Ich wollte doch nur sehen, was ich gefunden habe«, versuchte sie zu erklären. Im trüben Licht der Lampe hatte seine nackte Haut einen sanften goldenen Schimmer angenommen. »Erging es Ihnen nicht auch so, als Sie Ihren ersten größeren Fund gemacht haben?«

Sie glaubte, ein verhaltenes Grinsen bei ihm entdeckt zu haben, aber sie konnte sich nicht sicher sein, und als sie das nächste Mal im Schein der Lampe in sein Gesicht sah, war sein Ausdruck streng wie immer. Er wies mit dem Kopf zum Tunnel.

»Wir müssen die Wunden versorgen. Weiß der Himmel, in was du deine Hand gesteckt hast. Wahrscheinlich Eingeweide. Du gehst voraus, ich folge dicht dahinter. Und von nun an, Adie, hörst du auf mich.«

Ein paar Minuten später zuckte Adie zusammen, als Sian die Kratzer mit einer brennenden antiseptischen Flüssigkeit einrieb. »Es ist wohl nicht ganz nach Plan verlaufen«, sagte die blonde Frau. Sie löste die Schutzschicht von einer sterilen Mullbinde, die sie über die größte Wunde legte und verband. Zum Glück schien die zähe Flüssigkeit Honig gewesen zu sein und keine uralten Eingeweide.

Adie schüttelte den Kopf. Das Zurückkriechen durch den Tunnel war entsetzlich gewesen. Nicht nur, dass die Kalksteine und die engen Biegungen das Fortbewegen mit dem verletzten Arm besonders erschwert hatten, sie hatte auch Killian die ganze Zeit hinter sich ertragen müssen, und mit ihm sein dumpfes Missfallen. Er war dann zurückgeblieben, wenn auch nicht ohne die strikte Ermahnung, dass sie den ganzen Tag über nichts Anstrengendes mehr tun sollte. Sie war fast wütend gewesen, dass er ihr geholfen hatte. Trotzdem lechzte sie nach seiner Anerkennung.

»Du denkst doch nicht daran, noch einmal hinunterzugehen?«, fragte Sian.

»Im Moment nicht, aber ich will nicht verstehen, dass er mich ausschließt. Es war meine Entdeckung.«

Sian wiegte den Kopf hin und her und warf Tupfer, Wattebäusche und steriles Verbandmaterial in einen Beutel. »Tu dir einen Gefallen. Hör auf, von einer glänzenden Zukunft als Miss Goldener Spaten zu träumen, und konzentriere dich auf deine Arbeit. Killian hat gute Gründe für seine Haltung. Er hat die Art von Vergangenheit hinter sich, um die ihn niemand beneidet. Und du hast einen Job, für den die meisten Ägyptologen zu töten bereit sind. Gefährde ihn nicht.«

»Aber ...«

Sian hob einen warnenden Finger, und Adie verschluckte das, was sie einwenden wollte. Sie legte den Kopf zurück gegen die Bank im Land Rover. Sie verstand, was Sian meinte, aber das veränderte nichts. Dann fiel ihr etwas ein. »Warte mal. Was hast du gemeint, dass Killian eine Vergangenheit hinter sich hat, um die ihn niemand beneidet?«

»Nichts«, sagte Sian. Sie sprang vom Jeep hinunter.

»Sian!«

»Und grabe nur da, wo man es dir sagt!«

Zu viele Menschen haben ihre Geheimnisse, dachte Adie an diesem Abend, als sie aus dem Duschraum trat. Den Nachmittag hatte sie damit verbracht, Tonscherben in der Sonne zu waschen. Die Nachtluft wehte kühl gegen ihre feuchte Haut, als sie über Deck schritt. Um sie herum waren die flackernden gelben Lichter der *dahabiyya* meilenweit das einzige Lebenszeichen, und die einzigen Geräusche lieferten das Dröhnen des Wüstenwindes und das sanfte Lecken des Wassers am Schiffsrumpf.

Joe war außer sich gewesen, weil sie unbedingt für Killian arbeiten wollte, und jetzt redete Sian über merkwürdige Geheimnisse in seiner Vergangenheit. Alles sehr geheimnisvoll, faszinierend und neugierig machend. Sie überlegte, ob sie Killian direkt mit der Frage nach seiner Vergangenheit konfrontieren sollte, aber sie entschied sich dagegen. Für heute hatte sie schon genug riskiert.

Adie rubbelte die Enden ihrer langen Haare trocken, dann warf sie das nasse Handtuch in ihre Kabine. Sie stellte sich auf die Zehenspitzen, lehnte sich über die Reling und sah hinunter in das stille, schwarze Wasser. Der Nachthimmel lag wie eine mit Juwelen besetzte Decke über ihr.

Ein nicht herbeigewünschtes Bild schimmerte in der Dunkelheit. Sie sah Killian flach auf dem Rücken, Arme und Beine an dicke Ketten gefesselt. Adie stellte sich vor, breitbeinig über seinem nackten Schoß zu sitzen und seinen erigierten Penis mit Eisstückchen und Federn zu reizen. Aus ihrer Position der Überlegenheit heraus konnte sie ihn dazu bringen, ihr alles zu sagen und sie im Tunnel arbeiten zu lassen.

Adie lachte in die warme Brise hinein. Wem wollte sie was erzählen? Selbst in Ketten gelegt würde er noch das Sagen haben.

Sie wandte den Kopf und starrte das Deck entlang. Es war fast elf Uhr, aber im Arbeitsraum brannte noch Licht. Sie wusste, dass Matthew und Sian sich schon zurückgezogen hatten, und Lucas war übers Wochenende nach Dashur gefahren, wo er Freunde treffen wollte. Das bedeutete, sie hatte eine Chance, mit Killian allein zu reden.

Die Tür war offen, und das Licht, das von draußen so hell ausgesehen hatte, erwies sich als kleine Schreibtischlampe. Der Strahl war auf die Wandfragmente gerichtet, die sie aus der Kammer gesammelt hatte.

Killian lehnte sich über die Arbeitsplatte, das Kinn in die Hände gestützt. Der warme orangefarbene Schimmer der Lampe ließ ihn weniger eisig erscheinen als normal, als ob sie ein Tauwetter verursacht hätte, aber sie sah schon an seinen versteiften Schultern, dass dies nur eine Illusion sein konnte. Er hob ein Fragment von der Arbeitsplatte hoch und strich mit Zeigefinger und Daumen darüber. Mit der anderen Hand fuhr er sich durch die Haare.

Adie stand unschlüssig in der Tür und überlegte, wie sie beginnen sollte. Die Bohlen unter ihren Füßen knarrten, und Killian sah zu ihr. Ihre Blicke trafen sich, und ihr Atem schien davon zu schmelzen.

Adie blinzelte. Der Blick seiner Augen kam ihr unheimlich vor. Für einen kurzen Moment war sie wieder ein junges Mädchen. Das Kreischen der Seemöwen hallte in ihren Ohren nach. Sie schwang einen bunten Plastikeimer hin und her, in dem sie Steine gesammelt hatte. Sie trug einen rosa Sonnenhut. Ihre zwei Cousinen und die Tante spielten am Wasserrand und verfolgten die hereinkommende Flut, während sie ihrem Vater half, Schätze aus den kleinen Seen zwischen den Felsen zu angeln.

»Schau mal, Adie«, sagte er und hielt eine mit Dreck verkrustete Metallnadel hoch. »Eine angelsächsische Brosche.«

Die Erinnerung daran war so lebendig, dass sie auf der Stelle verharrte. Ihr Vater, der Amateurarchäologe, der Mann, der ihre Liebe zur Vergangenheit ermutigt hatte, war auch der einzige Mann, der sie bedingungslos geliebt hatte. Es hätte eine glückliche Erinnerung sein sollen. Aber zwei Wochen später hatte sie im Regen an seinem Grab gestanden. Herzinfarkt. Sie war zwölf Jahre alt gewesen.

Killian richtete sich auf. »Was willst du?«, fragte er, als ob ihre bloße Anwesenheit etwas Schlimmes auslöste.

Adie schluckte den Kloß in ihrer Kehle. »Ich wollte Sie nicht unterbrechen«, sagte sie. »Ich wollte nur darüber reden, was am Nachmittag geschehen ist.«

»Eine Entschuldigung würde ein guter Anfang sein.«

Adie biss sich auf die Lippe. Dass sie einen Schaden angerichtet hatte, tat ihr leid, aber sie bedauerte nicht den Versuch, mit dabei zu sein, und jetzt war sie noch entschlossener. Sie war bereit, hart für das Team zu arbeiten, aber auf Augenhöhe mit den anderen, nicht als jemand, der ausschließlich die Drecksarbeit machen musste.

»Das mit der Urne tut mir leid, aber ich bin nicht zum Herumsitzen hergekommen. Ich verstehe nicht, warum Sie mich ausschließen. Wenn ich nicht helfen darf, wie soll ich dann etwas lernen?«

»Wenn du eine Archäologin sein willst, solltest du anfangen, dich wie eine zu verhalten«, antwortete er bissig, dann wandte er sich wieder seiner Arbeit zu. Adie trat vor und umklammerte den Rücken des Stuhls neben seinem.

»Was soll das denn heißen?«

Killian hob nur den Blick, nicht den Kopf. »Das bedeutet, dass wir hier keinen Porno drehen.«

Das war nicht die Antwort, die sie erwartet hatte.

Killian schob das Fragment, das er in den Fingern hatte, in das längst nicht komplettierte Puzzle. Adies Knöchel wurden weiß auf dem Stuhlrücken. Es ging also nicht nur um eine zerbrochene Urne und einen nicht befolgten Befehl. Sie sollte auch die Schuld für das übernehmen, was in der Kammer vor dem Wandgemälde geschehen war.

»Da stand ich nur dabei«, sagte sie.

»Du hast sie kräftig ermutigt.«

»Sie wollten meine Meinung hören.«

Killian stand auf, und dabei scharrte der Stuhl hart über die Bohlen des Fußbodens. »Ah, ja. Und ich nehme an, dein kleines schmutziges Treiben mit Matthew war auch im Dienste der Archäologie?«

»Habe ich den Tunnel gefunden oder nicht?«, schoss sie zurück, ohne zu überlegen, was sie damit zugab.

»Und er wahrscheinlich auch.«

Adie öffnete den Mund und wollte sich zur Wehr setzen, aber es kam nur ein ungläubiges »Aaahh« heraus.

»Ich hätte auf Joe hören sollen.« Seine Stimme klang tiefer als sonst und mit einer Betonung jeder einzelnen Silbe. »Er hat mich warnen wollen und dich eine Schlampe mit einer hyperaktiven Vorstellungskraft genannt. Ich bin enttäuscht, dass ich das nicht früh genug selbst erkannt habe.«

»Ja, und ich hatte die Vorstellung, für einen begnadeten Denker zu arbeiten, nicht für einen akademischen Nazi und einen prüden Mann«, blaffte sie zurück. »Erwarten Sie von jedem in Ihrem kleinen Kultkreis, zölibatär zu leben? Ich habe auch ein Privatleben, und ich bin erwachsen. Mein Privatleben hat nichts mit meiner Arbeit zu tun.«

Killians Pupillen weiteten sich, und an der Schläfe war der gestiegene Puls zu erkennen. »Ich glaube, du hast genug gesagt«, knurrte er, und die unterdrückten Gefühle wichen zurück und gaben Raum für etwas Primitives, Explosives.

Adie begriff gleich, nachdem sie gesprochen hatte, dass sie einen Nerv getroffen hatte.

Killian schaute auf, als wollte er schleunigst zur Tür.

»Oh, verdammt«, zischte Adie und kam wieder zu Verstand. Sie hatte doch nur eine Chance gewollt, direkt an ihrem eigenen Fund zu arbeiten. Sie hatte nicht vorgehabt, einen Streit mit ihm anzufangen. »Killian, bitte!«

»Was denn?«

Sein Mund war nur noch eine dünne Linie, fast eine Grimasse. Adies Schultern schlafften ab, am liebsten wäre sie zusammengesackt. Sie hoffte, dass sein eigenartiger Zorn verrauchte, wenn er bemerkte, wie schwach sie in Wirklichkeit war. Aber ihre Geste hatte keine erkennbare Wirkung. Er schien kaum in der Lage, seine Wut zu kontrollieren.

Sie streckte eine Hand aus und strich damit über die nackte Haut seines Arms. Killian packte ihr Handgelenk und hielt es fest.

»Willst du jetzt versuchen, dich auf meine Seite zu vögeln?«

»Nein.« Adie wollte sich von ihm lösen, aber Killian zog sie zurück. Plötzlich wurde sie von Angst erfasst. Sie hatte nicht mit einer aggressiven Konfrontation gerechnet. Sie verlor das Gleichgewicht, fiel gegen ihn, und sie beide erstarrten.

Adie traute sich kaum zu atmen. Seine Finger gruben sich in ihr Handgelenk, und sie verzog das Gesicht vom Schmerz. Im nächsten Moment klappte ihr Kinn vor Schock hinunter, als sie die besenstielharte Erektion spürte, die gegen ihren Schenkel drückte. Sie schaute hoch in seine dunklen Pupillen, halb erfreut, halb verängstigt, und in diesem Augenblick schien er zu begreifen, dass sein Körper ihn verraten hatte. Sie hatte von einer solchen Situation geträumt, nun, nicht genau so. Er schien um eine Entscheidung zu ringen. Seine Hand packte ihren Po und zog sie näher an sich heran.

Sehnsucht schoss durch ihre Mitte. Ein Daumen drückte gegen ihren Nippel.

»Killian!«

Er hielt inne nach ihrem Ruf, aber gerade lange genug, bis er einen Stuhl herangezogen hatte, sich darauf setzte und Adie auf seinen Schoß zog. Seine Erektion spießte sie durch den Stoff des Bademantels auf. Adie gab ein Geräusch von sich, einen Laut zwischen Wimmern und Protest. Es geschah alles so schnell.

War er wütend? Eifersüchtig? Sie kratzte mit den Fingernägeln über seinen Rücken, aber das führte nur zu einem leichten Nagen an ihrer Unterlippe, bevor er seine Lippen zu einem aggressiven Kuss auf ihren Mund presste.

Killian fühlte sich verwirrt, und um ihn herum schien alles verschwommen zu sein. Seit Tagen schon war sie ihm unter die Haut gegangen, eigentlich schon seit dem törichten Streit mit Joe, und dann erst recht, als er sie das erste Mal in diesem halb durchsichtigen Bademantel gesehen hatte. Sie erinnerte ihn an etwas. Eine Jugendlichkeit und Leidenschaft, die er gelöscht hatte, denn sie hatte ihn zu seinen größten Fehlern verleitet. Er hatte gelernt, seinen Überschwang zu bezähmen, und das erwartete er auch von ihr. Und doch hatte ihre naive Begeisterung ihn wieder entflammt.

Ihre Zungen trugen ein Sparring aus. Adie hielt sein Feuer mit einer eigenen Wildheit mit, die bei ihm Schwindel erzeugte. Er wandte sich von den Lippen ihrem Hals zu, und von dort nahm er sich ihre Brüste vor. Sie duftete nach dem Jasminzusatz ihres Talkumpuders. Seine Eichel presste sich hartnäckig zwischen ihre Schamlippen, noch von der Baumwolle des Höschens bedeckt. Sie rollte ermutigend mit den Hüften. Killian griff in das Elastikband an ihrem Bein und zog das Höschen zur Seite, dann stieß er tief in sie hinein.

Plötzlich wurde er von einem Déjà-vu-Erlebnis gepackt. Er keuchte den nächsten Atemzug aus. Es war vier Jahre her, dass er zuletzt einer Frau so nahe gekommen war, und seitdem hatte er sich von allen One Night Stands verabschiedet, denn sie hatten ihn wie betäubt zurückgelassen. Aber Himmel, diese hier wollte er unbedingt haben.

Adies Hände fühlten sich warm auf seinem Rücken an. Er spürte ihren Atem auf seinem Gesicht. Er wusste kaum, was er tat. Er befand sich im freien Fall und konnte sich nur von seinen Instinkten leiten lassen.

»Adie«, versuchte er zu sagen, aber es kam kein Laut heraus. Das erste Zucken lief durch seinen Schaft. Sie krümmte den Rücken und stieß ihre Brüste gegen sein Gesicht. Er schrie auf, als sein Orgasmus anschwoll. Er schien nicht enden zu wollen, als wollte er jede Unze Lust aus ihm herauspressen.

Adie legte den Kopf auf seine Schulter, und er fühlte ihre Wimpern an der Wange. »Killian«, murmelte sie.

»Oh, Mann!«, krächzte er.

Seine Knie wackelten ein bisschen, als er sich erhob. Er brauchte seine ganze Kraft, um sie von seinem Schoß gleiten zu lassen und auf den Boden zu stellen. Er sah seine Fingerspuren auf ihren Hüften. Dort hatte er sie angepackt, als er seinen Höhepunkt herausgedröhnt hatte.

Killian strich sich mit einer Hand über das schweißnasse Gesicht. Wie, zum Teufel, war er in diese Situation geraten? Er hatte sich noch nie mit seinen Mitarbeiterinnen eingelassen und stets versucht, alle gleich zu behandeln. Und er wollte absolut kein Verhältnis beginnen.

Er musste dies sofort beenden.

Ohne ein Wort wandte er sich von ihr ab und stakste vorbei auf Deck. In der Sicherheit seiner Kabine schleppte er sich zum Spiegel.

Er fühlte sich entsetzlich schlecht. Er hoffte, dass es Adie besser ging.

Killian klatschte sich Wasser ins Gesicht und drückte seine Brauen gegen den kalten Spiegel. Er fragte sich, was Adie nun von ihm denken würde. Wahrscheinlich nichts Gutes. Das bedeutete Ärger. Jetzt, ganz egal, wie oft sie sich einem Befehl widersetzte, konnte er sie nicht wegschicken, weil er eine Anklage wegen sexueller Übergriffe fürchten musste. Wieso hatte er sich diesmal nicht im Griff gehabt?

Im Arbeitsraum strich Adie mit dem Daumen über die roten Flecken auf den Hüften, dann schlang sie den Bademantel fester um sich. Sie wusste nicht, was sie denken sollte. Sex mit Killian war nichts von dem gewesen, was sie sich erträumt hatte. Natürlich hatte sie auch nie gedacht, dass es mit einem heftigen Streit beginnen oder so aggressiv verlaufen würde. Oder dass es so schnell vorbei wäre.

In ihren Phantasien hatte es immer eine emotionale Bindung zwischen ihnen gegeben, nicht die wilde Paarung zweier Wildkatzen, von denen die eine davonstolzierte, als es gerade vorbei war. Sie fand zurück in den Frieden ihrer Kabine, aber auch dort wurde ihr nicht klar, wo sie mit Killian stand.

Siebtes Kapitel

»Nun sag mir das noch einmal, bitte. Warum musst du mich am Wochenende um sechs Uhr aus dem Bett holen?«, fragte Sian verschlafen. Sie fummelte mit dem Zündschlüssel herum, und der Land Rover dröhnte auf, bewegte das hohe Gras um sie herum und schickte ein paar schwarze Wolken zum Himmel.

»Ich habe dir doch gesagt, dass ich das Museum besuchen will.« Adie schnallte sich an und versuchte, ein Gähnen zu unterdrücken.

Sian griff nach einem extra starken Pfefferminzbonbon und ließ den Motor noch eine Weile im Leerlauf. »Das Ägyptische Museum öffnet erst in drei Stunden, also hör mit deinem verrückten Besichtigungswahn auf. Und was hast du an deiner Lippe?«

Adie fuhr mit der Zungenspitze über den Riss in der Unterlippe; das war eine von mehreren Kampfwunden, die Killian bei ihr hinterlassen hatte. Sie presste ihre Schenkel zusammen und wurde an seinen aggressiven Penis erinnert. Sie hatte Killian, seit sie in Ägypten war, mit ihren Blicken verfolgt, hatte nach ihm gelechzt, aber jetzt fühlte sie sich verwirrt und verunsichert, und sie sehnte sich nach einer liebevollen Berührung oder einem tröstenden Wort.

»Ich habe mir auf die Lippe gebissen«, sagte sie.

»Ja, du kannst mir viel erzählen«, knurrte Sian und ließ die Kupplung kommen. »Ich bin nicht völlig naiv. Also fang schon an zu reden, sonst finde ich jedes Schlagloch zwischen hier und Kairo.« Um zu demonstrieren, was sie meinte, lenkte sie den Land Rover über ein welliges Straßenstück. Adie gab auf.

»Ich habe es versaut«, gestand sie.

»Schon wieder? Was hast du diesmal ruiniert? Hast du eine ganze Kiste mit Tonscherben über Bord gekippt?«

»Viel schlimmer.«

Sian nahm den Blick von der Straße und sah Adie stirnrunzelnd an. »Gibt es was Schlimmeres?«, fragte sie zweifelnd.

Adie senkte den Kopf. »Ich habe es mit Killian getan.« Sie presste die Fingerspitzen gegen ihre Schläfe. »Oder vielleicht hat er es mit mir getan. Gestern Abend im Arbeitsraum.«

Sian schniefte mitleidlos. »Und wie war es? Nicht, wie du es erwartet hast? Ich habe dich davor gewarnt.«

»Ich weiß. Ich habe es auch nicht geplant. Ich wollte nur wissen, wie die Situation mit dem Tunnel war, und darüber gerieten wir in Streit.«

»Und dann habt ihr gefickt …«

»Ich glaube, ich hatte die Wahl zwischen dem und von ihm ermordet zu werden.«

Sian verdrehte die Augen, bevor sie den Blick wieder auf die Straße richtete. »Und jetzt rennst du weg. Als ob das helfen würde.«

»Ich versuche, etwas Nützliches zu tun. Deshalb will ich in Jacobs Tagebuch schauen, wie er es vorgeschlagen hat. Vielleicht finden wir einen Hinweis auf das fehlende Stück im Gemälde. Wenn ich ihm beweise, dass ich mich um die Aufgaben kümmere, vertraut er mir vielleicht. Und ich kann vielleicht meinen Job behalten.«

»Du bist wirklich versessen auf diesen verdammten Tunnel, was? Himmel, vergiss ihn doch! Du wirst deine Chance erhalten, wenn Killian glaubt, dass du dafür bereit bist, und das wird früher der Fall sein, wenn du dich angepasst verhältst. Bis dahin wird dein Leben viel leichter sein, wenn du vergisst, was im Arbeitsraum passiert ist.«

»Du hast leicht reden«, murmelte Adie. Sie hatte den längsten Teil der Nacht damit verbracht, das Geschehen aus ihrem Bewusstsein zu verbannen, aber einige Einzelheiten seines rauen, wilden Verhaltens wollte sie gern in ihren Gedanken bewahren. Doch Sian hatte vermutlich Recht.

»Willst du immer noch ins Museum?«

Adie nickte. »Ich will das Tagebuch lesen. Was hältst du davon, wenn ich das Frühstück spendiere – als Wiedergutmachung für das frühe Wecken?«

»Das wäre schon mal ein Anfang«, knurrte Sian.

Drei Stunden später, nach einem ägyptischen Frühstück im Ibis Café, schob sich Adie durch das Gedränge eingangs des Cairo Museums. Heiße verschwitzte Menschen drückten von allen Seiten, und sie spürte ihre grabschenden Hände überall auf ihren Kleidern. Sie sicherte ihre Taschen vor Dieben ab, hielt ihren neuen Museumsführer fest in der Hand und kämpfte sich zu einem freien Platz auf der Treppe. Auf halbem Weg nach oben, über den Köpfen der Menge und des moschusartigen Geruchs ihrer Körper, schaute sie fasziniert zurück. Sian hatte sie gewarnt, dass das Museum eine Touristenfalle wäre, und sie sollte sich nicht vor dem späten Nachmittag zu den attraktivsten Ausstellungsstücken begeben – aber dies war eine verrückte Atmosphäre. Zwischen ihr und den Ausgängen konnte sie keinen Quadratzentimeter des Bodens sehen.

Adie studierte den Lageplan in ihrem Führer; sie hatte gehofft, sich Jacobs Tagebuch in der Museumsbibliothek anzusehen, aber das schien die Richtung zu sein, in die alle unterwegs waren. Sie würde ihren Plan ändern müssen.

»Hast du ihn schon gesehen?«, kreischte eine Stimme hinter ihr. Der starke Duft von Patschuli erfüllte die Luft. Adie drehte sich um und sah sich einer Frau gegenüber, deren Augen üppig mit *kohl kajal* bemalt waren, und die sie aufgeregt ansah.

»Wen gesehen?«

»Dareth Sadler«, sagte die Frau strahlend. Adie bemerkte, dass sie Ohrringe mit dem Henkelkreuz trug, ein altägyptisches Lebenssymbol. »Ich warte schon seit einer Stunde auf ihn, aber das ist es wert. Ich kann nicht glauben, dass ich ihn endlich kennen lerne.«

Adie runzelte die Stirn. Es schien, dass sie sich die ungünstigste Zeit für einen Besuch ausgewählt hatte, wenn mit der Ankunft irgendeines Film- oder Rockstars zu rechnen war. »Sagen Sie mir noch mal, wer kommt?«, fragte sie die Frau.

»Dareth Sadler«, wiederholte die junge Frau und winkte wieder jemandem in der Menge zu. Dann blinzelte sie skeptisch, als sie Adies dumpfen Ausdruck sah. »Du musst doch schon von ihm gehört haben. Er ist der berühmteste Archäologe der Welt. Er hat viele Bücher geschrieben.« Sie breitete die Hände aus, um die Meter Buchregal anzudeuten.

»Ein Archäologe!« Adie starrte ungläubig auf die Menge, dann auf die Kleidung der Frauen: Halb Rock, halb Eso, und an den Armen viele klingende Bänder. Sie fragte sich, ob da ein Missverständnis vorlag. Es schien völlig unmöglich, dass ein Ägyptologe solche Massen anziehen konnte – und dann handelte es sich ganz offenbar auch noch um bewundernde Fans. Und sie hatte noch nie von ihm gehört. Entweder hatte der Mann die doppelte Bühnenpräsenz von Killian, oder er war ein sehr guter Publizist.

»Bist du denn nicht an der antiken ägyptischen Geschichte interessiert?«, fragte die Frau, und die tief beschatteten Augen verengten sich. »Nun ja, eigentlich musst du interessiert sein, sonst wärst du ja nicht hier. Aber jeder kennt ihn oder hat von ihm gehört. Du solltest dir ein Buch von ihm kaufen.« Sie wies mit dem Kopf hinüber zum Geschenkladen.

Adie ließ sie in der ungeordneten Schlange stehen und ging

weiter die Treppe hoch. Sie suchte nach einem Platz zum Atmen.

In den oberen Galerien verlief sich die Menge. Die Luft war hier oben nicht so nass vom Schweiß. Adie blätterte in ihrem Führer, dann entschied sie sich willkürlich für die nächstgelegene Ausstellung von Tiermumien. Katzen, Vögel und Schakale schienen etwas heruntergekommen und verstaubt und starrten sie anklagend an. Adie schüttelte sich, deshalb machte sie auf dem Absatz kehrt und zog sich in die Sicherheit des Zimmers 45 zurück.

Da gab es keine Gespenster, nur die Erinnerung an ihr Zuhause, denn sie hatten ein Damespiel mit Elfenbeinfiguren ausgestellt. Sie starrte durch die Glasscheibe und musste an Killians hastigen Abzug denken. Wie würde es zwischen ihnen sein, wenn sie sich das nächste Mal begegneten? Unbehaglich, nahm sie an. Der Moment ihrer Leidenschaft war eine kurze Ablenkung gewesen, er hatte nichts zu einer Lösung beigetragen. Sie fühlte sich frustriert.

»Senet. Das Vorgängerspiel von Backgammon. Spielen Sie es?«, sagte eine männliche Stimme.

Sie fand sich aus ihren Gedanken gerissen und wandte den Kopf. Ein Mann stand im Schatten rechts von ihr, zwischen einer Ausstellung von Spielfiguren und einer Figurine des Anubis. Er trug die traditionelle *galabeyya* und hatte lange dunkle Haare, die ihm in ein beunruhigend attraktives Gesicht fielen.

»Sadlers Popularität muss im Schwinden begriffen sein. Er wäre sehr enttäuscht, wenn er erführe, dass es eine gut aussehende Frau gibt, die noch nie von ihm gehört hat«, sagte er trocken.

»Wer sind Sie? Machen Sie Werbung für ihn?«, fragte sie und war nicht sicher, ob sie seinen Kommentar kriecherisch oder schmeichelhaft fand. Ob er nun attraktiv war oder nicht, sie suchte nicht nach einer Unterhaltung.

»Weit gefehlt. Ich kann den arroganten Bastard nicht ausstehen. Anton Kelly«, sagte er und streckte seine Hand aus, als wollte er bestätigen, dass er trotz seiner ägyptischen Kleidung aus dem Westen stammte.

Adie akzeptierte seine Hand, wenn auch zögernd, doch sie wollte nicht unhöflich sein. »Dr. Hamilton.« Seine Hand war warm, aber trocken.

»Ich habe Ihr Gespräch auf der Treppe gehört«, erklärte er. »Ich dachte, Sie könnten einen Führer brauchen.«

»Tatsächlich?« Sie war überzeugt, dass er eine bessere und besser aussehende Version der unangenehmen Touristenführer war, die wie eine Plage in Saqqara einfielen. »Ich komme ganz gut allein zurecht.« Sie wandte sich der nächsten Ausstellungsvitrine zu, aber der Mann war entweder hartnäckig oder hatte ihren Wink nicht verstanden.

»Damit?« Er schob den Buchführer von ihrem Gesicht weg und fixierte sie mit seinen mokkafarbenen Augen. »Für Touristen ist er gut genug, aber für einen ernsthaften Schüler taugt er nichts. Und Sie finden darin auch nur einen kleinen Teil der Ausstellungsstücke.«

»Nein, wirklich, ich komme allein zurecht.« Adie trat einen Schritt von ihm zurück, verwirrt von seiner aufdringlichen Art und dem seltsamen Gefühl der Wärme, die er ausstrahlte. Sie schaute hinauf zur Galerie. Von hier war da oben nur ein älteres Paar zu sehen. Sie ballte eine Faust und fühlte, wie der falsche Ehering in ihre Handfläche drückte. Wie viel Schutz konnte er ihr bieten?

»Vielleicht haben Sie mehr Glück, wenn Sie den beiden da oben Ihre Hilfe anbieten«, sagte sie und streckte die Hand mit dem Ringfinger aus, als sie auf das Paar zeigte.

Anton schürzte die Lippen und betrachtete sie so kalt, wie es seine samtbraunen Augen zuließen. »Ich bin kein Touristenführer. Ich wollte nur meine Hilfe anbieten. Ich hätte Sie nicht behelligen sollen. Mein Fehler.« Er wandte ihr den Rücken zu und bewegte sich in Richtung Ausgang.

Adie empfand sofort große Verlegenheit und war auch ein wenig enttäuscht. Vielleicht war er ein wichtiger Mann, und sie hatte ihn gerade beleidigt. Es wäre sogar möglich, dass er ein Bekannter von Killian war oder einer ihrer Sponsoren. Das würde ihrem Chef gar nicht gefallen.

An der nächsten Vitrine hatte sie ihn eingeholt. »Warten Sie! Es tut mir leid, ich wollte nicht unhöflich sein. Ich habe nur genug von Leuten, die mir sagen wollen, was ich tun soll.«

Er blieb stehen. Sein loser Umhang raschelte, als er sich halb umdrehte, um ihr ins Gesicht zu sehen. »Und haben Sie darauf gewartet, dass ich Sie um Bakschisch angehe?«

»Ja. Ich habe auch genug von Leuten, die ein Trinkgeld erwarten.«

»Das ist verständlich. Wie heißen Sie mit Vornamen, Dr. Hamilton?«

»Adie«, sagte sie und konnte sich ein Lächeln nicht verbeißen. Schließlich sah er so gut aus wie ein Filmstar mit seinen schwarzen Wimpern, dem sinnlichen Mund und der zimtfarbenen Haut. Er sah auch ein wenig verwegen aus, und ein Hauch von Gefahr schien von ihm auszugehen.

Anton nickte. »Entschuldigung angenommen. Mein Angebot steht noch.«

»Ja, danke«, sagte sie und erwärmte sich langsam bei dem Gedanken an Begleitung. »Ich wollte in die Bibliothek, aber ich schätze, damit kann ich auch noch einen Tag warten. Ich interessiere mich für alles, was mit Saqqara zu tun hat, denn ich arbeite da draußen.«

»Dann haben Sie am falschen Ort begonnen. Die meisten Ausstellungsstücke der frühen Dynastien befinden sich unten.« Die Lachfältchen um seine Augen weiteten sich, als er lächelte. »Man braucht Monate, um zu wissen, wo man was findet. Sollen wir anfangen?« Er hielt ihr seinen Arm hin, und Adie hakte sich unter.

»Rahotep und Nofretete«, sagte er vierzig Minuten später, als er mit einer umfassenden Armbewegung auf die beiden sitzenden Figuren wies. »Ziemlich langweilig.«

Adie schaute ungläubig von Anton zu den Skulpturen und wieder zurück. Die Figuren waren alles andere als langweilig, sie waren ein exemplarisches Stück gediegener Handwerkskunst. Der Bildhauer hatte die Einzelheiten in den Gesichtern mit großem Geschick aus dem Kalksandstein gehauen. Die Farben waren immer noch prächtig und lebendig. Sie hätte gern gewusst, was Killian dazu sagte – etwas über das Leben der beiden oder über den Meister, der sie für die Nachwelt erhalten hatte.

Anton schritt an den hervorragend platzierten Skulpturen vorbei und ging auf eine verstaubte Ecke mit fast versteckten Ausstellungsstücken zu. »Diese hier sind interessanter«, sagte er und wies auf einige dekorative, wenn auch funktionale Objekte. »Sie erzählen uns viel mehr über die Gesellschaft als das pompöse Paar.«

»Was sind das für Stücke? Vielleicht Waffen?«, fragte Adie. Sie lehnte sich mit der Stirn gegen das Glas. Die winzigen Etiketten waren mit einer nicht zu entziffernden spinnenartigen Schrift versehen. Sie nahm an, dass es noch die Originaletiketten waren. In den 1890er Jahren war das Museum eröffnet worden.

»Das sind Bumerangs, die man zum Jagen benutzt hat«, sagte Anton. Sie spürte seinen Atem, der in ihren Haaren wehte.

Anton sah über ihre Schulter, und weil er so nahe stand, spürte sie seine *galabeyya* an ihren Waden. Unwillkürlich schüttelte sie sich, und ein Schauer lief heiß über ihren Rücken. Er war ein attraktiver Mann, warmherzig und freundlich. Während sie von einer Vitrine zur anderen schlenderten, schaute sie ihn immer häufiger verstohlen an. Er hatte was Wildes an sich, was durch den Geruch seiner Körpers noch betont wurde. Seine umsorgende Art war ein scharfer Kontrast zu Killians barscher Behandlung.

Seine schattige Reflektion war im dunklen Glas neben ihr zu sehen. Adie starrte sie an. Sie überlegte, wie es sich anfühlen würde, wenn sie nur mal so zum Spaß über seine Lippen streicheln würde. Oder wenn sie die kräftigen Muskeln seiner Schultern knetete, wenn sie die Fingernägel in seine Seiten bohrte und entdeckte, was er unter dem leinenen Umhang trug. Warum nicht? Sie würde die Erinnerung an Killians Derbheiten abschütteln können. Vielleicht würde es ihr sogar helfen, ihm wieder unter die Augen zu treten.

Dies war der Moment zu handeln, wenn sie es wollte. Sie konnte es als Versehen darstellen, wenn er nicht die erwartete Reaktion zeigte.

Adie trat einen Schritt zurück, und ihr Po stieß gegen seine Lenden. Sie konnte sich vorstellen, dass er zur Seite auswich und eine hastige Entschuldigung murmelte. Aber er blieb stehen.

»Was ist denn los mit Ihnen, Dr. Hamilton?«, fragte er, als sie den Po leicht hin und her schwenkte. Adie starrte auf ihr Bild in der Glasvitrine und sah, dass ihre Nippel sich schon gegen den Stoff ihres Tops drückten. Anton legte seine Hände auf ihre Schultern.

»Ich dachte, in so einem Museum wärst du wie zu Hause«, murmelte er, sein Mund an ihrer Wange. »Setzt dir die Hitze zu sehr zu?«

Adie setzte ihr Hüftschwenken fort und wurde belohnt, als sie das Anschwellen seines Schafts spürte. Anton strich jetzt mit den Händen über ihre Oberschenkel. Seine Lippen huschten über die empfindsame Haut ihres Nackens, und sein Atem blies in die Delle ihres Schlüsselbeins.

»Ja, das muss es sein«, murmelte Adie. Sie hob eine seiner Hände an und presste sie auf ihre Brust. Anton strich mit dem Daumen gegen den erigierten Nippel, dann drehte er Adie um, damit er ihr ins Gesicht schauen konnte. Sie starrte in die schwarze Süße seiner Augen, atmete schwer durch die Nase und öffnete die Lippen zum Kuss.

»Komm mit mir«, wisperte er stattdessen.

Er führte sie durch eine Tür für Mitarbeiter, die ins Treppenhaus wollten. Eine Kombination aus Erwartung, Aufregung und Nervenanspannung sorgte für ihre Kurzatmigkeit, als sie in einen schmutzigen Lagerraum krochen. Es roch nach Bleiche.

»Hier sind wir sicher«, raunte er. »Nur ganz selten kommt jemand hier rein.« Er drückte die Tür hinter sich zu.

Sie zweifelte nicht an seinen Ortskenntnissen. Stattdessen zog sie seinen Kopf nach unten und presste ihre Lippen auf seine. Antons Herz schlug schnell, sie konnte es fühlen, weil es gegen ihre Brust drückte. Weiter unten spürte sie einen anderen Puls. Sein Glied, eingezwängt in die Unterhose, beantragte seine Freilassung. Adie streichelte ihn durch die *galabeyya.*

Anton führte sie weiter nach hinten, bis sie gegen einen großen, harten Schaukasten stieß. Er hob sie an, bis sie sich darauf setzen konnte. Adie raffte seine *galabeyya* zusammen und hielt sie mit einer Hand auf der Höhe seiner Brust fest. Mit der anderen Hand versuchte sie, seinen Penis zu befreien. Er war beschnitten und fühlte sich glatt und warm in ihrer Hand an.

»Heb dich mal kurz an«, raunte er und machte sich an ihrem Hosenbund zu schaffen.

Sie presste ihre Hände auf die Glasplatte des Schaukastens und sah zu, wie er ihre Hose und das Höschen abstreifte. Das kalte Glas auf ihren Backen schien die Hitze zwischen ihren Schenkeln noch zu befeuern. Mit den Fingerspitzen rieb sie über ihre Klitoris. Ihre Labien waren bereits reif und geschwollen.

Anton schob ihre Hand weg. »Lass mich«, sagte er und strich mit der Daumenkuppe über die dunkelrote Knospe. Er streichelte nach unten und gelangte in den nassen Pfad zwischen den Lippen, bevor er den Finger wieder nach oben führte – eine Bewegung, die ihr brennendes Innere fast schmelzen ließ.

»Besorg's mir ordentlich«, sagte sie entschlossen und rutschte ihm mit dem Schoß entgegen. Sie wollte die sofortige Erlösung ihres Verlangens erleben. »Jetzt.« Sie schlang die Beine um seine Taille und öffnete sich weit, um ihn zu empfangen.

Er gehorchte und schob seinen Stab in sie hinein. Adie seufzte voller Leidenschaft. Ihre inneren Muskeln packten ihn fest und zogen ihn tiefer hinein. Sie hielt sich an seinen Schultern fest, als er den ersten Stoß ausführte. Anton spreizte seine Beine ein wenig, ging leicht in die Knie und setzte seine Stöße fort.

Die vermengten Düfte ihrer Körper überlagerten den scharfen Geruch nach Desinfektionsmitteln im Lagerraum. Anton griff mit den Händen unter ihr Top, schob den BH über ihre Brüste und spielte mit ihren Nippeln. Der schwarze Schimmer in seinen Augen wurde immer größer, während Adie immer lauter zu stöhnen begann. Sein Zwirbeln ihrer Brustwarzen führte sie zu den Höhen von Schmerz und Lust.

»Warte mal einen Moment«, murmelte er und streckte sich, um einen Gegenstand von einem Regal zu holen. Er hielt eine kühle Flasche in der Hand und drückte sie auf ihre Schamhaare. Der flüssige Inhalt schwappte bei jedem seiner Stöße in der Flasche hoch, während er den dicken Hals gegen ihre Klitoris rieb. Der ungewöhnliche Kontrast von kaltem Glas und heißem Penis raubte Adie die Luft.

»Mehr«, forderte sie, ließ die Arme fliegen und nahm seinen Rhythmus auf. Sie neigte den Kopf und presste eine heiße Wange gegen die kühle Oberfläche. Sie riss die Augen auf, und für einen kurzen Moment starrte sie in das Innere des Schaukastens. »Oh, verdammt«, kreischte sie, und ihr Unterleib verkrampfte. Sie klammerte sich an Antons Schultern fest, und ihre Finger gruben sich in seine Muskeln. In dem Schaukasten starrte eine halb ausgewickelte Mumie sie an. Die Zähne und der Nasenrücken lugten durch den zerbröselnden Verband.

Anton schluckte schwer, dann hielt er geräuschvoll die Luft an. »Vorsichtig.« Sein Schaft zuckte als Reaktion auf ihre plötzliche Bewegung.

»Das ist eine Mumie!«, rief sie.

»Ja, aber sie bewegt sich nicht«, tröstete er sie und grub seine Finger in ihre Pobacken, bis er spürte, dass sie den Griff auf seine Schultern lockerte.

»Du hast es gewusst!«

»Natürlich habe ich es gewusst! Ich sehe sie doch direkt vor mir.« Er lehnte sich weiter vor und glitt wieder tief in sie hinein, und dabei schaltete er all die richtigen Nerven ein, wodurch sie daran erinnert wurde, wie nahe sie dem Orgasmus bereits gekommen war. »Denk nicht mehr dran.«

Das ist wirklich abartig, dachte sie und widerstand dem Drang, nach unten zu sehen. Warme Wellen der Lust leckten gegen ihren Schoß, kitzelten und quälten sie wie ein Juckreiz, dem sie mit Kratzen nicht begegnen konnte. Die Wellen bauten sich rasch auf, schwollen an, und alle ihre Sinne flammten auf.

Anton blieb still und regungslos, als er kam, nur sein Penis pulsierte in ihr und stieß sie über die Klippe. Laute Seufzer drangen aus ihrer Kehle, und eine morbide Faszination zwang sie dann doch, noch einmal auf die Mumie zu schauen. Ihr Orgasmus schüttelte sie durch, er ging von ihrem Kopf aus, als sie der dreitausend Jahre alten Mumie ins Gesicht starrte.

Anton stellte die Flasche mit dem Balsamierungsöl, glitschig von ihren Säften, zurück ins Regal. »Eine königliche Darbietung«, sagte er und wies mit dem Kopf auf ihren stummen Zuschauer. »Wir sollten uns vor ihm verneigen.«

Adie stieß eine Hand gegen seine Brust und schob ihn von sich. »Ich nehme an, du hältst das für lustig.« Sie sprang auf den Boden und bückte sich nach Hose und Höschen. Anton legte eine Hand auf ihre Schulter.

»Also gut, es tut mir leid. Ich hätte es dir sagen sollen. Ich habe die Mumie erst gesehen, nachdem ich dich auf den Schaukasten gehoben hatte.«

»Aber es ist eben eine Mumie«, sagte sie zerknirscht. »Hat dich das überhaupt nicht gestört?«

»Nein, und es schien dich auch nicht sonderlich gestört zu haben.«

»Doch, sehr. Entsetzlich.« Adies Zehen zogen sich in ihren Stiefeln zusammen. Sie wandte der Glasvitrine den Rücken zu. Ihr war ein bisschen übel.

»Aber du musst bestimmt schon mal eine Mumie gesehen haben«, sagte Anton.

Adie saugte an ihrer Oberlippe. »Ich habe viele gesehen, aber es ist nicht mein Ding, mein Sexleben mit ihnen zu teilen.«

»Er gehört eigentlich in die Abteilung der Königlichen Mumien«, erklärte Anton. »Hier steht, dass er Seti I ist. Sie arbeiten wohl an ihm. Willst du dir diese Abteilung als Nächstes ansehen?«

»Nein, danke.«

Antons tiefes Lachen füllte den kleinen Lagerraum. »Vertreiben Sie Ihre negativen Gedanken, Dr. Hamilton. Das ist nichts anderes, als es auf dem Friedhof zu treiben, und das hat fast jeder Jugendliche hinter sich.«

»Ich nicht«, stellte sie klar, dann biss sie sich auf die Lippe und erinnerte sich daran, dass Saqqara eine einzige Totenstadt war, woran sie nicht gedacht hatte, als sie dort ihren Spaß mit Matthew gehabt hatte. »Also gut. Aber du hättest mich warnen können.«

Anton hob die Schultern. »Ich fürchtete, du könntest kalte

Füße bekommen. Jetzt wirst du mich wenigstens in Erinnerung behalten. Ich bin nicht einfach nur der Mann, der dich im Museum gevögelt hat.«

»Ich will nicht ...« Adie brach ab. Sie atmete tief durch und langsam aus. »Ich laufe normalerweise nicht herum und suche mir Männer für Sex aus«, protestierte sie. Sie fragte sich, was ihn zu einer solchen Einschätzung gebracht hatte – war sie zu aggressiv auf ihn zugegangen, oder lag es an den blauen Flecken, die Killian hinterlassen hatte? Bis zu dieser Woche hatte sie gerade mal eine Hand voll Liebhaber gekannt. Ägypten hatte einen starken Einfluss auf ihr Sexleben.

»Woran lag es dann? Konntest du mir einfach nicht widerstehen?« Er nahm ihre Hand und rieb sie gegen seine Wange, dann führte er sie ins Treppenhaus. Auf der unteren Stufe blieb Adie stehen und blickte in seine braunen Augen.

»Ja, so ungefähr.«

Er nickte und hob wieder die Schultern. »Wie du meinst. Sollen wir die Tour fortsetzen?«

»Du hast mir noch nicht gesagt, wo in Saqqara ihr grabt«, sagte Anton später, als Adie an ihrem Getränk nippte. Sie hatten sich zu einem späten Mittagessen entschieden. Das Museumscafé war fast leer, aber im Flur gab es immer noch eine lange Schlange für die Bibliothek. Adie zögerte, bevor sie antwortete. Killian hatte ihr zur Vorsicht geraten, was die genaue Beschreibung der Grabungsstätte betraf, aber dieser Mann neben ihr machte einen kultivierten Eindruck, er war diskret und bestimmt kein Journalist.

»Es ist eine neue Grabung in der Nähe von Djosers Pyramide.«

Er spießte den Rest des Salats auf seine Gabel. »Faszinierend. Eigentlich gibt es heute kaum noch neue Grabungsstätten; die meisten Leute graben nur noch da, wo schon mal gegraben wurde. Mit wem arbeitest du?«

Wieder zögerte Adie. »Killian Carmichael.« Sie sah Anton in die Augen. Wenn ihm der Name etwas sagte, ließ er sich das nicht anmerken. Aber es war ihr unangenehm, den Namen ihres Bosses auszusprechen. Ihre schlechten Gefühle, was den Sex mit Killian anging, waren nicht so schnell abzustellen, wie sie gehofft hatte.

»Arbeitest du schon lange dort?«

»Seit zwei Wochen. Ich bin noch in der Probezeit.«

»Ich verstehe.«

»Was ist mit dir? Wer ist dieser Dareth Sadler? Du sagst, dass du ihn nicht ausstehen kannst.«

»Mir gefällt nicht, wofür er steht, und ich mag auch nicht, dass seine Groupies so große Schäden anrichten.«

»Groupies?«

Anton legte den Kopf schräg und wies auf den Tisch rechts von ihnen. Da saßen ein paar Frauen, die ihre gebundenen Exemplare von Sadlers Büchern ehrfürchtig streichelten. »Wie soll man sie sonst nennen? Sie folgen ihm in der Hoffnung, dass sie sich sexuell bei ihm bedanken können. Es gibt schon genug verrückte Theorien über die Vergangenheit, da hätte es seines pseudo-akademischen Geschwätzes nicht bedurft. Mich erstaunt nur, dass Leute diesen Mist glauben.«

»Vielleicht wollen sie nur irgendetwas glauben«, sagte Adie.

Anton griff eine Tomate auf seinem Teller mit der Gabel an. »Vielleicht«, knurrte er dumpf. »Ich wünschte mir, sie könnten besser zwischen Gut und Böse unterscheiden. Es gibt viele Inspirationen auf dieser Welt, da scheint es albern zu sein, faulen Theorien nachzulaufen.«

Adie senkte den Blick. Antons Ausbruch zog die Aufmerksamkeit anderer Gäste an.

»Wenn er so ein Schwindler ist, wieso signiert er dann seine

Bücher im Cairo Museum?«, hörte sie eine der Frauen am Nachbartisch fragen. Ihre vier Begleiterinnen töteten Anton mit ihren Blicken.

»Weil er irgendeinem Offiziellen eine Menge Scheine zugesteckt hat«, gab Anton zurück.

Die Frau wandte sich ab und schimpfte leiser weiter.

»Ich bereue, dass ich überhaupt gefragt habe«, sagte Adie. Sie streckte einen Arm über den Tisch und fuhr mit einem Finger über seine offene Handfläche. »Keine Szene, bitte. Das könnte meinen Job kosten. Ich soll mich unauffällig verhalten, und eine Abmahnung habe ich schon.«

»Tut mir leid. Ich muss auch gehen. Wohin gehst du von hier? Sollen wir uns ein Taxi teilen?«

»Ich fahre zurück zu meinem Apartment auf Gezira. Willst du jetzt gleich gehen?«

Er drehte ihre Hand, um auf ihre Uhr sehen zu können, und nickte.

»Ich will nur rasch schauen, ob ich jetzt in die Bibliothek komme.«

»Du machst Witze, was? Da signiert Sadler doch seine Bücher.«

Tatsächlich, als sie sich weit genug durch die Menge gezwängt hatte, dass sie die Türen zur Bibliothek sehen konnte, hing dort ein großes Schild. GESCHLOSSEN. Darunter klebte das Foto eines gut aussehenden blonden Mannes, und der Text lautete: Dareth Sadler. Heute. 9.30–16.15 Uhr.

Das Taxi hielt vor dem Apartment, und sie stiegen beide aus. Anton bat den Fahrer zu warten.

»Wenn du am nächsten Wochenende in Kairo bist, würde ich mich vorher über deinen Anruf freuen. Ich kann dir noch einige unbekannte Dinge zeigen.« Er schrieb seine Nummer auf einen kleinen Notizblock und reichte ihr das Blatt. Adie steckte es in ihre Tasche, ohne auch nur einen Blick darauf zu werfen. Sie wusste nicht, ob sie ihn noch einmal treffen wollte, obwohl sie seine Gesellschaft genossen hatte. Er hatte ihr Erlebnis im Lagerraum mit keinem Wort mehr erwähnt, womit er ihr wohl zu verstehen geben wollte, dass sie sich zu nichts verpflichtet fühlen sollte, wenn sie nicht wollte.

»Ich weiß noch nicht, was am nächsten Wochenende abläuft. Das kommt auf die Arbeit an.«

»Natürlich«, sagte Anton. Es schien ihn nicht zu stören, dass sie sich nicht zu einer Zusage durchringen konnte. Er sah zum Taxifahrer, der aufs Gaspedal trat. »Er scheint ungeduldig zu sein, ich gehe lieber.« Er beugte sich zu ihr und gab ihr einen Kuss auf die Wange. Adie winkte dem Auto nach, bis es um die Ecke bog, dann ging sie zur Wohnung.

Sian stürzte aus der Haustür und lief Adie über den Kieselsteinweg entgegen. »Wer war das?«, fragte sie aufgeregt.

Adie lachte über Sians ansteckendes Lächeln und ließ es zu, dass Sian sich bei ihr unterhakte. »Er heißt Anton. Ich habe ihn im Museum kennen gelernt. Warum fragst du? Findest du ihn nett? Soll ich eine Verabredung für dich arrangieren?«

Sian gluckste. »Nett ist nicht das Wort, mit dem ich ihn beschreiben würde. Er ist verdammt geil.« Sie schaute über die Schulter zu der Stelle, an der das Taxi gewartet hatte.

»Ach, Sian.«

»Was ich dir noch sagen will – Samih und Jason haben angerufen. Ich habe mit ihnen vereinbart, dass wir uns mit ihnen zum Essen treffen, wenn sie zahlen. Damit hast du doch kein Problem, oder?«

»Nein.«

Sie flohen aus dem überfüllten Bus in die benzingeschwängerte Luft am Midan Tahrir. Der frühe Abendverkehr brauste an ihnen vorbei. Busse und Autos stritten sich mit Eselskarren um den Platz in den einzelnen Fahrspuren. Adies Nüstern blähten sich, als sie die Gerüche von fettigen Burgers und dem unangenehmen Aroma von verschüttetem Ketchup aufnahmen.

»Das ist die Fast-Food-Avenue«, erklärte Sian und zeigte auf die zahlreichen kleinen Stände, die sich darauf spezialisiert hatten, Imbisse zum Mitnehmen anzubieten. Rund um den Platz lagen verschiedene Gebäude der Universität. Sie folgten einer Gruppe von Studenten ins Innere der Aly Baba Cafeteria und fanden Samih und Jason an einem Fenster im ersten Stock.

»Die Damen.« Samih erhob sich und verbeugte sich tief in einem spöttischen Gruß. »Wir hatten schon gedacht, ihr hättet uns vergessen. Warum hat es so lange gedauert?«

Sian reagierte mit einem beredten Achselzucken und nahm einen Schluck von Jasons Bier.

»Ich bestelle eine Runde«, sagte er.

Vier hohe Gläser eines eiskalten Importbiers standen bald vor ihnen auf dem Tisch. Adie nahm einen langen Zug und legte die Ellenbogen auf den schmuddeligen Holztisch. »Das hast du aber nötig gehabt, was?«, sagte Jason. »Musst du beim Boss zu hart arbeiten?«

»Wenn es nach Adie geht, nimmt der Boss sie nicht hart genug heran«, sagte Sian. Jasons Blick schien Einzelheiten zu fordern, aber Sian schüttelte warnend den Kopf. »Sie war im Museum, weil sie Jacobs Tagebuch lesen will.«

»Ich habe gehört, dass es ein schlimmer Tag im Museum war«, sagte Samih. »Riesige Mengen von Leuten, die sich irgendwas signieren lassen wollten.«

»Ja«, sagte Adie seufzend. »Ein Autor namens Dareth Sadler. Ich bin gar nicht in die Nähe der Bibliothek gekommen.«

»Also keine Erkenntnisse über das fehlende Gemäldestück?«, wollte Jason wissen.

»Bisher nicht.«

»Das wäre auch ein unglaublicher Zufall«, warf Sian ein. Sie nahm die Zeitung an sich, die ein anderer Gast zurückgelassen hatte, und blätterte. »Lucas ist der Meinung, dass Jacob das Stück irgendeinem Sammler verkauft hat, der es als Briefbeschwerer benutzt.«

»Und was glaubt Killian?«

»Das sagt er nicht.« Sian warf einen Blick auf Adie, dann wandte sie sich wieder der Zeitung zu. »Wannabes«, sagte sie einen Moment später und zeigte mit dem Finger auf ein verschwommenes Foto. »Man muss sie mögen.«

Adie beugte sich zu ihr und besah sich das Foto. Drei eifrige Amateure waren vor der Großen Pyramide fotografiert worden. Sie hielten eine riesige Fahne hoch, auf der ein grauhäutiger Alien abgebildet war.

»Hat Killian wirklich keine Meinung dazu?«, fragte Jason und sah Sian an.

Sian faltete die Zeitung zusammen und warf sie auf den Nachbartisch. »Wer kann das schon sagen? Wenn er eine Meinung hat, dann behält er sie für sich.«

Samih kratzte seine Braue. »Ich glaube, das Fragment steckt irgendwo in dem verdammten Museum.« Alle wandten sich ihm zu. Verlegen nagte er an seinem Daumennagel. »Nun, für mich ist es der naheliegende Ort. Wie viele Kisten und Kästen haben sie in all ihren Lagerräumen versteckt? Und da drinnen ist einiges nicht wirklich organisiert. Wenn du ihren ganzen Kram durchstöberst, findest du wahrscheinlich die meisten verlorenen Schätze der Kunstwelt.«

»Das stimmt«, sagte Jason, und auch Adie nickte. Nach der Tour mit Anton war sie zu der Ansicht gelangt, dass man mit dem Material fünf weitere Museen ausstatten könnte.

»Gibt es irgendeine Möglichkeit, das herauszufinden?«, fragte sie.

Jason schüttelte den Kopf. »Du wirst bestimmt schon bemerkt haben, dass es nicht gerade die Stärke des Museums ist, ihre Ausstellungsstücke zu katalogisieren. Sie haben einen nicht kompletten und hoffnungslos veralterten Katalog. Es ist ein kleiner Wunder, dass sie wenigstens die Ausstellungsstücke mit Etiketten versehen, aber du wirst nirgendwo einen Hinweis auf ein Gemäldefragment mit einer Hand, einem Mund und einem Schniedel finden.«

Adies Wangen färbten sich rot, als sie sich an ihre heutige Begegnung mit einem abgestellten Ausstellungsstück erinnerte. »Aber irgendeiner muss das doch wissen.« Anton kannte sich gut aus. Vielleicht hätte sie ihn fragen sollen.

»Gib's auf«, sagte Sian. »Du wirst es nicht finden. Ich bewundere deine Ausdauer, aber ich kenne unser Gewerbe. Wenn es irgendwelche Spuren gäbe, hätte Killian längst jemand darauf angesetzt.«

Adie schürzte die Lippen. »Ich werde es finden«, murmelte sie, ohne dass die anderen es hörten. »Ihr werdet es erleben.«

Im Nil Hilton schaute Dareth Sadler aus dem Fenster seines Hotelzimmers im vierten Stock, als suchte er ein bekanntes Gesicht in der Menge der sich immer mehr ausgeweiteten Metropole, die sich Kairo nannte. Seine grünbraunen Augen schauten nervös von rechts nach links, von den Andalusischen Gärten über die andere Flussseite zum eintönigen Äußeren des Arab League Building.

Die Telefonschnur spannte sich wie eine silberne Kordel, als er sie über das Bett zog und in den Hörer sagte: »Alles in Ordnung.« Seine Finger fuhren über die Konturen des braunen Umschlags, auf dem stand: ›Gratisgeschenke und Zuhörerfotos‹. »Die Signierstunde ist richtig gut verlaufen ... Ja, die Öffentlichkeit wartet darauf. Sie wollen unbedingt einen Folgeband haben. Seit Jahren schon.«

Das scharfe Klopfen von Knöcheln an die Tür holte ihn vom Fenster weg. »Warte mal einen Augenblick, da ist jemand an der Tür.« Er schob den Umschlag in eine Schublade, dann hielt er eine Hand übers Telefon und rief: »Es ist offen.«

Ein Kellner fuhr einen Servierwagen ins Zimmer und stellte ihn ans Fenster. Der Mann wartete, bis Dareth ein paar Münzen aus der Tasche genommen hatte und ihm in die feuchte Hand fallen ließ.

»Nur mein Kaffee«, sagte er ins Telefon, während er mit dem Löffel den Zucker in der dampfenden Tasse verrührte. »Wo war ich gerade? Ah, ich weiß es wieder. Alles hat angefangen mit *Sechs Schritte zum Himmel,* und sobald *Osiris, wiedergeboren* draußen ist, werden die Verkaufszahlen wieder wie eine Rakete in die Höhe schießen. Vergiss die Nachahmer. Ich bin das Original und immer noch der Beste.«

Er gluckste, als er die Antwort seines Gesprächspartners hörte, dann strich er sich mit der freien Hand durch die gestylten Haare und runzelte die Stirn, als ihm die Menge an Haarspray auffiel. »Hörst du irgendwann mal auf, dir Sorgen zu machen?« Er nippte am Kaffee. »Ich habe mich selbst davon überzeugt. Ja, er ist es. Ich brauche nur ein paar Fotos von der Ausgrabung, dann sind wir wieder weg.«

»Wenn du dir sicher bist«, sagte die Stimme am anderen Ende des Telefons.

»Ja, ich bin mir sicher. Ich rufe dich am Mittwoch an und lasse dich wissen, wie die Dinge laufen. Okay? Bis dahin. Bye.«

Dareth brach das Gespräch mit seinem Agenten in England ab und stellte das Telefon auf den Nachtschrank zurück. Er öffnete die Schublade und holte den braunen Umschlag heraus. Mit einem zufriedenen Seufzer legte er Jacobs abgegriffenes, in Leder gebundenes Tagebuch aufs Bett.

Achtes Kapitel

Am folgenden Tag kehrte Adie ins Museum zurück, aber dort erfuhr sie lediglich, dass man Jacobs Tagebuch nicht finden konnte, offenbar verlegt nach einer Inventur. Sie war nicht überzeugt davon, aber der Offizielle des Museums reagierte aggressiv, als sie nachhakte, deshalb gab sie auf, bevor sie hinausgeworfen wurde.

Sie war am Montag noch dabei, ihre Enttäuschung zu verstecken, als Lucas verkündete, dass es eine neue Aufteilung bei der Arbeit gab. »Du bleibst bei Killian im Tunnel«, sagte er zu Sian. Er wartete, bis sie gegangen war, dann reichte er Adie eine Spitzhacke und eine Bürste. »Du gehst in den rechten Korridor und arbeitest mit Matthew zusammen.« Adie nahm den Sonnenhut ab und folgte ihm in die abschüssige Passage, wo er ihr den neuen Arbeitsplatz zeigte.

Die Arbeit im Hauptzugang war vorübergehend unterbrochen. Der Erdeinbruch war umfangreicher, als sie zuerst gedacht hatten, und verlangte unterstützende Ingenieurarbeit, bevor sie dort weitermachen konnten. Stattdessen verließen sie sich darauf, dass der Diebestunnel, den Adie entdeckt hatte, sie in den Rest der Grabkammer führte. Sie sagte nichts dazu, und sie wollte eine weitere Konfrontation mit Killian vermeiden. Sie hoffte nur, dass er sie nicht auf Dauer unbeachtet ließ und Lucas mit ihren Einsätzen beauftragte. Seit sie aus Kairo zurückgekehrt war, hatte sie Killian kaum gesehen.

Die Stunden zogen sich dahin, und erst am späten Nachmittag erhielt sie einen Beweis, dass Killian überhaupt vorhanden war. Sie hatte sich in eine kleine Ecke gezwängt, als laute Stimmen durch den Korridor zu ihr drangen. »Was ist denn los?«, rief sie Matthew zu. Durch die Echos war es schwierig, einzelne Stimmen zu erkennen, aber der Streit schien von draußen zu kommen.

»Ich bin mir nicht sicher, aber ich glaube, es ist Killian. Es hört sich nach etwas Ernstem an. Aber seit du nach Kairo gegangen bist, reagiert er ein bisschen schräg.«

Die Stimmen wurden lauter. Einer der Streithähne war ganz sicher Killian, und es nervte Adie, ihn so laut zu hören. Sie erinnerte sich, dass sie kürzlich die Ursache für seinen Zorn gewesen war.

Adie ließ ihr Werkzeug in den Schutzhelm fallen und kam aus ihrer Ecke heraus. »Ich gehe mal hin und höre, was los ist.« Das Blut kehrte in ihre Beine zurück, die daraufhin zu brennen begannen wie nach Berührungen mit Quallen. Sie stolperte gegen Matthew.

»Bist du sicher, dass du zu denen hinauf willst?«, fragte er und biss sich auf die Lippe. Adie lugte in den dunklen Korridor. Sie wollte herausfinden, was Killian so auf die Palme brachte.

Sie strich liebevoll über Matthews Haare, was eine Staubwolke zur Folge hatte, die sich über sein Gesicht legte.

»He, das habe ich wirklich noch gebraucht«, schimpfte er. »Pass auf, dass du nicht zwischen die Fronten gerätst.«

»Ja, klar. Wenn es gefährlich wird, komme ich zurück und verstecke mich hinter dir.«

Lucas stand oben auf der Treppe. Er drückte einen Finger senkrecht über die Lippen, als sie ihn erreichte. Killian stand gleich hinter dem Eingang zur Grabkammer, eingerahmt vom glänzenden blauen Wüstenhimmel. Jeder Muskel seiner Körpergröße von etwas mehr als einsachtzig schien angespannt. Selbst von ihrem Standort aus konnte sie die Schweißtropfen in seinem Nacken sehen, aber seinen Opponenten sah sie nicht.

Killians Stimme war zu einem bedrohlichen Zischen geworden. Adie hörte das Schnappen einer Kameralinse, dann holte Killian mit einer Faust aus. Das Klatschen eines Schlags war zu hören, dann der dumpfe Fall eines Körpers in den Sand.

»Killian! Was machen Sie da? Das können Sie doch nicht tun«, rief Adie und schob sich an Lucas vorbei, der erfolglos versuchte, sie festzuhalten. Sie lief weiter zu Killian. Sein Gegner lag auf dem Boden und starrte hoch zu ihm.

»Dann pass mal auf!« Sein Blick wich keine Sekunde vom Gesicht des Fotografen, während er nach der gefallenen Kamera griff, den Rücken öffnete und den Film vernichtete.

»Killian!« Sie griff nach seinem Arm.

Der Mann auf dem Boden kroch ein paar Meter von ihnen weg, bevor er sich erhob. Sein linkes Auge wässerte; es begann sich schon schwarz zu verfärben. Adie hätte gern gewusst, wer er war. Er sah wie ein Tourist aus, aber vielleicht war er auch ein Journalist.

»Komm mir nicht mehr zu nahe!« Killian warf ihm die leere Kamera zu. Zwei Polizisten, die auf die Touristen in Saqqara achteten, kamen aus nördlicher Richtung auf sie zu, um zu hören, was vorgefallen war. Der Mann wollte offenbar nicht in weitere Schwierigkeiten geraten, deshalb hielt er sich an Killians Rat und hastete auf die Straße zu. Killian zermalmte den Film und steckte ihn in seine Hosentasche.

»Um was ging es denn?«, fragte Adie.

Er wandte sich ihr abrupt zu und starrte sie an.

Adie wich einen Schritt zurück. Sie versuchte, in seine Augen zu sehen. »Er hat doch ein Recht, hier zu sein, ob uns das lieb ist oder nicht, und er darf auch fotografieren.«

»Mich aber nicht.«

»Aber ...«

»Kein Aber«, knurrte er.

Adie begriff endlich und hielt den Mund.

»Er ist kein Tourist. Er ist eigens dafür angeheuert worden, zu uns zu kommen und Ärger zu bereiten. Mit Fotografen beginnt der Ärger erst.« Killian hatte sich vom kalten Zorn in eine glühende Wut geredet, und jetzt schrie er sie an. »Mische dich nicht in meine Aufgaben ein und gehe zurück zu der Arbeit, für die du bezahlt wirst.«

Adie floh die Treppe hinunter, an Lucas vorbei und weg von ihrer Arbeitsecke. Sie fand eine dunkle Stelle in einem dreckigen Vorratsraum, kauerte sich zusammen und begann zu schluchzen. Sie schien nichts richtig machen zu können, und wenn sie nicht lernte, den Mund zu halten, würde sie ihren Job verlieren – und nicht nur ihre Chance bei Killian.

Dreißig Minuten später fand Sian sie. »Ich habe dich überall gesucht«, sagte sie und drängte sich in den überladenen kleinen Raum. »Ich musste meine Pause zusammen mit Lucas nehmen. Matthew ist mit einer Liste von Aufträgen nach Kairo geschickt worden, und das hier ist für dich eingetroffen.« Sie hielt ihr ein großes Paket hin. Licht von Sians Taschenlampe leuchtete in Adies Gesicht, wo silbrige Tränen über die Wangen liefen. »Was ist los?«

Adie schniefte. Ein neuer Tränenfluss schien bevorzustehen. Sie wollte Sians Mitgefühl, schämte sich aber, das zuzugeben.

»Nun?« Sian kniete sich und legte behutsam eine Hand auf Adies Schulter.

»Killian hat mich angebrüllt, weil ich eine Idiotin bin.« Es klang schwach und verdrießlich.

»Wieso Idiotin?«

Adie schniefte wieder. Ihr Gesicht fühlte sich steif von den getrockneten Tränen an. »Er hat jemanden geschlagen, und ich habe mich eingemischt.«

Sian hob eine Augenbraue. »Oh, Mann.« Sie schaute über ihre Schulter, um sich zu vergewissern, dass niemand in Hörweite war. »Das ist kein Grund, sich aufzuregen. Ich bin sicher, dass er seine Gründe hatte.«

»Ja, stimmt.«

»Er ist ein Mann, der nicht gern in der Öffentlichkeit steht, Adie, und du musst ihm schon richtig auf die Füße treten, um ihn zu reizen. Du hast dich im falschen Moment und in die falsche Sache eingemischt.«

Adie streckte die Beine aus. Was Sian sagte, ergab Sinn. Sie hatte mit Killian gestritten, ohne wirklich zu wissen, um was es ging.

Sian klopfte ihr auf den Rücken. »Komm schon, Mädchen, Kopf hoch. Ich versuche mal, von Lucas irgendwas zu erfahren. Und, Himmel, geh Killian aus dem Weg, bis er sich langsam beruhigt hat.«

Adie schnäuzte sich, damit ihre Nase wieder frei wurde. »Ja, danke. Du hast Recht.«

»Vergiss es. Machst du jetzt das Paket auf oder nicht?« Sian reichte ihr das Paket. Adie schnitt die Kordel mit ihrem Taschenmesser durch und hob den Deckel an. Unter zarten Seidenpapieren lag ein dunkelblaues Outfit für ein Haremsmädchen. Sie nahm es aus der Schachtel und bewunderte die delikaten Stickereien, Lilien in schwarzen und silbrigen Fäden, sowie einen Hosenbund, mit kleinen alten Münzen verziert.

»Hübsch!«, rief Sian, die Augen weit aufgerissen. Sie strich über den Seidenstoff. »Was steht auf der Karte? Von Killian ist sie bestimmt nicht.«

Adie las die elegant geschwungene Schrift auf der Karte. Niemand zuvor hatte ihr je so ein exotisches Kleidungsstück geschenkt. Lächelnd sagte sie: »Das ist von Anton. Der Typ, den ich im Museum kennen gelernt habe.«

»Ich erinnere mich an ihn. Und weiter?«

Adie biss sich nachdenklich auf die Unterlippe, während sie den Stoff streichelte. »Er will mich heute Abend treffen, und ich soll dieses Ding tragen.« Sie reichte Sian die Karte, die sie rasch überflog.

»Nun, er hat einen ausgezeichneten Geschmack. Wirst du gehen?«

Adie hob die Schultern. »Ich weiß es nicht. Es ist wunderschön, aber ich bin schon durcheinander genug wegen Killian, da brauche ich keine weiteren Probleme.« Adie bemerkte, dass ihre Freundin gar nicht zuhörte. Sian hatte den durchsichtigen Stoff an ihre Wange gepresst.

»Es erinnert mich an eine alte Werbung für einen Schokoriegel, der *Turkish Delight* hieß.« Dann schloss sie die Augen und atmete den Duft des Stoffs ein.

»Er ist Engländer«, sagte Adie.

Sian sah sie stirnrunzelnd an. »Hast du denn keine Vorstellungskraft?« Sie gab das Outfit zurück. »Du bist hinter dem falschen Mann her, Adie. Vergiss Killian. Du solltest mit diesem Typen ausgehen.«

Adie antwortete nicht. Vielleicht hatte Sian Recht. Wenn sie mit Killian nicht so emotional verbunden wäre, würde sich ihr Arbeitsverhältnis wahrscheinlich verbessern. Sie wollte darüber nachdenken.

»Was ist denn passiert?«

Lucas schüttelte den Kopf. »Halt dich da raus, Sian.«

Es war am Abend desselben Tages, und die Moskitos schwärmten zu Tausenden um die Lichter der *dahabiyya*. Er saß in einem Liegestuhl auf der Steuerbordseite, nachdem er das Deck gewischt hatte. Auf der anderen Seite des Flusses tauchten zwei Vögel im Schilf nach Fischen.

Sian ließ sich in einen anderen Liegestuhl fallen. »Adie war mit den Nerven fertig. Ich glaube, jetzt hängt sie wie das heulende Elend in ihrer Kabine herum. Einer muss sich um sie kümmern.«

»Da gibt es nichts zu kümmern. Sie hat einen Teil seiner Wut abbekommen.«

»Stimmt es, dass er jemanden zusammengeschlagen hat?«

Lucas bewegte den Kopf leicht nach unten.

»Wer war es?«

Er nahm seine Brille ab, blinzelte und rieb sich die Augen. »Ich bin mir nicht sicher. Jemand, der für Dareth Sadler arbeitet, glaube ich. Wenn dir der Name etwas sagt.«

Sian zögerte. Die Antwort war keine Überraschung für sie, aber sie hätte nie geglaubt, dass Lucas den Namen erwähnte. »Ja, der Name sagt mir was.« Sie strich über ihren blonden Zopf. »Adie erzählte, dass er im Cairo Museum eine Signierstunde abgehalten hat, und ich habe einen Artikel in der *Middle East Times* über ihn gelesen. Da habe ich mir schon gedacht, dass es Ärger geben könnte, aber ich wollte nichts sagen. Warum hast du sie nicht daran gehindert, nach draußen zu gehen?«

Lucas setzte die Brille wieder auf. »Ich habe es versucht, aber ich bin ihr nicht nachgelaufen. Ich weiß, wann es besser ist, sich zurückzuhalten. Er hat den Artikel in der *Times* auch gelesen. Und dass ihr beide am letzten Wochenende einfach verschwunden seid, ohne irgendwas zu sagen, hat seiner Stimmung auch nicht auf die Beine geholfen.«

Sian nickte entschuldigend. »Kleiner Notfall. Weißt du, wie er jetzt drauf ist?«

Lucas verschloss die Hände hinter seinem Kopf und streckte sich aus. »Killian? Keine Ahnung. Er ist abgerauscht. Vielleicht fährt er nur durch die Gegend, um sich abzuregen. Oder er ist in die Stadt gefahren, um den Bastard aufzutreiben. Das könnte ich ihm nicht verübeln. Ich würde wahrscheinlich auch nicht anders reagieren.«

Die Vorstellung, dass der hagere, gelehrte Lucas voller Zorn hinter jemandem her sein könnte, um ihn zu verprügeln, hatte was Komikhaftes an sich. Leider war es bei Killian nicht so. Er hatte mehr als genug Gründe, wütend auf Sadlers Einmischung zu reagieren, aber sie hoffte, dass er nicht so verrückt war, den Mann sogar umbringen zu wollen.

»Wie lange weißt du das schon?«, fragte sie. Sadler war ein Thema, das sie jahrelang nicht erwähnt hatte, und sie selbst hätte es auch jetzt nicht auf den Tisch gebracht.

Lucas hob die Schultern. »Ich habe es immer gewusst. Als ich zum ersten Mal nach Ägypten kam, redete man überall über ihn. Ich war damals in Theben, aber auch dort gab es kaum einen anderen Gesprächsstoff. Einige meiner Kollegen hatten schon früher für Killian gearbeitet. Sie hielten mich für verrückt, dass ich den Job angenommen hatte. Aber inzwischen sind sie grün vor Neid geworden. Und du?«

»Durch Zufall. Ich habe Sadlers Buch gelesen, während ich zwischen den Projekten in Dahshur und Lisht hin und her gependelt bin. Das Buch machte die Runde an der Uni. Es ist natürlich alles Unsinn, aber ich war entsetzt, als ich auch meinen Boss mit dem Buch erwischte.«

»Es geht nicht nur um das Buch«, sagte Lucas. »Aber frage mich nicht nach Einzelheiten. Killian war mehr daran beteiligt, als ihm heute lieb ist. Er würde es auch nie zugeben, also sprich ihn nie auf dieses Thema an.«

»Das habe ich auch nicht vor. Ich bin fast vom Hocker gefallen, als er mir sagte, dass wir nach Saqqara gehen.«

»Er ist nach Saqqara gegangen, weil er die Geister zur Ruhe legen wollte.«

»Und Sadler weckt sie wieder auf.«

»Vielleicht.«

Sie starrten sich ein paar Sekunden nachdenklich an, dann wandten sie die Blicke ab. Ein paar größere Motten hatten sich zu den Insekten gesellt und umschwirrten jetzt auch die Lichter. Lucas zündete einige Kerzen aus Zitronell-Öl an. Sian steppte nervös ihre Schuhsohlen auf die Holzplanken des Decks. »Was sollen wir Adie sagen?«

»Nichts. Lass ihn seine eigene Erklärung abgeben, wenn ihm danach zumute ist. Mit uns hat das nichts zu tun. Ich habe nicht vor, mich da einzuschalten, und ich kann dir nur empfehlen, es ebenso zu halten.«

Adie saß allein in ihrer Kabine. Der Raum war dunkel, abgesehen von einigen Streifen des Mondlichts, die durch die offene Jalousie fielen und silberne Striche auf den Boden zeichneten. Sie starrte auf die Schachtel mit dem wunderbar weichen Stoff auf ihrem Schoß. Der dunkle Inhalt lockte sie, sich anzuziehen und ihrer Phantasie freien Lauf zu lassen, aber noch zögerte sie. Wenn das Geschenk von Killian gewesen wäre, hätte sie die Entscheidung leichter fällen können. Aber auf ein solches Geschenk von ihm würde sie lange warten müssen.

Sie strich mit den Fingern über den Hosenbund mit den Zierknöpfen. Vielleicht hatte Sian Recht; sie sollte Killian und seine wüsten Launen vergessen und sich stattdessen auf Anton konzentrieren.

Dieser Tag mit ihm im Museum war der beste gewesen, seit sie in Ägypten angekommen war. Der Sex war auch gut, auch wenn es beinahe ein Dreier gewesen war. Der Gedanke an die Mumie ließ ihre Lippen zu einem Lächeln zucken. He, was soll's? Sie erreichte nichts bei Killian und ließ einen gut aussehenden Mann warten.

Sie hatte sich entschieden und nahm das Kleidungsstück aus der Schachtel. Das schwache Aroma von Sandelholz und der kräftigere Geruch von Myrrhe stiegen vom Stoff hoch. Sie atmete ihn tief ein, und der Zauber filterte durch die Lustzentren ihres Gehirns. Das sind östliche Versprechen, hatte Sian gesagt. Wenn Anton dieses Versprechen erfüllen konnte, würde sie eine besondere Nacht erleben.

Zehn Minuten später stand sie am Ufer und bewunderte ihr Bild im schwarzen Wasser. Der Stoff umhüllte sie und betonte zugleich ihre weiblichen Kurven. Nach Wochen, in denen sie sich in Hemden, Unterhemden und Arbeitsklamotten gesehen hatte, beschmiert mit Sand und Staub und Dreck, fühlte sie sich fast ein wenig entsetzt, sich so knapp bekleidet zu sehen. Ihre Haut wurde lebendig, und sie konnte jede noch so geringe Bewegung der Nachtluft auf ihrer nackten Körpermitte fühlen. Sie spürte einen Hauch von Furcht und Gefahr und wurde auch dadurch erregt. Sie konnte nur hoffen, dass Anton sie nicht aufgegeben hatte, weil sie ihn hatte warten lassen.

Adie blieb unter einer Dattelpalme direkt am Fluss stehen. Sie hatten vereinbart, sich hier zu treffen.

Das sanfte Rascheln von Stoff hörte sie hinter sich; sie drehte sich um. Anton beobachtete sie unter einer Nachbarpalme. Er trug fließende mitternachtsblaue Umhänge, die sich bei jedem kleinen Windstoß an seinem Körper rieben. Sie atmete schwer, als sie ihn erkannte. Da stand ja ihr Scheich aus ihren Phantasien, der Mann, den sie für einen Sekundenbruchteil in Saqqara gesehen hatte, als sie vor dem Skorpion geflohen war. Als sie ihn nun sah, überraschte es sie, dass sie ihn nicht zuvor erkannt hatte. Fragen über seine Motive und seine Identität schwirrten ihr im Kopf herum.

War ihre Begegnung im Museum wirklich so zufällig gewesen? Hatte ihr jetziges Treffen etwas mit körperlicher Anziehung zu tun, oder waren da ernstere, finstere Motive im Spiel? Und würde sie sich dann anders verhalten?

Er trat ein paar Schritte vor, ging dann im Kreis um sie herum, bewunderte zuerst ihren Busen in den Körbchen mit den Onyxknöpfen und dann ihren kaum verhüllten Po. Seine vollen Lippen zuckten in den Winkeln, dann weiteten sie sich zu einem breiten Lächeln.

»Es tut mir leid, dass ich mich verspätet habe«, sagte sie. »Ich bin aufgehalten worden.« Das war zwar nur die Halbwahrheit, aber sie meinte, dass sie ihm eine Erklärung schuldete, und sie wollte ihm nichts von den Schwierigkeiten der letzten Tage berichten. Sie war hier, um für ein paar Stunden aus ihrer Wirklichkeit zu fliehen, und nicht, um Geständnisse abzulegen.

Anton sagte etwas in einem herrischen Tonfall, aber er sprach in Arabisch. Dann schien er ihr eine Frage zu stellen. Adie starrte ihn verwirrt an. »Ich spreche kein Arabisch.«

Anton wiederholte den Satz. Als sie immer noch nicht reagierte, zeigte er auf das Zelt.

Es war ihr aufgefallen, als sie den Platz ihres Stelldicheins erreicht hatte, aber sie hatte es nicht mit Anton in Verbindung gebracht. Jetzt öffnete sie weit ihre Augen und fragte sich, was er vorhatte. Sie ließ zu, dass er ihre Hand nahm und sie auf das Zelt zuführte. Anton zog die Plane des Eingangs zurück und zog sie hinein.

Vor Staunen öffnete sich ihr Mund. Vor sich sah sie ein kleines Juwel; noch nie hatte sie ein solches Zelt gesehen. Im Inneren gab es zwei Ebenen, beide mit wunderbaren Teppichen in vielen Mustern ausgelegt. Der Bereich nahe der Tür war mit einem niedrigen Tisch ausgestattet, auf dem Schüsseln mit Bonbons, Früchten und nach Zimt duftenden Köstlichkeiten standen. Der hintere Teil war erhöht und mit einem Berg aus bunten Kissen bedeckt. Kleine bunte Lampen warfen vielfältige Schatten, und ein schwerer, moschusartiger Duft stieg in die Luft und schien sie hereinzulocken.

Wieder sprach er arabisch zu ihr.

Adie schüttelte den Kopf. »Ich verstehe nicht«, protestierte sie, dann erinnerte sie sich an Sians Kommentar, dass es ihr an Vorstellungskraft mangelte. Sie schaute an ihrem enthüllenden Outfit hinunter und sah Anton dann kokett an. »Was begehrst du?«, fragte sie und stellte sich in ihrer Phantasie vor, ein Haremsmädchen zu sein.

Anton reagierte mit seinem besten Valentino-Blick. Er zeigte auf die Kissen und dann auf sie. Adie leckte über ihre Unterlippe, ging hinüber zu dem Kissenberg und ließ sich darauf nieder. Sie war gespannt, welche anderen Überraschungen er ihr in diesem herrlichen Zelt zeigen wollte. Was immer sie auch sein mochten, sie war sicher, nicht enttäuscht zu werden.

Anton nahm eine Frucht aus der Schüssel. Sie schaute zu, wie er sie hochhielt und den Saft, in dem es gelegen hatte, in seinen Mund tropfen ließ. Er hob eine andere Frucht hoch und trat damit zu ihr. Die ersten Tropfen rannen auf ihre Zunge. Der Geschmack war gleichzeitig süß und würzig, und ihre Geschmacksnerven kribbelten vom brennenden Alkohol.

Als sie schluckte, tropfte die Flüssigkeit auf ihr Kinn, dann den Hals entlang und in das Tal ihrer Brüste. Adie starrte in seine Augen. Die Pupillen waren schwarz und glitzerten wie der Nachthimmel, der sich im Nil spiegelte. Anton drückte seine Lippen auf ihre, dann folgte der Mund der Spur des Saftes bis zu ihrem Busen.

Als Nächstes bot er ihr ein Apfelsinenstück an. Den klebrigen süßen Saft fing er erst in ihrem Nabel auf.

»Das kitzelt«, klagte sie, während sie unbewusst die Hüften anhob, als wollte sie sich auf die nächste Leckerei seiner Zunge vorbereiten. Die Spitze bohrte sich in den Nabel und stimulierte dort Nerven, die sonst selten erregt wurden. Leichte Schauer rannen über ihren Bauch. Er nahm eine schwarze Weintraube und drückte sie wie ein Juwel in den Nabel. Sein Mund wanderte tiefer. Er übersprang den Hosenbund und auch den Seidenstoff, der sich immer mehr an ihre Haut schmiegte, je nasser er von seinen Küssen wurde.

Die erste Berührung seiner Zunge auf ihrem bedeckten Venushügel schickte eine Welle elektrifizierter Energie durch ihren Körper. Er stieß mit der Zunge gegen die fleischigen Lippen ihrer Pussy, nässte sie, tätschelte sie mit den Fingerkuppen und liebkoste die Klitoris, bis sie unter ihrer Kapuze hervorlugte, als wollte sie sein Streicheln und Lecken nicht vermissen.

Adie lag auf dem Rücken und gab sich den exquisiten Sensationen hin. Die arabischen Sätze und Schmeicheleien, die er flüsterte, vermischten sich mit der Musik des Wassers draußen, und der schwere Duft um sie herum entspannte sie und machte sie schläfrig. Sie nahm andere Gerüche wahr, die sie einhüllten, scharfer Zitrusduft und der schwüle, eher unangenehme Geruch der Öllampen. Zusammen mit dem wachsenden Bewusstsein ihrer prickelnden Haut und dem Reiben der Seidenkissen schufen sie ein Gefühl der Wärme und des Wohlbehagens.

»Anton«, murmelte sie, als seine Zungenspitze die Klitoris durch den Stoff zu reizen begann. Er neckte sie erbarmungslos mit kurzen, kräftigen Wischern und einem gelegentlichen Streichen mit der ganzen Zunge. Jedes Lecken kam so unregelmäßig, dass sie nicht vorhersagen konnte, wann es kommen würde. Jede Berührung war eine Überraschung, und jede Liebkosung erhöhte ihre Lust, bis sie sich rastlos auf den Kissen hin und her warf, wobei sie kaum wahrnahm, welche Worte sie ausstieß, als sie ihn anflehte, sie zu nehmen.

Plötzlich hob er sich von ihr und griff nach einem Messer, das neben der Obstschale lag. Ein Gefühl von Beklommenheit und Furcht erfasste sie, verbunden mit der sexuellen Erregung, die sich in den letzten Minuten immer mehr gesteigert hatten. Sie wehrte sich nicht, als Anton mit der Klinge leicht über ihre Kehle strich. Stattdessen drückte sie die Lider fest zu, aber dann riss sie sie wieder weit auf. Sie brauchte all ihre Sinne.

Die Klinge hielt mitten auf dem Hals inne, dann kroch sie weiter hinunter, zwischen die Zwillingshügel ihrer Brüste, gefolgt von Antons Lippen. Sie spürte den leichten Kratzer, als er die Messerspitze über ihre Haut zog. Adies Atem schien auf ihrer Zunge zu gefrieren.

Seine dunklen mokkafarbenen Augen waren nicht zu lesen. Er zog das Messer weiter nach unten, diesmal zum Delta ihrer

Schenkel. Adie sog tief die Luft ein, als sie den kalten Stahl fühlte. Mit einer raschen Bewegung schlitzte Anton den Saum ihrer Hose auf.

Sein Atem war warm auf ihrer geröteten Haut, und im nächsten Moment spürte sie die Hitze eines zähflüssigen Öls. Adie klammerte ihre Finger nervös in die Kissen, während Anton eine dunkle Locke ihrer Schamhaare abschnitt.

Das Öl kitzelte und schien mit einem besonderen Gewürz zu brennen, dann reagierte sie voller Leidenschaft, als seine Zunge wieder über ihre Klitoris strich, bevor er sie durch die harte Wärme seines Schafts ersetzte. Er drang durch die weite Öffnung, die er durch den Schlitz ihrer Hose geschaffen hatte, und presste sich in ihr wartendes Lustzentrum.

»Anton«, raunte sie, griff an seine Schultern und suchte seine Lippen. Sie zitterte. »Ich glaube, du legst es immer darauf an, mir Angst einzujagen.«

Sie wusste nicht genau, wie er darauf reagierte, aber er schien ihr zuzustimmen. Doch das irritierte sie jetzt nicht mehr; er füllte sie, küsste sie und biss durch den Stoff ihres Kostüms in ihre Nippel.

Das brennende Öl und die Düfte der vielen Parfüms betäubten sie. Ihre Sinne schienen von der Furcht so geschärft zu sein, so überladen von der Erotik, dass die Linie zwischen Wirklichkeit und Phantasie zu schwimmen begann.

Sie war eine Gefangene des Scheichs, eine Sklavin seines Willens, geraubt von ihrem Geliebten, während sie als Mitglied einer Karawane die Wüste durchquerte. Er brachte sie in seinen Palast aus Seide, um sie zu besitzen und sich zu rächen. Ja, ihr Geliebter hatte ihm einen Schatz gestohlen, und jetzt wollte er Vergeltung. Aber jetzt wollte sie nicht mehr gerettet werden. Unter den geschickten Berührungen des Scheichs war sie zu neuem Leben erwacht.

Ihr Unterleib fühlte sich an, als stünde er in Flammen. Sie hielt sich an Antons Schultern fest und keuchte in seine dunklen Haare, während seine Stöße sich beschleunigten. Seine Lippen schlossen sich um ihr Ohrläppchen und nagten daran. Sie fühlte, wie er in ihr pulsierte. Er hob den Kopf und grölte seinen Orgasmus heraus. Ihr Höhepunkt begann mit einer gewaltigen Erschütterung, die zu einem verträumten Schweben über dem Nest der seidenen Kissen endete.

Adie schlich sich in den frühen Morgenstunden zurück auf die *dahabiyya,* genau zu dem Zeitpunkt, als Sian aus ihrer Kabine trat. Die blonde Frau sah Adies extravagantes Kostüm und die zerzausten Haare auf den ersten Blick und reagierte mit einem sehnsüchtigen Lächeln. »Du hast also meinen Rat befolgt«, sagte sie.

Adie nickte und wollte sich verlegen zu ihrer Kabine drücken. Sie wünschte, sie hätte sich vorher einen Mantel übergeworfen. Im kalten Dämmerlicht musste sie fast wie eine Vogelscheuche aussehen, dachte sie; die schwarze Augenschminke war verlaufen, und ihre Haut musste nach Fruchtsäften und Speichel riechen. Es war schon schlimm genug, Sian in die Arme zu laufen, jetzt musste sie nur darauf achten, dass andere sie nicht auch noch in diesem Zustand sahen.

Sian streckte einen Arm aus und verhinderte ihre rasche Flucht, indem sie eine Hand auf Adies Schulter legte. »Wie war es?«

Adie presste ihre Schenkel zusammen, um den Schlitz im Stoff zu verbergen. »Wie du gesagt hast – östliches Versprechen.«

Sian lächelte dünn, als wäre sie nicht überrascht, aber erfreut schien sie auch nicht zu sein. Adie fragte sich, ob Sian ein wenig eifersüchtig war.

»Es ist nichts Ernstes«, hörte sie sich sagen. Warum nicht? schien ihr Kopf zu fragen. Wegen Killian, antwortete eine innere Stimme. Plötzlich spürte sie, wie sich auf ihrer Stirn eine steile Falte bildete, als alle Anspannung, die während der Nacht mit Anton geschmolzen war, zurückkehrte. Sie warf einen Blick übers Deck und fürchtete Killians unmittelbar bevorstehende Ankunft. Sie fragte sich, ob sie zu ihm gehen sollte, sobald sie sich gesäubert hatte.

»Er ist nicht zurückgekommen«, sagte Sian. »Ich meine, für den Fall, dass du das befürchtest. Er ist wahrscheinlich gleich nach Saqqara gefahren. Wenn du also vor der Arbeit noch mit ihm reden willst, müssen wir Gas geben.«

»Ich weiß nicht, ob ich ihm irgendwas zu sagen habe. Er ist derjenige, der sich seltsam benimmt.« Wollte sie ihn wirklich sehen? Vielleicht war es besser für alle, wenn sie sich weiter auf ihre Phantasien mit Anton einließ.

»Trotzdem ...«, sagte Sian gedehnt.

»Ich bin in fünf Minuten fertig«, sagte Adie. »Wir treffen uns am Auto.«

Killian befand sich nicht an der Grabungsstätte, als sie dort eintrafen, deshalb gingen sie hinüber zum Rasthaus, um dort zu frühstücken. Als sie zurückkehrten, verkündete Lucas ihnen die Arbeit für den Tag. Er gab Adie einen neuen Tunnelteil, den sie räumen sollte, etwa auf der Höhe der Vorratskammern, wo sie nicht zu sehen sein würde, wenn Killian zurückkam. Matthew hielt sich noch in Kairo auf.

Adie dachte über die veränderten Bedingungen nach, die zu ihrer jetzigen Position geführt hatten, und auch über ihre gemischten Gefühle über die Nacht mit Anton. Sie fragte sich, ob Killian zur gleichen Zeit auch seinen Spaß gesucht hatte. War er der Typ, der ausging und es auf eine fremde Frau abgesehen hatte? Oder hatte er nur brütend in einem schmutzigen *ahwa* gesessen und starken Kaffee getrunken?

Der Morgen war rasch vorbei, während sie peinlich genau den Schutt aus dem Teilstück wegräumte. Erst als ihr Magen zu knurren begann, begriff sie, dass eigentlich jemand hätte kommen müssen, um ihr zu sagen, dass es Zeit fürs Essen war. Sie band ihren Pferdeschwanz neu und ahnte, dass sich jemand näherte.

Sie erkannte Killian an der Art, wie er atmete – kurzes, flaches Einatmen. Adie wandte den Kopf leicht, damit sie ihn aus dem Augenwinkel sehen konnte. Er trug immer noch seine Kleidung von gestern, und er war unrasiert. Seine Kleider standen vor Dreck, und die Knie seiner Khakihose waren farblos und fadenscheinig.

»Wie kommst du zurecht?«

Adie rutschte ein wenig auf den Knien herum, bis sie ihn besser sehen konnte. Die oberen Knöpfe seines Leinenhemds standen offen, der Stoff war nass, nicht vom Schweiß, sondern von Wasser. Als hätte er sich eine Wasserflasche über den Kopf geschüttet. Er sah rau aus und unleugbar sexy. Das Hemd klebte an seinem Körper. Ein hungriger Schmerz erwachte zwischen ihren Schenkeln – trotz allem, was vorgefallen war.

»Meine Knie sind wund«, blaffte sie ihn an, wozu eigentlich kein Grund bestanden hätte. Ihre körperliche Reaktion auf ihn irritierte sie und machte ihr deutlich, wie wenig die vergangene Nacht mit Anton an ihren Gefühlen für Killian geändert hatte. Sie lechzte immer noch nach dem Mann, der nicht an ihr interessiert war und der ihren einen gemeinsamen Moment deutlich hinter sich gelassen hatte.

»Dann steh auf, damit sie sich erholen können«, sagte er freundlich.

Adie blieb, wo sie war, dann änderte sie ihre Meinung und kam torkelnd auf die Füße. Er bot ihr eine Hand an, aber sie schüttelte den Kopf und übersah seinen mitleidenden Ausdruck, der für einen Moment in seinen grauen Augen zu sehen war.

»Ich nehme an, dass ich das verdient habe. Ich glaube, ich schulde dir eine Erklärung ... und eine Entschuldigung.«

»Nein«, knurrte sie.

»Doch, ja.« Seine Stiefel ließen den Sand des Bodens aufstieben, als er die Lücke zwischen ihnen schloss, bis er direkt vor ihr stand. Adie konnte seinen Körper riechen. Er hatte hart gearbeitet, und sein würziger Geruch erregte sie trotz ihrer Verärgerung.

»Mir sind der Fotograf und sein Auftraggeber bekannt. Er kann froh sein, so glimpflich davongekommen zu sein. Ich würde ihnen beiden am liebsten den Hals umdrehen.« Er schien sich dann zurückhalten zu wollen, hob die Schultern und lächelte. »Das konntest du nicht wissen.«

Was war mit einer Erklärung für das, was auf dem Boot geschehen war?, hätte sie am liebsten gefragt, aber sie wollte ihn nicht darauf ansprechen.

»Adie.« Sie sah in sein Gesicht und wusste, dass er die nächsten Worte sorgsam abwog. »Ich muss heute Abend in die Stadt. Unser Hauptsponsor hat mich zum Essen eingeladen. Matthew ist schon im Apartment, aber ich möchte dich gern mitnehmen, wenn du möchtest.«

Adies Kinn klappte nach unten. Sie starrte ihn an, als könnte sie nicht glauben, was sie gerade gehört hatte. »Wiederholen Sie das noch mal.«

»Ich habe dich gebeten, mich zu einem Essen zu begleiten. Möchtest du mitkommen?«

»Ja! Ich meine, ich glaube ja.« Für einen kurzen Augenblick huschte das Gesicht des Fotografen durch ihren Kopf, und dann sah sie auch das Bild, wie Killian aus dem Arbeitsraum stakste.

»Nun?« Killian beugte sich vor und berührte ihre Haare. Rote Farbe legte sich auf ihre Haut.

»Ja«, sagte sie und leckte sich nervös die Lippen.

Killian nickte. »Gut. Hast du was Formelles zum Anziehen? Sonst kann Sian dir vielleicht was borgen. Wir müssen um acht Uhr da sein.«

Neuntes Kapitel

Dareth Sadler versank im sprudelnden Jacuzzi seines Hotelzimmers, auf der Braue ein kühles Tuch. Nach der Werbetour für sein neues Buch hatte er die Auslieferung zunächst gestoppt, denn er wollte unbedingt einige Fotos vom Inneren der Grabungsstätte mit einbauen. Das Wandgemälde war das zentrale Thema, und die wortreiche Begründung seiner Theorie musste durch wenigstens ein Foto gestützt werden. Außerdem wollte er einen Teilausschnitt des beschädigten Pharaos als Titelbild für sein Buch haben.

Dareth verzog sein Gesicht. Er hatte nicht damit gerechnet, dass Carmichael seinen Fotografen umhauen würde. Die Folge war, dass er dem Burschen das doppelte Honorar zahlen musste, ohne ein einziges Foto gesehen zu haben. Aber es war noch schlimmer gekommen: Die ägyptischen Behörden hatten Jamal und den Mann, den er bestochen hatte, darüber informiert, dass die Grabungsstätte in Saqqara für einen Besuch nicht freigegeben würde.

Dareth packte das tropfende Tuch und warf es durchs Zimmer. Bis auf Diebstahl oder Erpressung fiel ihm nichts mehr ein.

Das Trappeln von Füßen ließ ihn aus dem versenkten Bad aufschauen. Eine groß gewachsene Frau kam herein, hob das Tuch vom Boden auf und legte es ins Waschbecken. Obwohl sie nackt war, trug sie ein enges Lederhalsband und war auffällig geschminkt, und sie sah alles andere als verletzlich oder demütig aus.

»Jamal hat wieder angerufen«, sagte sie. Dareth schloss die

Augen und hörte, wie das Wasser auf die Bodenfliesen schwappte, als sie in die Wanne trat und sich vor ihn kniete. »Er will dich treffen und sagt, dass er eine Spur zum Fragment hat. Aber er will mehr Geld.«

»Hm. Das ist eine Überraschung.«

Er hatte das erwartet. Jamal hatte wahrscheinlich schon vom Zwischenfall mit dem Fotografen gehört und beschlossen, seine umfangreiche Liste der Kosten für Gefälligkeiten um eine Gefahrenzulage zu ergänzen. Nun, wenn er den Penis des Pharaos präsentieren konnte, würde Dareth noch etwas drauflegen können.

»Ich rufe ihn später an«, sagte er.

Er betrachtete die dunkelhaarige Elfe vor ihm. Lana war nicht das, was sich die meisten Menschen unter einer persönlichen Assistentin vorstellten, aber sie hatte andere einzigartige Talente. »Ich habe noch etwas anderes für dich zu tun.«

Er berührte ihre Schulter, auf der sie sich ein Henkelkreuz, das Symbol der Wiedergeburt, hatte eintätowieren lassen. Nach den Fingern strich er mit den Lippen über das Tattoo, dann folgte er der Jugularader und koste die empfindliche nackte Haut, während warme Wasserstrahlen gegen seinen Schoß brausten.

Er fing einen Nippel zwischen Daumen und Zeigefinger ein.

»Ich dachte, du wolltest bis zur Zeremonie abstinent bleiben«, sagte sie.

Dareth gönnte sich ein Lächeln, und seine Lippen zuckten. »Nun, das ist der Vorteil, ein Gott zu sein – man kann seine Meinung ändern.« Ihre Nippel stellten sich unter seinen Fingerspitzen auf. Das freute ihn, und er zupfte sie ein wenig kräftiger, was sie stöhnen ließ. »Außerdem habe ich nur gesagt, dass wir bis dahin nicht bumsen können, also kein Wort darüber, dass ich mir nicht selbst Erleichterung verschaffen kann.«

Der Gedanke, dass sie seinen Samen auf ihrer honigfarbenen Haut verrieb, ließ seinen Schaft vor Vorfreude hüpfen. Er drehte die Hüften, damit die sprudelnden Bläschen intensiver gegen seine Hoden sprühten, und nahm ihre Brüste in beide Hände. Er drückte sie zusammen und schuf eine glitschige Passage, aber das würde bedeuten, dass er sich aus dem warmen Wasser erheben müsste, deshalb ließ er sie wieder los und griff stattdessen in die fleischigen Halbkugeln ihres Pos.

Dampf kräuselte sich in die Luft, und winzige Rinnsale rannen die Fliesen und den Spiegel hinab. Dareth stieß seine Hand zum Scheitelpunkt ihrer Schenkel. Gestern Abend hatte er Lana rasiert, bis auf einen schmalen Streifen war sie blank. Jetzt streichelte er mit einem Finger an diesem Streifen entlang und in ihre nasse Hitze hinein. Sie wimmerte und öffnete ihre Schenkel weiter für seine Penetration. Er begann mit zwei Fingern, dann fügte er noch einen dritten hinzu, während er mit dem Daumen ihre Klitoris bearbeitete.

Dareth drang mit der Erektion zwischen ihre Schenkel und zwang Lana gegen die Seite der Wanne. »Presse deine Schenkel zusammen«, raunte er.

Lana gehorchte.

»Fester«, verlangte er.

Dareth spürte, wie sich ihre warmen, glitschigen Schenkel um seinen Schaft verschränkten und begann, sie zu reiten. In seinem Kopf liefen die erregenden Sensationen zusammen, die sich über das Rückgrat verteilten und in seinem Penis endeten. Was machte es schon, wenn Carmichael und die anderen Akademiker ihn hassten? Seine Methoden brachten ihm eigene Belohnungen. Seine Theorien boten praktische Anwendungen im modernen Leben. Nichts Totes, nichts Langweiliges.

Er starrte auf die Tätowierung auf Lanas Schulter. Er war gerade dabei, wiedergeboren zu werden.

Die warmen Strahlen leckten an seiner Schwanzspitze. Er

stieß wieder zwischen ihre Schenkel, und er spürte eine Ladung frischer Energie, die durch den Schaft in die Spitze schoss und die ihn wild und unbeherrscht zittern ließ.

»Dareth«, hörte er sie protestieren, als er sich von ihr zurückzog. Er gab ihr einen Klaps auf den Po und stieg aus der Wanne.

»Ich brauche dich.« Er griff nach einem Badetuch und schlang es um seinen Körper. »Ich habe dir doch gesagt, dass ich einen Auftrag für dich habe.«

Von der betonierten Zufahrt aus starrte Adie atemlos auf das Haus von Masud Al-Saddiq. Es war im Mameluckenstil erbaut, typisch die roten und weißen Steine mit den stalaktitenähnlichen Schnitzwerken aus Stein, die sie schon bei vielen Moscheen gesehen hatte, die das Stadtbild prägten. Feuerbäume schützten das Haus vor Blicken von der Straße aus, und Blumenbeete boten kleine Farbinseln.

Adie glättete ihre Kleidung mit feuchten Händen. Sie war nervös. Killian hatte auf der Fahrt kaum mit ihr gesprochen, aber er hatte ihren Aufzug gelobt. Sie trug ein blaues Satinkleid mit hauchdünnen Trägern, das sie von Sian ausgeliehen hatte, und die passenden Schuhe gleich dazu. Warum Sian das wunderbare Kleid auf dem Schiff aufbewahrte, wollte ihr nicht in den Kopf, aber ihr sollte es Recht sein. Das einzige glamouröse Ding, das sie mit nach Ägypten gebracht hatte, war ein glitzernder schwarzer Tanga. Ein bisschen Hoffnung, während sie den Koffer gepackt hatte. Nun, an diesem Abend würde sie ihn anziehen.

Killian hatte sich ganz in Schwarz gewandet, abgesehen von antiken Smaragdmanschettenknöpfen. Die glänzende Seide seines Hemds wogte wie dunkles Wasser, als er auf einen gewölbten Türeingang zuging. Zum ersten Mal fand Adie nicht, dass sie neben ihm abfiel, was die Kleidung betraf.

»Killian! Wie schön, Sie zu sehen.« Eine schlanke ägyptische Frau in einem lebhaften roten Kleid begrüßte sie in der offenen Eingangshalle. Adie fühlte einen Stich der Eifersucht, als sie sah, wie sich die Frau an Killian heranwarf. Ihr Kleid – mehr ein Taschentuch, das von Bändern gehalten wurde – schimmerte gegen seinen schwarzen Anzug und klaffte um Büste und Schenkeldreieck auseinander. Killian jedoch zeigte sich ob der Schau von Fleisch und Zuneigung völlig ungerührt.

»Safiyya«, sagte er und drückte seine Lippen auf die dargebotene Wange.

»Und Sie müssen Bills Ersatz sein.« Sie wandte sich an Adie und drückte einen Kuss auf beide Wangen. »Adina, nicht wahr?« Adie gab sich nicht die Mühe, sie zu korrigieren. Nur ihre Großmutter mütterlicherseits nannte sie Adina. »Gehen wir durch. Masud wartet auf euch.«

Nachdem sie ihre Schuhe gegen Pantoffel im persischen Stil eingetauscht hatten, führte sie die Gäste in ein ungeheuer großes Esszimmer, von dem man hinaus auf einen im Schatten liegenden Innenhof und auf einen Brunnen schauen konnte.

Masud war wenigstens zwanzig Jahre älter als Safiyya, stellte Adie auf den ersten Blick fest. Zu ihrer Überraschung war er allein. Sie hatte geglaubt, Killian hätte sie zu einer trockenen, akademischen Dinnerparty eingeladen, nicht zu einem Mahl zu viert bei Kerzenschein.

Zuerst lief die Unterhaltung zäh an, obwohl sich Adie während des zweiten Ganges entspannt hatte, wozu zwei Gläser eines würzigen Weins beitrugen. Sie hörte, wie Killian und Masud Details des Projekts erörterten, und hoffte, irgendwann einen sinnvollen Beitrag zu ergänzen.

»Ich halte die Zeit für reif, ein paar Fotos freizugeben«, sagte Masud. »Ich möchte das Wandgemälde unbedingt in einem unbeschädigten Zustand sehen, und ein Foto könnte das Gedächtnis bei irgendjemandem aktivieren. Das Fragment, das wir suchen, könnte auf irgendeinem Schreibtisch herumstehen, und der Besitzer weiß nichts von seiner Bedeutung.«

Killian runzelte die Stirn und legte seine Gabel hin. »Wir haben jetzt schon ärgerliche Störungen bei den Grabungen zu ertragen, ohne dass wir bisher die Geschichte hinausposaunt haben. Ich kann nicht das ganze Projekt nur wegen eines fehlenden Gemäldestücks gefährden. Außerdem interessiert mich viel mehr, wessen Grabkammer es ist.«

»Ich habe nicht an die große Öffentlichkeit gedacht, Killian. Eher eine unauffällige Erwähnung in den akademischen Blättern.«

Killian zupfte an seinen Manschettenknöpfen, dann nahm er die Gabel wieder in die Hand. »Das wird den Wirbel nur um vierundzwanzig Stunden verzögern. Ich habe schon erlebt, wie die Reporter über mich hergefallen sind. Sie sind schlimmer als Touristen, nein, sie sind schlimmer als Schakale.«

Nun war es an Masud, die Stirn zu runzeln. »Darf ich Sie daran erinnern, dass ich es bin, der in das Projekt investiert hat? Der Rest des Vorstands ist meiner Meinung.«

»Es gibt doch sicher einige andere Möglichkeiten, die wir versuchen könnten«, warf Adie rasch ein, um einem Streit vorzubeugen. »Könnten wir nicht Museumskataloge überprüfen? Und es gibt doch Fachleute in erotischer Kunst.«

»Museumskataloge enthalten selten den gesamten Bestand«, erwiderte Masud. Er lehnte sich zu ihr und schenkte ihr Wein nach. »Und was die Experten angeht – Sie arbeiten schon mit einem der angesehenen Experten der erotischen Kunst aus den frühen Dynastien zusammen.«

Adie warf einen Blick auf Killian. Er kaute nachdenklich auf dem Gabelbissen. »Was ist mit dem Cairo Museum?«, fragte sie und dachte an Samihs Vorschlag. »Könnten sie uns helfen? Ich meine, vielleicht befindet sich das Fragment tatsächlich da. Sie haben Jacobs Tagebuch, und das Museum wurde etwa zur Zeit von Jacobs Grabungen eröffnet.«

Masud rieb sich übers Kinn. »Das kann durchaus möglich sein, aber es in diesem Gebäude zu finden wird sich als schwieriger erweisen, als es aus dem Sand zu graben. Aber da kommt mir ein Gedanke. Vor ein paar Jahren wurde ein Versuch unternommen, die erotischen Schätze, die in den verschiedenen Museen versteckt herumliegen, zu katalogisieren. Ich habe mit dem Mann, der dafür zuständig war, eine Weile korrespondiert. Ich kann Ihnen seine Adresse geben, obwohl er nicht mehr arbeitet. Was halten Sie davon, Killian?«

Killian leerte seinen Teller und setzte sich auf dem Stuhl zurück. »Es ist vergleichbar mit der Suche der Nadel im Heuhaufen, aber dieser Plan ist mir lieber, als Fotos zu veröffentlichen.«

Masud hörte gar nicht zu. »Ich bin sicher, dass Adie daran interessiert ist, das Fragment aufzuspüren, während Sie sich mit bedeutungsvolleren Dingen beschäftigen.« Er wandte sich lächelnd an Adie. »Nach dem Essen gebe ich Ihnen die Adresse, und nach zwei Wochen unterhalten wir uns über das, was Sie erreicht haben.«

Killian erhob sich abrupt und stakste zum Fenster. »Sie hat wichtigere Dinge zu tun.«

»Sie werden wahrscheinlich kaum wissen, woran sie arbeitet. Nun ...« Er folgte Killian ans Fenster und zündete sich eine Zigarre an. »Ich habe von dieser Sache gehört, dass Sie einen Mann zusammengeschlagen haben. Es soll ein Fotograf gewesen sein.«

In der Fensterscheibe sah Adie eine steile Falte auf Killians Stirn. Sie war gespannt, ob er Masud einen besseren Bericht liefern würde als ihr. Er strich sich mit einer Hand über die weißen Haare. »Ich habe das Projekt geschützt.«

»Sadler?« Masud legte eine Hand auf Killians Schulter, eine fast väterliche Geste. »Ich habe gehört, dass er in der Stadt ist.

Seine Gehilfen schnüffeln überall herum, aber es überrascht mich, dass Sie sich so schnell aufregen.«

Verdutzt, einen Namen zu hören, der ihr jetzt bekannt war, drehte sich Adie ein wenig auf ihrem Stuhl; am liebsten hätte sie sich zu den beiden Männern ans Fenster gestellt, aber sie wollte das Gespräch nicht unterbrechen. Dareth Sadler, der Mann, der im Museum Bücher signiert hatte. Was hatte er mit Killian zu tun? Sie versuchte sich zu erinnern, was Anton über ihn gesagt hatte. Irgendwas von einem akademischen Blutegel, der eine Kultgemeinde hinter sich geschart hatte, doch das erklärte nicht Killians Reaktion.

Die Männer öffneten eine Tür hinaus zum Innenhof. Adie erhob sich, um ihnen zu folgen, aber Safiyya hielt sie am Arm fest. »Lassen Sie die beiden«, empfahl sie. »Jeder weiß, dass Killian nie aufhört zu arbeiten, aber Sie dürfen sich eine Pause gönnen. Ich mache uns einen Kaffee, dann können wir reden. Im Zimmer nebenan.«

Adie zögerte einen Moment, aber dann ließ sie sich in einen Flur führen und von dort in einen gemütlichen Salon mit tiefen zerknautschten Ledersesseln. Adie ging die Reihen von Schwarzweißfotos durch, während Safiyya in der Küche verschwand. Adie hätte zu gern gewusst, worüber die Männer sprachen.

Einen Augenblick später kehrte Safiyya mit einem Tablett zurück. »Masuds Eltern«, sagte sie mit einem Blick auf die Fotos. »Seine Mutter war eine englische Aristokratin. Sein Vater ist der Mann ganz rechts.« Sie wies auf den Mann in dem Bild, das Adie gerade betrachtete, und dann auf ein Porträt darüber. »Er sieht teuflisch gut aus, nicht wahr?«

Adie nickte. »Ja, ein richtiger Dandy.«

»Masud hat mehr von seiner Mutter in sich. Das ist schon ganz gut, denn sein Vater war ein Gigolo.« Sie reichte Adie eine Tasse, die kaum mehr fasste als ein Fingerhut, streifte die Schuhe ab und machte es sich in einem Sessel gemütlich. »Wir benutzen sein altes Schlafzimmer als Gästezimmer. Die meisten Menschen glauben, es wäre eine Erinnerung an meine Vergangenheit.« Sie nippte am dampfenden Kaffee. »Ich war eine professionelle Bauchtänzerin. Dabei habe ich Killian kennen gelernt. Er hat meinen Auftritt im Sheraton besucht.«

Sie las zwischen Safiyyas leisen Seufzern und vermutete, dass Killian es nicht bei dem Besuch im Sheraton belassen hatte. Wenn sie eine Ex war, erklärte das auch die überaus vertrauliche Begrüßung. »Haben Sie da auch Masud kennen gelernt?«

»Er kam eines Abends zusammen mit Killian.«

»Tatsächlich?«, fragte Masud, als er den Salon betrat.

Adie schaute an ihm vorbei in die Halle und erwartete, dass Killian ihm folgte, aber ihr Boss war nicht zu sehen.

»Er hat sich zur Ruhe begeben«, erklärte Masud, als er sich in einen Sessel neben seiner Frau fallen ließ. »Er will morgen ganz früh raus.«

»Dann sollte ich auch gehen«, sagte Adie.

»Aber Sie sollten nicht glauben, dass Sie das müssen«, sagte Masud, als Adie schon zur Tür gegangen war. »Er schmollt. Es gefällt ihm nicht, wenn ich meine Autorität herauskehre.«

»Ja, aber ich möchte trotzdem gehen.« Wie sie Killian kannte, würde er wahrscheinlich glauben, dass sie sich mit ihnen gegen ihn verbündet hatte. Es war besser, wenn sie zu ihm ging und mit ihm redete. Die eine Auseinandersetzung war gerade überstanden, da wollte sie keinen neuen Streit heraufbeschwören.

Masud hob kapitulierend die Arme. »Ja, gut. Ich zeige Ihnen Ihr Zimmer. Aber vorher hole ich Ihnen noch die Adresse.«

Er holte sie am Absatz der geschwungenen Marmortreppe ein und reichte ihr ein sorgfältig gefaltetes Blatt Papier. »Dr. David Franks. Leider nur seine E-Mailadresse. Aber dadurch erhalten Sie vielleicht eine schnellere Antwort – falls die Adresse noch stimmt.«

Er führte sie zu ihrem Zimmer und wünschte ihr eine gute Nacht. Adie steckte das Papier in ihre Tasche, die jemand nach oben gebracht hatte, dann begab sie sich auf die Suche nach Killian. Sein Zimmer lag neben ihrem, am Ende eines sanft gebogenen Korridors. Die Tür stand offen, als hätte Killian seine Mitarbeiterin erwartet.

Killians Zimmer war zweifellos das frühere Boudoir von Masuds Vater. Es war doppelt so groß wie ihrs, und die vielen Dekorationen waren teils protzig, teils prächtig. Er stand weit weg vom breiten Bett an einem der beiden vergitterten Fenster und sah sie gleichgültig an, als sie an der Tür stehen blieb.

»Gibt's noch was?«, fragte er.

Adie trat ins Zimmer hinein. »Masud hat mir die Information gegeben«, sagte sie. »Dr. David Franks.«

»Faszinierend.« Killian wandte ihr den Rücken zu und zog sich das Hemd aus, während er in den Spiegel schaute.

Adie saugte an ihrer Zunge, dann schob sie sich über den dicken Velourssteppich, bis sie sich ebenfalls im Spiegel sehen konnte. »Was hat Dareth Sadler mit dem Projekt zu tun? Wer ist er?«, fragte sie. Sie sah keinen Grund, warum sie um den heißen Brei herumreden sollte.

»Niemand«, fuhr er sie an. Er hob eine Flasche und begann hastig, Feuchtigkeitscreme in seine Haut zu reiben. Adie wartete, bis die Echos seiner Worte verklungen waren, dann schaute sie einen Moment auf seine Finger.

»Warum wollte er dann Fotos von der Grabungsstätte haben? Und warum hat er Jacobs Tagebuch aus dem Museum mit nach Hause genommen?«

»Er hat was?«

»Es wird vermisst. Das Tagebuch ist verschwunden, seit er seine Bücher dort signiert hat. Zuerst habe ich das für einen Zufall gehalten, aber jetzt ...« Sie studierte seinen Gesichtsausdruck genau, aber das einzige Zeichen, dass er sie überhaupt gehört hatte, bestand in einem leichten Spannen seines

Kinns. Adie überlegte, was sie tun sollte. Ihr Instinkt sagte ihr, dass es von Bedeutung sein konnte, was sie von Dareth Sadler wusste. »Sollte ich nicht Bescheid wissen, wenn dem Projekt eine Gefahr droht?«, fragte sie.

»Es droht keine Gefahr.« Killian schraubte den Deckel auf die Cremeflasche.

Adie trat von hinten auf ihn zu. Offenbar war dies eine Situation, die verzweifelte Maßnahmen verlangte. Sie fuhr mit einem Finger über seine rechte Pohälfte, wo sich der Stoff der Hose zusammengezogen hatte, und fühlte, wie sich sein Rücken versteifte.

»Was erlaubst du dir?«, fragte er und starrte sie im Spiegel an.

Adie lächelte süß. Dies würde nur funktionieren, wenn sie ihre Nerven behielt. Der Finger strich über seine Hüfte. »Ich will Ihre Aufmerksamkeit, weil ich nicht sicher bin, dass Sie mir überhaupt zuhören.«

»Ich habe dich sehr wohl verstanden.« Abrupt drehte er sich um.

Adie zog ihre Hand zurück. Wenn er so stur blieb, musste es um was Wichtiges gehen. »Warum haben Sie den Fotografen zusammengeschlagen?«

»Hör auf damit, Adie.« Seine Stimme klang tief und verwirrt. »Und ich bin auch nicht an deiner Schatzsuche interessiert, selbst wenn Masud sie mir aufzwingt.«

»Ist es das, wovor Joe mich gewarnt hat?« Adie legte eine Hand auf seine Hüfte. Sie gab nicht auf. Sie wollte etwas von ihm erfahren, auch wenn es nur um einen alten Streit ging. Obwohl, wenn sie heimlich auf seinen nackten Oberkörper schaute, fragte sie sich, wie er wohl reagieren würde, wenn sie ihn hart genug bedrängte. Sie hatte nicht vergessen, wie sich seine Haut auf ihrer anfühlte. Ihre letzte Begegnung war erregender gewesen, als sie zugeben wollte. Sie wurde feucht, als sie an eine Wiederholung dachte.

»Du kannst jetzt gehen«, sagte Killian. Er ging zur offenen Tür und hielt sie weit offen für sie. »Ich brauche Schlaf. Gestern Nacht habe ich überhaupt nicht geschlafen.«

Adie setzte sich resolut aufs Bett. »Wenn Sie mir ein paar Dinge erklärt haben.«

Killian kam von der Tür zurück und packte sie am Arm. Adie riss wütend ihren Arm zurück.

»Hör jetzt auf mit dem Unsinn«, blaffte er und starrte sie mit Augen an, die dunkel geworden waren. Dann bückte er sich, presste einen Arm um ihre Beine und hob sie hoch.

»He, lassen Sie mich runter!« Adie trommelte und kratzte, was dazu führte, dass Killian sie ohne Vorwarnung auf den Boden fallen ließ. Der Aufschlag wurde durch den dicken Teppich gedämpft, aber er schmerzte trotzdem. »Bastard«, schimpfte sie, packte seine Hosenbeine und brachte ihn auch zu Fall. Er landete neben ihr auf den Knien.

Killian starrte sie an, und bei jedem Atemzug bebten seine Nasenflügel. Adie erwiderte sein Starren. Sie sah, wie sich die harten Muskeln seines Torsos hoben und senkten, und empfand ein seltsames Verlangen, ihn zu beißen. Ihr Blick glitt tiefer. Sie sah, wie sich hinter dem Reißverschluss eine Erektion gebildet hatte. Sie starrten sich noch eine Weile an, zerrissen zwischen Zorn und Gier.

»Killian«, sagte sie und zwang sich zum Reden. »Neulich im Arbeitsraum. Wenn Sie mir schon nichts über Sadler sagen wollen, dann erklären Sie mir wenigstens das.«

»Es war ein Fehler«, stieß er hervor.

»Ach, wirklich?« Sie fuhr blitzschnell mit einer Hand vor und strich über der Hose die Länge seines Schafts ab. Zugleich robbte sie an ihm hoch, weil sie ihn küssen wollte.

Sie kam nicht an ihn heran.

»Muss ich dich festbinden, um Ruhe zu bekommen?«

Adie lächelte. Vielleicht sollte sie ihre Taktik ändern. »Keine schlechte Idee. Ich glaube, das würde mir gefallen.«

Killian seufzte matt, dann drehte er sich um und zog das Betttuch zurück. Adies Augen verengten sich, gleich darauf waren sie weit geöffnet, denn er riss einen langen Streifen des Leinenstoffs ab. Was würde ihr Gastgeber von dieser Zerstörung halten – wichtiger noch: Was, zum Teufel, hatte Killian vor? Plötzlich fühlte sie, wie ihr Mund trocken wurde. Sie sah Bilder vor sich, wie sie verschnürt und hilflos auf dem Bett lag.

»Bist du sicher, dass du nicht lieber zu Bett gehst?«, fragte er, und in seine Augen trat ein heller Schimmer.

Stumm schüttelte Adie den Kopf. Nur wenn er sich mit ihr ins Bett legte. Sie schaute reglos zu, wie er den Saum ihres geliehenen Kleids hob und es ihr über den Kopf zog. Er begann, ihre Knöchel zusammenzubinden. Dann wickelte er Torso und Gliedmaßen in die Leinenstreifen ein, und die einzige Bewegung, zu der sie noch fähig war, beschränkte sich auf ein wenig elegantes Hüftschwenken.

Killian zog ein Kissen heran, legte es auf den Boden und drückte das Kissen unter ihre Hüften. »Ich wünschte, ich hätte das schon früher gemacht. Dann hättest du die Urne nicht zerbrechen können.«

»Glaubst du wirklich, ich hätte stillgehalten?«

Killian gab ihr einen verspielten Klaps auf den Po. »Entscheidend wäre gewesen, was du dir davon versprochen hättest.«

»Ich bin mir auch jetzt nicht sicher, was ich zu erwarten habe, außer dem Blick auf einen schönen Teppich.«

»Geduld«, flüsterte er ihr ins Ohr, und sie bemerkte, dass er über ihren Schenkeln grätschte. »Dann kriegst du vielleicht das, was du haben willst.«

»Und du wirst mir von Sadler erzählen?«

Seine Lippen setzten ihre umwickelten Schultern in Brand, dann das Rückgrat bis hinunter zum Po. »Nein, nein, das nicht.« Sein Atem wehte gegen die Leinenstreifen auf dem

Rücken, dann zwängte sich seine Zunge zwischen die Streifen und in die Kerbe ihrer Backen.

Adies Po begann zu kribbeln, und auch in ihrer Muschi fühlte sie eine Reaktion. Sie schwenkte die Hüften immer heftiger, je mehr sich die Zunge ihrem Anus näherte. »Killian«, keuchte sie, als seine Zunge unter ihren Tanga drang.

Seine Antwort bestand darin, sie so intim zu lecken, dass zwei heiße Farbflecken ihr Gesicht erröten ließen. Adie rieb sich gegen den weichen Teppich. Dies war ganz gewiss nicht das, was sie von ihm erwartet hatte.

Killian lupfte seine Finger unter die Streifen und zog ihre Backen noch weiter auseinander. Sie spürte seinen Atem, und dann tauchte die Zungenspitze in die runzlige Windung ein. Die Sensation war berauschend und so unanständig, dass ihr nächster Atemzug als erregtes Keuchen herauskam. Sie gab ein zweites Wimmern von sich, als sie hörte, wie er seinen Reißverschluss öffnete.

Wo sie seine Zunge gespürt hatte, nahm sie nun einen viel härteren Druck wahr. Eine Fingerspitze bohrte sich in sie hinein. Sie versuchte, ihre Backen zusammenzudrücken, aber zwei Finger der anderen Hand fanden einen Weg durch die Stoffstreifen zu ihrer Klitoris, und von dort schossen heiße Pfeile durch ihren ganzen Körper.

»Was wirst du mit mir anstellen?«, keuchte sie.

»Betrachte die Schatten und sage mir, was du denkst.«

Adie wandte den Kopf. Das tiefe Licht der Lampe warf ihre verbundenen Silhouetten auf die Wand. Sie konnte einen kurzen Blick auf seine Erektion erhaschen. Sie sah unwahrscheinlich groß aus. Sie drehte den Kopf wieder herum und starrte auf den weichen Teppich, als wollte sie ihre Verlegenheit verbergen. Doch das Schattenspiel erwies sich als seltsam fesselnd, und so wandte sie bald den Kopf wieder auf die andere Seite.

Seine Finger schlossen sich um die Eichel, und der Daumen

presste gegen den empfindsamen Punkt unterhalb des Schlitzes. Adies Mund klappte auf, und langsam leckte sie sich die Lippen. Sie hatte nie gedacht, dass er sich so entspannt geben könnte, so ungehemmt. Er war so normal, so privat.

Er langte auf die Platte der Frisierkommode und griff nach etwas. Einen Moment später nahm Adie den schwachen Duft von Kakaobutter wahr. Sie sah zu, wie er den Feuchtigkeitsspender zwischen ihre Backen schob und mit sinnlichen reibenden Bewegungen verteilte. Sie versteifte sich ein wenig und konnte sich nicht so richtig entspannen, denn sie erwartete wieder das Eindringen seiner Finger. Einen kurzen Moment lang befürchtete sie, er könnte sie mit der Kakaobutter für die Penetration seines Penis vorbereiten.

Die Leinenstreifen um ihre Oberschenkel bissen fester in ihr Fleisch, als er sie nach unten zog, um ihren Po zu entblößen. Die Berührungen seiner Finger wirkten tröstend und verführerisch. Als die Penisspitze gegen die Innenseite ihres Schenkels stieß, begann ihr Herz schneller zu schlagen.

»Ich glaube, das ist der Grund, warum du gekommen bist, nicht wahr?«, fragte er und drückte den Penis gegen ihre Klitoris.

Adie brachte nur ein zustimmendes Wimmern heraus. Er war gelöst und bereit, in sie hineinzustoßen, und sie wollte auch, dass er sie pfählte und ihre geschwollene Pussy füllte. Mit seinem nächsten Atemzug tat er genau das.

Als er sich in ihr bewegte, ruckte sie, so heftig es ihr durch Verbände und Kissen möglich war. Killian grunzte zufrieden. Dann war sein Finger wieder da und tupfte beharrlich gegen ihren Anus. Als er ihn bis zum ersten Knöchel eindringen ließ, schien es sie zu verbrennen. Nerven flammten auf, von denen sie bisher nicht gewusst hatte, sie überhaupt zu haben. Sie empfand eine leichte Benommenheit. Trotz ihrer Fesseln und der gebrochenen Tabus fühlte sie sich leicht und frei, und die ursprünglichen Spannungen lösten sich auf.

Adie hob ihre Hüften wieder an, verzweifelt bemüht, eine aktivere Rolle zu übernehmen. Durch den neuen Winkel ging sein nächster Stoß viel tiefer, und kombiniert mit den Reizen seines Fingers wurden ihre Sinne mit einer dunklen Ekstase überschwemmt. Sie grunzte gegen den Teppich und nahm undeutlich wahr, dass sie ein wenig sabberte. Sein nächster harter Stoß löste einen weiteren tiefen Seufzer aus.

»Oh!« Sein Ausruf überlagerte ihren eigenen.

»Fass mich an«, bettelte sie.

Seine Hand glitt unter die Leinenstreifen, und sein Mittelfinger stieß zu ihrer Klitoris. Adies Rücken krümmte sich. All die Ungewissheit der letzten Tage schob sich an ihrem geistigen Auge vorbei und verschwand in die Bedeutungslosigkeit. Ihre Welt reduzierte sich auf ihre gefühlvollen Bewegungen, das Reiben des Teppichs und das Prickeln ihrer Nervenenden. Ihr Orgasmus flog heran und erwischte sie voll; der kleine Rest an Kontrolle, den sie noch hatte, gab auf.

Sie glaubte, dass sie schrie, dann wurde ihr Körper ganz starr. Sie nahm nur im Unterbewusstsein wahr, dass Killian sie liebevoll aufs Bett legte. Er wickelte die Streifen ab und zog ihr den Tanga aus.

Als sie dann die Augen aufschlug, saß Killian nackt auf dem Bett neben ihr. Er hatte zwei lange Streifen um ihre Handgelenke zurückgelassen.

»Bist du in Ordnung?«, fragte er.

Adie schaute zu ihm hoch. »Und was willst du mir auf der zweiten Runde zeigen?«, brachte sie krächzend hervor.

Killian küsste ihre Brauen. Dann fanden seine Lippen ihren Mund, und Adie fiel ein, dass dies das erste Mal war, dass er sie küsste. Es waren nicht die wilden Bisse, die sie auf dem Hausboot getauscht hatten – dies war anders, intensiver, intimer.

Als er sich auf den Rücken legte, folgte sie ihm und rutschte im Bett ein wenig nach unten. Ihr Kopf ruhte auf der Höhe seines Bauchs. Sie traute sich kaum zu fragen, was plötzlich mit ihm los war, denn sie wollte vermeiden, dass er wieder davonstakste. Aber sie musste es trotzdem wissen.

»Der Abend im Arbeitsraum auf dem Schiff«, begann sie und wiederholte ihre Frage von eben. »Ich habe das nicht verstanden. Was ist da passiert?«

Killian richtete sich auf einen Ellenbogen hoch und betrachtete ihren Körper von oben bis unten, wie er so dicht neben ihrem lag. »Es ist der Bademantel«, sagte er lächelnd. »Eigentlich müsste eine Warnung auf ihm eingestickt sein.«

»Und jetzt?«

Er hob die Schultern. »Hör auf, Fragen zu stellen, und komm her.« Er griff an den Streifen ihres Handgelenks und zog sie heran, bis sie über seinen Torso grätschte.

Zehntes Kapitel

Matthew zwängte sich durch die Menge der tanzenden Besucher, stieg die Kellertreppe hoch und trat in die kühle Nachtluft. Die wogende Disco mit den vielen sich windenden Körpern in der stickigen, fensterlosen Enge hatte ihm fast den Atem geraubt, und außerdem hatte er Platzangst bekommen. Vielleicht war er auch übersättigt von der ägyptischen Clubszene. Als er zum ersten Mal nach Kairo gekommen war, hatte sie ihm wegen der Lebendigkeit sehr gut gefallen, aber heute Abend war ihm diese Intensität auf den Geist gegangen.

Er überquerte die Straße, lief Zickzack zwischen den Reihen der geparkten Autos und dem gelegentlichen Eselskarren, und bog dann in eine Nachbarstraße ein. Auf halbem Wege stieß er draußen auf einen freien Tisch in einem die ganze Nacht geöffneten *ahwa.* Er bestellte Kaffee und eine *shisha.* Der Rauch aus der Wasserpfeife beruhigte seine Gedanken wieder und stimmte ihn fröhlich.

Es geschah nicht oft, dass er sich außerhalb des Hausboots so klaustrophobisch fühlte, aber heute Abend hatte er das Empfinden nicht abschütteln können. Schade, dass Sian nicht mit ihm in die Stadt kommen konnte.

Als er seine Aufmerksamkeit von der Pfeife zurück auf den Kaffee lenkte, fiel ihm die Frau auf. Sie saß an einem Tisch direkt neben seinem und beobachtete ihn. Matthew sah ihre seidig schwarzen Haare, die ihr locker auf die Schultern fielen, die langen Wimpern ihrer Augen in der Farbe des Wüstenhimmels, ihr heiteres ovales Gesicht und begehrte sie auf der Stelle. Sie war einen Versuch wert, schoss es ihm durch den Kopf. Eine bessere Gelegenheit würde es in dieser Nacht nicht geben.

Er ließ seinen Kaffee stehen und ging an ihren Tisch. »*Salam aleikum. Ismi* Matthew«, stellte er sich vor und krümmte sich innerlich wegen seines Akzents. Plötzlich wünschte er, Killians Talent für Sprachen zu haben.

»Ist dein Englisch auch so schlecht?«, fragte sie, und er hörte, dass sie Amerikanerin war.

Matthew grinste verlegen. »Darf ich mich dazusetzen?«

Sie schob den gegenüberliegenden Stuhl mit dem Fuß zurück. »Wenn du möchtest.«

Er setzte sich und sah ihr zu, wie sie mit den Fingern durch ihre langen Haare strich. Er stellte sich die Haare auf seiner Haut vor. Er liebte es, wie langes Haar kitzelte und wie es das Gesicht einer Frau umrahmte, wenn sie über ihm grätschte. Matthew genoss das Geben und Nehmen beim Sex, aber am meisten liebte er Frauen, die Kontrolle ausübten, und diese Frau schien eine Menge davon zu verstehen.

»Bist du hier im Urlaub?«, fragte sie und schaute über seine Schulter hinweg.

»Nein, ich lebe hier. Meistens, jedenfalls. Ich arbeite draußen in Saqqara.«

»Das muss einsam sein.«

»Ja, es kann einsam sein.«

Sie senkte für einen Moment die Lider, dann schaute sie wieder hoch zu ihm. »Bist du deshalb zu mir gekommen?« Sie ließ die Frage in der Luft hängen, dann fügte sie hinzu: »Der Geselligkeit wegen?«

Ihre Offenheit verdutzte ihn. Er starrte sie an, dann glitt der Blick tiefer zu ihrem Busen. Obwohl er von einem bis zum Hals geschlossenen Top bedeckt war, spürte Matthew, wie die viel versprechende Schwellung ihrer Brüste seinen Penis zucken ließ. Er wurde hart und drückte unangenehm gegen seinen Reißverschluss.

»Ist es so?«, beharrte sie.

Matthew sah wieder in ihr Gesicht, und ihre Blicke begegneten sich.

»Ich frage deshalb, denn ich bin ausgegangen, weil es mich juckt, und ich suche jemanden, der mich kratzen kann, und wenn du nicht der richtige Mann dafür bist, habe ich da drüben schon ein paar prima Kerle ins Auge gefasst.«

Matthew grinste. Seine Pechsträhne schien vorüber. »Wie heißt du?«, fragte er.

Sie beugte sich vor und strich mit den Fingern über seine Unterlippe. »Das brauchst du nicht zu wissen, aber ich werde es dir sagen, wenn du es mir anständig besorgt hast.«

Adie lag da, eine Wange gegen die Matratze gepresst. Langsam nahm sie den Raum um sich herum wahr. Ihre Gliedmaßen fühlten sich schwer und steif an, und es dauerte eine Weile, bis sie begriff, wo sie sich befand. Die Haut zwischen ihren Brüsten war trocken geworden, und in der Luft lag der Geruch von Sex. Killian lag schlafend neben ihr. Sein nackter Brustkorb hob und senkte sich mit jedem Atemzug. Eine Zeitlang schaute sie ihm fasziniert zu; Sonnenstrahlen fielen durch die vergitterten Fenster und erhellten sein schlafendes Gesicht. Ein blasser Bartschatten umgab sein Kinn. Gestern Abend war er aus sich herausgekommen, aber sie ahnte, dass er jetzt wieder ganz der Alte sein würde, deshalb traute sie sich nicht, ihn zu berühren.

Sie setzte sich auf. Die improvisierten Mumienbänder waren verschwunden, nur noch ein Streifen hing von ihrem linken Handgelenk hinunter. Sie schlug sich eine Weile mit dem Knoten herum, dann gab sie auf, wickelte den Stoff um ihr Gelenk und steckte das Ende unter den Streifen.

So leise wie möglich verließ sie das Bett. Sie hatte keine Ahnung, wo die Grenzen ihrer Beziehung verliefen, und sie hatte auch keine Lust, jetzt darüber nachzudenken oder mit ihm darüber zu reden.

Dass er so einfallsreich war, hatte sie überrascht. Es hatte ihm deutlich Spaß gemacht, sie einzuwickeln und festzubinden, und er hatte sie auch mit seinem Interesse an Analspielen erstaunt. Plante er das nächste Mal mehr als nur den Finger? Sie wusste nicht, was sie dabei empfinden würde – gespannt und besorgt zugleich würde sie bestimmt sein.

Mehr noch fragte sie sich, wohin ihre Beziehung führen würde. Wieso konnte er so unkonventionell im Bett sein, wenn er sich als Ägyptologe so streng und orthodox gab? Gab es etwas, das tief in ihm schlummerte? Sie erinnerte sich, dass Sadlers Name im Gespräch von Killian mit Masud aufgetaucht war, als beide glaubten, dass sie nicht zuhörte. Vielleicht hätte Joe Antworten für sie. Vorher würde sie sich mit Franks verabreden. In der Zwischenzeit würde sie die seltsame Dissonanz in Killians Psyche vergessen, bis sie bereit war, sich intensiv mit ihr zu beschäftigen. Sie musste eine Balance zwischen ihrem privaten und beruflichen Leben finden, auch wenn Killian das nicht konnte.

Sie schlüpfte in Sians Abendkleid und ging auf Zehenspitzen in ihr eigenes Zimmer. Sie ging unter die Dusche, dann zog sie ihre normalen Kleider an. Ihre erste Aufgabe war, Dr. Franks eine E-Mail zu schreiben, dann würde sie versuchen, mit Joe Levine Kontakt aufzunehmen und vielleicht Anton aufzuspüren, um zu hören, was sie ihr über Dareth Sadler erzählen konnten.

»Schon weg?«, rief Masud ihr aus dem Esszimmer zu, als sie über die Fliesen der Eingangshalle schritt. »Kommen Sie, leisten Sie mir beim Frühstück Gesellschaft.«

Adie winkte ihm freundlich zu. »Nein, danke.« Als er eine Augenbraue hob, fügte sie hinzu: »Ich muss mich um einige Dinge kümmern, dann möchte ich die E-Mail an Dr. Franks schicken, bevor wir nach Saqqara zurückkehren.« Ihr fiel ein, sie hätte ihn bitten können, seinen Computer zu benutzen, aber sie wollte fliehen, bevor Killian aufwachte.

Masud stand vom Tisch auf und holte sie kurz vor der Haustür ein. »Im Untergeschoss des Nil Hilton Hotels gibt es ein Einkaufszentrum, das Ihnen nützlich sein wird. Lassen Sie mich über Killian wissen, wie sich die Dinge entwickeln. Er ist interessiert, er will es nur nicht zugeben.«

»Hm, ja, gern.«

Masud schloss die Tür für sie auf. »Weiß er, dass Sie schon gehen?«

Adie schüttelte den Kopf. »Würden Sie ihm bitte ausrichten, dass ich im Apartment auf ihn warten werde?« Sie trat hinaus auf die breite runde Treppe und überlegte, ob sie sich wegen des Lakens entschuldigen sollte. »Danke für das Essen«, sagte sie. Killian konnte das ruinierte Laken erklären.

»Es war ein Vergnügen. Viel Glück mit Ihren Nachforschungen.«

Adie ging in ihren bequemen Arbeitsstiefeln die Einfahrt hinunter und schaffte es schnell, ein leeres Taxi anzuhalten. Erst als sie sich Gezira näherte, fiel ihr ein, dass sie Masud nach Sadler hätte befragen sollen.

Dreißig Minuten später sicherte sie sich einen Computerplatz in dem Cybercafé, das Masud empfohlen hatte. Ihre E-Mail an Dr. David Franks war höflich und kam direkt zum Punkt: Sie bat um seine Hilfe, das verlorene Fragment des Wandgemäldes zu finden. Die Nachricht an Joe war schwieriger. Es fiel ihr schwer, ihre Fragen so zu formulieren, dass sie nicht wie eine Anklage klangen. Sie musste mehrere Versuche starten, bis sie zufrieden war, und jetzt konnte sie nur hoffen, dass Joe mit direkten Antworten reagierte – für den Fall, dass er ihre Nachricht überhaupt las. Joe hielt nichts von den neuen Techniken; er zog immer noch Briefe und Memos vor.

Als Adie sich abmeldete, setzte sich eine nach *patchouli* riechende Frau auf den Platz neben ihrem. Sie hatte stark geschminkte Augen und kam ihr irgendwie bekannt vor. Ja, das war die Frau, mit der sie sich im Museum in Kairo unterhalten hatte. Sie war es, von der sie zuerst von Dareth Sadler gehört hatte. Das war ein Glücksfall für sie.

»Hallo«, sagte Adie. Die Frau nickte kurz, aber auch sie konnte sich nicht gleich an Adie erinnern. »Ist es Ihnen gelungen, sich die Bücher signieren zu lassen?«

Der stumpfe Blick ihrer Augen schmolz dahin, jetzt lächelte sie Adie an. »Ja«, sagte sie. »Ich habe zwar lange warten müssen, aber das war es wert. Und wie ist es Ihnen ergangen?«

Adie schüttelte in gespieltem Bedauern den Kopf. »Ich konnte nicht so lange bleiben.«

Die Frau nickte mitfühlend und drückte eine Hand auf Adies Knie. »Es war eine lange Schlange. Das heißt wohl, dass Sie auch die Einladung verpasst haben.«

»Welche Einladung?«

»Es gibt eine Promotion-Party draußen in Saqqara. Sie haben besondere Einladungen mit signierten Fotos verteilt, aber wenn Sie trotzdem hingehen wollen, gibt es wahrscheinlich kein Problem. Es steht überall im Internet. Ich schätze, jemand hat Wind von der Party bekommen, und jetzt wollen viele Leute dort einfallen, ob sie eingeladen sind oder nicht.«

Adie starrte sie an. Ihr war fast übel. »In Saqqara«, sagte sie matt. Wer hatte das genehmigt? Ihre ganze Grabungsstätte konnte gefährdet sein; Schätze könnten gestohlen oder zerstört werden. Sie fasste den Arm der Frau oberhalb der glänzenden Metallringe an. »Wo in Saqqara?«, fragte sie. Die Totenstadt deckte einen großen Bereich ab.

»Natürlich auf der Treppe von Djosers Pyramide«, antwortete die Frau und betrachtete Adie argwöhnisch. »Sie spielt eine große Rolle in *Sechs Stufen zum Himmel*, wie Sie wissen.«

»Ja, richtig.« Adie nickte dumpf. Sie musste sofort zurück und alle warnen. Wenn Sadlers Groupies über die Grabungsstätte herfielen, hatten sie mehr zu befürchten als nur ein paar Fotos. Killian – würde er den Aufmarsch anhalten können?

Adie stand abrupt auf.

»He, ist alles in Ordnung?«

»Eh, ja, ja, alles bestens.« Sie kehrte zu ihrem Stuhl zurück. »Wann, sagten Sie, geht es los?«

»Das habe ich nicht gesagt. Sind Sie sicher, dass Sie überhaupt daran interessiert sind? Eigentlich sehen Sie nicht wie ein Fan von Dareth aus, und wenn Sie nur so da herumhängen, verderben Sie den anderen ihren Spaß.«

Adie sah an sich hinunter; sie trug eine verwaschene blassgrüne Cargohose. Die Frau hatte einen mit langen Fransen versehenen weiten Rock an und trug eine ganze Sammlung von Seidenschals. Sie hatte Recht; Adie passte nicht zu dem Bild der typischen Sadler-Fans. Und sie schminkte sich auch nur selten die Augen. Als Teenager war sie zu sehr damit beschäftigt gewesen, Dinosaurier aus Plastikteilen zusammenzuleimen, statt sich im Umgang mit Lidschatten zu üben.

»Das ist wegen meiner Arbeit«, sagte sie. »Ich kann nicht so herumlaufen, wie ich gern möchte.«

»Mist.«

»Ja, aber ich bin wirklich interessiert.« Sie bemühte sich um Begeisterung in der Stimme. »Es wäre großartig, noch mal richtig abzuhängen.«

»Also gut«, sagte die junge Frau, und jetzt lächelte sie wieder. »Ich gehe mit ein paar Freunden hin. Wenn Sie wollen, können Sie sich anschließen.«

»Okay«, antwortete Adie, »dann treffen wir uns vor Ort. Djosers Pyramide ...«

»Halb neun am Freitag.«

»Wir treffen uns da.« Adie wartete, bis ihre neue Freundin sich wieder dem Bildschirm zuwandte, dann verdrückte sie sich und ging zum nächstgelegenen Taxistand.

Killians Auto stand auf dem Kiesweg, als sie das Apartment erreichte. Samih hatte seine Arbeit auf dem Küchentisch ausgebreitet. »Er ist in der Dusche«, sagte er auf ihren fragenden Blick hin. »Traf vor einer Viertelstunde ein und sah ein bisschen verwildert aus. Er hat nach dir gefragt.«

Adie lief den Flur entlang und klopfte laut gegen die Badezimmertür.

»Bin gleich fertig.«

»Killian, ich bin's. Kann ich reinkommen?« Das Türschloss öffnete sich mit einem scharfen Klicken. Adie drehte den Griff und zwängte sich ins von Schwaden gefüllte kleine Zimmer. Trotz des offenen Fensters rann das Kondenswasser die blauen Fliesen hinunter. Killian stand in einem weißen Bademantel vorm Waschbecken und putzte die Zähne. Seine Haut glänzte rötlich an den Stellen, die er zu heftig mit dem harten Schwamm gebürstet hatte. Adie fragte sich, ob er die Spuren der vergangenen Nacht beseitigt hatte.

»Wo brennt's? Kann ich mir nicht mal in Ruhe die Zähne putzen?« Er spuckte Zahnpasta aus und spülte den Mund um. »Du kannst das fehlende Fragment unmöglich schon gefunden haben.«

»Sadler will am Freitag eine Party in der Djoser-Pyramide veranstalten«, platzte es aus ihr heraus.

Killians Augen verengten sich. Er griff nach einem Handtuch und trocknete bedächtig das Gesicht. »Und was geht dich das an?«

»Können wir das nicht verhindern? Ich meine, es ist ein wenig zu nahe bei unserer Arbeit.«

»Du überschätzt meine Einflussmöglichkeiten Adie«, antwortete er. »Außerdem hat er das wahrscheinlich mit den Behörden abgesprochen. Die richtigen Formulare ausgefüllt, die richtigen Hände geschmiert. Erinnere mich daran, dass wir am Freitag die Türen verriegeln und einen Kampfhund anheuern für den Fall, dass der Bastard ...«

»Aber ...«

Die Tür schwang auf und drückte Adie gegen Killian. Sie drehten sich beide zur Tür und sahen Matthew da stehen. Er starrte verdutzt auf Adie, dann auf Killian.

»Du solltest es mal mit Anklopfen probieren«, schimpfte Killian.

Matthew grunzte nur und schob sich an ihnen vorbei zum Waschbecken. Er drehte den Hahn für kaltes Wasser auf und klatschte es sich ins Gesicht, bevor er mit trüben Augen in den matten Spiegel schaute. Seine Haut war dunkel und aufgedunsen um die Augen herum, und er schwankte unsicher auf den Füßen.

»Gott, ich sehe entsetzlich aus«, knurrte er.

»Wo bist du gewesen?«, wollte Adie wissen.

Matthew hob die Schultern. »Himmel und Hölle.« Er griff nach dem Handtuch, das Killian ihm reichte, und wischte sich das Gesicht trocken. »Sie hat mir das Gehirn aus dem Kopf gevögelt«, sagte er. »Ich brauche Schlaf.«

»Du kannst im Auto schlafen. In einer Stunde fängt dein Dienst an.« Killian nahm seine Armbanduhr von der Ablage über dem Waschbecken und band sie um. »Geh in die Dusche, dann kannst du mit uns fahren. Das spart dir ein Taxi.«

»Barmherzigkeit«, keuchte Matthew.

»Dusche«, antwortete Killian und ging hinaus. Adie schaute ihm nach, wie er über den Flur ging, dann wandte sie sich an Matthew

»Hundesohn«, knirschte er.

Adie trat die Badezimmertür mit dem Zeh zu und schloss ab. »Ist alles in Ordnung mit dir?«. Er sah wie eine Gestalt aus einem Zombiefilm aus. Seine Haut war fahl und – sie rümpfte die Nase – roch nach Weihrauch und Sex.

»Okay, bis auf den Rücken.«

»Was ist denn mit deinem Rücken?«

»Sie hat mich gepeitscht.«

»Wer ist ›sie‹?« Adie beugte sich über ihn und versuchte, sein Hemd hochzuziehen. »Stell dich gerade hin.« Matthew gähnte und hielt sich am Waschbecken fest. Er richtete sich auf und ließ das zerknautschte Hemd von den Schultern rutschen. Die Haut auf seinem Rücken war nicht blutig, aber sie zeigte ein Gitterwerk von feinen roten Linien. Es sah schmerzvoll aus, deshalb traute sie sich nicht, mit den Fingern darüber zu streichen. »Wer hat das getan?«

Matthew schüttelte den Kopf. »Kein Grund zur Aufregung«, sagte er. »Es hat Spaß gemacht.«

»Und was ist das?«, fragte Adie und fuhr mit einer Fingerspitze über eine runde gerötete Stelle unterhalb des gepiercten Nippels. Matthew kratzte leicht über den Punkt.

»Kerzenwachs. Du findest mehr davon, wenn du weiter unten suchst.« Er knöpfte die Jeans auf, aber Adie wich zurück.

»Schon gut, ich glaube dir.«

Matthew hob die Schultern und schwankte auf die Dusche zu, wobei er stolpernd aus der Jeans stieg. »Wie war denn dein Abend?«, fragte er, trat seine hohen Schuhe aus und warf die Socken hinterher.

»Alles bestens.«

»Heißt das, ihr habt den ganzen Abend über die Arbeit geredet, oder war alles bestens, weil sich der Abend zu einer Orgie entwickelt hat, worüber du keine Einzelheiten enthüllen willst?«

»Nein, es war alles bestens. Ich bin beauftragt worden, das fehlende Fragment zu finden.«

Matthew stellte die Dusche an und hielt eine Hand unters Wasser, um die Temperatur zu schätzen. Er grinste schelmisch. »Und was ist mit deinem Handgelenk?«

»Nichts.« Wieso Handgelenk, dachte sie. Dann starrte sie verwirrt auf ihre Hände. Der eine Streifen des Bettlakens war noch um das Gelenk gewickelt. »Ach, ich ...«

Matthew gluckste. »Ist er so gut, wie Sian meint?«

Adie schürzte die Lippen. Plötzlich fühlte sie sich irritiert. Sadler veranstaltete eine Party in Saqqara. Sie war sicher, dass dies eine Bedrohung für sie alle war, und Matthew hatte nichts Besseres zu tun, als sie auszufragen.

»Ach, halt den Mund.«

»Nun reg dich mal ab.« Matthew schob die Daumen unter das Elastikband seiner Shorts. »Sage ihm, dass ich in zwanzig Minuten fertig bin, okay? Und bitte Samih, mir einen Kaffee zu brauen. Noch was, Adie«, sagte er, als sie die Tür öffnen wollte.

»Ja?« Sie schaute ihn über die Schulter an.

»Schau mir bloß nichts weg«, sagte er und ließ seine Shorts fallen.

Die Fahrt nach Saqqara verlief in einem unbehaglichen Schweigen. Fünf Kilometer hinter Kairo schlief Matthew ein, sein Kopf gegen das Fenster gelehnt. Adie blickte auf die Welt, die draußen vorbeiglitt. Während der Schmutz der Stadt von den Grünstreifen entlang des Flusses abgelöst wurde, um dann in die pockennarbige Landschaft der Nekropolis überzugehen, dachte Adie darüber nach, dass doch nicht alles so glatt verlaufen war, wie es hätte sein können.

Vielleicht hätte sie Killian mit einem Kuss oder sogar einem Blowjob wecken sollen, statt sich wortlos davonzuschleichen. In ihrem Eifer, Kontakt mit Dr. Franks aufzunehmen, hatte sie sich falsch verhalten, denn jetzt schien Killian wieder sehr reserviert zu sein.

»Was ist das große Geheimnis zwischen Killian und Dareth Sadler?«, fragte sie Sian, sobald sie die Grabungsstätte erreicht hatten. Sian stand in der Kammer mit dem Wandgemälde und setzte sich einen Schutzhelm auf. Sie hob einen Stiefel auf eine Vorratskiste und betrachtete Adie nachdenklich.

»Hast du Killian danach gefragt?«

Adie nickte. »Aber er sagt mir nichts.«

»Ich erzähle es dir beim Essen, aber nicht hier, okay?«

Sie fanden einen Tisch in einer schattigen Ecke des Rasthauses, abseits der großen, lauten Gruppe amerikanischer Touristen, die mit den Gaunern um Kamelritte nach Gizeh feilschten. Adie schaute hinunter auf das schwarze, siruppartige Gebräu, das vor ihr stand. Dampf kräuselte von der Oberfläche hoch, und am Rand der winzigen Tasse klebten Zuckerkörnchen.

»Fangen wir mit dem an, was du weißt«, sagte Sian. »Danach erzähle ich dir, was ich weiß.«

»Ich weiß nicht viel.« Adie nippte am Kaffee und setzte die Tasse wieder ab. »Er ist Autor von sensationslüsternen Büchern, wenn ich das richtig verstanden habe. Für seine Anhänger ist er Kult, und aus irgendeinem Grund hasst Killian ihn, deshalb hatte er auch den Fotografen zusammengeschlagen, der hier herumschnüffelte. Jetzt bist du dran.«

»Okay«, sagte Sian nachdenklich. »Was er schreibt, ist pseudoarchäologischer Schwachsinn, was schon schlimm genug wäre, aber vor etwa acht Jahren ist es ihm gelungen, sich Killian als Profi anzubiedern und hat ihn in die Liste der Informanten für das Buch aufgenommen, das er gerade schrieb. Dabei hat er Killians Worte falsch ausgelegt und sie völlig aus dem Zusammenhang gerissen. Fast hätte ihn das seine Karriere gekostet.«

»Wie hieß das Buch?«, fragte Adie.

»*Sechs Stufen zum Himmel.* Darin behauptet Sadler, dass die ägyptischen Götter Aliens aus dem Weltraum waren, die ihre Pyramiden als Transmitterstationen gebaut haben, um Dinge ins All zu beamen. Killian hat sich damals noch viel freizügiger geäußert als heute und ausführlich über ägyptische Magie und Rituale gesprochen.«

»Was genau sollen sie ins All gebeamt haben?«

»Die unsterbliche Seele des Pharaos zum Beispiel, damit er die herumreisenden Götter begleiten kann. Was sonst?« Sian zog eine Grimasse. »Es klingt schrill, aber offenbar gibt es eine Klientel für solchen Humbug.«

Adies Augenbrauen zogen sich zusammen. Es hörte sich völlig verrückt an, aber die New-Age-Bewegung war in den letzten Jahren noch gewachsen, was auch die Massen bestätigten, die sie im Museum gesehen hatte. Aber das erklärte immer noch nicht Killians Reaktion. »Nun, ich kann verstehen, warum er sich über den Kerl, der hier herumschnüffelte, geärgert hat, aber den Mann zusammenzuschlagen, scheint mir sehr krass zu sein. Warum habe ich den Eindruck, dass sich dahinter mehr verbirgt?«

»Weil das vermutlich zutrifft. Aber ich weiß nicht was. Lucas weiß mehr, aber er bleibt stumm.«

Adie seufzte in ihre Kaffeetasse. Vielleicht würde Joe die fehlenden Mosaikstückchen liefern können, aber ihre Hoffnung war nicht sehr hoch – falls er überhaupt antwortete. »Glaubst du, dass Sadler eine Fortsetzung schreiben will und dass jemand ihm vom fehlenden Fragment erzählt hat?«

»Möglich«, erwiderte Sian. »Ich habe gehört, dass er sich der Magie des Sex zugewandt hat, deshalb könnte ihn ein erotisches Wandgemälde der Ägypter interessieren. Ich kann mir schon die Werbung für das Buch vorstellen. ›Erfahren Sie, wie man durch das Buch der Toten Unsterblichkeit erreicht, während man in der Pyramide steht und sich den Schwanz lutschen lässt.‹«

Adie musste über Sians spontanen Werbetext grinsen. Er hörte sich unglaublich lächerlich an, aber sie war sicher, dass die Werbung so ähnlich klingen würde. Sie hob ihre Hand und strich sich über die Braue, unsicher, ob sie amüsiert oder besorgt sein sollte.

»Hast du dein Handgelenk verstaucht?«, fragte Sian und starrte auf die Bandage um Adies Arm. In ihren leuchtend grünen Augen schien zu stehen, dass sie alles wusste. »Du hast mehr einstecken müssen, als du gedacht hast, was?«

Adies schluckte den Rest des Kaffees und tat so, als hätte sie nicht zugehört. Der Leinenstreifen schien eine Menge Aufmerksamkeit auszulösen, aber sie konnte den Knoten nicht aufknüpfen.

Er hatte den Leinenstreifen verdammt fest gezurrt, fluchte sie, als sie an ihren Arbeitsplatz zurückging. Adie zerrte am hartnäckigen Knoten, aber sie erreichte nur, dass er sich noch fester zusammenzog. Sie würde eine scharfe Schere brauchen. Oder ihr Taschenmesser.

»Du bist doch nicht so verzweifelt, die vergangene Nacht vergessen zu wollen?«, fragte Killian.

Adie fuhr auf dem Absatz herum, und dabei ritzte sie sich mit der Klinge ins Handgelenk. Ein einzelner dunkelroter Bluttropfen kam heraus. Adie leckte ihn irritiert ab und starrte Killian dabei an. »Wie lange stehst du schon da?«

»Eine Weile.«

Adie griff nach ihrer Bürste und wandte sich wieder dem Kunstwerk auf der Wand zu. »Mache ich irgendwas falsch?«, fragte sie gepresst nach ein paar Minuten.

»Nein.«

»Und warum beobachtest du mich dann?«

»Ich überzeuge mich von deinem Geschick. Ich will dich nicht auf den Diebestunnel loslassen, bevor ich mich davon überzeugt habe, was du alles kannst.«

»Du lässt mich an meinem Fund arbeiten?«, fragte sie überrascht, und die Freude zeigte sich im Strahlen ihres Gesichts.

»Ich überlege es mir noch. Deine Technik könnte von ein bisschen mehr Praxis profitieren, glaube ich.« Er trat näher an sie heran, und sein Atem wehte in ihre Haare. Seine Finger strichen über ihre Schultern. Sie wartete darauf, dass er sie zu sich drehte, und ihre Lippen prickelten schon in Vorfreude auf einen Kuss. Aber er ließ sie mit dem Gesicht zur Wand stehen.

»Warum diese Eile heute Morgen?«, fragte er.

»Du hast gesagt, du wolltest den Tag früh beginnen, und ich hatte noch eine E-Mail zu schreiben.«

Er strich mit einem Finger bis zur Hüfte, und dort beschrieb er kleine Kreise. Die Erinnerung an die vergangene Nacht kam frisch in Adies Gedanken zurück, und ihr Körper erwachte, als sie auf der Wand sah, wie sich ihre Schatten bewegten, als wäre es nur einer. Auf einmal waren es nicht nur ihre Lippen, die auf seine Berührung warteten.

Killian griff mit beiden Händen an ihre Hüften. »Du hattest es so eilig, dass du mir nicht mal einen guten Morgen wünschen konntest«, klagte er. Seine Lenden pressten gegen ihre Backen, genau wie gestern Abend auch. Auch jetzt war er hart. Seine kräftige Erektion stieß durch ihre Kleidung, und es fühlte sich so an, als wollte er sie branden. Seine Lippen strichen über ihre Schultern und heizten Adies Lust noch an.

»Schieb dein Top hoch«, raunte er.

Adie hielt die Luft an. »Jetzt hier?«

»Niemand wird zweimal hingucken, denn jeder wird glauben, dass du arbeitest.«

Aufregung ließ ihr Inneres flattern. Sollte sie es wagen? Was war, wenn er sie nur mal testen wollte? Sollte sie ihn im Sinne der Professionalität zurückweisen? War es das Risiko wert? Das angenehme Prickeln, das sie in sich spürte, sagte ihr ja. Adie nahm die Chance wahr, griff den Saum ihres engen Shirts und zog es bis über die Brüste.

Er war über ihr Tun nicht entsetzt. Im Gegenteil, Killian hakte ihren BH auf. Er nahm eine Brust in jede Hand und rollte die Nippel zwischen Daumen und Zeigefinger. Sie stellten sich sofort steil auf. Adie schwenkte den Po gegen ihn und genoss jedes sanfte oder auch nicht so sanfte Reiben und

Quetschen ihrer Nippel. Sie war sicher, dass sie den Test bestehen konnte.

»Arbeite weiter«, forderte Killian sie auf, und sie rieb mit der Bürste über die Wand, wodurch eine stickige Staubwolke entstand, die nach unten rieselte.

Adie streckte einen Arm aus und bürstete den Schmutz von den Schnitzereien. Es fiel ihr schwer, sich zu konzentrieren, besonders, als er eine ihrer Brüste losließ und mit der freien Hand über die warme Ebene ihres Bauchs glitt, um den obersten Knopf ihrer Hose zu öffnen.

»Ich wollte dich schon an deinem ersten Morgen in Ägypten haben«, ächzte er. Seine Finger schlichen sich unter ihr Höschen und fanden die heiße Stelle. »Was für ein Anblick, die Haare zerzaust, ganz warm und verschlafen. Ich wollte dich auf der Stelle nehmen.«

Adie musste dagegen kämpfen, nicht die Augen zu schließen. Sie musste weiterarbeiten. Sie erinnerte sich auch an das Verlangen, das sie an diesem Morgen gefühlt hatte. Er hatte sie aus ihrem Traum geweckt. »Lass uns das jetzt nachholen«, wisperte sie und wünschte, dass er sie fester an sich drückte.

Sie meinte, ihn lächeln zu sehen, aber er sagte nichts. Seine Finger arbeiteten weiter an ihr, und bald zitterte und bebte ihr ganzer Körper. Zwischen ihren Schenkeln war sie nass, und sie schmerzte vor Lust auf ihn. Sie sehnte sich verzweifelt nach dem festen Druck seines Schafts, aber irgendwie schaffte sie es, weiter mit der Bürste zu arbeiten.

Schritte waren im anderen Tunnel zu hören. Adie zuckte zusammen, als sie Sians Stimme hörte. Nur mit Mühe konnte sie ein Quieken unterdrücken.

»Killian, wir brauchen Ihre Hilfe. Lucas glaubt, dass er was gefunden hat.«

Adie fühlte, dass die Augen der Freundin sich in sie bohrten. Ihre Wangen begannen zu glühen. Es musste doch offensichtlich sein, was Killian mit ihr anstellte. Es war verdammt schwer, ihre Hüften nicht im Takt von Killians Fingern kreisen zu lassen, und Sian war nicht von gestern.

Doch Killian schien entschlossen zu sein, Adie zum Orgasmus zu bringen, während die andere Frau zuschaute. Adie biss sich auf die Lippe, bis es wehtat, und sie zwang sich, ganz still zu verharren, aber eine raue Stelle auf einem seiner Finger kratzte an einer bestimmten empfindlichen Stelle.

»Ich komme gleich hoch«, sagte Killian. Sein Penis zuckte gegen Adies Backen. »Ich will Adie nur helfen, fertig zu werden.«

Adie unterdrückte ein Wimmern. Sie wusste nicht, wie es ihr gelang, die Bürste in Bewegung zu halten. Dabei war sie davon überzeugt, dass Sian alles sehen konnte, und es dauerte eine kleine Ewigkeit, bis sie endlich ging. Inzwischen fühlte sich Adie in Schweiß gebadet. Sie merkte erst jetzt, dass sie die Luft angehalten hatte, und als sie endlich ausatmete, begann sie zu husten.

»Himmel«, keuchte sie und presste die Hände gegen die Wand, um ihre zitternden Gliedmaßen zu stabilisieren. Killian ließ auch die andere Brust los und zog ihr das Shirt über den Kopf. Er presste den Stoff zusammen und fesselte ihre Handgelenke damit. Dann streifte er ihr Jeans und Höschen ab und ließ sie bis auf die Füße rutschen. Warme Luft streichelte um ihren nackten Po, bevor Killian den Penis zwischen ihre Backen presste.

Einen langen Moment glaubte sie, er hätte ihren Anus penetriert, denn gestern Abend hatte er ja schon mit dem Finger begonnen. Aber dann glitt der harte Stab an ihrem hinteren Eingang vorbei.

Adie ließ die Bürste aus ihren versteiften Fingern fallen. Sein Penis rutschte zwischen ihren Backen hin und her, während knetende Finger ihre Klitoris neckten. Heißer Atem strich über Nacken und Ohr. Er fing das Ohrläppchen mit den

Zähnen ein und nagte daran. »Du arbeitest nicht«, raunte er.

»Ich kann nicht arbeiten«, gab sie keuchend zurück. »Ich kann mich nicht konzentrieren, während du das machst.«

Adie stieß ihren Po gegen ihn, und er begann sich mit einem härteren Rhythmus zu bewegen. »Wir bringen dies besser zu einem raschen Ende, damit du wieder arbeiten kannst.«

»Nicht zu rasch.«

Seine Zähne knabberten wieder an ihrem Ohr, während sie gegen seine Hand ritt. Ihre Körper glitten gegeneinander und wurden von Schweiß und Schmutz immer glitschiger. Adie war fast am Ziel, auch wenn Kopf und Körper nicht wirklich miteinander verbunden schienen, der eine bewegte sich verkrampft, der andere benommen und ein wenig verträumt. Dann, als es irgendwo hinten im Gehirn zu kribbeln begann, spürte sie seinen gewaltigen letzten Stoß, und er ergoss sich in sie hinein.

»Oh«, wimmerte sie.

Ein paar schweigende Momente.

»Killian.«

»Tut mir leid, aber das war zu heftig«, keuchte er. Er schob zwei Finger in sie hinein und rieb sie rhythmisch rein und raus. Sie war zu überrascht, um schockiert zu sein, deshalb ließ sie ihn gewähren.

»Willst du dein Territorium markieren?«, fragte sie.

»Nur ein kleines Andenken an mich. Es ist nicht so auffällig wie dieses hier.« Er schnitt den Leinenstreifen von gestern Abend mit ihrem Taschenmesser durch.

Adie drehte sich zu ihm um. Seine weißen Haare waren klamm vom Schweiß, und die Augen waren so geweitet, dass nur ein kleiner grauer Kreis an die Pupillen grenzte. Sein Mund drückte sich fest auf ihren; es war ein tiefer Kuss der Befriedigung. Dann ließ er sich auf die Knie fallen.

»Willst du nicht sehen, was sie gefunden haben?« Sie hatte

erwartet, dass er alles stehen und liegen ließ, als Sian ihn gerufen hatte. Verdammt, sie hätte das bestimmt getan, wäre da nicht das frustrierende Prickeln zwischen ihren Beinen gewesen, das dringend behandelt werden wollte.

»Noch einen Moment. Es hat dreitausend Jahre gewartet, dann kann es auch noch fünf Minuten länger warten.« Das warme feuchte Lecken seiner Zunge füllte die empfindliche Öffnung ihres Schlitzes aus. Wie ein Minipenis stieß die Zungenspitze in sie hinein. Da sie schon sehr erregt gewesen war, drehten all ihre Sinne jetzt durch. Adie streckte die Arme über ihren Kopf und wölbte den Rücken.

»Nur noch ein bisschen mehr«, ermutigte sie ihn. Die Zunge strich mit raschen Schlägen über ihre Knospe und berührte genau die richtigen Stellen mit dem genau richtigen Druck. Noch während ihr Herz wie ein Vogel im Käfig flatterte, schoss ihr Höhepunkt von seiner Zunge in wunderbaren Wellen durch ihren Körper.

Er leckte weiter, bis sie langsam zurück auf den Boden kam. Erst dann kam er auf die Beine und suchte wieder ihre Lippen. Schließlich löste er sich von ihr und lehnte sich mit dem Rücken gegen die gegenüberliegende Wand.

»Jetzt will ich mal sehen, worüber Lucas sich so erregt.«

Adie nickte, dann bückte sie sich und zog Slip und Jeans hoch. »Kann ich mitkommen?«

Killian stand im dunklen Korridor und folgte der Linie des gelb fluoreszierenden Bandes, das die Kabel markierte. Er hatte sich nicht beeilt, weil er keine große Überraschung erwartete, ganz sicher nichts, was es wert gewesen wäre, sich aus der Wärme von Adies Körper zurückzuziehen. Trotz seiner ruhigen Natur war Lucas immer sehr aufgeregt, wenn es um Funde ging. Er neigte dazu, ihnen eine aufgeblasene Bedeutung zu geben.

Aber Killian war trotzdem gespannt, und in seinem Bauch kribbelte es, was er nicht nur auf den Orgasmus von eben zurückführte. Vielleicht ließ er sich von Adies schlichter Begeisterung anstecken. So aufgeregt hatte er sich seit langer Zeit nicht mehr gefühlt.

Er lächelte in die Dunkelheit hinein und stellte sich die samtene Haut ihrer Pobacken vor, benetzt von seinem Samen. Adie hatte herrlich gerundete Backen, weich und wunderbar, perfekt, um sich dazwischenzupressen.

Killian sah über die Schulter zu ihr. Er war vermutlich verrückt, dass er sich ausgerechnet in einer solchen Zeit mit ihr einließ. Sadler lag auf der Lauer, da hätte er auf diese spezielle Ablenkung verzichten sollen. Aber es war so ein schönes Gefühl, sie an sich zu drücken, in sie hineinzuschlüpfen und mit ihr zu einem Wesen zu verschmelzen. Es war lange her, seit er sich einer lebenden Person derart verbunden gefühlt hatte.

Sie lächelte ihn an, und er glaubte, uneingeschränkte Zuneigung in ihren Augen zu sehen. Killians nervöser Bauch wurde noch unruhiger. Vielleicht war es gar nicht der Fund, der diese Aufregung ausgelöst hatte. Vielleicht war es nur sie – und die Möglichkeiten, die es im Moment mit ihr gab.

Er traf in der Kammer mit dem Wandgemälde ein und fand Lucas, Sian und Matthew um ein Tablett mit Tonscherben versammelt, angestrahlt von einem starken Scheinwerfer. »Und? Ist es was?«, fragte er.

»Eine Kartusche«, sagte Lucas, während er zur Seite trat, damit Killian ungehindert auf das Tablett schauen konnte. »Die Umrahmung einer Hieroglyphe«, ergänzte er. »Sie befand sich unter den Scherben, die übrig blieben, als Adie die Urne zerbrochen hat.«

Killian musterte ihn einen langen Augenblick, denn er wusste nicht sofort, worauf Lucas hinauswollte. Aber unabhängig davon hingen Projekte immer vom Team ab. Es spielte keine Rolle, wer was fand. Ihm fiel auf, dass Adie sich im Hintergrund hielt. Sie war wahrscheinlich sauer auf Lucas, der alle wieder an ihr Missgeschick erinnerte. Aber das spielte keine Rolle, er hatte schon beschlossen, ihr mehr Verantwortung zu übertragen. Er war dazu gezwungen, wenn er nicht riskieren wollte, dass sie sich von frivolen Schatzjagden ablenken ließ.

Killian kniete sich und richtete seine Lampe noch ein bisschen näher auf das Tablett. Die Fragmente schien Teil eines größeren Stücks zu sein. Aber das ovale Fragment war deutlich zu erkennen. »Huni!« Er starrte ungläubig auf die neu zusammengesetzten Scherben.

Sian kniete sich neben ihn, wobei ihre kurzen Shorts noch weiter die Oberschenkel hinauf rutschten. »Glauben Sie, dass er hier sein kann?« Ihre Stimme zitterte ein wenig.

Killian glitt mit einem Finger liebevoll über den Namen des Pharaos aus der dritten Dynastie, Vater von Sneferu, und versuchte, seine äußere Gelassenheit zu bewahren, obwohl ihm nach Freudengeheul zumute war. Es gab einige andere Pyramiden, die man vage Huni zugeschrieben hatte, eine in Abu Roash und eine andere in Seila, aber niemand hatte jemals eine Grabkammer mit seinen Überresten gefunden.

Jetzt sah es so aus, als hätten sie eine Chance, Huni in dieser Pyramide zu finden, und das würde diese Grabkammer einmalig machen. Durch das großartige Wandgemälde hatte sie schon eine besondere Bedeutung erhalten. Er hob den Kopf und schaute auf die kraftvollen Farben der Götter und Sklaven auf der östlichen Wand. Dies konnte ein wirklich bedeutender Fund sein.

»Killian?« Sians Stimme drang in seine Gedanken.

Er presste die Fingerspitzen zusammen und spreizte die Finger. Zeit für eine sachliche Überprüfung. Die Hauptpassage war immer noch blockiert, und nur ein erfahrenes Bergbauteam würde sie freilegen können. Aber das wäre zu teuer, und außerdem würde ein solches Unterfangen zu viele Reporter anziehen. Aber wie sollten sie sonst in die echte Grabkammer gelangen?

Nachdenklich tupfte er sich mit den Zeigefingern auf die Lippen. Es gab ja den Tunnel der Diebe … Vielleicht gab es eine alternative Route; schließlich gab es solche Alternativen auch in anderen Grabkammern.

»Wir müssen uns noch einmal den Raum Nummer drei anschauen«, sagte er plötzlich. »Lucas, Matthew.« Die beiden jungen Männer blickten auf ihn hinab. »Arbeitet zusammen am Rest der Fragmente. Bringt sie zurück aufs Boot, wenn ihr besseres Licht braucht. Versucht mal herauszufinden, ob es weitere Anzeichen gibt, die auf Huni deuten. Sian, Adie, ihr bleibt bei mir. Es muss einen Weg geben, der an dem Dreck im Korridor vorbei führt.«

Ein Glücksgefühl überflutete Adies Gesicht, als sie das hörte. Killian trat zurück. Sie sah so aus, als wollte sie ihm jeden Moment um den Hals fallen, aber sie ahnte, dass er noch nicht zu öffentlichen Bekenntnissen seiner Gefühle bereit war.

Sian senkte den Kopf. Sie hatte begriffen, was geschehen war. Sie hielt Adie am Arm fest und zog sie an sich heran. »Versuche, ganz ruhig zu bleiben.«

Killian hörte den geflüsterten Ratschlag.

Sie rüsteten sich mit Werkzeug aus und brachen zum Tunnel auf, den die Diebe gegraben hatten. In Raum drei gab es nur minimale Beleuchtung, ein paar batteriebetriebene Lampen und ein paar Sturmlaternen. Es gab keinen schnellen und sicheren Weg, Kabel im Tunnel zu verlegen, obwohl sie den Ausgang verbreitert und mit einigen Planken ausgelegt hatten.

Killian zündete die letzte der Sturmlaternen an. Er hatte das gute Gefühl, dass es eine logische Lösung geben musste, und fuhr sich mit der Zunge über die trockenen Lippen, gerade als Adie die Kammer durchschritt. Seit ihrem ersten verunglückten Besuch war sie nicht mehr hier unten gewesen. Jetzt konnte sie alles in sich aufnehmen, die bemalten Randverzierungen und die Grabsäulen, auch die eingemeißelten falschen Türen, durch die das Unsterbliche des Verblichenen entschwinden konnte, um Nahrung zu finden. Details dieser Art waren typisch für solche Grabkammern.

»Wonach suchen wir eigentlich?«, fragte sie.

Killian schüttelte den Kopf, dann trat er zu ihr an die Stele. »Irgendwas Auffälliges«, murmelte er.

»Eine Geheimtür zum Beispiel«, sagte Sian und grinste ihn an.

Killian fuhr sich mit einer Hand durch die staubigen Haare. »Ja, meinetwegen auch eine Geheimtür. Egal was, aber findet es!«

Elftes Kapitel

Adie streckte sich gegen ihre Schmerzen und zog eine Grimasse. Es war vierundzwanzig Stunden her, dass Lucas die Kartusche gefunden und Killian sie verdonnert hatte, den Raum systematisch zu durchsuchen, von einer Ecke zur nächsten, aber bisher waren sie erfolglos geblieben. Sie setzte sich auf einen umgestülpten Eimer und stützte ihr Kinn in die verschwitzten, schmutzigen Hände.

Killian war hinausgegangen, um frische Luft zu schnappen. Teufel, sie brauchte auch Frischluft und einen von Samihs extra starken Kaffees. Letzte Nacht hatte sie acht Stunden geschlafen, aber ihr war, als wären es nur acht Minuten gewesen.

Im Gegensatz zu ihr schien Sian durch die verzweifelte Suche mit einem Energieschub ausgestattet zu werden. Sie nutzte ihre Pause, um den Dreck und das Geröll zu untersuchen, mit dem die Hauptpassage blockiert wurde. Adie schaute ihr zu, wie sie ein paar kleinere Steine aufhob und begutachtete. Killian hatte sich geweigert, einen Bergbauspezialisten für diese Arbeit anzuheuern. Adie kannte niemanden, der so ein Geheimnis um seine Arbeit machte.

Finster starrte sie auf die verzierte Grabsäule. Im trüben Licht hatte der Stein eine fast rosa Farbe angenommen. Sie hatte sich immer gefragt, warum die Ägypter ihre besten Arbeiten unter der Erde versteckten, wo keiner sie je zu Gesicht bekommen würde. Das Schnitzwerk vor ihr war ein gutes Beispiel; es zeigte wahrscheinlich Huni während des Sedfestes, das zu den größten Festen der ersten Dynastien gehörte. Er hielt die Urkunden für beide Länder in den Händen, für das Obere und Untere Ägypten. Sie fragte sich, ob ihm eine Opfergabe willkommen wäre. Für diesen Zweck hatte man die Stelen ursprünglich hergestellt.

Adie stellte ihre Wasserflasche vor der Grabsäule auf den Boden, dann erinnerte sie sich an die getrockneten Feigen in ihrer Hemdtasche. Sie waren ein bisschen zerdrückt, aber sie nahm an, dass er darüber hinwegsehen würde.

»Was machst du denn da?«, fragte Sian. Sie zog die Handschuhe aus und durchquerte die trübe, schmutzige Kammer. Sie bückte sich nach der Wasserflasche, aber Adie hielt die Freundin auf.

»Wenn wir nett zu ihm sind, lässt er uns vielleicht hinein.«

Sian gab ihr einen Klaps auf die Schulter. »Genieße dein Picknick, aber ich bin nicht sicher, ob Killian davon sehr beeindruckt sein wird. Außerdem habe ich Durst.«

»Dann trinke dein eigenes Wasser. Und er wird beeindruckt sein, wenn ich einen Weg zu ihm gefunden habe.«

Sie starrten einen Moment lang auf die kleinen Opfergaben, bis ein Geräusch aus dem Tunnel sie vor Killians Rückkehr warnte. Sian bückte sich hastig nach den Feigen und stopfte sich eine in den Mund.

»He«, rief Adie und gab ihr einen Klaps auf den Po. »Sie sind nicht für dich!«

»Nun, ich hatte den Eindruck, dass er sie nicht mag.«

Killian kam aus dem Tunnel und starrte die beiden Frauen frostig an. »Was ist los?«

»Adie hat sich zu Opfergaben entschlossen.«

»Habe ich nicht.«

»Freut mich zu hören.« Er stellte die Wasserflasche von der falschen Tür weg.

Adie knabberte an ihrer Unterlippe. »Und was, wenn es gar keine falsche Tür ist?«

»Es ist eine falsche Tür. Wir haben nachgeschaut.« Sian kaute auf der Feige herum.

»Nein, haben wir nicht«, beharrte Adie. »Wir haben nur angenommen, dass es sich um eine falsche Tür handelt.«

»Hört auf, euch zu streiten«, sagte Killian. Er hob Handschuhe auf und warf sie ihnen zu. »Mal sehen, ob sie sich bewegen lässt.«

»Ein bisschen nach links«, sagte Killian. »Vorsichtig.« Sie lösten die Steinplatte mit einem Flaschenzug aus der Wand.

Adie hatte Recht gehabt, was die Tür anging. Die hölzernen Keile, die sie in die kleine Öffnung geschlagen hatten, krachten, und einer zersplitterte. »Vorsichtig!« Adie spürte, wie sich ihre Muskeln dehnten, als sie das Seil anzog.

Sian schlug einen neuen Keil ein. »Der müsste genügen«, sagte sie. »Zieht jetzt nach vorn!« Adie stemmte sich mit ganzer Kraft dagegen und sah zu Killian, der neben ihr stand und sich ebenfalls verausgabte. Dicke Schweißbäche rannen seinen Rücken hinunter. Von den Hüften aufwärts war er nackt und mit Staub bedeckt. Adies Hemd klebte an ihr, und dunkle Schweißstellen hatten sich auf ihrer Hose gebildet.

Plötzlich knirschte die Steinplatte und kippte auf die Walze, die sie vorher genau positioniert hatten.

Killian griff nach einer Stablampe und leuchtete in die Lücke hinein. Kühle Luft schlug ihm entgegen. Die Steinplatte, die sie entfernt hatten, war ziemlich groß, aber der Durchgang dahinter war höchstens einen Meter breit.

»Sian, du zuerst«, sagte Killian. Das goldene Licht seiner Stablampe tanzte in seinen Pupillen. »Das ist doch deine Spezialität.«

»Ich bin also wieder die Tunnelratte«, sagte sie. »Passt zu mir.«

Adie blinzelte in die Öffnung, während Sian sich eine Kopflampe anlegte. Sie fühlte sich wie in einem Film und musste an Lord Carnarvon denken, als der Howard Carter fragte, was er sah, als sie die Grabkammer von Tutanchamun im Tal der Könige öffneten. »Wunderbare Dinge«, hatte Carter geantwortet. Aber Adie konnte nur Schatten sehen, die wie Spinnengewebe jenseits des Lampenstrahls lauerten.

»Bereit?«, fragte Killian und zog Sian näher an die Öffnung heran. Er drückte ihre Hand, um ihr Glück zu wünschen, dann gab er ihr noch eine Lampe, die sie in die Hand nahm. Er und Adie knieten sich jeweils auf eine Seite der Öffnung, während Sian sich auf den Bauch legte und in die Öffnung kroch. Der erste Versuch ging daneben, sie musste sich noch mehr ducken, aber dann robbte Sian zügig weiter, sodass die tiefblauen Schatten auf ihrem Körper tanzten, bis sie die junge Frau völlig geschluckt hatten.

Sie hörten einen dumpfen Aufschlag.

»Sie ist durch«, murmelte Killian. Er lag flach in der Öffnung und starrte in den Schacht hinein, um sich von ihrem Fortschritt zu überzeugen.

»Wo bist du?«, rief er laut.

Sians Lampen rissen das Ende des Tunnels aus der Dunkelheit. Die doppelten Strahlen leuchteten erst rechts, dann links.

»Ich befinde mich in einer Art Galerie«, rief Sian, die Stimme hart und ein wenig schrill. »Vor mir kann ich Statuen sehen, aber von hier kann ich nicht erkennen, wer sie sind. Warte mal.« Sie verschwand aus ihrem Blickfeld nach links, und die beiden Zuschauer konnten nur noch ins Schwarze starren. Dann hörten sie das leise Huschen ihrer Schritte. »Ihnen fehlen die Köpfe. Oh! Sie sind gefesselt. Nackt und gefesselt.«

»So wie die Statuen der Gefangenen im Totentempel von Pepi I?«, fragte Killian. Er griff nach einer weiteren Stablampe und zwängte sich tiefer in den Kriechgang hinein.

»Ähnlich«, erwiderte Sian. Sie konnten ihre Stimme als Echo hören. »Aber diese hier sind völlig nackt. Ich glaube, es sind vier Statuen dieser Art. Zwei kann ich jetzt von meinem Standort aus sehen, und zwei andere stehen weiter weg, hinter einem Ding, das wie ein Fallgitter aussieht.«

»Blockiert es den Eingang vom Haupttunnel?«

»Ja, da bin ich mir ziemlich sicher. Und das bedeutet, dass hinter mir ...« Sie brach ab.

»Was ist hinter ihr?«, fragte Adie rasch.

»Die Grabkammer«, sagten Killian und Sian gemeinsam.

»Ich komme zu dir«, kündete Killian an. Er rutschte mit seinem blanken Oberkörper in die Öffnung hinein. »Du bleibst hier, Adie, für den Fall, dass wir Hilfe brauchen.«

»Aber ...«, protestierte sie.

»Zwei drinnen, eine draußen, der Sicherheit wegen. Du kommst auch noch an die Reihe.« Dann robbte er hinein.

»Bastard.«

Das war das zweite Mal, dass sie eine Entdeckung gemacht hatte, von der sie dann ausgeschlossen wurde. Sie klatschte wütend mit der flachen Hand gegen die Wand.

Zehn Minuten später, Adie saß auf dem Boden und starrte finster in die Öffnung, kam Sian heraus.

»Nun geh schon«, sagte sie und grinste wie eine Verrückte. Sie fand neue Batterien für die Stablampe und reichte sie Adie. »Ab mit dir.«

Adie glitt steif in den Kriechgang. Ihr Körper wollte nicht so schnell wie sie. Sie stieß mit ihrem Knie gegen einen lockeren Stein, verzog das Gesicht und kroch mit neuer Energie in die Dunkelheit, der Galerie entgegen. Sie rieb sich das Knie und leuchtete die Wände ab.

Endlich konnte sie stehen. Sie befand sich in einem breiten Gang. Die Wände waren mit Bildern versehen; viele Teile waren abgebrochen, aber eine Menge war erhalten geblieben. Eine Darstellung zeigte den Fruchtbarkeitsgott Min mit einem erigierten Phallus in der Farbe von Ochsenblut. Auf einer anderen Wand sah sie eine Szene, wie mehrere Jäger zwei Nilpferde in die Enge getrieben hatten.

Adie strich mit den Fingerspitzen behutsam über die Konturen eines anderen Bildes, dann brach sie plötzlich in ein Lachen aus. Es spielte keine Rolle, dass sie nicht die Erste war. Dies war ihr Moment. Genau das, wozu ihr Vater sie ermutigt hatte. Er hatte selbst davon geträumt. Sie wünschte, er wäre dabei. Aber er war da, er lebte in ihrer Erinnerung. Sie fühlte sich von einem Zauber ergriffen. Sie sah Dinge, die niemand hätte sehen sollen, eine Grabkammer, versiegelt für alle Ewigkeit. Dies war der höchst private Bereich des Pharaos, sein Platz zwischen der Welt der Sterblichen und dem Leben danach bei den Göttern.

Sie fand Killian in der Mitte der Grabkammer, in der die Wände nicht bemalt waren. Allerdings war die Decke blau angestrichen und mit reliefartigen Sternen versehen. Der Sarkophag befand sich in der Mitte der Kammer. Adie eilte zu der granitenen Grabstätte und strich mit den Fingern über den Stein. Die Seiten waren mit Schnitzereien verziert, und der obere Stein enthielt eingemeißelte Hieroglyphen. Adie drückte ihre Wange gegen die Steinplatte. Sie war eiskalt.

»Er ist leer.«

Im ersten Moment nahm sie seine Aussage nicht wahr.

»In der unteren Ecke gibt es einen Riss im Stein, und durch den Riss kann man den Sarkophag bis ganz oben sehen. Es gibt keine Mumie.«

Adie trat zurück. Auf einmal fror sie, und ihr Brustkorb zog sich zusammen. Sie wusste nicht, was sie erwartet hatte; keine Schätze, aber wenigstens einen Leichnam. Ohne Mumie war dies nur eine von vielen Kammern. Sie schluckte gegen den Kloß an, der sich in ihrer Kehle gebildet hatte. Plötzlich fühlte sie sich müde und schmutzig. Sie sehnte sich nach einem Bad und einer großen Tafel Schokolade.

»Gestohlen?«, fragte sie und starrte Killian an, und erst jetzt fiel ihr auf, wie still und in sich gekehrt er dastand. Er hatte sich beim Kriechen durch den Gang die Schulter aufgeratscht, und Blut war aus der Wunde geflossen; es war inzwischen getrocknet. Behutsam berührte sie ihn an der Schulter.

»Wir können den Sarkophag nach Spuren absuchen«, sagte er. »Aber vielleicht ist er nie benutzt worden. Wir wissen schon, dass die Erdarbeiten nie abgeschlossen wurden. Möglich, dass diese Anlage nur als Ehrenmal geplant war.«

»Und was jetzt?«

»Wir fotografieren alles, und aus den Fotos lernen wir, was es zu lernen gibt.«

»Und was sollen wir jetzt tun?«

»Wir machen Feierabend. Morgen kommen wir mit ausgeruhten Augen zurück.« Er drückte eine Hand gegen seine Schulter. »Uns ist ein großartiger Fund gelungen, und wenn wir eine Nacht darüber geschlafen haben, werden wir uns freuen, ob Mumie oder nicht.«

Sie packten ihre Sachen zusammen und fuhren zum *dahabiyya*. Killian blieb in sich gekehrt, während Adie sich so fühlte, als hätte sie das Paradies gefunden, wo man ihr allerdings gesagt hatte, dass man den Rasen nicht betreten durfte. Sie begriff, dass der Fund eine Frage der Perspektive war.

Was sie gefunden hatten, war wertvoll und von Bedeutung, aber sie alle hatten gehofft, etwas Größeres zu finden. Die Grabungsstelle würde noch künftige Generationen zu Spekulationen inspirieren, wenn auch nicht durch einen Pharao, sondern durch das Wandgemälde. Und als Adie frisch geduscht war und gegessen hatte, fühlte sie sich fast erleichtert, dass der Sarkophag leer war. Jetzt war sie wenigstens nicht verantwortlich dafür, jemanden von seinem Pfad in die

Ewigkeit abgehalten zu haben, damit man ihn in eine Glasvitrine stellen konnte, von Touristen begafft.

»Such dir einen Platz aus«, sagte Sian, als sie Adie in ihre Kabine schob. Sie sollten früh zu Bett gehen, hatte Killian verlangt, aber sie brauchten noch eine Weile, um sich zu entspannen.

»Entschuldige das Chaos.« Überall lagen Kleider verstreut herum. »Heute Morgen konnte ich meine Stiefel nicht finden.«

Adie legte ein paar Shorts und verschiedene zerknitterte Hemden auf den Boden und ließ sich in Sians einheimischen Sessel fallen, eine verwegene Konstruktion aus Treibholz, von jemandem hergestellt, dem man eine lebhafte Kreativität nicht absprechen konnte. Er stellte sich als überraschend bequem heraus.

»Ha, zum Glück hab ich noch eine Flasche Schnaps versteckt«, sagte Sian und nahm eine Flasche Gin aus einer Socke heraus. »Und irgendwo muss ich auch einen Tonic haben und eine Lemon.«

»Und ich habe das Eis mitgebracht«, ergänzte Adie und ließ die Würfel klimpern, die sie eben aus dem Tiefkühlfach geholt hatte. »Aber sie schmelzen rasch.«

Sian schenkte die Drinks in zwei hohe Gläser ein, dann machte sie es sich auf dem Bett gemütlich. »Auf Huni«, sagte sie und nahm einen kräftigen Schluck. »Wo immer er auch sei.«

»Huni.« Adie hob ihr Glas. Das Tonicwasser prickelte auf ihrer Zunge. Wenn doch Killian mit ihnen gegangen wäre. Er hatte geflissentlich übersehen, dass sie die Eiswürfel aus dem Kühlfach mitgenommen hatte. Sie fragte sich, ob er allein in seiner Kabine vor sich hinbrütete oder ob er sich schon gefasst hatte. »Wo ist Matthew? Kommt er nicht?«

Sian hob die Schultern. »Falls er überhaupt noch mal auftaucht. Er hat seine Schlüssel in Saqqara vergessen und ist noch einmal zurückgefahren. Killian war nicht begeistert davon, dass er allein zurückfuhr. Ich dachte schon, er bestünde darauf, ihn auf einer Decke schlafen zu lassen.«

»Sollte Matthew denn nicht längst zurück sein?«

Sian warf einen Blick auf ihre Armbanduhr, zog sie aus und schüttelte sie. »Stehengeblieben, das verdammte Ding. Wahrscheinlich braucht sie eine neue Batterie. Ich vergesse seit Monaten, mir eine altmodische Uhr zum Aufziehen zu kaufen.«

»Es ist fast zehn.«

Sian sah plötzlich besorgt aus. »Er fuhr los, als du unter der Dusche warst.«

»Das ist eine gute Stunde her.«

»Verdammt.« Sian stand auf und trat gegen das Bett. »Der Idiot bringt sich bestimmt wieder in Schwierigkeiten.«

»Sollen wir ihn suchen?«

»Nein.« Sie nahm noch einen Schluck Gin. »Eigentlich sollten wir, aber er ist mit meinem Auto unterwegs.«

»Wir könnten Killians Auto ausleihen. Ich glaube, er ist schon zu Bett gegangen.«

Sian betrachtete sie einen Moment lang voller Verwunderung. »Du bist ein böses Mädchen.« Sie leerte ihr Glas mit zwei Schlucken. »Also gut. Gehen wir. Aber du fährst.«

Matthew umklammerte schlecht gelaunt das Lenkrad von Sians Land Rover. Zurück nach Saqqara. Er fluchte laut, wenn er wegen der Schlaglöcher immer wieder durchgerüttelt wurde. Er hatte sich auf einen Drink und eine entspannte Zeit mit den jungen Frauen gefreut. Zwei Tage mit Lucas an den Hieroglyphen hatten in ihm die Sehnsucht nach einer fröhlichen Unterhaltung genährt, und dann hatte er doch tatsächlich seine Schlüssel vergessen. Er hoffte jedenfalls, dass er sie in Saqqara vergessen hatte. Wenn nicht, hatte er sie in Kairo verloren. Er war zwar sicher, dass Sian ihm einen Platz in ihrem Bett anbieten würde, aber er brauchte dringend frische Kleider. Und deshalb fuhr er hier durch die Dunkelheit, mitten durch die Wüste.

Er parkte das Auto in der Nähe der Ausgrabung, und einen Moment später sprang das klobige Vorhängeschloss auf. Matthew stieß mit der Schulter kräftig gegen die Tür. Wenn er sich beeilte, konnte er zurück sein, bevor Sian und Adie sich für die Nacht vorbereitet hatten.

Die Dunkelheit hatte Matthew nie zuvor beunruhigt, aber nun hielt er vor dem schwarzen Schlund des Eingangs inne. Er hatte oft länger gearbeitet, um dann unter den sternenübersäten Himmel zu treten, aber jetzt in die Finsternis hinunterzugehen, bewirkte bei ihm eine unerklärliche Nervosität. Er zögerte einen Moment, dann duckte er sich und ging unter der Tür durch. Er kam sich albern vor.

Ein kratzendes Geräusch hinter ihm ließ ihn zusammenzucken, aber er hatte keine Zeit, sich umzudrehen, bevor eine Hand auf seinen Hintern klatschte. Erschrocken fuhr er herum und sah den kurvenreichen Umriss einer Frau im Eingang. Er blinzelte.

»Lana! Was, um alles in der Welt, machst du denn hier?«

»Mir war nach Abenteuer zumute. Sieht so aus, als hätte ich es gefunden. Oh, und ich dachte, du würdest diese hier vermissen.« Sie hob ihre Hand, und er konnte sehen, wie seine Schlüssel von ihrem Zeigefinger baumelten.

»Gott sei Dank!« Er hatte sich wieder gefangen. »Du hast mich überrascht. Normalerweise bin ich nicht so spät hier.«

»Wir dachten uns, du würdest zuerst hier nachsehen. Ich habe eine Freundin mitgebracht.« Eine zweite Gestalt tauchte im schmalen Eingang auf. »Matthew, Karima.«

Matthew tippte sich zur Begrüßung an den Kopf, dann schaute er wieder zu Lana. Er hatte keine Ahnung, wie sie ihn gefunden hatte, aber sie hatte sich für den Anlass überwältigend angezogen. Matthew konnte vor Glück sagen, dass Killian nicht in der Nähe war. Ihre Kostüme – sie waren identisch gekleidet – bestanden nur aus Seidenfetzen, die von dicken Messingklammern gehalten wurden. Matthew musste an die *houris* denken, die Lustsklaven der Hashisheen, und fragte sich, ob er irgendwas genommen hatte.

»Was ist überhaupt da unten?«, fragte Lana und drängte sich an ihm vorbei.

»Der Rest einer Pyramide«, murmelte Matthew voller Unbehagen. Er wüsste gern, was die beiden geplant hatten. Er hatte erfahren müssen, dass man rasch bereute, wenn man Lana etwas abschlug.

»Das ist eine Pyramide?« Karima hörte sich zweifelnd an. »Sieht aber nicht so aus.«

»Sie ist vergraben wie Sekhemkhets Pyramide. Sie haben mit dem Bau aufgehört, bevor sie die Pyramide errichtet hatten.«

»Wie interessant. Hast du was dagegen, wenn ich mir das mal anschaue?« Lana nahm eine der elektrischen Laternen in die Hand und ging die Treppe hinunter.

»Ja, ich habe was dagegen«, sagte Matthew und lief hastig hinter ihr her. Killian würde einen Tobsuchtsanfall erleiden, wenn er davon erführe.

»Ach, sei kein Spielverderber. Nur bis zum Ende der Treppe, dann wieder zurück.«

Matthew ließ es widerwillig geschehen, dass Lana seine Hand nahm und weiter hinunterging. »Okay, aber nicht weiter«, knurrte er, als sie unten ankamen. Unglücklicherweise hatte er das Wandgemälde völlig vergessen.

»Oh, das ist ja sehr inspirierend.« Lanas Kommentar führte dazu, dass sich alle Köpfe dem antiken Gemälde zuwandten. Matthew fluchte still vor sich hin. Diese Aktion geriet außer Kontrolle.

»Nicht anfassen«, sagte er und zog Lana und ihre Freundin von der empfindlichen Oberfläche weg. »Ihr solltet jetzt gehen.«

»Nun sei doch nicht so gemein«, schnurrte Lana. Sie schmiegte sich an ihn und strich mit ihren Fingernägeln über seine Brust. »Das ist perfekt, einfach perfekt ...« Ihre Fingerspitzen griffen an seinen Hals, dann strich der Daumenballen über seine Unterlippe. Matthew schluckte langsam. Das Himmelblau ihrer Augen sah im trüben Licht wie dunkle Tinte aus. Sie senkte verspielt den Blick. »Du willst doch nicht, dass wir schon gehen? Denk doch mal, was du alles verpassen würdest. Wir haben uns doch extra fein gemacht für dich.«

Das sanfte Wischen des Daumens über seine Lippe hielt an. Er hörte den leisen Fall ihrer Tasche, die sie mitgebracht hatte. Mit der freien Hand griff sie an seinen Reißverschluss und legte die Finger um seine wachsende Beule. Matthew vergaß zu atmen. Er spürte zwei Hände auf seinem Hintern, die dort kleine lüsterne Kreise beschrieben.

Lana legte den Kopf schief und zog ihn heran, damit sie ihn küssen konnte. Er fühlte, wie seine Hose die Spannung verlor, und im nächsten Moment rutschte sie seine Schenkel hinunter. Zwei heiße Hände griffen in seine Shorts, und sein Penis streckte sich, als Karimas Finger zupackten. Dies war besser, als mit Adie und Sian ein paar Drinks auf dem Boot zu schlucken.

Er fühlte das Nagen von Lanas Zähnen an seiner Zunge und drückte sich eifrig gegen sie. Karima streifte ihm die Hose ab. Gemeinsam mit Lana hoben sie sein T-Shirt und warfen es irgendwo in die Dunkelheit. Das Wandgemälde hatte was an sich, das die Menschen auf unanständige Gedanken brachte, mutmaßte Matthew.

Plötzlich fiel Lana auf die Knie, und ihre Zunge wischte über seine Eichel. Nur einmal, dann war sie wieder weg. Die Frauen huschten um ihn herum. Karima zupfte mit den Zähnen an seinem Nippelring. Dann war Lana wieder vor ihm und nahm erneut seinen Penis in den Mund.

Karimas Lippen glitten über seine Schulterblätter, dann tänzelten sie spielerisch über seinen Rücken bis hinunter zum Steiß. Ihre nasse, eifrige Zunge schob sich in die Kerbe zwischen den Backen und weckte empfindsame Nerven. »Ohhh!«, keuchte er, als sie wieder den Platz wechselten. Jetzt war es Lana, die über seinen Rücken leckte.

Matthew umarmte Karima. Er zerrte ganz kurz an ihrem unzulänglichen BH und barg sein Gesicht an ihre Brüste. Sie löste sich von ihm und streckte sich auf einer der großen Gerätekisten aus, die Nippel von der kühlen Luft steil aufgerichtet. Sie spreizte die Beine und zog ihren Lendenschurz zur Seite. Der Anblick des pinkfarbenen, geschwollenen Schlitzes war schockierend und lüstern zugleich.

»Worauf wartest du noch?«

Matthew brauchte keine zweite Einladung. Er streifte sich das Kondom über, das sie ihm reichte, und glitt in sie hinein.

Ein paar Momente lang, während ihre Körper zu einem Rhythmus fanden, gewahrte er nichts anderes als die Hitze, die seinen Schaft umgab. Dann kratzte Lana mit den spitz zulaufenden Fingernägeln über seinen Rücken, stellte sich vor ihn und gab ihm einen Kuss auf die Nase. Sie nahm Karimas volle Brüste in die Hände und knetete sie durch, drückte und quetschte sie und zog die steifen braunen Nippel lang, bis sie sich aufrichteten wie kleine Türme. Matthew stöhnte angesichts dieser Vorführung. Lana trat zurück und brachte ihren Schoß auf eine Höhe mit seinen Blicken. Schwarze Lederriemen, mit glänzenden Silberschnallen befestigt, überkreuzten Hüften und Oberschenkel und stützten einen dicken schwarzen Dildo.

»Willst du ihn küssen? Das bringt Glück«, behauptete sie und stieß den Dildo in die Richtung seines Mundes. Matthew, völlig überrascht von der neuen Entwicklung, akzeptierte den

Druck des Latex. Er fühlte kleine Schweißperlen, die sich auf seiner Oberlippe, über den Brauen und auf dem Rücken bildeten. Dies war alles so unwirklich; in ein paar Minuten würde er in seinem Bett auf dem Hausboot aufwachen.

Lana goss Öl über den Dildo und steckte die kleine Flasche zurück in ihre Tasche, dann stellte sie sich hinter ihn. Analspiele waren nicht neu für ihn, aber er hatte nie etwas Größeres als den Finger seiner Freundin gespürt. Dieses Ding war gewaltig.

Lana packte ihn an der Hüfte. Matthew spürte die glitschige Kuppe des Dildos; er war entsetzt und atemlos. Sein eigener Schaft pochte und zuckte in Karimas heißer Höhle. Einen Moment lang fürchtete er, sofort zu kommen, aber eine der Frauen zog an seinen Hoden, wodurch sein Höhepunkt zunächst verhindert wurde.

Sie begannen sich gemeinsam zu winden, wobei Lana den Rhythmus angab. Er spürte den kalten Druck einer Silberschnalle auf einer Backe, als der Dildo hinein glitt, und das Schaben seiner Haut an ihren Strümpfen, als er aus ihm rutschte. Lana schob ihn wieder hinein. Er fühlte sich wie gepfählt, und als sie ihn tiefer drückte, konnte er die Spitze an seinem eigenen Penis spüren. Er schloss die Augen, unfähig, sich zu wehren. Seine Augen sahen alles nur in Rot, und eine unerträgliche Hitze erfasste seinen Körper. In seinem Kopf brummte es, als wäre ein Schwarm wütender Bienen über ihn hergefallen, und er würde immer wieder gestochen. Schweiß rann in seine Augen. Sein Penis fühlte sich zu stramm an. Weißes Licht blendete ihn, als er seinen Orgasmus hinausschrie.

Matthew schüttelte benommen den Kopf. Normalerweise erholte er sich rasch, aber jetzt glaubte er, dass alle Kraft aus ihm gewichen war. Er konnte nicht einmal seine Hände heben. Er starrte auf seine Finger und begriff erst nach einer Weile, dass seine Handgelenke an die Gerätekiste gefesselt waren.

Karima glitt unter ihm weg und landete auf dem Boden. Flink erhob sie sich. »Du bist erledigt«, sagte sie, die Hände in die Hüften gestemmt. Matthew wurde erneut von einem grellen Blitz geblendet. Das Licht hatte nichts mehr mit seinem Orgasmus zu tun, denn der war längst abgeklungen. Es war Lana. Sie richtete die Kamera auf ihn, und ihm fiel zu seinem Entsetzen ein, dass der Dildo noch in ihm steckte.

»Lächeln, bitte.«

Matthew zog eine Grimasse, dann blitzte es wieder. Jetzt sah er, dass sie sich ihrem eigentlichen Ziel zuwandte. Sie hatten ihn benutzt, um das Wandgemälde fotografieren zu können, und er war darauf hereingefallen. »Oh, verdammt«, fluchte er.

»Mach ihn mundtot«, sagte Lana, ohne ihre Konzentration auf das Gemälde abzubrechen.

Karima presste seine Shorts zusammen und stopfte sie in Matthews Mund, dann klebte sie ein Band darüber. Matthew schlug mit den Händen gegen die Seiten der Gerätekiste, aber die Fesseln gaben nicht nach. Er grunzte in den Knebel hinein.

Lana zog den Dildo heraus. »Wir sehen uns irgendwann, mein schöner Junge. Es hat Spaß gemacht.« Sie ließ seine Schlüssel neben ihn fallen und legte auch den Schlüssel für die Handschellen dazu.

Matthew lauschte den Schritten, die sich entfernten. Mit einem Gefühl der Scham und der Hilflosigkeit dachte er an den Morgen, wenn Killian, wie immer der Erste an der Grabungsstätte, ihn in diesem Zustand sehen und die Hölle ausbrechen würde.

Matthew hatte Sians verbeulten Land Rover bis zur Düne hinter der Grabungsstätte gefahren, und Adie stellte Killians Auto daneben. Sie hatte in letzter Minute wegen ihres schlechten Gewissens einen Zettel für Killian hinterlassen, als sie seine Autoschlüssel an sich genommen hatte.

Das Vorhängeschloss hing lose am Eingang, obwohl die Tür zugezogen war. Adie drückte sie auf und leuchtete mit der Stablampe zur Treppe.

»Jemand ist da unten. Ich kann eine Lampe sehen.« Sian drängte sich an ihr vorbei, und gemeinsam hasteten sie die Treppe hinunter.

»Hallo.« Adies Stimme wurde als Echo von den Steinwänden zurückgeworfen. Es gab keine Antwort. »Grabräuber«, sagte sie, womit sie ihre größte Angst zum Ausdruck brachte.

»Glaube ich nicht«, gab Sian zurück. »Was wollen sie schon stehlen? Wahrscheinlicher ist, dass Matthew sich irgendeinen dummen Streich erlaubt.« Sie ging die ersten Stufen hinunter. »Ist da unten jemand? Matthew?«

Sie hörten ein dumpfes Geräusch. »Du Clown«, sagte Sian. Sie lief die restlichen Stufen hinunter. Adie folgte, aber sie war vorsichtiger. Sie betraten die Kammer mit dem Wandgemälde. Ihre Blicke wurden angezogen von der Laterne in der Südostecke, aber dann ließ eine Wiederholung des dumpfen Pochens ihre Köpfe herumfahren. Matthew lag mit dem Gesicht nach unten auf einer Gerätekiste und klopfte mit den Händen gegen die Seiten – so heftig, wie es seine Position zuließ.

»Was ist denn hier passiert?«, fragte Adie. Sie zog das Klebeband von seinem Mund, und Matthew spuckte seine vom Speichel getränkten Shorts aus.

»Es wurde auch langsam Zeit«, knurrte er.

Sian schloss die Handschellen auf. »Was ist passiert?«

Matthew stöhnte und zog seine Hose an. Adie reichte ihm sein T-Shirt. »Wirst du uns jetzt erzählen, was los ist?«

»Später«, fauchte er. »Die Weiber müssen noch irgendwo in der Nähe sein.«

Sians Augen verengten sich. »Das kannst du vergessen. Da

draußen ist niemand mehr. Die ganze Gegend liegt verlassen da. Wann sind sie denn gegangen?«

»Ich weiß es nicht.« Er fuhr sich mit einer Hand durch die Haare. »Es mag schon eine Weile her sein.«

»Eine Weile?« Sian schüttelte den Kopf, als könnte sie die Dummheit kaum glauben, von der sie umgeben war. »Okay, setz dich hin und erzähle Adie, was du angestellt hast. Ich laufe draußen mal herum, ob ich die Frauen irgendwo entdecke. Meine optimistische Natur lässt mich glauben, dass sie nichts genommen haben.«

»Nur Fotos.«

Sian ging, und Matthew ließ sich erschöpft auf der Kiste nieder. Adie presste eine Hand auf seine Schulter und sah zu, wie er die Handballen gegen seine Augen drückte.

»Okay, ich bin ein Narr«, sagte er, und seine Wangen färbten sich rot. »Sie waren schon hier, als ich ankam. Ich hätte ahnen müssen, dass sie irgendwas von mir wollten, aber zum Glück waren es nur ein paar Fotos.«

»Nur ein paar Fotos?« Adie schüttelte ihn durch. »Himmel, Matthew! Hast du vergessen, dass Killian den Fotografen verprügelt hat? Er wird dich grillen wie ein Spanferkel. Das könnte das ganze Projekt gefährden.«

»Nun übertreibe doch nicht! Es sind doch nur ein paar Fotos eines unvollständigen Gemäldes.«

»Ja, und Dareth Sadler ist dahinter her wie der Teufel hinter einer armen Seele.«

Matthew starrte sie dumpf an, aber Adie hatte keine Lust, ihm die Zusammenhänge zu erklären. Sie überlegte schon, was sie tun könnte.

»Wir müssen Killian Bescheid sagen«, meinte Sian, als sie erfolglos von ihrer Suche zurückkehrte. »Es sei denn, jemand hat eine Idee, wie wir an die Kamera kommen, bevor sie die Fotos gespeichert haben. Ich nehme mal an, sie hatten eine digitale Kamera?«

Matthew nickte. »Ich verstehe nicht einmal, was sie sich von den Bildern versprechen.« Er wandte sich an Adie. »Wer ist dieser Dareth Sadler?«

Sian schüttelte den Kopf.

»Vielleicht können wir sie morgen abfangen«, murmelte Adie nachdenklich. »Sadler veranstaltet irgendeine Werbeaktion an der Stufenpyramide. Wenn wir Glück haben, wollen sie ihm bei dieser Gelegenheit die Fotos aushändigen. Bis dahin müssen wir Killian nicht unbedingt was davon berichten.«

»Ich weiß nicht, Adie.«

»Komm schon, Sian. Wir haben eine kleine Chance. Und wenn wir diese Werbeaktion besuchen, erfahren wir vielleicht, was dieser Sadler überhaupt will.«

»Ich will mir das anschauen«, sagte Matthew.

»Oh, nein, du nicht! Niemals!«, riefen die Frauen wie aus einem Mund.

Matthew wollte protestieren, aber Sians scharfer, kompromissloser Blick lähmte seine Zunge.

»Du hast schon genug Unheil angerichtet. Du bleibst das Wochenende auf dem Boot, damit du nicht wieder in Schwierigkeiten gerätst. Keine Widerrede!« Sie ging in der engen Grabkammer auf und ab. »Wir werden wahrscheinlich nichts erreichen, aber wir geben uns eine Frist bis morgen Abend.«

Zwölftes Kapitel

Dareth Sadler lag auf seinem Hotelbett. Er starrte auf den Haarriss in der Decke, um das paprikascharfe Brennen seines Penis zu ignorieren, nachdem er ihn mit einer verrückten Mischung eingerieben hatte. Um diese Zeit morgen Abend würde er im Mittelpunkt eines Rituals stehen, das er ›Die Ankunft des Horus‹ genannt hatte, was auch der Titel eines längeren Kapitels seines neuen Buches war.

Sein Kopf brummte noch von all den Ideen, die er gewälzt hatte, um den Erfolg des Buches zu garantieren. Zum Glück hatte er Lana, die sich mit all den langweiligen Dingen wie Pressearbeit und anderen vorbereitenden Details beschäftigte. Er hätte auf einige davon gut verzichten können, wie auch auf diese Zaubermischung für seinen Schaft, auf die sechs rohen Eiweiße, die sie ihn jeden Morgen schlucken ließ, damit er zu ›göttlichen Ergüssen‹ kommen könnte.

Das Klicken des Türriegels verriet ihm ihre Rückkehr. Er wartete, bis sie die Tür hinter sich geschlossen hatte, dann rief er: »Was hast du mit mitgebracht?«

»Zweiunddreißig Fotos aus der Grabkammer und ein paar lustige Schnappschüsse.« Sie ließ ihre Tasche aufs Bett fallen. »Karima bringt sie zu Jamal, er wird sie ausdrucken; morgen sollten wir sie vorzeigen können, wenn du willst.«

Dareth richtete sich auf einen Ellenbogen auf und schaute zu, was sie alles aus der Tasche herausholte: Kamera, Lederriemen und Schnallen, mehrere Dildos, Haarbürste und eine ausgestopfte Giftschlange. Er hob eine Augenbraue. »Wofür, zum Teufel, brauchst du die denn?«

»Zur Sicherheit. Die schreckt die Wichser ab. Da wir gerade beim Thema sind – brennt dein Schwänzchen noch?«

Dareth reagierte nicht auf die Beleidigung. Er war viel zu glücklich, das Buch mit all den authentischen Fotos anreichern zu können, und er wusste, dass er das ohne sie nicht geschafft hätte. »Wahrscheinlich braucht er einen liebevollen Kuss«, sagte er. »Hast du Interesse?« Er hätte sie ganz gern zu einem kleinen Aufwärmritual ins Bett gezogen. Abstinenz war nicht sein Ding. Er musste seinen Schaft bei Laune halten.

Lana schüttelte den Kopf und lachte. »Der einzige Mensch, dem ich heute einen Abgang verschaffe, bin ich selbst. Für mich ganz allein.« Sie zog den BH aus und ließ ihn auf seinen Schoß fallen. Er verfing sich auf seiner Erektion. Dareth knurrte und warf sich zurück aufs Kissen. »Du könntest mich wenigstens zusehen lassen.«

»Denk an morgen Abend. Du willst doch niemanden enttäuschen, oder?« Sie streifte sich das Höschen ab, blies ihm einen Kuss zu und verschwand mit einem anmutigen Hüftschwenken ins Bad.

Dareth schaute ihr nach, bewunderte die Bewegungen ihres Pos und wälzte sich auf die Seite, als sie aus seinem Blickfeld verschwunden war. Aber dann sah er sie im Spiegel, als sie sich breitbeinig aufs Bidet setzte und den Strahl auf ihre Klitoris lenkte. Wenn sie Privatsphäre haben wollte, hätte sie die Tür schließen sollen.

Am folgenden Abend verriegelte Killian früh die Tür und verbarg den Eingang mit Geröll und Sand, was Adie sehr beruhigte. Sie sorgte sich schon genug um die Fotos, die Matthews Bekannte aufgenommen hatte, da konnte sie auf das Risiko verzichten, dass Besucher von Sadlers Party ihre Grabungsstätte verunstalteten. Sie hatten Killian nichts über die Vorgänge von gestern Abend erzählt, und zum Glück hatte er ihre Abwesenheit nicht bemerkt.

»Ihr zwei wollt also übers Wochenende wieder Kairo verunsichern?«, fragte er.

»Ich will mich darauf konzentrieren, das fehlende Fragment des Wandgemäldes zu finden. Masud glaubt, dass sich die Suche lohnt, und da die Grabkammer leer ist ...« Sie redete nicht weiter.

»Nun, überanstrenge dich nicht. Es gibt noch eine Menge zu tun. Es dauert noch Wochen, bis wir alle Details fotografiert und gezeichnet haben.«

Sian nickte. »Keine Sorge. Wir kommen zurück und reißen uns den Popo auf.«

Sian und Adie bogen auf die Straße, dann drehten sie und parkten vor dem Ticketstand, weit genug weg von Djosers Pyramide.

»Wer hatte eigentlich diese verrückte Idee?«, fragte Sian, als sie sich hastig im Schatten des Land Rovers ihre Partykleider anzogen, superkurze Shorts und bauchfreie Tops. Die Helligkeit ließ schon nach, und der Himmel hatte eine intensive Magentafarbe angenommen. »Später werden wir uns noch ein paar edle Teile abfrieren.«

Adie schaute in den Seitenspiegel und schwang einen Mascarapinsel. »Wenn wir mit unserer Methode kein Glück haben, müssen wir auf Plan B umschalten und Killian alles erzählen. Aber wir haben wenigstens eine Chance, den Schaden in Grenzen zu halten.«

»Hm.« Sian klappte ihr Kosmetikköfferchen zu und warf es auf den Fahrersitz. »Bist du bereit?« Sie setzte ihre Sonnenbrille mit den kreisrunden Gläsern auf, und als Adie nickte, fügte sie hinzu: »Okay, stürzen wir uns ins Vergnügen.«

Immer mehr Leute gingen auf den Säulengang zu, während die Freundinnen heranschlenderten. Die laute, pochende ägyptische Tanzmusik, von der Pyramide noch verstärkt, holte sie fast von den Beinen.

»Ziemlich laut«, schrie Sian und verzog das Gesicht. Auch Adie hatte nicht viel übrig für diese Musik und die Lautstärke; sie selbst zog Melodien vor, die sie mitsingen konnte, und sie wusste von gemeinsamen Fahrten, dass Sian entweder klassische Musik hörte oder Techno.

»Da drüben!«, rief Adie. Sie griff Sians Arm und zog sie hinüber zu einer Gruppe von drei Frauen, die in einer Collage aus schwarzem Samt, PVC und Fischnetzstrümpfen bekleidet waren. »Das ist …«

»Nadine«, half ihr die Frau weiter.

»Nadine. Wir haben uns im Museum kennen gelernt. Sie ist es, die mir von der Party erzählt hat.«

»Schön, dass ihr gekommen seid. Michelle und Simone.« Sie wies mit dem Kopf auf ihre Begleiterinnen. Alle drei hatten ein extravagantes Make-up im Kleopatra-Stil aufgelegt, die Arme voller Spangen, die unter den überwiegend weiblichen Fans des Autors sehr populär waren.

»Was für eine Menge«, sagte Sian und sah sich um. »Viele Fans, dazu die üblichen Partygäste, die geil auf Glitzer und Literaten sind, und die professionellen Schmarotzer, nehme ich an.«

Adie musste daran denken, dass sie in dieser Menge kaum eine Chance hatten, die beiden Frauen zu finden, die Matthew ihnen beschrieben hatte, selbst wenn sie so gekleidet wären wie gestern Abend.

»Hast du Angst, dass du nicht zu den Erwählten gehören wirst?«, fragte Simone zwischen zwei Zügen an ihrer nach Nelken riechenden Zigarette. Adie wollte fragen, was sie damit meinte, aber Nadine sprang Sian zur Hilfe.

»Und du hast diese Angst nicht?«, blaffte sie Simone an, die wieder an der Zigarette zog und einen weißen Rauchring in die Luft blies.

»Ich bin hier, weil man kostenlos saufen kann. Meine Mum hat in den Achtzigern mit Sadler herumgemacht. Er könnte sogar mein Daddy sein.«

»Lügnerin. Dareth ist nicht so alt.« Nadines Armreifen klirrten, als sie ihre Hände zu Fäusten ballte.

Simone ließ ihre Zigarettenkippe fallen und trat sie mit dem Absatz ihrer spitz zulaufenden Schuhe aus. »Du irrst dich, er ist garantiert weit über vierzig. Aber mir wäre seine Privatassistentin lieber.«

Nadine bedachte sie mit einem bösen Blick, der durch die dicken schwarzen Lidschatten noch böser wirkte. Simone hob die Schultern und zog ihre Unterlippe mit einem schwarzen Lippenstift nach, den sie aus ihrer Hemdtasche holte.

»Gehen wir«, sagte Nadine und wandte sich mit übertriebener Geste an Sian und Adie.

Sie gingen voran und erwarteten, dass Michelle und Simone ihnen an den hohen Steinsäulen vorbei folgten. Sie betraten den Pyramidenkomplex von der Südseite. Adie strich mit der Hand über die geriffelten Steine. Es waren die ersten Steine überhaupt mit dieser Struktur; sie galten als Prototyp für zukünftige Generationen von Pyramidenbauern. Sie wünschte, sie hätte mehr Zeit, um sie zu bewundern, aber jetzt musste sie sich auf Sadler konzentrieren.

Die Sonne war schnell untergegangen, aber die Organisation von Sadler hatte ein Riesenzelt, die Seiten offen, auf den Heb-Sed-Hof gestellt. Von einem Ende plärrte die Musik, und zuckende Diskolichter wischten über die Gesichter der Tänzer. Am anderen Ende des Zelts befand sich eine Bar aus Tapeziertischen, dort wurde hiesiger Wein und kühles Bier verkauft. Auf anderen kleinen Tischen gab es verschiedene Kanapees, um die sich eine Gruppe lokaler Reporter geschart hatte.

»Wo ist denn der Star?«, fragte Sian und bediente sich mit einigen Häppchen.

»Er wird erst später auftreten«, sagte Nadine. Sie reichte allen eine Flasche, dann standen sie eine Zeitlang schweigend da, nippten an einer bräunlichen Flüssigkeit und beobachteten die anderen Gäste.

»Wer ist das denn?« Es war Sian, die das Schweigen unterbrach. Sie zeigte auf eine Frau in einem weißen Organzakleid, die einen Korb mit weißen Blumen bei sich hatte. »Sie sieht wie die Frau aus, die Matthew beschrieben hat.«

»Sie ist Dareths Privatassistentin«, antwortete Nadine. »Simone sagt, dass sie scharf auf sie ist. Sie glaubt, es macht sie interessant, wenn sie so tut, als wäre sie bisexuell.«

»Und was macht sie mit den Blumen?«, fragte Sian.

»Bevorzugte Gäste erhalten sie. Dareth wählt Frauen aus der Menge aus, die ihn in den inneren Kreis begleiten. Das ist eine hohe Ehre. Sie wählen nur Leute aus, die erleuchtet genug sind, dem Ritual beizuwohnen.«

»Hört sich nach Klüngel an«, flüsterte Sian zu Adie.

Adie nickte, aber sie musste erst noch die Tatsache verarbeiten, dass Matthews Verführerin die Privatassistentin des Autors war. Vermutlich hatte er die ganze Aktion ausgeheckt, um diese Fotos in seinem Buch zu veröffentlichen. Sie mussten wachsam sein, denn vielleicht hatte er noch mehr Aktionen geplant.

»Wir müssen uns eine Einladung besorgen«, sagte sie zu Sian. »Ich glaube nicht, dass wir eine Chance haben, die Kamera an uns zu bringen, also sollten wir wenigstens etwas über seine Absichten erfahren, bevor wir Killian gestehen, was geschehen ist.«

Sian nickte. »Ich bin nur froh, dass er noch auf dem Boot ist. Da wird er von diesem Lärm verschont sein.«

In den folgenden zwei Stunden schauten sie Lana zu, die sich mehreren Frauen näherte und sie mit Lotusblumen bedachte. Nach einer Weile schloss sich Nadine ihren Freundinnen auf der Tanzfläche an, und dort ließen sie den Anschein der Freude fallen. Zehn Minuten vor Mitternacht verschwanden die ausgewählten Frauen einzeln in den Schatten auf der hinteren Seite der Pyramide. Den ganzen Abend hatte sich Sadler nicht sehen lassen.

»Wir brauchen eine Blume«, sagte Adie. »Sonst gelangen wir nie in den VIP-Bereich.«

»Überlass das mir«, sagte Sian. Sie zog Adie von den zuckenden Lichtern weg, und dann verdrückten sich beide in die tiefen Schatten. Nach wenigen Augenblicken drückte Sian einen Finger auf Adies Lippen. Eine Frau mit einer einzigen Lotusblume näherte sich ihnen, und als sie auf einer Höhe war, sprang Sian sie an. »Was für eine Gemeinheit! Du hast mir meinen Freund gestohlen!« Sie zerrte an der Kleidung der verdutzten Frau, und sie gingen beide zu Boden. In dem Durcheinander griff Sian die Blume und warf sie Adie zu, die sich sofort entfernte. Sie hoffte, dass Sian sich eine überzeugende Entschuldigung ausgedacht hatte.

Adie blieb am Eingang zur inneren Kammer stehen, um wieder zu Atem zu kommen. Zu ihrer Verblüffung schien es keine Kontrolle zu geben. Sie nahm eine Minitaschenlampe, die sie im BH versteckt hatte, und leuchtete in den dunklen Tunnel. Die gestohlene Lotusblume schob sie unter den Träger ihres Shirts. Wer konnte schon wissen, welche Ausschweifungen sie da unten vorfinden würde? Aber jetzt war es für Bedenken zu spät.

Der Tunnel führte in einen breiten Zugang, und von dort gelangte man über eine lange Treppe zum Fundament der Pyramide. Ihre Füße stießen gegen Geröll, deshalb war sie gezwungen, sich langsam zu bewegen, denn sie befürchtete, das Gleichgewicht zu verlieren. Es ging weiter abwärts, und der Strahl ihrer Taschenlampe holte die Wände aus der Dunkelheit. Sie erreichte eine Kreuzung mit noch mehr Treppen.

Die Minilampe gab ihren Geist auf, und um Adie herum herrschte totale Dunkelheit. Sie schüttelte die Lampe, aber die

Batterie war offenbar leer, und Adie hatte keinen Ersatz bei sich. Die Luft auf dem Grund der Pyramide war schwer und stickig. Adie wusste, dass sie sich zuletzt in einer Art Korridor befunden hatte, und der musste irgendwohin führen. Sie ging langsam weiter und ließ sich vom Instinkt leiten.

Als sie die nächste Pause einlegte, spürte sie kalten Stein am rechten Arm. Von links drangen Schritte zu ihr. »Ist da jemand?«, rief sie.

»Adie, bist du das? Wo bist du?«

»Nadine? Hier bin ich.« Adie spürte Finger auf ihrem Rücken, und dann fasste eine Hand ihren Arm. »Du willst auch Sadler sehen, nicht wahr? Mir geht es genauso. Ich habe auch eine Blume.«

In diesem Augenblick flackerte ein Licht über die blau gefliesten Wände des Raums, in dem sie sich befanden, und dann hörten sie leichtfüßige Schritte. Eine Prozession von fünf Frauen tauchte auf, alle mit identischen halb durchsichtigen weißen Roben bekleidet, die Adie schon bei Lana gesehen hatte. Die Frauen trugen auch kunstvolle Augenmasken.

»Was sucht ihr hier?«, fragte die Frau, die die Gruppe offenbar anführte.

»Lana hat uns geschickt«, bluffte Adie. Sie hielt der Frau ihre Lotusblume hin. Diese Frau entsprach Matthews Beschreibung von Karima, die Lana gestern Abend begleitet hatte.

Die Frau schob die Blume von ihrem Gesicht weg. »Ihr seid spät.«

»Wir haben uns verirrt.«

»Nun, jetzt seid ihr da.« Auf ihren Wink hin verschwand eine der Frauen wieder im Korridor. Wenige Sekunden später kam sie mit zwei Roben und weiteren verzierten Augenmasken zurück. »Zieht euch schnell um.«

Adie wollte das Organzakleid über den Kopf stülpen, aber Karima hinderte sie daran. »Zuerst ausziehen.«

Alle Frauen waren nackt unter den Roben. Adie fühlte sich unbehaglich, als sie sich auszog, dann ließ sie die Robe über den Kopf fallen. Sie umgab ihren Körper wie ein Luftkissen und berührte kaum ihre Haut. Im trüben Licht waren die dunklen Nippel durch den Stoff zu sehen, ebenso das V ihrer Schamhaare. Die Robe verbarg nichts und umkoste alles.

Karima befestigte eine Katzenmaske über Nadines Augen. Adies Maske war mit einer großen Solarscheibe ausgestattet. Die beiden neuen Frauen erhielten mit Juwelen besetzte Armreifen, die über die Ärmel der Robe angebracht wurden, dann trug Karima ihnen noch auf, die Lotusblumen wie eine Opfergabe vor sich zu tragen. Nadine und Adie bildeten nun den Schluss der Prozession.

Einen Moment später betraten sie den Haupttunnel über der Grabkammer. Ein Mann, wahrscheinlich Dareth Sadler, stand an einem Granitblock, der die Höhle nach unten absicherte, umgeben von einem Kreis brennender weißer Kerzen. Er war ganz in schwarzen Satin gekleidet, und sein Gesicht war hinter einer Falkenmaske versteckt. Neben ihm kniete Lana.

»Horus«, murmelte Adie vor sich hin, als sie Sadlers Gestalt für diesen Abend erkannte. Ihr drängte sich die Szene auf dem Wandgemälde auf. Der Typ hatte zweifellos ein Selbstbewusstsein, so groß wie Afrika.

Als die Frauen die acht Kompasspunkte eingenommen hatten, schob er das Vorderteil seiner Robe zur Seite und enthüllte seinen nackten Körper. Auf seiner Brust pendelte ein großes Henkelkreuz, und sein beeindruckender erigierter Penis war in einem obszönen Nilblau bemalt. Ein bewunderndes Keuchen drang über Adies Lippen, als ihr bewusst wurde, dass sie über die Konsequenzen ihres Handelns nicht nachgedacht hatte. Um eine Entdeckung zu vermeiden, würde sie auch mitmachen müssen und nicht nur beobachten.

Im Hintergrund begann eine Trommel mit einem langsamen Beat, und der schwere Weihrauch würzte die Luft. Dareth drehte sich auf der Stelle und begrüßte jede einzelne Frau mit den Blicken. Die meisten senkten den Kopf. Ein oder zwei hielten seinem Blick stand, bevor sie sich wie angewiesen auf die Knie fallen ließen. Ein Kelch mit einem Wein wurde herumgereicht. Adie nahm nur einen kleinen Schluck, aber sie fühlte trotzdem eine aphrodisische Wirkung, die ihre Sinne beeinflusste. Sie schüttelte die verträumte Lethargie ab, die Ursache des winzigen Schlucks war, aber sie musste einräumen, dass der Aufbau dieser Szene überzeugend war. Es würde leicht sein, den Verlockungen des ganzen Theaters zu erliegen.

Als der Kelch die Runde gemacht hatte, ließ Dareth Sadler seine Robe fallen, trat über die schwarz glänzende Stofflache auf dem Boden und wandte sich der Frau am nördlichen Punkt zu. Sie trug eine wunderschöne Maske aus schwarzen Federn.

Lana, die sich in der nordöstlichen Position befand, begann die Worte eines Zauberspruchs zu intonieren. Vor ihr stand eine dekorative Fayencevase, aus der aromatische Düfte stiegen, und daneben stand eine kleine weiße Urne.

»Erhebe dich, oh Horus, und betrete dein Erbe als Besitzer der Weisheit und Vertreiber der Narren. Empfange den Segen deiner Schwestergöttin, damit deine Macht noch vergrößert werde und du zu den Sternen am Tisch des Osiris gehörst.

Mut, Begleiterin des Amun, empfange, was Horus dir anbietet, und erweise ihm mit deinem Kuss deine Ehre und das Geschenk deiner Weisheit.«

Die Frau öffnete gehorsam den Mund und akzeptierte Sadlers Penis. Einige Momente saugte sie ihn ehrfürchtig.

Adie ballte die Hände zu Fäusten. Sie fragte sich, ob Sian diese Entwicklung vorausgesehen hatte, und deshalb den Angriff auf die Frau startete, damit es Adie zufiel, im Besitz der Lotusblume zum Autor vorzudringen. Sie war nicht sicher, ob sie bereit war, Sadler zu saugen, nur um mehr über ihn zu erfahren. Aber einfach hinausgehen, das konnte sie auch nicht.

Sadler stand vor Lana, deren Maske mit einer einzigen, schillernden Straußenfeder verziert war.

»Maat, Tochter von Ra«, trug Lana vor, »erweise ihm mit einem Kuss die Ehre und das Geschenk der Wahrheit.« Sie hielt in ihrer Litanei inne und schloss kurz den Mund um den zuckenden Phallus.

Er bewegte sich viel zu schnell im Kreis der Frauen, stellte Adie entsetzt fest. Nut, Sekhmet und Hathor, sie alle nahmen Sadlers Penis in den Mund. Dann folgte Nephthys, und Nadine hatte die Position neben ihr.

Sie griff Adies Hand und drückte sie aufgeregt. Adie hatte das Gefühl, dass die Situation außer Kontrolle geriet. Sie hoffte, niemand würde jemals erfahren, dass sie an diesem Humbug teilgenommen hatte. Sie würde vor Verlegenheit sterben.

»Bastet, Tochter des Atum, empfange, was Horus dir anzubieten hat.« Nadine saugte Sadler mit Inbrunst. Er schien nur wenige Sekunden bei ihr zu verharren, bevor sein blauer Penis auf der Spitze von Adies Nase zuckte.

»Isis, Begleiterin des Osiris, übertrage ihm mit einem Kuss die Kraft deines Zaubers.«

Jetzt war sie an der Reihe. Der kräftige Weihrauch füllte ihre Nase, und der Singsang der anderen Frauen wurde lauter, als wollten sie Adie ermutigen. Sie konnte nicht glauben, dass sie das tat. Dies war der Mann, der ihre Karriere vernichten konnte, der beinahe auch Killians Karriere vernichtet hatte. Sie schloss die Augen und erwartete den Stoß, wobei sie versucht war, den Mund geschlossen zu halten.

Sanfte Finger streichelten über ihre Wangen und hoben ihr Kinn. Sie schaute hoch in sein Gesicht. Hinter der wunderschönen Federmaske schienen grün-braune Augen sie um einen Moment der Nachsicht zu bitten.

Ihr Kinn sackte hinunter. Sadler hob ihre Hände, nahm ihre Lotusblume entgegen und legte ihre Hände auf seine Schenkel. Wie hypnotisiert ließ es Adie geschehen, dass der heiße Schaft ihren Mund füllte und gegen ihren Gaumen stieß, und dann stellte sie fest, dass sie nicht würgen musste; im Gegenteil, sie genoss den salzigen und trotzdem süßen Geschmack. Er schmeckte nach Butterscotch. Sie hörte ihn stöhnen, leise, aber doch hörbar, und sie griff seine Eichel mit der Zunge an. Es war klar, dass sein Orgasmus nahte, und sie brachte ihn noch etwas näher. Sie fragte sich, ob er lange genug durchhalten konnte, um den Kreis der Frauen zu schaffen. Plötzlich wollte sie es sein, die ihn zum Höhepunkt brachte, und bearbeitete ihn noch etwas stärker mit dem Mund.

Sadler drückte behutsam gegen ihre Schultern und zog sich zurück. Er atmete schwer durch die Nase, und ein glasiger Schimmer hatte sich auf seine Augen gelegt, als er zu der Frau rechts von Adie ging. Er schaffte den Kreis tatsächlich, und als er Lana erreichte, bäumte sich sein blauer Penis auf. Lana fing den langen Ausstoß seines Samens in einem Gefäß aus Alabaster auf, das sie rasch mit einer teerähnlichen Substanz versiegelte. Jede Frau hinterließ ihren Lippenabdruck in der schwarzen Paste. Lana schritt den Kreis der Frauen zweimal mit dem über den Kopf gehobenen Alabastergefäß ab, dann reichte sie es weiter an Dareth Sadler, der es gegen den großen Granitfels warf, an dem das Gefäß zerschmetterte.

Was dieses Ritual zu bedeuten hatte, wusste sie nicht, aber das zerschmetternde Glas schien alle erstarren zu lassen. Der unsichtbare Trommler beschleunigte seinen Rhythmus, während Sadler eine Partnerin für das nächste Ereignis erwählte. Zu Adies Erleichterung wählte er Nadine aus, die ausgezogen und auf Sadlers immer noch erigiertes Glied gehievt wurde. Sie wurde von einigen anderen Frauen gestreichelt und gekost, während Sadler sie im Takt der Drums nahm.

Adie zog sich hastig zurück. Ihn kurz zu blasen war eine

Sache, aber an einer Orgie teilzunehmen eine ganz andere. Höchste Zeit zu verschwinden.

Dareth Sadler beobachtete, wie die Frau, die als Isis gekleidet war, die Szene verließ. Er war nicht beleidigt – wer wusste schon, welches Problem sie hatte? Vielleicht war sie empört, dass sie nicht ausgewählt worden war. Sie hatte wenigstens ihren Teil zum ersten Ritual beigetragen. Er war nur ein wenig enttäuscht, dass die geschickteste Fellatrice des Kreises ging. Trotzdem – wann hatte man schon die Gelegenheit, von acht eifrigen Frauen auf diese Weise verehrt zu werden? Nur in deinen Träumen. Vielleicht hatte Lana bei der Auswahl einmal daneben gegriffen.

Hände griffen nach seinen Schenkeln und nach seinem Torso. Eine Frau blies heiße Luft gegen seine Hoden. Er bewegte sich rhythmisch und glitt immer wieder in die Frau hinein, die als Bastet gekleidet war. Was zählte da schon eine fliehende Bewunderin?

Er sah die Frau an, die auf seinem Penis ritt. Sie schien ein wenig verwirrt zu sein, belebt von den Endorphinen, die sie in einem Rausch hielten. Die anderen Frauen hörten nicht auf, sie zu streicheln. Kein Grund für ein lästiges Vorspiel, wenn man genug Leute hatte, die das für dich übernahmen. Er wusste, wenn man eine Frau wirklich beglücken wollte, musste man ihre Phantasie wachrufen. Beutete er diese Frauen aus? Ganz sicher nicht. Er gab ihnen nur, wonach sie verlangten.

Ein Lächeln breitete sich unter der Maske auf seinem Gesicht aus. Gestern Abend mochte er zwar Lanas Einreiben mit dieser Paprikamischung wegen des Brennens verflucht haben, aber jetzt zahlte es sich aus, denn er blieb hart und geil. Er ahnte, dass er noch wenigstens für zwei Wiederholungen gut war. Vielleicht würde er Lana belohnen und seinen letzten Erguss über ihre Brüste sprühen.

Falls die ägyptischen Götter jemals wirklich existiert hatten, dann waren sie bestimmt so wie er. Priester mit Masken erhielten alles, was sie haben wollten, nur durch die Kraft der Suggestion. Er hatte nicht mehr und nicht weniger Kraft als seine Anhänger, und manchmal wünschte er sich, dass mehr von ihnen den Witz hinter dem ganzen Zirkus sahen und mit ihm seine Phantasie teilten. Am liebsten hätte er laut gelacht. Sein Penis begann zu pochen. Noch einige Male hineingleiten, dann würde er kommen.

Sobald Sian sah, dass Adie die Pyramide betreten hatte, erhob sie sich von der schockierten Frau, murmelte etwas von einer Verwechslung und lief hastig davon. Sie mied die Gruppen der Nachzügler, die draußen vor dem Zelt zusammenstanden, verließ den Komplex und ging zurück zu ihrem Auto in der Nähe des Ticketstandes, um auf Adie zu warten.

Dicht neben ihrem Land Rover parkte ein weiteres Auto. Der Fahrer schlief hinter dem Steuer. Der Wagen trug ein ägyptisches Kennzeichen, aber vom Innenspiegel baumelte ein kleines Bild von Sadler hinab, und auf dem Armaturenbrett sah sie einen Packen von Werbematerialien, meist Lesezeichen. Sie erkannte Sadlers Gesicht von den Fotos auf den Schutzumschlägen seiner Bücher. Sian trat näher ans Auto heran. Auf dem Rücksitz lag weiteres Werbematerial, und dann sah sie genauer hin und entdeckte ein in Leder gebundenes, abgegriffenes Buch.

Das möchte ich gern mal in die Hand nehmen, dachte sie und versuchte den Türgriff. Nicht abgeschlossen. Langsam und leise zog sie die Fondtür auf und nahm das Buch vom Rücksitz.

Sian strich liebevoll über den alten Buchrücken. Das Leder war brüchig und abgenutzt, und es roch nach einer muffigen Bücherei. William Jacobs Tagebuch – Sadler hatte es offenbar aus dem Museum gestohlen, und das bedeutete, dass sie, rechtlich gesehen, keine Diebin war.

Der Fahrer schnarchte. Sie schob die Tür nahe heran, ließ sie aber ein kleines Stück offenstehen, um keinen Lärm zu verursachen. Vorsichtig trat sie ein paar Schritte vom Auto zurück.

»He, he.«

Sian erstarrte. Der Fahrer schnarchte noch. Sie wandte den Kopf. Auf einem Pferd saß ein Mann in Beduinenkleidung.

»Hat Ihnen niemand beigebracht, dass man nicht stehlen darf?«, fragte er.

Sian schürzte die Lippen und sah ihm in die Augen. »Das Buch gehört dem Museum. Ich werde es zurückbringen.«

»Das klingt gut. Aber Sie wären gut beraten, wenn Sie verschwinden, bevor der brutale Typ wach wird.«

»Keine Begrüßung?«, fragte Sian. Der Wind hatte seine schwarzen Haare zerzaust, und jetzt, als das Mondlicht auf ihn fiel, erkannte sie ihn als den Mann wieder, den sie mit Adie in der Einfahrt zum Apartment in Gezira gesehen hatte. Der Mann, der Adie dieses wunderbare Kostüm geschickt hatte. Dabei kannte er die junge Engländerin kaum. Aber er wusste, wie man die Sinne erregen konnte.

»Anton Kelly«, sagte er und verbeugte sich leicht. Sie fand, er müsste Hasim oder Ismail heißen. »Und Sie sind Sian Lawrence. Sehen Sie zu, dass das Buch wieder an seinen alten Platz kommt.« Er langte in sein Gewand und hielt ihr ein Papyrus hin. »Und da Sie näher am Auto stehen als ich, möchte ich Sie bitten, dies hier auf den Rücksitz zu legen.«

»Was ist das?«

»Ein Verzeichnis seiner Sünden.«

Sian nahm das Papyrus und schob es durch den Türspalt. Sie legte es auf die Stelle, an der das Tagebuch gelegen hatte, dann drückte sie die Tür leise zu. Anton nickte, dann trieb er sein Pferd voran.

»Gute Nacht.«

»Bis später mal«, murmelte Sian und drückte das Tagebuch an ihre Brust. Adie hatte immer Glück. Vielleicht konnte sie ihr Antons Telefonnummer entlocken.

Sian döste über dem Armaturenbrett, eingepackt in eine verschlissene alte Fliegerjacke, als Adie sich auf den Beifahrersitz fallen ließ. »He!« Adie gab ihr einen kleinen Rippenstoß.

»Oh. Hallo.« Sian rieb sich übers Gesicht und streckte sich. »Hast du etwas Nützliches erfahren?«

»Nicht wirklich.« Adie schlug die Tür zu und schnallte sich an. »Ich habe nur geholfen, Sadler in den Stand der Götter zu erheben, das ist alles. Und du?«

Sian hob die Schultern. »Ich habe das hier gefunden.« Sie reichte Adie das Buch mit dem abgewetzten Ledereinband.

»Jacobs Tagebuch!«

»Genau. Es lag in Sadlers Auto. An den Zetteln zwischen den Seiten erkennt man, dass er all die entscheidenden Stellen gefunden hat.«

»Zusammen mit seinem Aufzug als Horus und dem Ritual, dem ich eben beigewohnt habe, können wir sicher sein, dass sein neues Buch sich um das Wandgemälde dreht.«

»Das ist noch nicht alles«, sagte Sian. »Ich habe das Tagebuch durchgeblättert, und jetzt steht fest, dass er unbedingt das fehlende Fragment des Gemäldes haben will.«

»Das wird immer besser«, murmelte Adie. »Hat er sich auf den Zetteln irgendwelche Notizen gemacht? Müssen wir daraus schließen, dass er uns voraus ist?«

»Er arbeitet systematischer als wir.«

Adie stöhnte und schlug mit dem Kopf gegen das Armaturenbrett. »Okay, worauf warten wir denn noch? Fahren wir zurück nach Kairo, damit ich erfahre, ob sich Dr. Franks schon gemeldet hat.«

»Steh auf, du Faulpelz!«, rief Sian und zog Samihs Bettzeug zurück. Olivfarbene Haut, gerötet vom Schlaf, strahlte Sian entgegen, aber Samih selbst jammerte nur über die plötzliche Blöße und griff blindlings und erfolglos nach den Decken. Schließlich kuschelte er sich in eine Embryostellung. Adie stand im Türrahmen und lächelte ihm entschuldigend zu. Sian war schon unterwegs zu Jason, um ihn auf ähnliche Art zu foltern. Aber den Geräuschen nach zu urteilen, leistete er im Kampf um das Oberbett stärkeren Widerstand.

Samih gähnte und zog sich ein T-Shirt über den Kopf. »Kaffee«, murmelte er.

»Schon unterwegs«, antwortete Adie. Sie trat zur Seite, um Platz für Sian zu schaffen, die Jason am Gürtel seiner Shorts aus dem Zimmer schleppte.

»Was willst du?«, klagte er mit schwacher Stimme. »Ich bin erst seit einer Stunde im Bett.«

»Wir müssen die E-Mails überprüfen«, sagte Sian.

»Und dafür braucht ihr uns?« Er ließ sich neben Samih auf das Bett fallen. »Teufel, ich weiß ja, dass ihr da draußen auf dem Boot wie im Mittelalter lebt, aber ich hätte gedacht, dass ihr inzwischen wisst, wie man einen Computer einschaltet.«

»Es ist dringend, du Schwachkopf, und alle Internetcafés sind um diese Zeit geschlossen. Ich weiß, dass ihr die Schlüssel für die Abteilung an der Uni habt, also hör auf zu jammern und zieh dich an.« Sie öffnete den Kleiderschrank und warf ihnen verschiedene Sachen zu.

Jason schüttelte ungläubig den Kopf und reichte die Bekleidungsstücke an Samih weiter. »Wir haben hier auch einen Internetanschluss. Wir gehen mit der Zeit, was? Alles komplett. Steht im Wohnzimmer. Glaubst du, dass du den richtigen Knopf findest?«

Sian schniefte. »Seit wann?«

»Seit Beginn des Semesters.«

»Das hat mir niemand gesagt.« Sie stürmte in Richtung Wohnzimmer.

Samih erhob sich. »Jetzt bin ich wach. Er zog sich Jeans an und trottete an Adie vorbei in die Küche. »Will jemand keinen Kaffee?«

Ein paar Minuten später saßen sie eng um den Bildschirm herum und nippten am heißen, sirupartigen Kaffee. Adie gähnte trotz des Koffeins und rieb sich die Müdigkeit aus den Augen; der Text auf dem Schirm sah verschwommen aus. Joe hatte noch nicht geantwortet, aber David Franks hatte zurückgeschrieben.

»Okay«, sagte sie. »Franks ist sich nicht sicher, ob er das fehlende Fragment katalogisiert hat, aber er sagt, dass sich alle Beschreibungen und Bilder von männlichen Genitalien in Kisten verpackt im Museum befinden.«

»Das habe ich dir doch gesagt«, erinnerte Samih.

»Er schreibt auch, dass es sehr viele davon gibt und dass uns sein alter Assistent Ihsan Fuad mehr helfen kann als er selbst. Offenbar hat er den Katalog angelegt. Sie haben dann den Kontakt verloren, weil Fuad entlassen wurde. Auf ihm lastete ein Diebstahlsverdacht. Aber Dr. Franks glaubt, dass er noch in Kairo lebt.«

»Das hört sich nach einer Sackgasse an«, murrte Sian.

Die beiden Männer tranken einen kräftigen Schluck Kaffee.

»Wir haben einen Namen.«

»Ach, Adie, wie viele Ihsans leben wohl in Kairo, einer Stadt mit sechzehn Millionen Einwohnern?« Sian stand auf und schritt unruhig zum Fenster. »Matthew hat sich ein dreistes Ding erlaubt. Wir müssen es Killian sagen. Wir hätten es ihm sofort sagen müssen.«

»Was müsst ihr ihm sagen?«, fragte Jason. Er und Samih drehten ihre Stühle zu Sian, die mit einem Seufzer zu erklären begann. Adie wandte sich wieder dem Bildschirm zu. Ihr war ganz übel; ihr Bauch rumorte, und sie hatte einen schrecklichen Geschmack im Mund, als hätte sie Bonbons gegessen, deren Verfallsdatum abgelaufen war. Sie schätzte eher, dass es der Nachgeschmack von Sadlers Penis war. Was hatte sie sich eigentlich dabei gedacht?

»Sadler bringt also wieder Ärger«, sagte Samih. »Wir haben gehört, dass er sich in der Stadt aufhält. Inzwischen steht es in allen Zeitungen. Die Reporter haben Killians düstere Vergangenheit noch nicht ausgegraben, aber ich bin sicher, dass sie noch darauf stoßen werden.«

»Welche düstere Vergangenheit?« Adie wirbelte auf dem Drehstuhl herum und starrte ihm ins Gesicht. Sie hatte nie daran gedacht, Samih oder Jason nach Killian zu fragen.

»Du kennst doch Sadlers erstes Buch, *Sechs Schritte zum Himmel,* nicht wahr?«

Adie nickte. »Sian hat es erwähnt.«

»Die falschen Zitate, die er von Killian veröffentlicht hat, waren nur der Anfang. Es gab fünf geheimnisvolle Todesfälle, die mit den Ritualen in Zusammenhang standen, die Sadler beschrieben hat. Sadler verschwand sofort auf eine Promotionstour nach Fernost, sodass die Presse sich auf die nächstbeste Person stürzte.«

»Killian«, sagte Adie.

»Genau. Er wurde immer wieder zitiert, während er am Djoser-Projekt arbeitete.«

Adie lehnte sich vor, um besser hören zu können. Das erklärte, warum Killian das Thema mied. Sie war jetzt froh, dass sie ihn nicht mehr bedrängt hatte, aber es überraschte sie, dass Joe ihr von der ganzen Affäre nichts gesagt hatte. Aber Klatsch war nichts, womit sich Joe beschäftigte.

»Was sind das für geheimnisvolle Todesfälle?«

»Ich kenne die Einzelheiten nicht. Es ging wohl um völlig abgefahrene Selbstmordrituale, in denen die Umhüllungen von Mumien und Selbsterstickungen eine Rolle spielten.«

»Ich meine, es hätte was mit Giftschlangen und Fleischerhaken zu tun gehabt«, sagte Jason.

Samihs Brauen gingen hoch, dann schüttelte er den Kopf. »Du redest von einem anderen Fall. Dies waren ein paar einfältige Wannabes, also Möchtegerne, die in ihrem Wahn mal zu den Göttern reisen wollten.«

Sian drückte die Stirn gegen die Scheibe und trommelte mit den Fingern auf die Fensterbank. »Aber wo liegt das Motiv?«

Jason gluckste. »Die Medien veranstalteten eine Hexenjagd. Killian war ein leichtes Ziel, vor allem, weil er sich schon von Sadlers Buch zu distanzieren versuchte.«

»Und was geschah?«, fragte Adie. Samihs lässige Erwähnung einer Mumifizierung löste großes Unbehagen bei ihr aus, obwohl sie fest an Killians Unschuld glaubte.

»Nun, zum Schluss hat man von Unfällen gesprochen, aber da war der Schaden schon angerichtet. Killian wurde zum Gespött der akademischen Welt; sein Projekt brach in sich zusammen, und sein Partner ließ ihn im Stich. Es ist ein kleines Wunder, dass Killian je wieder auf die Füße gekommen ist.«

»Und Sadler?«

»Autor eines Bestsellers. Jede Reklame ist gut für ein Buch. Der Verlag konnte gar nicht so schnell drucken, wie die Leute nach dem Buch schrien.«

»Und er hat kein Bedauern geäußert?«

»Bist du verrückt?«, fragte Jason. »Das Buch hat ihn zum Kultautor erhoben, und er tut seitdem alles, um den Kultstatus zu erhalten.«

»Deshalb auch das kleine Ritual von heute Abend«, murmelte Sian gegen die Scheibe.

Adie presste eine Hand gegen ihren Mund. Übelkeit stieg in ihr hoch. »Kotzbrocken«, entfuhr es ihr.

»Wohlhabender Kotzbrocken mit Freunden in den höchsten Kreisen«, sagte Jason. »Was können wir denn tun, um ihn aufzuhalten? Schließlich ist er dabei, die Karriere von uns allen zu ruinieren.«

»Nun, jetzt ist es dringend, dass wir Killian informieren. Er muss wissen, was läuft«, riet Sian.

»Wir müssen Ihsan Fuad finden«, sagte Adie resolut. »Ohne das Fragment steht Sadlers verrückte Theorie für sich allein, und wir können mit der Wirklichkeit nicht dagegen halten. Das ist eine Wiederholung der Situation, in der sich Killian schon einmal befunden hat. Wir wissen, wer damals gewonnen hat. Wir müssen exakt wissen, was das Wandgemälde darstellt. Außerdem habe ich noch eine Spur – Anton. Er kennt sich im Museum gut aus und kann uns vielleicht helfen.«

»Warte mal einen Moment«, rief Samih. »Welcher Anton?«, fragte er, die Augen weit aufgerissen. »Doch nicht Anton Kelly, oder?«

Die Augen beider Frauen verengten sich zu Schlitzen. »Doch. Wieso?«, fragte Adie.

Samih und Jason sahen sich besorgt an.

»Spuck's schon aus«, drängte Sian. »Adie kann das ertragen. Sie vögelt sie beide.«

Jason schlug die Hände vor sein Gesicht.

»Anton Kelly«, sagte Samih, und seine Stimme zitterte ein wenig. »Oh, verdammt.«

»Was, zum Teufel, soll das heißen?«, fragte Adie.

»Anton Kelly«, begann Samih. »Er ist der Partner, der Killian im Stich gelassen hat, als er dringend einen Freund gebraucht hätte.«

»Was ist nachher mit ihm geschehen?«, fragte Sian.

»Er hat sich auf die Seite der Bösewichter geschlagen.« Jason genehmigte sich einen kräftigen Schluck Kaffee. »Er macht jetzt mit den Grabräubern gemeinsame Sache.«

Adie starrte auf den Bildschirm.

»Er wusste es.« Sie schüttelte sich. »Er wusste von Anfang

an, wer ich bin. Deshalb hat er mich angesprochen und sich mir vorgestellt.«

Sian nickte. »Das ergibt Sinn. Ich bin ihm bei Sadlers Auto begegnet. Adie, wenn er die Grabräuber kennt, dann kennt er vermutlich auch Ihsan Fuad. Du musst vorsichtig sein, wenn du Anton nach ihm fragst.«

Dreizehntes Kapitel

Am nächsten Morgen glaubte Sian auch noch nicht daran, dass Adie bei ihrer Suche nach dem verlorenen Fragment fündig werden konnte. Es war unwahrscheinlich, dass Anton diesen Ihsan Fuad kannte oder dass der in Ungnade gefallene Ägyptologe sich an dieses eine Stück unter hunderten erinnern könnte.

Wäre sie jetzt auf dem Hausboot, hätte sie Killian sofort die ganze Wahrheit erzählt. Irgendwann würde er sie sowieso erfahren, und je schneller er sie erfuhr, desto mehr Zeit hatten sie, um mit Gegenmaßnahmen das Projekt zu retten. Aber sie hatte Adies Vorschlag zugestimmt, bis nach dem Gespräch mit Anton zu warten.

Jetzt harrte sie geduldig in der Lobby des Nil Hilton Hotels aus, bewaffnet mit einem Mikrophon und einem Notizblock. Nachdem Adie das Apartment verlassen hatte, war Sian entschlossen, diesen Sadler kennen zu lernen, und weil er pulicitygeil war, ging sie davon aus, dass der Autor sich die Chance, mit einer Journalistin zu reden, nicht entgehen lassen würde.

Die Frau an der Rezeption des Nil Hilton rief in der Suite an, und Sadler kam schon ein paar Minuten später hinunter in die Halle. Sie hatte damit gerechnet, einen verschwitzten Streber im Armeepullover mit Ärmelschonern zu sehen, aber die Realität sah ganz anders aus. Er trug einen weißen Leinenanzug, und seine blonden Haare waren gegelt und perfekt in Form gebracht.

Auch Lana präsentierte sich in einem anderen Bild. Sie gab

sich nicht mehr als unterwürfige Priesterin aus, trug einen weiblich geschnittenen dunklen Hosenanzug, der Hüften, Brüste und schmale Taille betonte. Die langen schwarzen Haare hatte sie in einem hoch angesetzten Pferdeschwanz zusammengefasst. Sian wusste sofort, wie sie Matthew eingefangen hatte. Er konnte diesen geschniegelten Ludern nicht widerstehen und stellte sich vor, wie sie seinen Rücken zerkratzte, wenn sie vögelten.

Lana gab sich als Beschützerin des Meisters aus, blieb einen Meter hinter ihm und bedachte Sian mit unfreundlichen Blicken.

»Miss Lewis«, sagte Sadler zur Begrüßung und benutzte den falschen Namen, den Sian sich hatte einfallen lassen. Er streckte seine Hand aus. »Sie haben Glück, dass Sie mich erwischen. Gewöhnlich verbringe ich den Morgen mit Recherchearbeiten, aber gestern ist es spät geworden.«

»Es ist eine Ehre, Sie kennen zu lernen, Mr. Sadler.« Sian nahm seine Hand, wobei er seinen Daumen in ihre Handfläche presste und die Knöchel an seine Lippen führte. Schleimer, dachte sie, dann strichen seine Lippen über die empfindliche Haut zwischen den ersten beiden Fingern und stimulierten selten berührte Nerven, die ein leichtes, lustvolles Zittern in Arm und Brust auslösten.

Also ein gefährlicher Schleimer, verbesserte sie sich in Gedanken. Sie wartete darauf, dass er ihre Hand losließ.

»Dareth, bitte«, sagte er und hielt den Blick auf ihren ausgestreckten Arm gerichtet. »Sollen wir uns setzen?« Er führte sie zu einem der Sessel.

Sian strich sich ihren Rock glatt, dann drückte sie den Knopf des Aufnahmegeräts. »Ihr neues Buch. Können Sie uns ein paar Informationen für unsere Leser geben?«

Lana beugte sich vor. »Von welchem Magazin kommen Sie, können Sie das noch einmal sagen?«

Sian widerstand dem Drang, die wenigen Härchen, die sich

von der Rolle am Hinterkopf gelöst hatten, um ihre Finger zu wickeln. »Ich arbeite für die *Astral Times*.«

»Nicht gerade ein Blatt, das Anspruch auf ein exklusives Interview hat.«

»Wir erwarten keine Exklusivität, nur ein paar Häppchen, die den Leser neugierig machen.«

Dareth setzte sich in seinem Sessel zurück, offensichtlich amüsiert über das Geplänkel der beiden Frauen. »Irgendeine Erfrischung?«, fragte er, ohne sich in den Konflikt einzuschalten. »Lana, *ahwa mazboot* für zwei, bitte.«

»Vielleicht könnten Sie uns den Titel und eine kurze Inhaltsangabe geben«, schlug Sian vor, sobald die andere Frau gegangen war.

Sadler drückte die Fingerspitzen gegeneinander. »Natürlich. Der Titel lautet ›Der wiedergeborene Osiris‹, und ich greife Themen auf, die ich schon in ›Sechs Stufen zum Himmel‹ angerissen habe. Mein neues Buch beschreibt die Rituale und die Vorbereitungen der Pharaonen, um ihren Vorfahren zu den Sternen zu folgen.«

»Könnten Sie uns ein Beispiel geben?«

»Ah!« Er legte die Fingerspitzen gegen sein Kinn. »Nein. Ich will schließlich die Leser überraschen. Sie müssen mir meine kleinen Geheimnisse schon zugestehen, Miss Lewis.«

Sian nickte. Unglaublich, diese Geste, wie er die Finger spreizte. Genau wie Killian. Sie starrte ihn an. Sie glaubte, auch eine gewisse körperliche Ähnlichkeit zu erkennen. Wenn es andere Voraussetzungen gegeben hätte, hätte Killian genau wie Sadler werden können, mutmaßte Sian.

»Gibt es einen festen Handlungsort wie die Stufenpyramide bei den ›Sechs Stufen zum Himmel‹?«

Die Muskeln seiner Wange zuckten leicht, als er lächelte. »Die Stufenpyramide behält natürlich ihre immense Bedeutung, aber ich habe auch wichtiges Material aus anderen Grabungsstätten in der Umgebung gewinnen können.«

»Material, von dem wir vielleicht schon mal gehört haben?«

»Ich glaube nicht, dass ich zum jetzigen Zeitpunkt mehr darüber sagen möchte, aber eine erst kürzlich erschlossene Grabungsstätte ist von besonderer Bedeutung. Ich nehme an, dass Sie bald davon hören werden.«

Sian stieß mit der Bleistiftspitze hart auf ihren Notizblock. Nun, das war irgendwie ein Eingeständnis. Sie hätte gern gewusst, ob er näher an dem fehlenden Fragment war als Adie, aber sie konnte ihn nicht direkt danach fragen.

»Stören Sie nicht mögliche Beschuldigungen?«, fragte sie, weil sie die Taktik ändern wollte. »Immerhin gab es mehrere Todesfälle, die mit Ihrer Arbeit über die Stufenpyramide in Verbindung gebracht wurden.«

Dareth rieb sich über die Seite seiner Nase. »Die Gerüchte über gemeinsam begangene Selbstmordfälle sind wenig fundiert und haben keine Verbindung zu meinen Arbeiten. Und bevor Sie etwas schreiben, was ich für verleumderisch halten müsste, will ich Sie noch daran erinnern, dass mein Buch *Sechs Stufen zum Himmel* bereits vor acht Jahren veröffentlich wurde. In den fünf Büchern, die ich seither geschrieben habe, ist enorm viel Material enthalten, und wenn man will, kann man unglückliche Unfälle um den ganzen Globus heranziehen und lose Verbindungen mit Geschichten in meinen Büchern suchen. Aber die Menschen sind eigenverantwortlich für das, was sie tun. Es bringt nichts, jemanden zum Sündenbock zu machen.«

Er beugte sich vor, als er seinen Vortrag beendet hatte. »Okay«, sagte Sian, ein wenig verlegen, und er ließ sich im Sessel wieder zurückfallen. Mit den Fingerspitzen trommelte er in einem leisen Rhythmus gegen das Holz der Lehne.

Ihre Frage hatte ihn irritiert. Sie drehte sich um und hoffte, dass Lana sich mit dem Milchkaffee näherte. Das Trommeln seiner Finger hatte eine einlullende Wirkung, und für einen Moment verlor sie ihre Konzentration. Sie schüttelte den

Kopf, als wollte sie wieder zu sich kommen. »Werden Sie wieder mit Dr. Carmichael zusammenarbeiten?«, fragte sie.

Dareth hörte plötzlich mit der rhythmischen Bewegung seiner Finger auf. Er antwortete nicht.

»Soll ich aus Ihrem Schweigen ein Nein schließen?«

»Kein Kommentar.«

Schließlich traf der Kaffee ein. Dareth beachtete ihn nicht. »Leider muss ich zum Ende kommen. Ich muss mich noch um einige andere Dinge kümmern.«

»Eine letzte Frage noch«, sagte Sian, während er sich bereits erhob. »Angenommen, jemand folgt jedem Buchstaben der magischen Formel, die Sie in Ihrem Buch beschreiben. Was erwartet ihn? Wird er sich wirklich mit Anubis treffen?«

Dareth bemühte sich um ein Lächeln. »Ich will nicht den Eindruck erwecken, ein Medium zu sein, Miss Lewis. Trotz weit verbreiteter Ansichten fehlt mir jede Erfahrung mit dem Leben nach dem Tod. Ich zeichne nur auf, was für jedermann zu sehen ist, wenn er nur Augen hat zu sehen. Jetzt muss ich aber zurück an meine Arbeit. Auf Wiedersehen, Miss Lewis.«

Sian stellte das Tonband ab und sah Sadler nach, wie er durch die Hotelhalle schritt. Sie hatte nicht viel erfahren, aber wenigstens kannte sie ihren Feind jetzt. Sie zweifelte nicht, dass er gefährlich war. Er zitierte angesehene Ägyptologen gern, um seinen Büchern Ernsthaftigkeit und Seriosität zu verleihen, denn damit ließen sich mehr Exemplare verkaufen, und ihm war völlig egal, ob er damit Karrieren und Leben vernichtete.

»Journalistin! Wenn ich das schon höre!«, rief Lana, als sich die Türen des Aufzugs schlossen. »Sie arbeitet für die ›Astral Times‹, das ist bestimmt ein Fanmagazin. Warum hast du dich überhaupt mit ihr abgegeben?«

Dareth legte eine Hand in ihren Nacken. »Weil man keine

Gefolgschaft gewinnt, wenn man sich von den Fans fernhält«, sagte er.

Lana drehte sich um und lehnte sich gegen die graue Metallwand. »Ist das auch der Grund, warum du an diesen schrecklichen *conventions* teilnimmst? Ich dachte immer, dass es dabei nur um die Verteilung von Werbeartikeln ginge und um Sex. Wie naiv von mir.«

»Sei nicht so hochnäsig, Darling. Diese *conventions* tragen zu deinem Gehalt bei.« Er umfasste ihre Unterarme und drückte sie fest an ihren Körper. Sie schürzte die Lippen und bleckte die Zähne, als er sie küssen wollte.

Dareth lachte und zwang seinen Mund auf ihren. »Womit hast du ein Problem?«, flüsterte er und strich mit der Zunge über ihre. »Sie wird aus den paar Angaben, die ich ihr gegeben habe, wahrscheinlich einen fünfseitigen Artikel schreiben. Die Leute reißen sich wieder um uns, Baby. Das sollten wir genießen.«

»Ich traue ihr nicht über den Weg. Ich bin sicher, dass ich sie schon mal irgendwo gesehen habe.«

»Ja, vermutlich auf einem Fantreffen.« Er saugte an ihrer Unterlippe.

»Vielleicht«, sagte sie, als sich die Lifttüren öffneten. »Aber ich bezweifle das.«

Dreißig Minuten später war es an Lana, sich überlegen zu fühlen. »So ein kriecherisches Luder. Ich wusste sofort, dass sie keine Journalistin ist. Sie ist eine der Lakaien von Carmichael. Sian Lawrence, BA, PhD von der Universität in Durham.«

Sadler schaute von der Auswahl vergrößerter Fotos des Wandgemäldes hoch. Eine Augenbraue hob sich. »Interessant. Ich wette, dass sie nicht in seinem Auftrag hier war. Bring mir den Laptop. Wir sollten uns auch die anderen Mitarbeiter genau anschauen. Nur für den Fall, dass sie sich noch weitere Überraschungsbesuche einfallen lassen.«

Sie gingen die Webseiten der Universität von Kairo durch, auf denen das Forschungsteam von Killian Carmichael vorgestellt wurde. Auf einer späteren Seite wurde das Projekt Killians recht verschleiert beschrieben, mehr als Saqqara wurde nicht erwähnt, und dann gab es einen Neueintrag mit einem Passbild des jüngsten Mitglieds des Grabungsteams.

»Sieh mal an«, sagte Dareth und tippte auf den Monitor. »Da ist noch ein vertrautes Gesicht.«

»Adine Hamilton«, las Lana. »Ist vor ein paar Wochen hinzugestoßen, um einen verunglückten Mann zu ersetzen.«

»Und ich weiß auch schon, wie sie zu ihrem Job gelangt ist. Diese Lady bläst wie eine Trompeterin.«

Lana starrte auf das Bild. Das ovale Gesicht blickte skeptisch in die Kamera. »Willst du damit andeuten, dass sie am Ritual teilgenommen hat? Denn ich habe sie nicht eingeladen, und du hast sie nur mit der Maske gesehen. Ich habe kein Wort mit ihr gewechselt.«

»Augen sind meine Spezialität. Hast du nicht erwähnt, dass es einen kleinen Zwischenfall wegen der Blumen gab?«

Lana strich glättend über ihren eleganten Pferdeschwanz. »Es ist ziemlich unwahrscheinlich, dass jemand aus Carmichaels Team sich all diese Mühe macht, nur um deinen Schwanz zu saugen, aber du hast immer schon die Verrückten angezogen. Hinter was sind sie her?«

»Vielleicht haben sie erfahren, dass ich hinter dem fehlenden Schwanz von Horus her bin«, spekulierte Dareth. Er ging hinüber zum Bett und streckte sich aus. »Oder sie wollen einfach nur sehen, wie die andere Hälfte lebt.«

»Vielleicht.« Lana legte sich zu ihm aufs Bett und grätschte über seine Oberschenkel. »Was willst du jetzt unternehmen?«

»Ich werde natürlich mit ihnen reden. Ich schätze, wir fangen mit Miss Hamilton an. Ich kann mir nicht vorstellen, dass ihr Boss erfreut ist, wenn er erfährt, dass seine Neue aus der Quelle meiner Weisheit getrunken hat.«

Lana strich mit einem Fingernagel den Saum seiner Hose entlang. »Jamal sollte kein Problem haben, sie sich zu greifen. Er verfolgt alle ihre Schritte. Ich werde ihn anrufen.«

»Ja, das ist eine gute Idee. Ich habe zu arbeiten.« Er schob sie von sich, und sie blieb ausgestreckt neben ihm liegen. »Und frage ihn, ob er das verdammte Tagebuch wiedergefunden hat. Es ist mir egal, ob er es verloren oder verkauft hat – ich will es zurückhaben.«

»Darüber habe ich schon mit ihm gesprochen. Er sagt, er hätte keine Ahnung.« Lana ging zum Nachtschrank und kam mit einer Rolle Papyrus zurück. »Das hier ist eine sehr gut gelungene Fälschung.«

»Achtet auf den Mann, der das Vertrauen missbraucht, denn er ist ein Freund der Nattern. Ihm soll die Zunge herausgeschnitten und der Mund mit Bitumen gestopft werden, damit er keine Lügen mehr verbreiten und keine Köstlichkeiten am Tisch des Osiris genießen kann«, las Dareth. »Das ist nicht schlecht.«

»Vielleicht solltest du den Autor anheuern. Der Text ist besser als der Schrott, den ich rezitieren muss.«

»Hüte deine Zunge«, blaffte er sie an. »Und sage Jamal, dass ich sein Maul mit Bitumen stopfe, wenn er mir nicht bald das Tagebuch zurückbringt.«

Adie nippte wieder an ihrem Limonensaft. Sie hatte sich mit Anton bei Fishwari verabredet, weil sie hoffte, dass die vielen Menschen ihr helfen würden, ganz natürlich zu reagieren. Aber das war ein Trugschluss. Das letzte Mal, als sie Anton begegnet war, hatte er ihren Körper mit Sirup bedeckt und ihre Kleider mit einem Messer geöffnet. Jetzt saß er ihr gegenüber am Tisch, als erwartete er, dass sie einen guten Witz erzählte.

Im Apartment war ihr alles so einfach vorgekommen. Sie brauchte ihn nur zu fragen, warum er sich für das Wandgemälde interessierte, dann würde sie ihn bitten, ihr bei der Suche nach Ihsan Fuad zu helfen. Aber jetzt, als er vor ihr saß, fiel ihr kein Eröffnungssatz ein, der nicht wie eine Beschuldigung klingen würde.

»Du scheinst dich hier nicht glücklich zu fühlen. Warum wolltest du mich treffen?«, fragte er, als das argwöhnische Schweigen sich immer länger hinzog und sie jedes Klicken der Dominosteine am Nebentisch hören konnten.

»Warum hast du mir nicht gesagt, dass du meinen Boss kennst? Warum bist du an dem Wandgemälde interessiert?«

»Welches Wandgemälde? Was hat Killian damit zu tun?«

»Er hatte also nichts damit zu tun, als du dich mir vorgestellt hast?«

»Nein.«

»Und warum wolltest du mich kennen lernen?«

Anton griff mit beiden Händen an den Tischrand. »Willst du es genau wissen? Ich habe dich nackt auf den Sanddünen gesehen, und ich war scharf auf dich. Ich wusste nicht einmal, dass du für Killian arbeitest – das hast du mir erst gesagt. Ich verfolge nämlich seine Arbeiten nicht mehr, das ist endgültig Vergangenheit.« Anton streckte einen Arm über den Tisch und griff ihre Hand. »Was ist eigentlich los?«

Adie zog ihre Hand zurück und legte sie in den Schoß. »Du bist kein Grabräuber?«

»Nicht mehr als du.« Antons mokkafarbene Augen blickten feindselig. »Hast du geglaubt, ich wollte dich ausrauben? Ich war nur an dir interessiert.«

»Was war denn gestern Abend? Sian hat mir gesagt, dass sie dich gesehen hat.«

Er verschränkte die Arme vor seiner Brust. »Ich habe mich für Sadlers Ganoven interessiert. Und was hast du mit Sadler zu tun?«

Ich habe ihn geblasen, wollte sie ihm ins Gesicht sagen, aber stattdessen drehte sie sich um und starrte auf die Dominosteine auf dem Nachbartisch, die wie eine Schlange aufgereiht waren. Das Gespräch verlief absolut nicht so, wie sie es sich vorgestellt hatte. Sie atmete tief durch. »Tut mir leid«, sagte sie. »Können wir noch mal von vorn anfangen? Ich suche jemanden, der im Cairo Museum gearbeitet hat, und ich dachte, du könntest mir bei meiner Suche helfen.«

»Wegen meiner Kontakte zur Unterwelt?«, knurrte Anton. »Weißt du, ich glaube nicht, dass ich dir dabei helfen will.« Er stieß seinen Stuhl zurück und stand auf.

»Anton, bitte. Er heißt Ihsan Fuad, und ich muss ihn finden, bevor Sadler ihn sich schnappt.« Sie griff in ihren Geldgürtel und legte ein paar ägyptische Scheine auf den Tisch. »Ich kann dich für deine Zeit entschädigen, du brauchst mir also nicht nur aus Gefälligkeit zu helfen.«

»Du kannst dein verdammtes Geld behalten. Willst du mich erpressen? Bakschisch mag zwar die Wirtschaft antreiben, aber mich kannst du nicht kaufen. Wir waren ein Liebespaar, Adie. Was ist passiert?«

»Anton, warte.«

Adie verstaute hastig die Banknoten in den Gürtel zurück, aber Anton hatte das Café schon verlassen. Sie sah sich in der Menge um, aber er war verschwunden.

Sie war nicht sicher, was sie jetzt tun sollte, und schlenderte ziellos an den Ständen des großen Basars vorbei. Sie sah alles, was sie vom Nahen Osten erwartet hatte; verschlungene Gassen, schmale Fenster der Geschäfte, überladene Marktstände. Schachteln und Kartons mit Lampen, Messingkesseln, Destillierkolben und Zauberbüchern, Gewürzen, Schlangen und Gold. Heiße verschwitzte Körper pressten sich gegen sie, und die Luft war zum Schneiden dick und stickig, angereichert mit dem Gemisch von Mensch und Tier, von faulenden Früchten und würzigen Kräutern.

Die Vielzahl der angebotenen Waren war schier unglaublich, ebenso das Gelände, auf dem sich alles abspielte. Im Zentrum des Marktes verlor sie jeden Orientierungssinn, und selbst der Stand der Sonne konnte ihr nicht helfen. Die Strahlen fielen durch die üppig gemusterten Stoffe.

Sie hatte sich mit Anton überworfen, dabei war er ihre einzige Spur, denn sie hatte sich vor ihrem Treffen mit Anton im Museum erkundigt, ob jemand ihr die Adresse des früheren Mitarbeiters sagen konnte. Sie hatte keine Ahnung, wohin sie nun gehen sollte. Die einzige Chance bestand darin, zurück nach Gezira zu gehen und das Telefonbuch zu durchwühlen.

»He, Lady, das ist kostenlos!«

Ein kleiner Junge, höchstens acht Jahre alt, packte ihre Hand und zog sie an einem Trog mit Schlangenhäuten vorbei in die schummrige Enge eines fuchsienroten Standes. Adie schaffte es, die schmutzige Hand des Jungen von ihrer zu lösen, und rieb sie verärgert an ihrer Hose ab. Sie schaute uninteressiert auf die Waren des Stands, ausgestopfte Kamele, ›Zauberpyramiden‹ aus Plastik und ›echte mumifizierte Hände‹.

»Kauf Geschenke«, lud er sie ein und begann, ihr verschiedene Artikel zuzuwerfen. »Das gefällt Ihnen. Gute Preise. Sehr billig«, sagte er und lachte breit, wobei er ihr seine Zähne zeigte. »Viele Verwandte zu Hause?«

»Nein, danke«, sagte Adie und stellte die Sphinx als Spardose auf die Tischdecke zurück.

»Sagen Sie Nagubi, was Sie haben wollen. Nagubi hat viele Freunde. Er kann Ihnen alles besorgen.« Der Junge fasste sie wieder am Arm an.

»Nein, danke«, wiederholte sie und versuchte, ihn abzuschütteln. »Ich brauche keine Geschenke.«

Der Junge gluckste. »Warum kommen Sie zum Basar, wenn Sie nichts haben wollen?«

»Ich habe mich mit jemandem getroffen.« Adie überlegte. Unter der Zeltplane des Standes gab es eine rosa Beleuchtung, die einen seltsamen Schimmer warf. In einem alten Limonadenkasten standen und lagen eine Menge irgendwie vertrauter Figuren. Sie hob eine auf, murmelte verdutzt »Sadler« und starrte auf die kleine Gestalt.

»Dreihundert Irsh«, sagte der Junge und streckte seine Hand aus.

Adie seufzte. »Einhundert, höchstens.« Sie hob die Figur hoch und ließ sie am Schlüsselanhänger baumeln.

»Zweihundert«, sagte der Junge. »Sehr preiswert. Gefällt Ihnen.«

»Nagubi! *Imshi!*«, rief eine gereizte Männerstimme.

Der Junge wich sofort zurück und tauchte unter das blassrosa Tischtuch. Adie sah ihn geduckt unter den Ständen verschwinden. Sie zitterte. Plötzlich fühlte sich der Tag kalt an, und sie vermisste die Wärme der Sonne.

Sie ließ die Figur in den Kasten fallen und war entschlossen, das Weite zu suchen, aber als sie sich umdrehte, stand der Mann mit der gereizten Stimme direkt vor ihr. Im Gegensatz zu Nagubi hatte das Grinsen des Mannes nichts Verlockendes an sich, es verstärkte nur die Falten um die schattigen Augen und betonte die halbrunde Narbe auf seiner Wange.

»Jemand will mit Ihnen sprechen«, sagte er und rückte ihr so nahe, dass sie den Gestank seines faulen Tabaks in seinem Atem roch. Adie wollte an ihm vorbei, aber er packte ihr Handgelenk und verdrehte es schmerzhaft. Sie atmete tief ein, um Luft für einen Schrei zu haben, aber er drückte ihr einen schmutzigen Finger gegen die Lippen. »Spielen Sie nicht verrückt. Dr. Hamilton, dann muss ich Ihnen auch nicht wehtun.« Sie unterdrückte ihren Schrei, und er griff nun ihren Oberarm. Adie ließ sich widerwillig durch eine mit einem Tuch verhängte Tür in einen Raum führen, in dem überall Kartons herumstanden.

»Wer sind Sie?«, fragte sie. Ihr Puls raste so schnell, dass ihr fast rot vor Augen wurde, und sie ahnte, dass ihr falscher

Ehering diesmal keinen Schutz bot. »Wer will mich sprechen?«

Er antwortete nicht, sondern schob sie vorwärts, in eine weitere enge Gasse hinein, ebenfalls mit einer Plane überdacht. Die Luft war schwer, geschwängert von Chemikalien, Farbstoffen und Sprühdosen. Kleider und Banner lagen auf jeder verfügbaren Oberfläche.

»Hilfe«, rief sie wortlos den Umstehenden zu, aber sie starrten nur mit blanken Blicken auf die sich sträubende Frau, und niemand wollte sich mit dem Mann mit der Narbe anlegen.

Schließlich, einige Biegungen später, stieß er sie durch eine Doppeltür in die kühle Halle eines schmuddeligen Hotels. »Nach oben«, sagte er dem Mann an der Rezeption. Adie nutzte den Moment, in dem er abgelenkt war, und trat ihm gegen sein Schienbein. Ihre schweren Stiefel trafen auf den Knochen. Der Entführer geriet ins Stolpern und stieß einen Fluch aus. Er streckte beide Hände nach ihr aus, erwischte sie an den Haaren und zerrte Adie in den Lift.

»Lassen Sie mich los!«, rief sie wütend, während er einige dunkle Strähnen ihrer Haare packte.

Er lachte und stieß sie mit dem Kopf gegen die Wand der Fahrstuhlkabine. »Ich habe Sie gewarnt, nicht die Heldin zu spielen.«

Adie schrie protestierend. Der Schmerz saß hinter ihren Augen.

Zwei Stockwerke hoch, dann hielt der Lift an, und sie gingen einen Korridor entlang, bis er eine Tür zu einem kleinen, düsteren Zimmer öffnete und sie hineinstieß. Adie stolperte und stürzte auf dem gefliesten Boden auf die Knie.

»Guten Tag, Dr. Hamilton. Schön, Sie wiederzusehen. Ich hoffe, Jamal hat Sie umsichtig behandelt.«

Die Stimme klang tief und melodisch. Adie hob den Kopf. Sie kannte die Stimme, obwohl sie ein paar Sekunden brauchte, bis sie wusste, wem sie gehörte.

Der Putz an den Wänden bröckelte, und das einzige Licht kam von einem Dachfenster. Der Mann, der sie hergebracht hatte, bewachte die Tür.

Dareth Sadler saß halb im Schatten.

»Was wollen Sie von mir?«, fragte Adie.

»Sie sind nicht zur Party geblieben. Ich habe Sie vermisst. Sie haben ein überzeugendes Talent, Doktor Hamilton, oder darf ich Sie Adina nennen?« Mit dem Kopf wies er auf einen Sessel. Adie zögerte, dann setzte sie sich. Dareth lehnte sich vor, kam aus dem Schatten und ließ sein Gesicht sehen. Adie hielt seinem Blick stand. Sie erinnerte sich an seine attraktiven grünbraunen Augen. Jetzt hatte er die Brauen zusammengezogen, was nicht zur schwachen Beleuchtung passen wollte.

»Kommen Sie zur Sache.«

Dareth lächelte dünn. »Ich glaube, wie sind beide hinter einer bestimmten Sache her. Ein fehlendes Stück in einem ungewöhnlichen Wandgemälde aus der dritten Dynastie.«

»Tatsächlich?«

»Ja. Vielleicht können wir zu einer Vereinbarung kommen, die uns beiden nützt.«

»Oh. Ganz sicher nicht.« Adies Herz raste. Sie überlegte, wie sie sich herausreden konnte. Wie war Killian auf diesen Kerl hereingefallen? Zu großes Selbstvertrauen, schätzte sie. Oder Unerfahrenheit im Umgang mit einem Ganoven.

Sie sah Jamal an der Tür stehen. Wie auf dem Sprung, dachte sie. Jetzt kann es jeden Moment passieren.

»Das ist Ihr Verlust«, sagte Dareth Sadler und legte sich in seinem Sessel zurück. »Ich bin sicher, dass Dr. Carmichael sich für die Tatsache interessiert, dass Sie an meiner Kostümparty teilgenommen haben.«

»Das werde ich ihm selbst sagen.«

»Und Ihren Job riskieren?«

»Das wäre besser, als Geschäfte mit dem Teufel zu machen.«

Sadler lachte, echt amüsiert. »Sie schmeicheln mir. Sie haben offenbar mehr Vorstellungskraft als Ihr Boss. Was sollen wir mit ihr anstellen, Jamal?«

Adie wartete nicht auf Jamals Antwort. »Sie können mir den Arsch küssen«, fauchte sie und sprang abrupt von ihrem Platz hoch, womit sie beide überraschte.

Jamal sprang sofort zu ihr, als sie zur Tür rannte. Adie tauchte unter seinen fliegenden Armen hinweg und war dann aus dem Zimmer. Sie hastete auf die Treppe zu und nahm drei Stufen auf einmal. Im Erdgeschoss hetzte sie zum Ausgang und stand wieder in der engen Gasse. Es gab nichts, woran sie sich orientieren konnte, deshalb lief sie dem Straßenverkehrslärm entgegen. Hinter sich hörte sie die schweren Schritte ihrer Verfolger. Sie drehte sich nicht nach ihnen um. Sie rannte an einigen uralten Gebäuden vorbei, bis sich die süßen Aromen von Kurkuma und Kreuzkümmel mit dem Geruch von Benzin vermischten – sie hatte eine Verkehrsstraße erreicht.

»He, pass auf!« Ein starker Arm umfasste ihre Taille und riss sie von der Straße zurück. »Hast du Todessehnsucht?« Adie würgte, als ihre Lungen eine volle Ladung aus dem Auspuff eines Busses schlucken mussten, der dicht vor ihr abfuhr.

Sie drehte sich in der Umarmung des Mannes um. »Anton!« Erleichterung ließ sie lächeln. Sie schaute hinter sich, aber von Jamal und Sadler war nichts zu sehen. Sie ließ den Kopf auf seiner Schulter ruhen, dann versteifte sie sich. »Was tust du denn hier? Bist du mir nachgegangen? Warum hast du mir dann nicht geholfen?«

»Ich weiß von nichts. Wobei hätte ich dir denn helfen sollen? Vor wem bist du jetzt weggelaufen?« Er zog sie weiter von der Straße zurück und führte sie zurück in die Gasse der Gewürzhändler.

»Sadler«, sagte sie knapp. »Was ist eigentlich los? Warum bist du immer da, wo er auch ist?«

Anton umklammerte Adies Hand, und sie blieben in der Tür zu einem kleinen Kräuterladen stehen. »Das ist ein Irrtum. Ich habe mit Jamal zu tun, nicht mit Sadler. Nicht alles dreht sich um dich und deine Grabung, Adie.«

Er rieb mit dem Daumen sanft über die schwellende Beule auf ihrer Stirn. »Das habe ich Jamal zu verdanken«, sagte sie.

Antons dunkle Augen verengten sich, während sich die Pupillen vor plötzlichem Zorn erweiterten. »Was für ein Bastard! Das wird er büßen!«

»Sollen wir zur Polizei gehen?«

Seine Finger strichen über ihre Lippen. »Das würde mir nicht helfen.«

Adie hielt ihn am Handgelenk fest. »Warum nicht? Anton, bist du etwa beteiligt an den verbotenen Geschäften mit antiken Gegenständen?«

Bei seiner Antwort blitzte es in seinen Augen. »Du fängst schon wieder mit deinen Anschuldigungen an!« Er legte eine Hand auf ihre Schulter. »Nicht alles in dieser Welt ist schwarz oder weiß, Adie. Ich sage dir noch einmal: Ich bin kein Dieb.«

»Aber du hast Kontakte zur Unterwelt, nicht wahr?«

Er neigte den Kopf. »Es gibt Familien in Kairo, die seit Jahrhunderten zu den Grabräubern gehören. Sie kennen Geheimnisse, die wir wahrscheinlich nie herausfinden werden. Und sie sind nicht mehr Diebe als wir. Vielleicht haben sie sogar größeren Anspruch auf die Schätze als wir.«

Adie konnte nicht glauben, was sie hörte. »Aber so viele Schätze gehen durch die Grabräuber für immer verloren«, wandte sie ein.

»Es geht um Knochen und Scherben, Adie. Wenn du deine Kinder nicht sattmachen kannst und tote Männer Gold vergraben haben, würdest du nicht danach graben? Auf meine Weise rette ich ein paar bedeutungsvolle Funde.«

Adie nickte ungeduldig. Dies war nicht der geeignete Augenblick, um ägyptische Sozialgeschichte zu diskutieren.

Sie konnte Antons Standpunkt nicht billigen, aber sie konnte ihn verstehen.

»Kannst du mir helfen, Ihsan Fuad zu finden?«, fragte sie.

Anton seufzte. »Ja, aber was habe ich davon?«

Adie sah ihn keuchend an. Sie hatte nicht wirklich damit gerechnet, dass er den als Dieb verdächtigten Mann kannte. »Du hast mein Geld nicht gewollt.«

»Es gibt andere Dinge als Geld, die einen Wert besitzen.« Im Rücken fühlte sie die kalte Berührung der Wand. Er grub die Hände in ihre Backen und senkte die Lippen auf ihre Augenbrauen. »Locke mich ein bisschen.«

Adies Körper reagierte sofort, der Adrenalinschock, den die Angst ausgelöst hatte, wandelte sich in Lust. Sie spürte das Ziehen zwischen ihren Beinen. Aber sie hielt sich noch zurück und berührte ihn nicht. Ihre Beziehung zu Killian war immer noch unsicher, und sie wollte sie nicht gefährden. Doch sie wich auch nicht vor Anton zurück. Und als er seinen Mund auf ihren drückte, öffneten sich ihre Lippen. Sie ließ es zu, dass seine Zunge mit heißen Stößen in ihren Mund drang. Seine Oberlippe schmeckte nach salzigem Schweiß, und seine Erektion drückte gegen ihren Unterleib. In ihrer Brust trommelte es wie verrückt, und ihr ganzer Körper flatterte wie ein Vogel im Käfig.

»Anton«, sagte sie, während sie sich an ihm festhielt. »Der Verkäufer.« Sie blockierten seinen Eingang. Die betäubenden Aromen schienen sich auf die Zentren ihrer Lust auszuwirken; sie fühlte sich lüstern und geil und schaffte es nicht, sich von ihm zu lösen.

»Pst«, zischte er und schob ihre Beine weiter auseinander. Er öffnete den Reißverschluss ihrer Hose und schob eine Hand hinein. Adie klammerte sich an seine Schultern, sie war sich der Marktbesucher bewusst, die nur ein paar Schritte von ihnen entfernt vorbeigingen. Jeden Moment konnten sie erwischt werden.

Mit zwei Fingern drang er in ihren Schlitz ein, und in ihrem Unterleib explodierte ein Feuerwerk. Die Röte, die auf ihren Wangen begonnen hatte, breitete sich bis zu den Brüsten aus. Sie spielte mit den Fingern in seinen Haaren und zog ihn näher.

»Man kann uns sehen«, flüsterte sie, während sie rhythmisch gegen seine Hand ruckte. Sie suchte die Erlösung, die er anbot.

»Ja, so ist es gut, bewege dich gegen meine Finger.« Sie spürte seinen Atem auf ihrem Hals. Sie spürte das scharfe Zubeißen seiner Zähne und wusste, dass er sie markieren wollte, aber sie hatte nicht die Kraft oder den Willen, ihn aufzuhalten, dafür fühlte es sich viel zu gut an.

Sie konnte sich ihrem Verlangen nicht widersetzen. Ihre Vernunft schien sich in dem Augenblick verabschiedet zu haben, in dem er ihren Reißverschluss aufgezogen hatte. Jetzt wollte sie eigentlich nur seinen steifen Penis mit ihren Händen greifen und streicheln, bis er sie bat, damit aufzuhören. Im nächsten Moment würde sie schon fühlen, wie er bis zum Anschlag in sie hineinstieß.

Adie strich mit den Händen von den Schultern bis zu den Backen über seinen Körper. Sie grub die Finger in sein Fleisch, als wollte sie ihn zwingen, ihre heiße Sehnsucht zu erfüllen. Er veränderte seine Bewegungen und umkreiste ihre Klitoris mit einem Finger.

»Vielleicht hast du Recht«, sagte er. »Bis zu meiner Wohnung ist es nicht weit, und da werden wir nicht verhaftet.«

»Und Ihsan?«

»Den kann man in der Dunkelheit leichter kontaktieren.«

Er überraschte sie, als er durch die Straßenunterführung in den Südosten der Stadt ging, wo die Stromkabel wie gigantische Spinnfäden zwischen Gruften und den Toten herunterhingen.

»Du solltest dir diese Gegend mal beim Festival ansehen«, sagte er, als sie am gewaltigen Friedhof vorbeigingen. »Die Leute kommen her und lassen sich zum Picknick nieder.«

Anton schloss die Tür zu einer Gruft auf, die offenbar sein Zuhause war. Er zündete eine Kerze an, bevor er die Tür verriegelte. Rechts standen ein kleines Waschbecken und ein Campingteekocher. Aus Steinen hatte er sich ein Regal gebaut, auf dem seine Kleider lagen, verschiedene Artefakte sowie eine Sammlung von Gewürzgläsern.

»Nimm Platz«, sagte er und wies auf das einzige normale Einrichtungsstück. Adie setzte sich auf die Matratze.

»Gibt es hier drinnen auch Leichen?«, fragte sie. Ihre Zehen hatten sich schon in den Stiefeln gekrümmt. Sie wusste, dass der Kairoer Nordfriedhof vielen Einwohnern der immer größer werdenden Stadt ein Heim bot, aber sie hatte nicht damit gerechnet, dass Anton auf diese Weise lebte.

»Sie sind ausgezogen, bevor ich kam. Mein Vorgänger hat sie an Touristen verkauft, um sein Studium zu bezahlen.«

»Du machst Witze, nicht wahr?«

Anton hob die Schultern, und Adie hatte keine Lust, das Thema zu verfolgen. Sie rutschte auf dem Bett weiter hoch und sah ihm zu, wie er eine Öllampe anzündete. Gelbes Licht fiel auf die Wände des kleinen Gebäudes und verlieh Antons Gesicht eine bronzene Tönung.

»Wo hast du denn dein Zelt?«, fragte sie.

»Ich habe es von einem Freund geborgt, genau wie das Pferd, obwohl nur ich es reite. Es tut mir leid, dass mein Zuhause nicht das ist, was du erwartet hast.« Er zog sich das Hemd über den Kopf und warf es in die Richtung eines geflochtenen Wäschekorbs. »Also, wo waren wir?« Er zog den Reißverschluss seiner Hose auf und ging auf sie zu, wobei er seine dicke, fleischige Erektion zeigte.

»Oh, ich ...«, murmelte sie, brach aber ab. Doch als der Penis vor ihrem Gesicht auf und ab hüpfte und sein Geruch in ihre Nase drang, starb ihr Protest, und ihre Lippen schlossen sich bereitwillig um die glänzende Eichel. In ihrem Mund schien er noch anzuschwellen. Adie hielt sich an seinem geöffneten Hosenbund fest, während er mit den Hüften nach vorn stieß und ihren Mund mit steigender Ungeduld füllte.

»Adie«, keuchte er, zog ihr Hemd hoch und sah den Verschluss ihres BHs vor sich. Er ließ sich nicht so einfach öffnen, doch dann hob er ihre vollen Brüste aus den Körbchen und presste sie zusammen.

Der Schaft rutschte aus ihrem offenen Mund und bebte einen Moment vor ihren glänzenden Lippen, dann presste er sich zwischen ihre Brüste. Dadurch zwang er sie auf dem Bett in eine kniende Position. Glitschig und nass glitt er zwischen den blassen Kugeln auf und ab. Der mahagonifarbene Kopf lugte bei jedem Stoß oben heraus. Sie fühlte, wie er sich versteifte, und sie dachte, er würde jeden Augenblick kommen, aber stattdessen stieß er sie zurück, brachte sie auf alle Viere und klatschte mit einer Hand auf ihren Po.

»Autsch«, rief sie überrascht. Der Klatscher war zwar laut, aber er schmerzte nicht wirklich; das Fleisch ihrer Backen kribbelte nur. Sie versuchte, nach vorn zu kriechen, und wieder schob er seine Hand nach unten, aber diesmal nur, um Adie festzuhalten.

Zum zweiten Mal an diesem Tag zog er den Reißverschluss ihrer Hose auf und entblößte sie. Adies Pobacken wärmten sich angenehm unter seiner Hand, und seine Lippen pressten sich auf die gerötete Haut.

Sie krümmte den Rücken und genoss die nasse, seidige Liebkosung. Sie stöhnte laut und spreizte die Beine weiter auseinander. Seine Zunge neckte ihre Klitoris. Er streichelte sie mit der Daumenspitze, bis Adie schwitzte, zitterte und ungeduldig bat, von einem dickeren Stab gepfählt zu werden.

Sie hielt sich krampfhaft am Laken fest. Seine seidig-weichen Haare strichen über ihren Rücken, was sie ablenkte. »Anton«, stöhnte sie. Sie griff seine Hand und drückte sie fester gegen ihren Schoß. Seine Finger quetschten die bebende Knospe. »Härter!« Sie drückte sich gegen ihn, und sein Schaft und die Hoden klatschten gegen ihre Backen.

Anton griff nach dem Regal zu seiner Linken und nahm eine neue weiße Kerze in die Hand. »Reibe dich damit«, wies er sie an, als er ihr den Wachsstab in die Hand drückte.

Ohne zu zögern spielte Adie mit der dicken Kerze und rieb sie gegen ihre empfindsame Öffnung. Ihr Geschlecht pochte. Sie versuchte, die Kerze in sich aufzunehmen. Ihre Muskeln pressten sich um den Wachs.

Anton schob sich um sie herum und presste die Penisspitze wieder gegen ihre Lippen. Adie nahm den Schaft bis zur Wurzel auf und melkte ihn mit langen, liebevollen Schlucken. Ihr Höhepunkt begann und löste ein Prickeln im ganzen Körper aus. In diesem Moment explodierte er in ihrem Mund. Sie krächzte lustvoll, während ihr Körper auf der missbrauchten Kerze hin und her rutschte.

Adie sackte zurück aufs Laken, sie keuchte und wurde heftig durchgeschüttelt. Sex mit Anton war stets unvorhersehbar und gut, aber ihr wurde bewusst, dass sie ihn besser jetzt als später aufgab, wenn sie Killian haben wollte.

Anton legte eine Hand auf ihre Schulter, dann kuschelte er sich an sie. Sie presste den Rücken gegen die Hitze seines Körpers und fühlte sich wohl bei ihm. Ein kleiner schwarzer Käfer kroch aus einer Ritze in der niedrigen Decke und verschwand in den Schatten der Regale.

»Weiß Killian von deiner Suche?«, fragte Anton. »Denn, um ehrlich zu sein, das hört sich nicht nach etwas an, dem er zustimmen würde.«

Adie wandte den Kopf, plötzlich neugierig auf den geheimnisvollen, selbstsicheren Mann an ihrer Seite. »Ihr wart mal eng befreundet, nicht wahr?«, fragte sie und fixierte sein Gesicht.

Die Matratze schwankte, als Anton sich aufrichtete. Er streckte einen Arm aus und berührte ihren Oberschenkel. »Wir waren Partner, Adie. Natürlich waren wir auch befreundet.« Er biss sich auf die Unterlippe, dann seufzte er. »Aber ich habe ihn seit Jahren nicht mehr gesehen. Es gab ein böses Ende.«

Adie richtete sich auf einen Ellenbogen auf und strich über seine langen Haare. »Ich kann mir nicht vorstellen, dass ihr beide zusammenarbeiten konntet. Ich meine, ihr scheint nichts gemeinsam zu haben.«

Anton setzte sich aufrecht hin. Die Federn quietschten, als er die Beine unter sich übereinander schlug. »Wir haben mehr gemeinsam, als du dir vorstellen kannst. Jedenfalls damals. Aber die Menschen verändern sich.«

Sie beobachtete, wie das Licht der Öllampe über seinen Rücken flackerte, als er sich über die Bettseite lehnte und eine große Keramikvase in die Hände nahm und leicht anhob. Er holte einen verbeulten Schuhkarton hervor, auf dem die Vase gestanden hatte. Dann kramte er in alten Gepäckscheinen herum, schob ausgetrocknete Kulis beiseite und zog schließlich ein mit Eselsohren versehenes Foto heraus, auf dem drei Männer zu sehen waren.

»Hier, falls es dich interessiert.«

In einer Ecke war das Foto besonders stark abgenutzt.

Adie starrte auf die Momentaufnahme. Sie hatte das Foto schon mal gesehen, eingerahmt in Joe Levines Haus, aber die beiden anderen Gesichter auf dem Foto hatten ihr nichts gesagt. Es zeigte die Jungen auf einer längst vergangenen Abschlussfeier. Der Mann in der Mitte war ihr alter Chef, und sein freundliches Gesicht ließ sie ein wenig lächeln. Er hatte sich nicht sehr verändert; um die Augen waren nur noch ein paar Falten hinzugekommen. Dass sie sich nicht verändert hatten, konnte man von den anderen Personen auf dem Bild nicht sagen.

Links von Joe stand eine jüngere Version des Mannes vor ihr. Seine dunklen Haare waren kurz geschnitten, und seine Haut war um einige Nuancen heller. Rechts stand Killian, eigentlich nicht zu erkennen mit seinen ungebändigten dunkelbraunen Haaren und dem breiten Grinsen. Er zeigte den Ausdruck eines jungen Mannes, der den ganzen Tag Champagner getrunken hatte, aber dahinter sah man den hungrigen Enthusiasmus.

»Mein Gott! Er sieht so anders aus!«

»Ich auch«, sagte Anton.

Adie schüttelte den Kopf.

»Nein, nicht auf diese Weise. Deine Haare sind anders, und du bist natürlich älter geworden, aber es zeigt immer noch dich. Killian ist ein völlig anderer Mann geworden. Weißt du, dass er komplett weiß geworden ist?«

»Nein, das wusste ich nicht, aber es überrascht mich nicht. Sein Vater hatte weiße Haare, und wenn es nicht seine Gene wären, dann hätte der Stress dafür gesorgt.«

»Auf diesem Foto sieht er nicht sehr gestresst aus.«

Anton schüttelte den Kopf. »Der Stress kam erst später, als die Dinge aus dem Ruder liefen. Dareth Sadler hat viel Schuld auf sich geladen.« Er rieb sich nachdenklich über die Lippen. »Erkläre mir doch mal, wie eine Einzelgängerin wie du zu Killians Team gestoßen ist. Du bist impulsiv und denkst mit dem Bauch, und das sind zwei Qualitäten, die er heute verabscheut.« Er sah sie kritisch an. »Schläfst du mit ihm?«

Adie ließ das Foto sinken. Sie öffnete den Mund, aber dann wurde ihr bewusst, dass sie nicht wusste, was sie sagen sollte. Die Wahrheit schien in ihrer Kehle steckenzubleiben. Nein, schrie sie innerlich. So war es nicht, sie hatte sich ihre Position ehrlich verdient. Erst seit sie für ihn arbeitete, hatte sich die Situation so kompliziert gestaltet.

Anton begann zu lachen, ein tiefes, verbittertes Lachen, das sowohl auf seine Kosten ging wie auf ihre. »Nun, das nenne ich Tradition«, sagte er glucksend. »Wir haben früher immer alles geteilt, aber die Zeiten haben sich ein wenig verändert, findest du nicht auch?«

Adie nickte. Plötzlich setzten sich die Puzzleteile zu einem komplizierten Ganzen zusammen. »Warum bist du weggegangen? Ich meine, gerade damals brauchte er seine Freunde.«

Anton nahm ihr das Foto aus der Hand und legte es zurück in den Schuhkarton. »Ich bin nicht weggegangen«, berichtigte er. »Die Affäre mit Sadler war schon acht Monate her, und wir waren auch nicht mehr in Ägypten. Wir lebten uns auseinander. Killian war ausschließlich an seiner verdammten Reputation interessiert. Ich befand mich mit dem ganzen Establishment auf Kollisionskurs wegen der Art der Forschung, die mich interessierte. Schließlich haben wir uns getrennt, als die Argumente zu persönlich wurden.«

»Du musst dich doch sonst wohin treten, wenn du hörst, wie erfolgreich er ist«, murmelte sie. Sie wollte ihn mit dieser Feststellung nicht beleidigen, aber sie bereute ihre Bemerkung sofort. Sein verletzter Blick drückte vielleicht seine Scham über seine offenkundige Armut aus, vielleicht auch über die Verachtung, mit der die Menschen ihn bestraften, mit denen er einmal auf einer Stufe gestanden hatte.

Anton langte nach seiner Hose. »Du solltest jetzt besser gehen.« Er warf ihr die Bluse zu, und Adie zog sie zögernd über den Kopf.

»Ich habe es nicht so gemeint«, sagte sie und wollte seine Hand berühren.

Anton wandte sich von ihr ab. »Ja, sicher. Das scheint heute dein vorherrschendes Problem zu sein. Nimm deine Sachen, dann begleite ich dich zur Straße, wo du ein Taxi anhalten kannst.«

»Was ist mit Ihsan?«

»Ich sagte, dass ich ihn finden werde. Du kannst mich am Montagabend im Philosopher's Circle treffen, dann werde ich dir sagen, wie es aussieht. Willst du mir sonst noch etwas sagen?«

»Franks. Dr. David Franks. Mit ihm hat er gearbeitet. Wir suchen ein Gipsfragment aus einem Wandgemälde. Es zeigt die Genitalien eines Pharaos.«

»Daran sollte man sich doch leicht erinnern können«, meinte Anton.

Als er die Tür öffnen wollte, ratterte sie plötzlich, weil von außen jemand dagegen schlug. »Geh zurück in den Schatten«, zischte Anton ihr zu und schob Adie in die äußerste Ecke der Grabkammer.

Sie sah ihm zu, wie er ein gebogenes Messer vom Regal nahm. Er hielt es mit der Spitze nach unten und ging gelassen durch den engen Raum, die Messerspitze auf den Boden gerichtet. Vorsichtig öffnete er die Tür.

Er schien entspannt zu sein und öffnete die Tür ein bisschen weiter. Aber das Messer hielt er fest in der Hand.

Adies Neugier war erregt, und sie schlüpfte leise aus ihrem Versteck.

»Wann?«, hörte sie Anton fragen.

»Viertel vor elf. Es ist alles vereinbart.« Es entstand eine Pause, als fürchtete sich der Besucher davor, weiterzusprechen. »Anton, weißt du überhaupt, auf was du dich da einlässt?«

»Jamal al-Aziz wird erfahren, dass ich Diebstahl sehr ernst nehme.«

»Also gut«, sagte die Stimme. »Ich wünsche dir viel Glück.«

Die Tür knirschte, als er sie von innen zudrückte, und Adie hatte sich wieder in die Schatten verkrochen.

»Bist du bereit?«, fragte Anton. Er schob das Messer zurück in die verzierte Scheide und legte sie auf das oberste Regal, dann stieß er die Tür weit auf.

Der Informant war nicht mehr da.

»Gehen wir.«

»Nein«, sagte Adie. »Zuerst sagst du mir, was, zur Hölle, das zu bedeuten hatte.«

Anton betrachtete sie einen Moment lang schweigend, dann rieb er die Finger nachdenklich über seine Lippen. »Ich habe dir schon gesagt, dass ich ein eigenes Interesse an Jamal habe. Jetzt will ich aber, dass du gehst, Adie. Ich muss mich auf ihn vorbereiten.«

»Vorbereiten für was?«

Er schüttelte den Kopf, und die langen Strähnen seiner Haare wischten über seine Schultern.

»Komm schon, Anton. Habe ich kein Recht, etwas mehr zu erfahren? Er hat mich an diesem Nachmittag entführt und hat mir diese verdammte Beule an der Stirn zugefügt. Wenn du auf Vergeltung aus bist, will ich dabei sein.«

Anton verschränkte die Arme vor der Brust. »Dies ist eine sehr ernste Angelegenheit, Adie. Geh zurück zu deinen Spaten und deinen Büchern. Wir sehen uns am Montagabend.«

Adie schüttelte den Kopf. Sie hatte selbst noch eine Rechnung offen mit Jamal, und sie bezweifelte, ob es einen Sinn machte, den Vorfall bei der Polizei zu melden. Es schien viel versprechender zu sein, sich mit Anton zu verbünden, um Gerechtigkeit wiederherzustellen.

»Dass es ernst ist, sehe ich selber«, sagte sie. »Niemand sonst, den ich kenne, öffnet seine Tür erst, wenn er sich mit einem Messer bewaffnet hat. Also, um was geht es?«

Sie ging auf ihn zu und griff nach dem Messer auf dem Regal. Sie erinnerte sich noch sehr genau, wie er die kühle Spitze gegen ihre Haut gedrückt hatte, vorige Woche im Zelt. Sie hatte vor Furcht und Erregung gezittert, und auch jetzt musste sie wieder zittern. Dicht oberhalb des Ausschnitts ihres Tops befand sich noch der schwache rote Punkt, wo er sie mit der Spitze geritzt hatte. Sie schüttelte sich.

Anton stieß die Tür wieder zu und schob den schweren Riegel vor.

»Es ist verdammt scharf«, sagte er und nahm ihr das Messer aus der Hand. Er legte es aufs Regal zurück.

»Ich will mit dabei sein«, sagte Adie.

Sie sah ihm zu, wie er sich resigniert aufs Bett fallen ließ.

»Was hat er dir getan?«, wollte Adie wissen.

Anton schnaufte. »Es ist eine Falle«, sagte er düster. Er stützte die Ellenbogen auf seine Knie, und seine langen dunklen Haare rahmten sein Gesicht ein. »Seit Monaten bin ich hinter ihm her. Du kannst mitkommen, wenn du unbedingt willst, aber ich kann weder für deine Sicherheit garantieren, noch für deine Reputation.« Er starrte sie an, und seine dunklen Augen schienen sich wie heiße Kohlen in ihre Haut zu bohren.

Sie hielt seinem Blick stand. »Ich bin ein großes Mädchen«, sagte sie lächelnd.

»Wie du willst. Und wenn du wissen willst, was er mir angetan hat ...« Die Sanftheit verschwand aus seinem Gesicht. »Er hat mich durch die Hölle gejagt, Adie. Und dafür ist er mir noch etwas schuldig.«

Vierzehntes Kapitel

Adie rief im Apartment in Gezira an, um Sian wissen zu lassen, dass es spät werden könnte. »Ich bin bei Anton. Er hilft mir, Ihsan zu finden«, sagte sie. Sian schien überrascht zu sein, fragte aber nicht nach Einzelheiten.

»Okay. Ich arbeite das Tagebuch durch, denn wir haben ja nicht die Garantie, dass Ihsan uns helfen kann. Wir sehen uns später. Versuch mal, dich aus Schwierigkeiten herauszuhalten.«

Adie lachte. »Mach dir keine Sorgen. Ich verspreche, ein braves Mädchen zu bleiben.« Sie legte auf und schaute Anton an. Manche Versprechen musste man brechen.

Der Himmel war dunkel, als sie schließlich den Nordfriedhof verließen. Anton trug seinen schwarzen Beduinenumhang, und er hatte darauf bestanden, dass sie auch eine ähnliche Verkleidung wählte, die er mit der Schere kürzte, um sie ihrer Größe anzupassen. Er hatte sich die Jambiya mit der verzierten Silberscheide um die Taille gebunden, und ab und zu konnte Adie sie im Mondlicht blitzen sehen. Sie fuhren mit dem Taxi nach Süden, verließen die Stadt und erreichten das Dorf Abusir. Von dort war es ein Fußmarsch von zwanzig Minuten bis zur Nekropolis in der Wüste.

Der nördliche Teil von Saqqara lag verlassen da. Die Touristen und Händler hatten sich zurückgezogen, und alle anderen, die geblieben waren, wussten, wie man sich geräuschlos bewegen konnte. Tintenschwarze Dunkelheit umgab die aufgebrochenen Hüllen der Grabkammern der frühen Dynastien, während der Wüstenwind zwar noch blies, aber längst nicht mehr so stark wie an den meisten Tagen.

»Da sind wir schon.« Anton blieb vor einer *mastaba,* einem Steingrab aus der ersten Dynastie, stehen. Der Eingang sah wie ein schwarzer Schlitz in der Steinwand aus, ein wenig gesichert durch eine Art Fallgitter.

Anton tastete in der Dunkelheit herum, bis er eine kleine Sturmlaterne gefunden hatte. Er zündete sie an. Die wärmende orangefarbene Flamme löste in Adie ein schlichtes Gefühl der Sicherheit aus.

»Pass auf, wohin du trittst«, warnte Anton sie. »Es gibt nur einen schmalen Sims, und dahinter geht es in die Tiefe.«

Adie zwängte sich durch den Eingang. Das trübe Laternenlicht gab den Blick auf eine enge Plattform frei, früher vielleicht einmal ein Treppenabsatz. Jetzt diente die Plattform in erster Linie als Standort für eine Leiter. Adie sah sich nervös um. Die Hauptkammer unter ihnen war nicht zu erkennen; die Laterne leuchtete nur das nackte Mauerwerk an. Stufen führten zur Decke, genau wie bei Djosers Pyramide.

»Das muss aber schon viel früher freigelegt worden sein«, murmelte Adie und folgte Anton in die Düsterheit. Unter ihren Umhängen fing sie an zu zittern, und sie wusste nicht, ob die Aufregung das Zittern auslöste, die unheimlichen Strömungen eines solchen Ortes oder die Furcht, jemanden wie Jamal hier zu treffen. Ihr war plötzlich auch bewusst, dass Anton keine Genehmigung hatte, sich um diese Zeit hier aufzuhalten, und diese Erkenntnis erhöhte ihre Anspannung noch. Sie wollte gar nicht erst über die Konsequenzen nachdenken, falls sie geschnappt wurden.

»Das heißt aber nicht, dass man jetzt nichts mehr findet.« Anton bot ihr seine Hand an, als sie von der Leiter trat, und hielt die Laterne hoch. Der Boden war pockennarbig und brüchig, und die Mauern bestanden aus ungleichen Steinen und Geröll, zerfressen von Zeit und Kriegen. Adie sah keine Anzeichen, dass hier mal ein Sarg gestanden hatte, aber zwei dunkle Bogengänge führten zu weiteren Räumen.

»Das sind Lagerräume«, sagte Anton, der ihre Blicke bemerkt hatte. »Rechts befand sich eine kleine Kornkammer, und links gibt es einen Raum, den ich als Vorratslager benutzt habe. Jetzt ist er voller Geröll, weil der Erdboden nachgegeben hat. Dies hier ist die eigentliche Grabkammer, aber die Mumie ist schon vor langer Zeit verschwunden.«

»Und wonach suchen wir?«

»Wir suchen nichts. Ich habe seit einigen Wochen versucht, Jamal zu locken, indem ich immer wieder hierhin gegangen bin, aber ich schätze mal, dass Sadler ihn auf Trab gehalten hat. Sonst hätte er längst herausfinden wollen, was ich hier treibe.«

»Und bist du sicher, dass er heute Abend kommen wird?«

»Nein. Sicher ist nichts, aber ich habe einen Tipp von einer zuverlässigen Quelle erhalten, dass Jamal heute Abend in Saqqara sein wird. Selbst wenn Sadler ihm den Rücken stärkt, wird er nicht so verrückt sein, irgendwas in eurem Projekt zu rauben. Er wird hierhin kommen, weil er weiß, dass die Behörden sich nicht mehr um diese alte Grabung kümmern.«

»Was hat er dir eigentlich angetan? Du hast dich nur vage dazu geäußert.«

Anton schürzte die Lippen, als müsste er nachdenken.

»Die Wahrheit«, sagte sie.

»Okay. Vor etwa achtzehn Monaten habe ich da draußen an einem *mastaba* gearbeitet und einige viel versprechende Funde sichergestellt. Ich hatte noch nicht mit Jamal zusammengearbeitet, aber ich hatte nie Probleme mit der Familie der al-Aziz gehabt, deshalb hatte ich keinen Grund, Jamal zu misstrauen.« Seine Hand ballte sich zur Faust, und nur mit Mühe öffnete er sie wieder. »Es war ein ganz gewöhnlicher Handel. Sie sollten die leicht verkäuflichen Waren erhalten, und ich behielt alles, was einen archäologischen Wert hatte. Ich würde es eine Weile überprüfen und es dann dem Museum übergeben. Alles lief ganz normal ab, bis ich eine Serie von Schilfmatten auf blauen Fliesen sowie eine Kiste mit Schmuck entdeckte. Da wurde Jamal gierig.«

Antons Kinn spannte sich. »Er hat mein Wasser mit einem Schlaftrunk präpariert und alles geraubt, was ich ausgegraben hatte. Als ich wieder zu mir kam, war alles weg. Was vielleicht eine bedeutende Grabungsstätte hätte werden können, war nur noch ein weiteres Loch in der Erde. Aber es kam noch schlimmer für mich: Er hat den Behörden einen Tipp gegeben, und ich wurde verhaftet.«

Er legte eine Pause ein. Zum ersten Mal bemerkte Adie die Schatten um seine Augen. Jedes Mal, wenn sie sich bisher getroffen hatten, war sie mit ihren eigenen Gedanken beschäftigt gewesen, mit Killian, Sadler oder dem vermissten Fragment. Über sein Wohlergehen hatte sie nie nachgedacht. Auch als sie herausgefunden hatte, dass er Killians Partner gewesen war, hatte sie nur an ihren Boss gedacht.

Sie strich mit den Fingern über die Linie seines Kinns; eine zärtliche Berührung. Anton nahm ihre Hand und drückte sie gegen seine Wange.

»Die Beschuldigung wurde schließlich fallengelassen, weil sie nicht nachweisen konnten, dass da unten irgendwas zu finden war.« Er ließ ihre Hand los. »Aber sie haben mir den Pass abgenommen und alle Papiere, mit denen ich mich hätte ausweisen können.«

»Und was ist dann passiert?«

Er senkte denn Blick. »Kennst du das Mogamma-Gebäude am Midan Tahrir?«

Adie nickte. Sie hatte von dem schrecklichen vierzehnstöckigen Monument der Götter der Bürokratie gehört.

»Ich habe fünfzig Tage dort verbracht und versucht, meinen Pass, meine Arbeitserlaubnis und meine Identitätskarte zurückzubekommen. Eine Person zu finden, dann die nächste, die unterschrieb und gegenzeichnete. Ich habe draußen vor Bürotüren gewartet, an denen das Schild hing »Komme bald zurück«, aber das konnte fünf Minuten oder fünf Tage bedeuten.«

»Und jetzt willst du mit ihm auch so verfahren?«

»So ähnlich. Wenigstens will ich ihn ein paar Stunden zittern sehen.« Er nahm ihre Hand und schüttelte seine Wut ab. »Lass uns das hier beenden, damit wir an die frische Luft kommen.«

Er führte sie in die rechte Kammer und holte einen kleinen Beutel unter seinem Umhang hervor. Er schüttete den Inhalt des Beutels auf dem Boden aus.

»Was machst du da?« Adie schaute ihm verdattert zu.

»Ich lege die Köder aus, mit denen ich ihm die Falle stelle. Nur ein paar billige Schmucksachen, Ohrringe und einen Kamm. Ich wollte die Sachen nicht hier unten lassen, denn dann hätte ein anderer Dieb sie mitnehmen können.« Aus einem anderen Beutel holte er eine kleine Statue hervor sowie ein Stück Alabaster, in das Hieroglyphen eingeritzt waren.

»Du lässt ihn diese Dinge an sich nehmen?«

»Gute Fälschungen, was?«, sagte Anton grinsend. »Ein Freund von mir hat sie hergestellt, obwohl er sich gewöhnlich auf mumifizierte Schoßhunde spezialisiert hat.« Er stellte die beiden Gegenstände auf einen Mauervorsprung gleich hinter der Tür. Adie nahm die kleine Statue in die Hand und besah sie von allen Seiten. Sie stellte einen Wächter dar und war so groß wie ein Unterarm. Er war so gemeißelt, als wäre er eingewickelt gewesen, und das Gesicht und die verschränkten Arme waren in einem trüben Braun gehalten, was auf das Alter der Statue schließen lassen sollte. Für eine Fälschung war es sehr gut gelungen.

»Was ist das für ein Geräusch?«

Anton zog sie in die Schatten. »Verdammt, er ist verdammt früh dran!«

Adie fühlte, wie alles Blut aus ihrem Gesicht wich. Wenn sie den Plan richtig verstanden hatte, dann sollten sie draußen sein, während Jamal hier unten die vermeintlichen Schätze einsammelte. Jetzt würde er hier unten sein und ihnen den Fluchtweg versperren.

»Bleib da«, zischte er. »Und gib keinen Laut von dir.«

Die Seitenkammer lag im Schatten, als Anton mit der Laterne in die Grabkammer schritt. Jamals gereizte Stimme klang laut und ganz nah.

»Guten Abend, Mister Kelly. Sie sind noch spät unterwegs. Wissen die Behörden von dieser Ausgrabungsstätte?«

»Was willst du?«

»Mein Eigentum, das du gestohlen hast, als du deine Visitenkarte in meinem Auto hinterlassen hast. Ich brauche das Buch. Jetzt sofort.«

»Ich habe keine Ahnung, wovon du redest.«

Adie verpasste Jamals Antwort. Dann, so rasch wie der Streit begonnen hatte, war er beendet.

Adie hörte einen dumpfen Fluch, gefolgt von einem kratzenden Geräusch.

Nichts hielt sie länger in ihrem Versteck. Sie musste wissen, was nebenan vor sich ging.

Sie strich an der Mauer entlang und lauschte angestrengt, während sie sich Fuß für Fuß vorwärtsarbeitete. Zwei Lampen beleuchteten nun die Hauptkammer. Die Männer standen nur ein paar Schritte voneinander entfernt, Jamal noch am Ende der Leiter, wodurch der Ausgang blockiert war, und Anton ihm gegenüber. Feuer brannte in Jamals Augen, und ein grausames Grinsen verzerrte sein vernarbtes Gesicht. Er hielt ein Messer in der Hand, keine verzierte und traditionelle Jambiya, sondern eine lange Waffe, die er in der Rückhand hielt. Die Schneide begann am Ende der Faust.

Anton hatte sein Messer noch nicht gezogen, stattdessen hatte er die Schärpe von der Taille genommen und hielt sie locker in beiden Händen.

Jamal zischte, als er nach vorn preschte. Die Klinge sirrte zweimal durch die Luft vor Antons Gesicht, dadurch wurde er nach hinten gezwungen. Die Klinge fetzte nach oben, auf Antons Kehle zu.

Adie riss entsetzt den Mund auf, aber der Schrei kam nie heraus. Im letzten Moment war Anton ausgewichen und hatte blitzschnell seine Schärpe um Jamals Arm gewunden. Aus der Schärpe war eine Schlinge geworden, die Jamal nach vorn zog. Beide Männer krachten gegen die rückwärtige Mauer, und die Klinge prallte an den Steinen ab.

Adie hielt den Atem an, als sie sah, wie Anton wegkrabbelte, von Jamal verfolgt. Diesmal wollte der Ägypter das Messer von oben auf Antons Kopf treiben, aber wieder konnte Anton rechtzeitig ausweichen, die Schleife fest zwischen seinen Händen. Aber das verhinderte die nächste Attacke nur für ein paar Sekunden – Jamal zerfetzte die Schärpe mit einem kurzen, schnellen Hieb.

Anton saß in der Falle.

Jamals bösartiges Grinsen wurde breiter, und er zischte etwas, was sich wie eine Drohung anhörte. Er schlug Finten mit dem Messer. Adie sah, wie sich das Lampenlicht auf dem Metall spiegelte. Die tanzenden Wellen in Gold und Orange waren hypnotisch, einschläfernd.

Plötzlich tauchte Jamal tief nach unten, und Adie hörte, wie Stoff zerriss. Ihr wurde bewusst, dass sie noch die kleine Statue hielt. Ohne nachzudenken, stürmte sie aus der Kornkammer und schlug die kleine Gestalt Sadlers mit voller Wucht auf Jamals Hinterkopf. Seine Augen wurden glasig, und er sackte langsam auf die Knie.

»Lauf!«, rief Anton. Adie ließ die Statue fallen und sprang auf die Leiter, die bedrohlich zur Seite kippte. Sie hielt sich an den Sprossen fest, kletterte hoch und stürzte hinaus in die frische Nachtluft.

Sie hörte ein Scheppern hinter sich. Anton hatte die Leiter

aus ihrer Halterung gerissen und umgestoßen, nachdem er sich durch die enge Öffnung gezwängt hatte.

»Hilf mir mit den Schienen«, rief er ihr zu und trat gegen die Keile, die eine Steinplatte über dem Fallgitter stützten. Adie zog an der größeren der beiden Schienen, während Anton mit den Füßen danach trat. Sie fielt auf den Hintern, als die Schiene nachgab. Die Platte bewegte sich. Adie zog mit den Fingern beider Hände an der anderen Schiene, während Anton sein Gewicht gegen den Stein stemmte. Die Platte ruckte, riss noch ein paar Keile mit und krachte dann hinunter. Der Eingang war versperrt.

Adie lag auf den Knien und starrte auf die Steinplatte. Sie waren in Sicherheit. Sie war in Sicherheit. Warum, zum Teufel, war sie überhaupt mitgegangen?

Anton drückte eine Hand auf ihre Schulter. »Gut gemacht«, sagte er, und sie erkannte, dass der gepresste Atem aus ihrem Mund kam. Sie schüttelte sich.

»Bist du verletzt?«, fragte sie. Auf der linken Seite seiner *galabeyya* befand sich ein langer Riss.

Anton führte eine Hand unter seinen Umhang, und als er die Hand zurückzog, war sie blutig. »Das ist nur ein Ratsch. Nicht sehr tief. Er hat mich erwischt, kurz bevor du dich eingeschaltet hast.«

Adie richtete sich auf. Sie wollte nach Hause und in ihr Bett gehen, wo es sicher und warm war und wo verrückte Ägypter nicht mit einem Messer herumfuchtelten.

»Warum hast du dein Messer nicht benutzt?«, fragte sie und starrte auf seine *jambiya*.

»Weil ich mir keine Mordanklage anhängen lassen will.«

Er ging hinüber zur Tür. Die Steinplatte passte nicht hundertprozentig; Jamal würde also nicht ersticken, aber es würde eine Weile dauern, bis er befreit werden konnte.

»Und was jetzt?«, fragte Adie. »Wir können ihn doch nicht da unten lassen.«

Anton schniefte. »Können wir nicht?«

Adie blinzelte ihn nervös an. Sie konnte nicht abschätzen, ob er es ernst meinte.

»Hör auf, dir Sorgen zu machen, Adie«, sagte er und ging den Weg, den sie gekommen waren, durch die Wüste von Abusir. »Ich werde ihn dort nicht ewig schmoren lassen. Morgen früh rufe ich die Behörden an.«

Er drückte eine Hand gegen sein Bein und zog eine Grimasse, als die Hand auch diesmal voller Blut war. »Verdammt, gehen wir. Ich muss das behandeln lassen.«

Adie lief zu ihm auf. »Lass mich mal sehen.« Sie hob den Saum seines Umhangs hoch und sah die Messerwunde. Ein dünnes Blutrinnsal lief an seinem Bein hinunter, und Ausgangspunkt war die Stichwunde am Oberschenkel. »Sie ist nicht tief, aber sie ist sauber, deshalb blutet sie auch weiter. Hast du noch eine Schärpe, mit der ich die Wunde verbinden kann?«

Er löste einen langen schwarzen Streifen vom Hals und reichte ihr den Seidenstoff. Adie band ihn um seinen Oberschenkel. Sie erinnerte sich, dass Killian sie auch auf diese Weise verarztet hatte, und ein leichtes Lachen bewegte ihre Lippen. Hoffentlich erfuhr er nie etwas vom Abenteuer dieser Nacht.

»Ich nehme an, das Tagebuch, das er unbedingt zurückhaben will, ist das Buch, das deine unternehmungslustige Freundin ihm aus dem Auto gestohlen hat. Ich muss ihr noch danken, dass sie auf diese Art auch zu meinem Plan beigetragen hat.«

»Und was geschieht jetzt?«

Er hob die Schultern. »Wenn ich mit Jamal abgeschlossen habe, gehe ich in die Wüste, Richtung Bahariya. Dort gibt es mehr Möglichkeiten für mein Gewerbe. Ich nehme an, du hast vom Tal der Goldenen Mumien gehört. Dort gibt es eine riesige Totenstadt mit Grabkammern und Beisetzungsstätten ganz normaler Menschen und von Angehörigen der Mittelschicht. Wir sprechen von der griechisch-römischen Periode, für die sich bis heute kaum jemand interessiert hat.«

Adie nickte. »Ich verstehe, dass du dich dafür interessierst.«

»Du kannst gern mitkommen.«

Sie schüttelte den Kopf. »Ich glaube nicht.«

Anton strich mit dem Daumen über ihre Wange. »Ich glaube es auch nicht. Ich wollte dich eher aus Höflichkeit fragen.«

Sie lächelten. Adie legte einen Finger um seine Hand. Sie wüsste gern, ob sie am Montagabend noch befreundet sein würden.

»Aber du wirst trotzdem noch mit Ihsan reden, nicht wahr?«

Er nickte. »Ich habe es dir zugesagt, also werde ich es tun. Um acht im Philosopher's Circle.«

Es war fast ein Uhr, als Adie das Apartment erreichte. Jason öffnete ihr die Tür. »Wir haben uns schon Sorgen um dich gemacht«, sagte er mit einem Gähnen. »Wir dachten, wir müssten einen Suchtrupp nach dir schicken. Aber Sian meinte, dass bei dir alles in Ordnung wäre.«

Adie lächelte ihn entschuldigend an. »Gibt es die Chance auf einen Kaffee?«

»Ja, sicher. Sian hält sich im Wohnzimmer auf. Sie hängt da schon den ganzen Tag herum.« Er drehte sich um und ging zur Küche.

Sian saß mit überkreuzten Beinen auf dem Boden, vertieft in Jacobs Tagebuch. Neben ihr stand ein Halbliterbecher mit Kaffee, und in einem Halbkreis um sie herum lagen Papiere. Sie schaute auf, als Adie eintrat.

»Was ist denn mit deinem Kopf passiert?«

Adie ließ sich links von Sian aufs Sofa fallen und strich sich mit einem Finger über die Beule, die Sians Frage ausgelöst hatte. Ihr kam es so vor, als wären Tage vergangen, seit Jamal ihr dieses Andenken verpasst hatte, aber wahrscheinlich hatte er noch eine größere Beule, die sie ihm mit dem Hieb mit der Statue zugefügt hatte.

»Einer von Sadlers Halunken hat mich im Basar gegriffen und mich zu seinem Boss gezwungen. Der schleimige Bastard hat erfahren, dass wir uns auf seine Party gemogelt haben, und wollte mich erpressen, ihm zu helfen.«

»Du hast ihm doch nichts erzählt?«

»Natürlich nicht.«

Jason kam herein und reichte Adie den Kaffee. »Soll ich dir heißen Kaffee beischütten?«, fragte er Sian. Sie schüttelte den Kopf, und er sagte: »Okay, ich gehe ins Bett. Fröhliches Jagen. Und vergeudet nicht die ganze Schlafenszeit.«

»Gute Nacht«, sagten die beiden Frauen.

Sian wartete, bis er die Tür hinter sich geschlossen hatte. »Also, was hast du diesmal getrieben?«

Adie starrte in ihren Becher. Der heiße Dampf wärmte ihr Gesicht.

»Ich schätze mal, dass du Ihsan nicht getroffen hast, sonst hättest du das schon gesagt, und ich glaube auch nicht, dass ihr euch nur unterhalten habt. Du musst bald entscheiden, wen du haben willst, denn Killian wird einen anderen Liebhaber nicht akzeptieren.«

Adie blies in ihren Kaffee. Sie sah den kleinen Wellen auf der Oberfläche zu. Sie nippte an der heißen Flüssigkeit, sagte aber nichts.

Sian schüttelte vorwurfsvoll den Kopf. Sie hob den eigenen Becher an die Lippen, hielt ihn eine Weile auf Mundhöhe und fragte dann: »Wie geht es nun mit Ihsan weiter?«

»Anton wird mit ihm reden. Wir treffen uns am Montagabend im Philosopher's Circle, dann wird er mir sagen, was es Neues von Ihsan gibt.«

»Ist das alles? Das hat aber verdammt lange gedauert.«

Adie reagierte nicht darauf. Sie wollte nicht über die Risiken sprechen, die sie in dieser Nacht eingegangen war.

»Hast du keine Entschuldigungen vorzubringen?«

Adie schüttelte den Kopf. »Wir haben ein paar Missverständnisse ausgeräumt, aber jetzt ist es vorbei mit ihm, also nach dem Montagabend.«

»Ich glaube immer noch, dass du verrückt bist«, sagte Sian und schlug im Tagebuch eine neue Seite auf. »Aber ich nehme an, dass du dir immer noch was von Killian versprichst.«

»Vielleicht.«

»Du solltest noch deine E-Mails anschauen. Du hast eine von Professor Levine erhalten.«

»Woher weißt du das? Hast du in meinen Sachen herumgeschnüffelt?«

»Du hast dich gestern Abend nicht abgemeldet.«

Adie stand auf und schaltete den Computer ein. »Hast du etwas Nützliches gefunden?«, fragte sie Sian, während sie darauf wartete, dass der Rechner hochgeladen wurde.

»Nicht wirklich, aber es ist interessanter Lesestoff. Jacobs hat einige Zeit mit Flinders Petrie in Gizeh verbracht. Was das Fragment anging, so habe ich bisher nur das gefunden, was wir schon wissen. Er hat es aus dem Gemälde gemeißelt, aber er schreibt nicht, wohin er das Fragment gebracht hat. Daher vermute ich, dass Sadler die ganze Liste durchgeht und nach Anhaltspunkten sucht. Ich habe ein paar Notizen gemacht.« Sie hob einige Papiere aus dem Halbkreis auf. »Aber es wird zur Tortur, allen Spuren zu folgen. Ich kann verstehen, dass Sadler unbedingt Informationen von dir haben wollte.«

»Willst du mir sagen, dass wir am Ende angelangt sind, wenn Ihsan nichts Neues zu sagen hat?«

»Ja, so ungefähr.« Sian schob ihre Finger zusammen und streckte sich. »Was schreibt der Professor?«, fragte sie und deutete auf den Bildschirm.

Adie drehte sich auf ihrem Stuhl. Sie drückte auf Joes Nachricht und machte sich auf eine Lektion gefasst, aber sie erhielt nur einen einzigen Satz. Keinen Gruß. Nur: ›Fragen Sie ihn nach Petra‹. Das war alles.

»Ich nehme nicht an, dass du Petra kennst?«, fragte sie Sian.

Ihre Freundin stand auf und kam zu ihr. Gemeinsam starrten sie auf den Schirm. »Keine Ahnung.«

Adie sah Sian an und biss sich auf die Lippe.

»Ich weiß nicht, was ich tun würde«, murmelte Sian. »Du kannst es versuchen. Stelle ihn zur Rede. Aber ich könnte auch gut damit leben, nicht in Killians trüber Vergangenheit zu fischen.«

»Was ist eigentlich zwischen euch beiden passiert?«

Jetzt war es Sian, die Unbehagen ausstrahlte. »Wie meinst du das?« Sie wandte sich ab, griff nach dem Tagebuch und verdrückte sich in den Sessel, der am weitesten entfernt stand. Sie setzte sich hinein und vertiefte sich in das Tagebuch.

»Man merkt dir eine seltsam beschützende Art an, wenn es um Killian geht. Wenn ich Fragen über ihn stelle, dann habe ich das Gefühl, ich wollte dich nach deinem Bruder ausfragen wollen oder nach einer alten Flamme.«

»Er hat mich abgewiesen, okay.« Sian zwang sich zu einem Lächeln. »Auf die denkbar netteste Art. Ich habe ihm einen Blowjob angeboten, und er sagte, ich sollte mein Angebot zurücknehmen, bevor er mich mit seinem emotionalen Ballast zuschüttet.«

»Oh«, sagte Adie. »Und dann?«

»Wir haben uns zusammengesetzt und getrunken. Zwei Wochen später hat er Bill angeheuert, und stattdessen habe ich mit ihm geschlafen. Aber Bill fing an zu klammern, und als dann Matthew kam, habe ich mit ihm geschlafen. Bist du jetzt zufrieden?«

Adie nickte. »Das sagt mir aber nicht, wer Petra ist. Ich

muss mir wohl überlegen, wie ich die Frage nach ihr am besten formuliere.«

Sian klatschte das Buch gegen ihre Stirn. »Weißt du, Adie, manchmal ist es ratsam, die Dinge einfach laufen zu lassen.«

Nach all den Abenteuern schlief Adie am nächsten Tag sehr lange. Schließlich wurde sie gegen Mittag von Samih geweckt. Sian hatte die Nacht auf dem Sofa verbracht und war immer noch da, gähnend blätterte sie die letzten Seiten des Tagebuchs um. Die Beule auf Adies Stirn hatte sich über Nacht zurückgebildet, obwohl die Prellung ein giftiges Gelb angenommen hatte. Nach einer ausgiebigen Dusche versuchte sie, die Verletzung mit Haaren und Make up zu verstecken.

Es war fast vier Uhr am Nachmittag, als sie sich wieder auf dem *dahabiyya* einfanden. Matthew und Lucas übersetzten Texte auf Siegeln. Killian hielt sich in der Küche auf. Adie sah ihm einen Moment von der Tür aus zu, als er Pfannen und einen Hackblock aus den Schränken holte.

»Sie kochen?«, rief sie ungläubig, als er aufschaute und sie in der Tür bemerkte.

»Nicht gut«, gab er zu und legte zwei dicke Zwiebel auf die verschiedenen Gemüse. »Ich schaffe drei Gerichte: Chilli, Garnelen mit *piri piri* und *tapioca* Pudding. Deshalb koche ich auch nur einmal im Monat.« Er öffnete einen Schrank und stellte eine Dose mit weißen Bohnen sowie mehrere Pfefferarten auf den Tisch.

»Ich schätze mal, dies wird kein *tapioca* zum Tee?«

»Dumme Sprüche kann ich in meiner Küche nicht brauchen.« Er rollte die Zwiebel in ihre Richtung. »Greif dir ein Messer und fang an zu schnipseln.«

Adie rollte die Ärmel hoch und stellte sich zu ihm an den Tisch. Sie griff nach einer Zwiebel und begann sie zu schälen, während er die Konservendose öffnete. »Warum *tapioca?*«, fragte sie.

»Meine Großmutter hat diesen Pudding immer gemacht, und ich habe ihr dabei geholfen. Schade, dass es mir nie gelungen ist, ihre Hühnersuppe nachzukochen, und auch ihre Yorkshire Puds habe ich nie geschafft.«

»Besuchen Sie sie noch?«

Killian schüttete die Bohnen in einen Kochtopf. »Manchmal. Sie ist jetzt in den Neunzigern und ein wenig hinfällig geworden. Aber sie hört immer noch gern, womit ich gerade beschäftigt bin.«

Adie betrachtete ihn wehmütig. Bisher hatte er nie von seiner Familie gesprochen, sie hatte stets geglaubt, dass er allein war, genau wie sie. Sie war fertig mit den Zwiebeln und sah ihm zu, wie er sie in die Pfanne warf, um sie anzubräunen.

»Hast du Glück bei der Schatzsuche gehabt?«, fragte er.

»Eh, nein«, log sie. In ein paar Tagen vielleicht, wenn sie das Fragment gefunden hatte, würde sie gern mit ihm darüber reden, aber jetzt hatte sie absolut keine Lust auf dieses Thema. Sie wollte nicht, dass ihr etwas von Anton herausrutschte oder von Matthews Fotos, mit denen Sadler sie erpressen wollte. Und über Sadler wollte sie erst recht nicht reden.

»Masud hat den Jagdinstinkt in dir geweckt«, sagte er. »Wenn du noch eine weitere Beschäftigung suchst, kann ich gern eine für dich finden.«

»Höre ich da die Angst heraus, ich könnte fündig werden?«

»Ich weiß nicht, worauf du hinauswillst.«

Er antwortete nicht, also beendete sie das Thema.

Eine Weile arbeiteten sie schweigend nebeneinander, hackten Gemüse und warfen die Schnipsel in die Pfanne. Schließlich war ihr Essen fertig. Killian schob den Deckel auf die Pfanne und ließ den Inhalt schmoren. »Dir ist es ernst mit mir«, sagte er, öffnete eine Flasche Rotwein und schenkte zwei Gläser ein.

Adie nahm ein Glas aus seiner Hand und setzte sich auf den Stuhl, den er für sie unterm Tisch hervorzog.

»Woran denkst du?« Killian streckte eine Hand aus und rieb mit dem Daumen über ihren Handrücken.

Adie starrte auf seine Hand und sah zu, wie er mit dem Ehering spielte, den sie zum Schutz von Sian erhalten hatte. Vielleicht war dies der richtige Zeitpunkt.

Killian ließ seine Hand in ihre gleiten und wischte mit dem Mittelfinger über ihr Gelenk. »Du willst immer noch über Sadler Bescheid wissen, nicht wahr? Warum ist das so wichtig?«

Adie hob die Schultern. Sie wollte wissen, warum es so ein großes Geheimnis um die Zusammenarbeit der beiden gab, aber in erster Linie interessierte sie sich für alles, was ihn betraf. »Wer ist Petra?«, fragte sie.

Killian trank einen Schluck Rotwein. Er sah sie an, und Adie erwiderte seinen Blick. »Josef?«, fragte er.

»Ich habe ihn per E-Mail über Sadler befragt. Er hat mir nichts dazu gesagt. Er hat nur geschrieben, dass ich nach Petra fragen sollte.«

Killian saß schweigend da, in sich gekehrt. Adie kaute auf ihrem Daumennagel.

»Wer war sie?«, fragte sie. »Hatte sie eine besondere Bedeutung?«

»Petra«, murmelte Killian. Seine Stimme klang tief und heiser. »Nicht sie und nicht wer, sondern wo.« Er hob die Hände und massierte seine Schläfen. »Nachdem Sadler das verdammte Buch veröffentlicht hatte, war meine Karriere in Ägypten ruiniert. Mir blieb nichts anderes übrig, als wegzugehen. Ich fand Arbeit in Petra, Jordanien, als zusätzliche Hilfe für Professor Wojcek von der Harvard University. Bei ihm wartete ich ab, bis sich wieder alle beruhigt hatten.«

Er stieß seinen Stuhl zurück, erhob sich und ging hinüber zum Kamin. »Wie viel weißt du eigentlich schon?«

Adie hob die Schultern.

»Nun gut, ich fange ganz von vorn an. Bei meinen ersten Projekten konnte es mir nicht schnell genug gehen. Wenn ich eine Skulptur fand oder einen Topf, dann riss ich den Fund an mich, versuchte ihn nachzubilden und überlegte, welche Aufgaben er früher gehabt hatte. Konnte ich ihn in Verbindung mit einem Ritual bringen, ließ ich das Ritual wiederaufleben. Ich dachte, das könnte mir eine neue Perspektive der Vergangenheit geben, aber das war Unsinn – ich war nur ehrgeizig und hatte wenig Ahnung. Sadler kam während meines ersten großen Projektes zu mir. Ich arbeitete mit einem Typen namens Anton Kelly zusammen, ein Freund aus Uni-Zeiten. Joe Levine war unser gemeinsamer Prof. Ihm hatten wir auch zu verdanken, dass wir auf dem westlichen Massiv der Djoser Pyramide arbeiten durften.

Sadler kam und erzählte, dass er ein Buch schreiben wollte, deshalb haben wir miteinander geredet. Er war an unseren Rekonstruktionen interessiert, besonders an den Dingen, die mit Zaubersprüchen zusammengebracht werden konnten. Erst als sein Buch herauskam, begriff ich, dass er die Sensationslüsternheit der Leute bedienen wollte – er hatte mich für seine Zwecke missbraucht.«

Er seufzte und schüttelte den Kopf. »Er hat mich zur Lachnummer degradiert, Adie, und obwohl Joe versuchte zu retten, was zu retten war, zogen sich die Sponsoren nach und nach zurück, und so mussten wir unser Projekt aufgeben.«

»Und danach ging es nach Petra?«

Killian nickte. »Anton und ich arbeiteten in den alten Grabkammern, die dort Teil der Steinstadt sind. Ich schätze, es war nicht gut auskommen mit mir. Wir haben viel gestritten. Er ging, und damit verließ mich mein letzter Verbündeter, und ich stand ganz allein.«

Killian hob den Deckel von der Pfanne und rührte wie wild herum. »Ich habe ihn seitdem nicht mehr gesehen, aber ich glaube, an dem Tag, an dem er mich verließ, hat er mir etwas genommen.«

Adie sah den Blick verbitterten Bedauerns in seinen Augen, und sie begriff zum ersten Mal, was es ihn gekostet haben musste, seine Karriere neu aufzustellen. Sie wollte etwas sagen, aber ihr fielen die richtigen Worte nicht ein. Stattdessen stand sie vom Stuhl auf und ging zu ihm. Vorsichtig streckte sie eine Hand aus, zögerte noch einmal und drückte ihre Finger in seine Schulter.

»Was ist dann passiert?«

»Ich habe die Grabkammer erst verlassen, als ich einen Plan hatte. Den Rest der Saison lief ich mit gesenktem Kopf durch die Gegend, dann kehrte ich nach Ägypten zurück und arbeitete noch härter als bisher. Jede archäologische Drecksarbeit, die ich kriegen konnte. Dann hatte ich das Glück, dass ich Masud kennen lernte. Er war bereit, mir eine Chance zu geben, aber trotzdem dauerte es noch fünf Jahre, bis ich zurück war.«

Killian schenkte sich wieder nach.

»Wie habt ihr euch kennen gelernt?«

Er trank einen Schluck. »In einer Hotelbar in Luxor. Er wollte ein Ferngespräch führen, die Leitung wurde aber immer wieder unterbrochen. Ich zeigte ihm mein Mitgefühl und spendierte ihm zum Trost einen Drink. Das war der Beginn; seither ist er mein Sponsor.«

Er drückte ihre Hand. »Fange ich an, dich zu langweilen?«

Adie schüttelte den Kopf. Er hatte ihr viel Stoff zum Nachdenken geliefert. Nachdem er ihr so viele Einzelheiten über sich erzählt hatte, fand sie es nur fair, ihm von den Fotos, von Sadler, Ihsan und Anton zu erzählen, aber sie hatte keine Ahnung, wie er reagieren würde.

Sie hob ihr Glas, nutzte diesen Moment, um den Augenkontakt mit ihm zu brechen, und atmete tief ein.

»Duftet gut«, sagte Sian von der Tür aus. »Lucas hat gesagt, dass ihr dabei seid zu kochen, deshalb wollte ich mal nachschauen.«

Sie kam in die Küche, griff mit einem Löffel in den Kochtopf und probierte. »Mmm, nicht schlecht. Aber irgendwas fehlt noch.« Adie sah ihr zu, als sie einen Schrank öffnete und eine Flasche mit Chillisauce herausnahm.

»Sian«, warnte Killian.

»Nur ein bisschen *juju.*« Sie fügte einen großzügigen Spritzer hinzu, bevor Killian eingreifen konnte. »Ihr wisst doch, dass Lucas es gern scharf hat«, sagte sie grinsend.

»Ich habe ihm gesagt, dass ich nur milde würzen würde.« Killian nahm Sian die Flasche aus der Hand. Er stellte sie auf das höchste Regal, das er finden konnte, und wandte sich an Adie. »Wenn es Klagen über das Essen gibt, richtet sie direkt an Sian. Ich weiß nicht, ob es dir schon aufgefallen ist, aber sie dreht gern die Leute auf. Das gibt ihr einen besonderen Kick.«

Das *juju* hatte seinen Zauber bewirkt. Das Chilli war scharf. Sie aßen an Deck, und große, gestreifte Jalousien beschützten sie vor der Sonne. Lucas aß, ohne zu murren, aber er dämpfte jeden Bissen mit zwei Schlucken Wasser, während Adie hart an sich arbeiten musste, um nicht zu lachen. Auch sie fand es ein bisschen zu scharf, aber Sian hatte offenbar Lippen aus Asbest, denn sie hatte als Erste den Teller leer und nahm sich einen Nachschlag.

»Was steht morgen auf dem Programm?«, fragte Adie.

»Wir fahren mit den Übersetzungen fort und machen Fotos in der Grabkammer«, sagte Killian. »Ich will einen akkuraten Bericht geben von allem, was wir vorgefunden haben, bevor wir alles einstampfen.« Er verließ seinen Platz am Tisch und schlenderte zur Reling. »Ich will, dass diese Dinge ordentlich erledigt werden.«

Sian schenkte sich ein Glas Wein ein. »Darf Adie helfen?«

Adie gab ihr einen Tritt unter dem Tisch, aber da war die Frage schon heraus. Und jetzt fügte sie noch hinzu: »Oder trauen Sie ihr noch nicht?«

»Sie kann dir bei den Skizzen und Zeichnungen helfen.« Er wandte sich an Lucas, der als Einziger keinen Wein trank. »Wie weit bist du inzwischen?«

»Wir stoßen immer wieder auf den einen Namen. Ich würde sagen, es besteht eine hohe Wahrscheinlichkeit, dass die Grabkammer für Huni bestimmt war. Wir müssen abwarten, was wir morgen herausfinden, aber wir könnten vielleicht doch seine Existenz nachweisen. Dabei wissen wir ja alle, dass der Existenznachweis der Pharaonen der frühen Dynastien sehr selten ist.«

Killian nickte. »Aber die Ebene der Dekorationen ist ungewöhnlich. Solche Details kennt man erst seit der fünften Dynastie. Wir wollen uns nicht in Spekulationen ergehen. Heute Abend soll sich jeder entspannen, und morgen stürzen wir uns in aller Frische in die Arbeit.«

Bald konzentrierte sich die Unterhaltung auf Szenen aus der Vergangenheit. Killian ging in seine Kabine. Adie hörte zu, wie Sian und Lucas sich daran erinnerten, dass sie eine ganze mumifizierte Katzenfamilie gefunden hatten, dann verdrückte sie sich und ging in Killians Kabine. Er hatte ihre Fragen über Sadler noch nicht beantwortet, aber sie begriff inzwischen, dass es keine einfachen Antworten gab. Sadler hatte ihm seine Träume geraubt und sein Leben aus den Angeln gehoben. Okay, er hatte sich wieder ein Leben und eine neue Karriere aufgebaut, aber er würde immer daran denken, was hätte sein können.

Sie klopfte, und als er sie hereinbat, entdeckte sie, dass er auf dem Bett lag.

»Müde?«

»Ich denke nach«, sagte er und streckte sich. »Ich denke

zu viel. Wie wär's, wenn du mich auf andere Gedanken bringst?«

Adie streifte ihre Stiefel ab und streckte sich neben ihm aus. Sie fragte sich, ob er sie auch dann in sein Bett eingeladen hätte, wenn er von Anton wüsste. Oder wenn er die Szene mit Sadler gekannt hätte. In ihrem Bauch hatte sich ein Klumpen von Schuldgefühlen gebildet, und so lag sie steif neben ihm. Natürlich hatten sie keinen Exklusivvertrag abgeschlossen, sie hatten überhaupt nichts abgesprochen. Sie hatten Sex, aber sonst schienen sich hohe Hürden zwischen ihnen aufgerichtet zu haben.

Killian schlang einen Arm um ihre Taille, aber dabei beließ er es. Er schien ebenfalls verspannt zu sein, und seine Stille schien die Klumpen in ihrem Bauch noch zu verstärken.

»Du hast immer noch eine Menge Fragen«, sagte er.

Sie rollte sich auf den Rücken. Einen langen Moment lang schaute er sie nur an, während Adie betete, dass er in ihrem Ausdruck nichts von ihrem Fehlverhalten lesen konnte.

»Wo kommt das her?« Er strich ihre Haare vom Gesicht zurück und strich sanft mit dem Daumen über ihre geschundene Haut an der Schläfe.

Adie hob eine Braue. Die Wunde war zu neu, um sie auf die Arbeit zu schieben.

Seine Lippen drückten sich auf ihre Wange.

»Ich hatte einen Zusammenstoß im Basar.«

Er hob den Kopf.

»Nichts Schlimmes.« Sie hob seinen Arm und schmiegte sich wieder an ihn. »Es war nur ein Missverständnis. Es gibt kein Problem, und es ist alles geklärt.«

Killian musterte sie argwöhnisch. »Stimmt das?«

»Ja.«

Er schien nicht ganz überzeugt zu sein, aber er verfolgte das Thema nicht weiter.

»Killian?«

»Ja?«

»Was würde geschehen, wenn Sadler etwas über unser gegenwärtiges Projekt veröffentlichte?«

Killian stand vom Bett auf und durchquerte das Zimmer. Adie richtete sich auf die Ellenbogen auf. Sie sah, dass er ein kleines viereckiges Tuch an sich nahm und dann in die obere Schublade seines Nachttischs legte. Es sah nicht danach aus, dass er eine Antwort geben würde.

Er drehte sich zu ihr um. »Welches Höschen trägst du?«

Adie setzte sich auf. »Was hat das mit Sadler zu tun?«

»Nichts.«

»Blaue Baumwolle.«

Killian zwang sich zu einem Lächeln. »Klingt nach Enid Blyton. Zieh es aus.«

»Was?«

»Zieh es aus.«

Adie stand vom Bett auf und öffnete den Knopf in der Taille. Sie zögerte einen Moment, bevor sie den Reißverschluss nach unten zog. »Warum?«

Killian hob einen Rasierer und bewegte ihn zwischen Daumen und Zeigefinger. »Ich dachte, du würdest dich ein bisschen trimmen wollen.«

Nun, Anton hatte ihr eine kleine Locke gestohlen – wollte Killian sie jetzt ganz enthaaren? Wie würde es sich anfühlen, wenn sie da unten völlig blank wäre? Sie hatte immer das seidige Gefühl nach dem Wachsen der Beine geschätzt. Und würde sich ihre Empfindsamkeit verändern?

Adie öffnete langsam den Reißverschluss, dann wandte sie Killian den Rücken zu, während sie ihre Hose nach unten schob. Sie bückte sich, damit er sich am Anblick ihrer Pobacken laben konnte. Sie schwenkte den Po leicht hin und her, schlüpfte mit den Daumen unter das Höschen und schob es langsam von den Hüften. Sie drehte sich zu ihm um, wobei sie die gekreuzten Hände scheu über ihre Scham legte.

Killian füllte eine kleine Schüssel mit warmem Seifenwasser aus seinem Kanister und ging damit zu ihr. Er brachte noch einen Schemel heran und hielt ihr ein Handtuch hin. »Setz dich«, sagte er und breitete das Handtuch über das polierte Holz des Schemels aus. Sie befolgte seine Anweisung, setzte sich auf die flauschige ägyptische Baumwolle, die Beine gespreizt. Sie schaute fasziniert zu, wie er ihre Löckchen einseifte und mit den Fingern über ihren Venushügel rieb.

Sie war mit einem oder zwei ihrer Liebhaber im Bad gewesen, aber keiner hatte sie jemals so intim gewaschen wie jetzt Killian. Es gab ihr ein seltsames Gefühl von Luxus, dass jemand diesen notwendigen Dienst übernahm, aber zugleich kam ihr seine Arbeit als eigenartig und unanständig vor.

Adie wand sich unter seinen Berührungen. Das warme Wasser, zusammen mit der delikaten Massage seiner Fingerkuppen, ließ ihr Geschlecht anschwellen. Ein Verlangen breitete sich in ihrem Unterbauch aus, und es fiel ihr schwer, ihre Position zu halten. Sie wollte nach seiner Hand greifen und sie zwischen ihre Schenkel drücken, sie wollte sie quetschen, während er mit dem Knöchel des Daumens über ihre Klitoris rieb. Ihr Orgasmus würde schnell und hart kommen. Adie hielt sich mit beiden Händen am Rand des Schemels fest und lehnte sich zurück, bereit für eine solche Berührung.

»Pass auf und schau zu«, sagte Killian, und ihr Blick fiel von der Decke auf ihren entblößten Schoß.

Seine Finger beendeten den Tanz und schlossen sich um den Griff des Rasierers. Hitze schien aus jeder einzelnen Pore zu dringen, als die Doppelklingen über die delikaten Stellen glitten. Er folgte jeder Falte, jeder Kurve und entfernte den seidigen Flaum mit sanften, vorsichtigen Strichen. Sie fühlte sich jetzt erst richtig nackt und entblößt.

Adies Atem klang hohl, bis sie ein Keuchen nicht mehr zurückhalten konnte.

Sie war völlig nackt.

Killian tupfte den letzten Seifenschaum mit einem feuchten Waschlappen ab, dann rubbelte er sie mit einer Ecke des Handtuchs trocken.

»Und jetzt?«, murmelte sie.

Killian richtete sich auf. Er streckte eine Hand aus, und Adie ließ sich von ihm auf die Füße stellen. Er erwartete, dass er sie zu seinem Bett führte und ihr die wenigen Sachen auszog, mit denen sie noch bekleidet war. Stattdessen hielt er ihr das blaue Baumwollhöschen hin.

»Gehen wir nicht ...?«

Die weiche Baumwolle bedeckte ihren frisch rasierten Venushügel und rieb gegen die pinkfarbene, empfindliche Haut. Sie wand sich vor Lust und Frustration.

»Wir haben Arbeit vor uns.« Er gab ihr einen Klaps auf den Po. »Tausende Fragmente müssen zusammengestellt werden. Kannst du dir eine schönere Arbeit an einem Sonntagabend vorstellen?«

»Ich ... ich dachte ... du Bastard«, fluchte sie, als sie sein Grinsen sah. Sie wollte mit den kleinen Fäusten gegen seine Brust hämmern. Killian lachte und fiel auf seine Knie. Er fuhr mit den Zeigefingern unter das Elastikband ihres Höschens und zog Adie an sich heran, näher an seinen Mund.

»Oh«, rief Adie aus, als seine Zunge durch den Stoff in ihren Schlitz stieß. Die weiche Barriere gab seiner Berührung eine federleichte Qualität, quälend und behutsam, aber doch so süß. Sie schwankte ein wenig und fühlte sich schwindlig, als er an ihrer Klitoris saugte. Er strich so hart über den kleinen Knopf, dass Adie geschüttelt wurde.

»Langsam«, bettelte sie. »Ich will mit dir zusammen kommen. Aber in mir. Bitte.«

Killian schaute zu ihr hoch, aber die Nase drückte noch gegen ihre Pussy.

»Bitte.«

»Also gut«, stimmte er zu, nahm sie an die Hand und führte sie zu seinem Bett. »Aber das Höschen bleibt an.«

Fünfzehntes Kapitel

Dareth Sadler trat auf den roten Teppich des alten Kinos. Schmiergelder und ein paar Drohungen hatten geholfen – er würde einen neuen wertvollen Kontakt herstellen können. Er schaute auf seine Uhr. Wo, zum Teufel, war Jamal? Er versteckte sich wahrscheinlich, solange er das Tagebuch nicht wieder aufgefunden hatte.

Dareth ließ sich in einen vergilbten roten Plüschsessel fallen und nickte der Gestalt zu seiner Linken zu. Auf der großen Leinwand lief *Diamantenfieber,* und Sean Connery würde bald von Bambi und Thumper zusammengeschlagen werden. Er verfolgte das Geschehen mit gelangweilter Miene, während die jungen Männer um ihn herum derbe Beifallsbekundungen schrien. Früher hätte er sich gewünscht, mal von solchen Schenkeln in die Mangel genommen zu werden, aber heutzutage zog er es vor, oben zu liegen.

»Sie sind spät dran, Mr. Sadler«, sagte die Gestalt im weißen Umhang neben ihm. »Mein Schwager ist ein bedeutender Mann. Er wird nicht warten. Er ist nicht so großzügig wie ich.«

Dareth wandte den Blick von der Leinwand und ließ sein bestes Lächeln sehen. »Ich bitte um Nachsicht. Ich habe erfahren, dass er ein Experte auf dem Gebiet der erotischen Kunst ist, nicht wahr?«

Der Mann griff über die Armlehne nach Dareths Hand. »Kommen Sie, lassen Sie uns das vernünftig regeln. Wir wissen, wonach Sie suchen. Andere Gruppen sind auch an diesem Gegenstand interessiert. Was haben Sie als Gegenleistung zu bieten?« Der Mann zeigte bei seinem Lachen das ganze Gebiss. Dareth zog seinen Arm zurück.

»Lassen wir zunächst klären, was ich bekomme. Ich gehe nicht davon aus, dass Sie den Gegenstand in Ihrem Besitz haben?«

»Mein Schwager kennt die Einzelheiten«, sagte der Mann. Er wich einer direkten Antwort auf die Frage aus. »Sie müssen mit ihm klären, ob Sie Ware oder Informationen kaufen. Natürlich kostet die Ware mehr.«

»Und wann wird Ihr Schwager eintreffen?« Dareth Sadler blickte in die Reihen der Zuschauer, um zu sehen, ob der geheimnisvolle Ihsan Fuad vielleicht anwesend war. Das Kino schien ein ausgefallener Treffpunkt zu sein, aber es hatte seine Vorzüge, zum Beispiel das ständige Geplapper der Zuschauer, das den englischen Text überlagerte und ein Mithören des Gesprächs unmöglich machte. Es war auch denkbar, dass sich einige von Fuads Leuten in den einzelnen Sitzreihen befanden. »Jamal hat mich im Glauben gelassen, dass Ihr Schwager mich selbst hier treffen würde.«

»Leider ist ihm das nicht möglich. Er kann Sie frühestens am Dienstagmittag treffen.«

Dareth schaute wieder auf die Leinwand mit den übergroßen arabischen Untertiteln. Ihm lief die Zeit davon. Carmichaels Frauen arbeiteten ebenso eifrig wie er selbst, um das fehlende Fragment aufzutreiben. Dies war die einzige Spur, die er hatte, und er musste das Risiko eingehen.

»Dienstagmittag also – und wo?«

»Die Gamal Caféteria in der Nähe des Al-Muizz Il Allah. Aber ich muss sicher sein, dass wir nicht unsere Zeit vergeuden, Mr. Sadler. Was können Sie anbieten?«

»Bar oder Naturalien«, fragte Sadler. Jamal hatte ihm beigebracht, wie man mit Ganoven verhandelte.

»Ah, ein Mann, der zu feilschen versteht! Dienstag, Mr. Sadler. Und bringen Sie Ihren Assistenten mit.« Der kleine

Mann erhob sich und schlurfte den Gang hinauf. Sein weißes Gewand ließ ihn wie ein Gespenst aussehen, das in der Dunkelheit verschwand.

Dareth richtete es sich gemütlich in seinem Kinosessel ein, um den Film zu genießen. Er hatte das Gefühl, dass er am Dienstag nur eine Straßenkarte erhalten würde, aber hoffentlich mit einem dick umrandeten X versehen. Dann würde es nur noch darum gehen, den Gegenstand in Empfang zu nehmen. Er freute sich schon auf die Reaktionen des Teams von Carmichael, wenn er das Fragment bei seiner Buchvorstellung präsentierte. Morgen würde er durch den Basar schlendern und seine Feilscherqualitäten unter Beweis stellen. Er wollte einen neuen Teppich haben, um Lana darin einzuwickeln.

Adie schaute die unheimlich wirkenden, aus Stein gehauenen Korridore des Serapeums entlang. Sie und Sian verbrachten die Zeit bis zum Treffen mit Anton in der riesigen Grabkammer der Apis-Stiere. Sobald sie den Kontakt mit Ihsan Fuad hergestellt und das Fragment gefunden hatten, würde sich die Bedrohung durch Sadler erledigt haben. Dass Fuad vielleicht gar nicht über die Informationen verfügte, auf die sie angewiesen war, wurde von Adie ignoriert.

Adie sah hinüber zu Sian, die auf ihre Uhr schaute. Sian hatte darauf bestanden, sie zu dem Treffen mit Anton zu begleiten.

»Noch fünf Minuten«, sagte Sian. »Komm, wir gehen.«

Unter dem Sand in Hunis leerer Grabkammer zuckte Matthew zusammen, als das harte, grelle Blitzlicht die düstere Umgebung aufhellte. Er war dazu verdonnert worden, länger zu arbeiten, und musste seinen Widerwillen vor Killian verbergen. Schlimmer noch: Wegen der engen Tunnel hatten sie keine gescheiten Lichtverhältnisse in der Grabkammer herstellen können, und jetzt war jeder Blitz eine heftige Erinnerung an die Fotos, die Lana aufgenommen hatte. Es war nicht nur Killians Reaktion, die er befürchtete. Er musste auch damit rechnen, dass sein Arsch der Gegenstand vieler Belustigungen im Internet würde.

Während sein Boss das Stativ neu in Stellung brachte, wischte sich Matthew den Schweiß von der Stirn und lehnte sich gegen eine Wand. Es war eine Schande. Endlich hatte er eine Frau gefunden, die bereit war, ihn schlecht zu behandeln, ihn zu schlagen und zu quälen, um ihn in den Wahnsinn zu treiben und dann zu bumsen, und dann stellte sich heraus, dass sie ihn nur hereingelegt hatte.

»Lege das Lineal einen Meter höher«, sagte Killian. Er hielt inne und starrte Matthew an. »Okay, rück raus mit der Sprache. Was stellen die beiden an?«

»Was? Nichts.« Matthew stieß sich von der Wand ab, als hätte er einen Stromstoß erhalten. Er hatte tatsächlich keine Ahnung, was Adie und Sian vorhatten, nur, dass sie jemanden treffen wollten. »Warum sind Sie so misstrauisch?«

Killian schnaufte, legte den Kopf schief und sah Matthew durch die Kamera an. »Weil du schuldbewusst aussiehst. Außerdem sind die Apis-Stiere nicht so aufregend.«

Matthew verrückte das Lineal, aber seine Gedanken blieben bei Lana. Ihm war klar, dass bald alles ans Tageslicht kommen würde. Er hatte das unbehagliche Gefühl, das ihn auch überfiel, wenn er sich übergeben musste.

»Lass mich mal raten. Sie verschwenden wieder mal ihre Zeit mit der Suche nach dem verdammten Fragment. Ich schätze, dass sie bisher noch nichts gefunden haben, sonst hätten sie wenigstens die Höflichkeit besessen, mich zu informieren.«

Matthew fuhr sich über die Lippen. Er langte nach seiner

Wasserflasche, aber sie lag nicht mehr da. Er musste sie in der anderen Kammer liegengelassen haben.

»Matthew«, sagte Killian. »Ich erwarte eine Antwort.«

»Ich bin mir nicht sicher. Ich glaube, dass sie sich mit jemandem treffen.«

»Und du weißt nicht, mit wem?«

»Nein.« Matthew fuhr sich wieder über die Lippen. »Hören Sie, Killian, da gibt es etwas, was ich Ihnen sagen muss. Ich hätte es Ihnen schon vergangene Woche sagen müssen.«

Killian richtete sich in seiner ganzen Länge auf und trat um das Stativ herum. »Weiter.«

»Am Donnerstag habe ich jemanden hierhingebracht. Es war ein böser Irrtum«, platzte er heraus. »Sie haben Fotos vom Wandgemälde geschossen. Ich glaube, sie haben für Dareth Sadler gearbeitet.«

»Du törichter Bastard.« Killian hob seine Hand, und die Finger spannten sich. »Warum erzählst du mir das jetzt?«

Matthew starrte zur Wand. »Adie glaubte, sie könnte irgendwie an die Fotos herankommen.«

»Willst du mir sagen, dass du mit Adie und Sian darüber gesprochen hast und nicht mit mir? Und die glauben nun, sie könnten mir helfen, indem sie sich mit Sadler im Serapeum treffen.« Er trat gegen einen Stein, der gegen den Sarkophag flog, von dem ein Stück des Reliefs abbrach. »Idioten!«, knurrte er. Er drehte sich auf dem Absatz um und stürmte wütend aus der Grabkammer.

Matthew wartete einen Moment, dann folgte er ihm vorsichtig bis zum Diebestunnel. Matthew hatte die jungen Frauen nicht mit hineinreißen wollen, aber Killian hatte seine eigenen Schlüsse gezogen. Jetzt würde es richtig ungemütlich werden.

Killians Zorn flammte in der Enge seines Schädels auf, bis kein Raum mehr da war für rationale Gedanken. Als er das Rasthaus erreicht hatte, war er sicher, dass er die beiden Frauen bei einem idiotischen Deal mit Sadler finden würde; der Autor würde alles über die Ausgrabungen herausfinden und sie ganz gewaltig betrügen.

Verdammte Närrinnen. Von Sian hätte er das nicht erwartet, und von Adie erst recht nicht. Verdammt, er hatte gerade begonnen, ihr zu vertrauen.

Er lief quer durch die pockennarbige Landschaft, direkt auf das Serapeum zu. Weiter unten standen die Statuen der griechischen Philosophen und Dichter, daher auch die Bezeichnung Philosopher's Circle. Er konnte drei Gestalten ausmachen, von denen eine zu Füßen Homers saß. Einen Moment später erkannte er Sians blonden Zopf.

Sie waren also nicht im Serapeum, dachte er und knirschte mit den Zähnen. Noch mehr Lügen, noch mehr Verrat. Er machte größere Schritte und konnte die Konfrontation nicht erwarten. Zorn über Hinterlist und Verrat pulsierte in seinen Schläfen. Er platzte in den Kreis hinein. Die beiden Frauen starrten Killian entsetzt an.

»Närrinnen«, schimpfte er, wandte ihnen den Rücken zu und stand seinem Feind gegenüber.

Aber es war nicht Sadler.

Anton.

Sie starrten sich einige Sekunden lang an. Seit sie sich vor all den Jahren getrennt hatten, war sein ehemaliger Freund sehr verändert; das früher einmal kurz geschorene Haar war länger und ungezähmter geworden, und feine Lachfältchen hatten sich um die Augen eingegraben, aber Killian hätte ihn überall wiedererkannt. Er trat unbewusst einen Schritt näher, dann blieb er stehen. Er erinnerte sich, wie groß ihre Träume gewesen waren, wie die ganze Geschichte der Menschheit darauf wartete, von ihnen entdeckt zu werden.

Dann erinnerte er sich wieder an den Artikel, der ihn der Lächerlichkeit ausgesetzt hatte, wie sie vor der Öffentlichkeit geflohen waren und sich in einer uralten Felsenfestung versteckt hatten, bis auch sein engster Freund und Verbündeter ihn verraten hatte. Jetzt tauchte er wieder in seinem Leben auf, genau wie der andere faule Apfel, Sadler.

Killian glaubte nicht an Zufälle. Es konnte kein Zufall sein, dass beide Männer zur gleichen Zeit wieder auf der Bildfläche erschienen. »Was, zum Teufel, heckst du wieder mal aus?«, fragte er Anton.

Bevor Anton reagieren konnte, schwirrte Adie herbei und stellte sich zwischen die beiden Männer. Sie fasste Killians Hand. »Er hilft uns. Er hat ein Treffen mit Ihsan Fuad arrangiert. Morgen früh. Er ist der Partner des Mannes, von dem Masud uns erzählt hat.«

»Adie, halt den Mund.« Er trat um sie herum, damit er Anton wieder ins Gesicht starren konnte. Sein Zorn hatte sich inzwischen in Verbitterung gewandelt. »Was machst du hier?«

Anton hielt dem starren Blick stand, und Killian begriff plötzlich, dass dies auch für den früheren Freund eine schwierige Situation sein musste. »Ich helfe einem Freund«, sagte er nur.

»Es wäre mir lieber, wenn du das nicht tust. Dies ist ein angesehenes Team, und wir wollen mit Grabräubern keine gemeinsame Sache machen.«

Anton versteifte sich. »Ich bin kein Grabräuber.«

»Bist du nicht?« Killian wich einen Schritt zurück. »Du hast dir einen Ruf erworben in den letzten Jahren, aber es ist kein guter Ruf. Ich weiß, dass das Museum Funde von dir annimmt, doch nur deshalb, weil niemand beweisen kann, dass du das Gesetz brichst. Aber deine abenteuerlichen Alleingänge werden meine Karriere wieder einmal gefährden.« Killian brach ab, als er begriff, dass ihn seine Argumentation in eine Sackgasse führte. »Ich kann nicht einmal mit dir reden«, sagte er.

Killian musterte wieder die Gestalt, die Anton geworden war, und dann verglich er ihn mit seinem eigenen Aussehen. Zu diesem Zeitpunkt und an diesem Ort konnten sie nicht wieder Freunde sein. Vielleicht nie mehr.

Er hielt Anton seine Hand ihn, der sie zögernd annahm und drückte. »Es tut gut, dich wiederzusehen«, sagte Killian.

Anton lächelte scheu. »Ich gehe jetzt besser.«

Als er sich umdrehte, wirbelte der Umhang um ihn herum. Im nächsten Moment war er im Zwielicht verschwunden.

Killian wandte sich an Adie. »Du wirst diesen Ihsan Fuad nicht treffen. Er ist ein Verbrecher.«

»Du kennst ihn?«, fragte sie ungläubig.

»Nein, ich kenne ihn nicht, aber ich habe von ihm gehört. Ich schließe die Tür zu unserem Arbeitsplatz jeden Abend nicht nur wegen Sadler ab. Obwohl, das wäre gar nicht nötig gewesen, doch das weiß ich erst seit heute Abend von Matthew.«

Weder Sian noch Adie brachten ein Wort heraus. Offensichtlich hatten sie nicht damit gerechnet, dass Matthew die Katze aus dem Sack lassen würde.

»Ich dachte, du hättest mehr Grips«, sagte er und sah Sian an.

Sie hob die Schultern, entschuldigte sich aber nicht. »Wenn Ihsan uns dieses Fragment bringt, kann Sadler mit diesen Fotos nicht mehr viel anfangen.«

»Du hättest das nicht für dich behalten sollen«, tadelte er.

»Vielleicht nicht, aber es hat sich eben so ergeben.« Sian streckte sich und lehnte sich gegen die Statue des Heraklitus.

»Du hättest mir von Sadler und den Fotos vom Donnerstagabend berichten müssen. Zu diesem Zeitpunkt hätte ich vielleicht noch etwas dagegen unternehmen können.«

Diesmal antwortete Adie. »Aber die Fotos werden wertlos

sein, wenn wir das vollständige Wandgemälde präsentieren können. Sadlers Buch basiert ausschließlich auf Mutmaßungen. Wir werden die Wahrheit herausfinden.«

Killian schüttelte wütend den Kopf. Sie hatten schon genug Zeit verschwendet, und er musste eine schnelle Entscheidung treffen. »Hört mir gut zu, ihr zwei. Ich will, dass jeder sofort zum Boot zurückkehrt, damit wir diese Sauereien aufklären. Ich rufe eine sofortige Pressekonferenz ein. Das mache ich zwar nicht gern, aber Sadler zwingt uns dazu. Wir müssen verkünden, was wir gefunden haben, bevor er die Fotos veröffentlicht und sich auch noch ein Exklusivitätsrecht herausnimmt. Wir erwähnen natürlich das Wandgemälde, stellen es aber hinter die Funde in der Grabkammer zurück.«

»Aber damit führen wir die Leute doch hinters Licht«, wandte Sian ein.

»Vielleicht. Doch seid ihr zwei nicht bemerkenswert gut, irgendwelche Geschichten zu erfinden? Ich bin sicher, euch fällt auch noch etwas zu unseren Funden ein.«

»Was ist mit dem Fragment?«, fragte Adie.

»Mir war es bitterer Ernst, als ich sagte, dass wir uns nicht mit Kriminellen einlassen. Wenn ihr wollt, könnt ihr später die Aufzeichnungen im Museum überprüfen.«

Fünfzehn Minuten später saß Adie auf dem Beifahrersitz von Sians Land Rover, als sie zurück zum Fluss fuhren. »Ich kann nicht zurück aufs Boot«, murmelte sie vor sich hin. »Sonst werde ich das Fragment nie in die Finger bekommen. Ihsan wird seine Informationen an Sadler verkaufen. Das hat er jedenfalls Anton gegenüber angedeutet.« Sie starrte dumpf durch die Windschutzscheibe auf die Staubwolke am Horizont. »Warum sagst du nichts?«

»Was soll ich denn sagen? Killian sagt, wo es langgeht, und er hält nichts von Risiken. Wir müssen den Journalisten etwas

Interessantes über eine leere Grabkammer erzählen, sonst kauft Sadler uns den Schneid ab.«

Adie spannte ihr Kinn. Sie war noch nicht zur Kapitulation bereit. Wenn Sadler das Fragment zuerst fand, würde die Niederlage eventuell bedeuten, dass sie keinen Job mehr hatte.

»Wo gibt es den nächsten Bahnhof?«, fragte sie.

»Sei nicht verrückt, Adie.«

Adie holte eine Landkarte unter ihrem Sitz hervor. »Al-Badrashein.« Sie zeigte mit einem Finger auf ein Dorf, das ein wenig nördlich vom Hausboot lag. »Bitte, Sian, wir dürfen nicht die einzige Chance vertun, die wir haben. Bring mich zum Bahnhof, dann kannst du zum Boot fahren.«

Der Zug bewegte sich unglaublich langsam Richtung Kairo. Die zweistündige Reise und die anschließende schlaflose Nacht im leeren Apartment in Gezira – Jason und Samih waren zum Hausboot bestellt worden – war die einsamste Zeit, die sie je verbracht hatte. Zum Glück gab es kein Telefon an Bord des Bootes. Sie konnte nur hoffen, dass Killian seine Wut nicht an Sian auslassen würde.

Spät am nächsten Morgen fuhr Adie Richtung Süden, vorbei an den schwarz-weiß gestreiften Gebäudekomplexen von Al-Ghoriyya im Herzen der Stadt. Sie folgte Antons Anweisungen. Das ferne Brummen des starken Mittagsverkehrs pochte in der trockenen Luft der City.

Die Caféteria, in der sie sich mit Ihsan Fuad treffen sollte, lag wie angeschmiegt zwischen dem letzten Kairoer Tarbuschhersteller und einem bizarren Kuriositätengeschäft, in dessen Schaufenster getrocknete Igel hingen. Adie schüttelte sich und ging auf die Türen im Saloon-Stil zu, durch die Tabakqualm und Schweißgeruch auf die Straße drangen.

Sian hatte sie mehrfach gewarnt, die *baladi* Bars zu meiden, weil die einzigen Frauen, die sich dort blicken ließen, Prostituierte waren. Aber ihr blieb keine Wahl. Wenn sie sich jetzt abwandte, würde die Welle der Publicity, die Sadler mit seinem neuen Buch auslöste, auch das Projekt und Killians Karriere unter sich begraben. Und jedem anderen Mitglied des Teams würde es nicht anders ergehen. Bei ihrer geringen Vor-Ort-Erfahrung würde sie kaum einen anderen Job finden können.

Sei tapfer, spornte sie sich an. Deine Zukunft hängt davon ab, Adie.

Ihre Augen gewöhnten sich nur langsam an die trübe Beleuchtung im Inneren. Sechs Steinstufen führten in einen kleinen quadratischen Raum, vollgestopft mit Tischen, und der aufsteigende Tabakqualm hing wie eine Wolke in Schulterhöhe, deshalb konnte man weder die Theke noch die Gesichter der Gäste sehen. Nicht viele Gäste waren da; eine Gruppe von drei älteren Männern hatte sich um ein Backgammonbrett geschart, und zwei Einzelgänger, der eine saß an der Theke, und der andere saugte intensiv an einer nach Äpfeln riechenden *sheesha.*

Das Klacken der Spielsteine und das leise Blubbern der Wasserpfeife verstummten, als Adie über den nackten Boden schritt. Sie konnte die Blicke der Gäste auf ihrem Körper fühlen; bewundernde Blicke, die sie auszogen. Sie hielt den Kopf nach vorn gerichtet, den Blick gesenkt. Was sie unbedingt vermeiden musste, war der Augenkontakt mit einem der Gäste, denn das wäre Anlass genug gewesen, sie anzusprechen.

Adie presste die Hände zusammen und versuchte, Trost durch ihren falschen Ehering zu finden. Anton hatte ihr gesagt, sie sollte an der Bar nachfragen. Er hatte ihr einen Zettel in arabischer Sprache mitgegeben, von dem er glaubte, dass er ihre Sicherheit garantierte. Aber allzu großes Vertrauen konnte sie nicht aufbringen.

»Ich soll mich hier mit Ihsan Fuad treffen. Ist er anwesend?«, fragte sie den bunt gekleideten Wirt hinter der Theke.

Seine verwaschene *galabeyya* schien mit irgendeiner Batiktechnik gefärbt zu sein. Er nickte, und zu ihrem Entsetzen wies er mit dem Kopf auf einen Perlenvorhang hinter der Theke. Von dort ging es in einen dunklen Raum, weg von der zweifelhaften Sicherheit eines öffentlichen Lokals.

Adie strich an den Tischen vorbei, aber vor dem schmutzigen Vorhang hielt sie kurz an. Was sie unternahm, war verrückt. Sie blickte zurück zu den männlichen Gästen, dann teilte sie den Vorhang mit einer unsicheren Hand, bevor sie die Nerven verlor, und rannte in den dunklen Raum hinein.

In der Mitte des kleinen Hinterzimmers standen ein Tisch und eine Reihe von Holzstühlen. Dicke Wandteppiche bedeckten die Steinwände, und über dem Tisch hing eine verzierte Glaslaterne, die rosafarbenes Licht spendete. Es sah so aus, als hätte jemand einen Harem geplündert, um eine Gefängniszelle ein bisschen gemütlicher einzurichten, aber sie sah immer noch ansprechender aus als die große Bar. Doch leider war der Raum leer.

Adie fürchtete eine Falle und wich hastig zurück, aber zu ihrem Entsetzen spürte sie einen heißen Atem in ihrem Nacken. Sie erstarrte. Sie hätte nicht herkommen sollen. Nicht allein, ohne Schutz. Zu spät erkannte sie, dass das Hinterzimmer keinen Ausgang hatte.

»Dr. Hamilton«, sagte eine Stimme hinter ihr. Das dritte Mitglied des Backgammon-Trios stand neben ihr in der Tür und zeigte ins Zimmer. »Ich bin Ihsan Fuad. Möchten Sie zu mir kommen?«

Adie betrachtete den kleinen, verhutzelten Mann argwöhnisch. Irgendwie hatte sie ihn sich anders vorgestellt.

»Ich sehe, dass Sie vorsichtig sind«, sagte er als Reaktion auf ihr Zögern. Er sprach ein gutes Schulenglisch. »Sie tun gut daran, aber ich versichere Ihnen, dass ich derjenige bin, für den ich mich ausgebe. Dr. Kelly hat Ihnen von mir erzählt, nicht wahr?«

»Ja.«

»Nun, ich vertraue Ihnen, dass Sie die Person sind, die Sie zu sein behaupten. Bitte, treten Sie ein, denn da drinnen können wir uns freier unterhalten. Möchten Sie irgendein Erfrischungsgetränk?«

»Nein, danke.« Adie ging hinüber zum Tisch und setzte sich auf einen der Stühle, den Perlenvorhang im Blick. Ihsan nahm ihr gegenüber Platz und beobachtete sie ein paar Momente lang. Adie spielte nervös mit ihren Haaren. Die Ruhe, die er ausstrahlte, erhöhte ihre Anspannung noch.

»Ich suche das fehlende Fragment eines Wandgemäldes aus einer der Grabkammern in Saqqara. Dr. Franks meinte, Sie könnten vielleicht wissen, wo ich es finde«, platzte sie heraus.

Ihsan hob eine Hand. »Dr. Kelly hat mir das erklärt. Ja, ich weiß, wo Sie etwas in dieser Art finden können. Ob es wirklich das ist, was Sie suchen, ist völlig unsicher. Aber lassen wir uns Zeit, Dr. Hamilton. Erzählen Sie mir von sich, bevor wir zu feilschen anfangen. Ich möchte gern wissen, mit wem ich es bei einem Handel zu tun habe.«

»Okay.« Adie drückte ihre Hände im Schoß zusammen. »Aber ich habe es eilig. Dieses Fragment ist wichtig für mein Projekt. Ich bin eine Archäologin, und ich weiß, dass Sie früher auch auf diesem Gebiet geforscht haben.«

»Ich bin immer noch Archäologe. Die Berufung hört nie auf.« Er rieb mit den Fingern über seine Lippen und lächelte. »Erzählen Sie mir mehr.«

Adie zögerte. Sie war sicher, dass er nicht daran interessiert war, von ihren Lieblingsbüchern zu hören und von ihren bevorzugten Restaurants. »Da gibt es nicht viel zu erzählen. Ich war immer schon versessen auf Archäologie, schon als Kind. Dass ich nach Ägypten kommen konnte, war ein Traum«, sagte sie schlicht.

»Dieses Ägypten hat vor mehr als zweitausend Jahren aufgehört zu existieren. Aber wie alle von Ihrer Sorte lieben Sie nur die Vergangenheit.«

Adie starrte ihn an. Hörte sie da einen Vorwurf, oder wollte er sich nur lustig über sie machen? Sie dachte an die Dinge, die Anton ihr gezeigt hatte, an den Jungen im Basar und sogar an den Verkehr in Kairo.

»Seit ich hier bin, habe ich das lebendige Ägypten kennen gelernt, aber auch die Stadt der Toten. Und ich habe schon vorher gewusst, dass das Leben der gewöhnlichen Leute nicht weniger wert ist als das Leben eines Pharaos. Ja, es stimmt, dass ich seit meiner Ankunft viel nachgedacht habe.«

Ihsan betrachtete sie. Er schien mit ihrer Antwort zufrieden zu sein.

»Bevor wir fortfahren, Dr. Hamilton: Sie sollen wissen, dass ich zugestimmt habe, Sie vor den anderen zu treffen. Sie werden wissen, dass es auch andere interessierte Parteien gibt. Aber Dr. Kelly hat meinen Freunden in der Vergangenheit einige Male geholfen. Wenn wir allerdings heute keine angemessene Lösung finden, werde ich Verhandlungen mit anderen aufnehmen, und ich kann nicht versprechen, ob ich zu einem zweiten Treffen mit Ihnen bereit bin – auch nicht für eine Freundin von Anton Kelly.«

»Ich verstehe. Aber welche Garantie habe ich?«

»Keine. Sie werden mir vertrauen müssen. Ich bin allerdings ziemlich sicher, dass unser Fragment sich noch an dem Platz befindet, an dem ich es zurückgelassen habe. Es ist gut versteckt.«

»Versteckt? Warum?«

»Weil ich geplant hatte, es zu stehlen. Aber dann wurde ich entlassen.«

»Sind Sie wegen Diebstahls entlassen worden?«

»Es gab keine Beweise, nur einen Verdacht.«

»Und wie kann ich das Fragment finden?«

Ihsan drückte die Finger gegeneinander und tupfte sie auf

seine Lippen. »Für eine Archäologin sind Sie sehr ungeduldig, Dr. Hamilton, sogar noch ungeduldiger als Dr. Sadler. Ich werde es Ihnen erklären, aber vorher müssen wir über die Bezahlung sprechen.«

Er verhandelte also schon mit Sadler. Adie krampfte die Finger einer Hand um den Tischrand. Ein habgieriges Zwinkern leuchtete plötzlich in Ihsans dunklen Augen auf, das durch die vielen kleinen Falten um die Augen noch deutlicher wurde. Sie fragte sich, ob das Bündel alter Scheine, das sie in ihre Taschen gesteckt hatte, ausreichen würde. Wenn es um eine Auktion ging, würde Sadler die Nase vorn haben.

»Wie viel?«, fragte sie

Ihsan stand von seinem Stuhl auf und kreiste um den Tisch herum, bevor er neben ihr stand und seine ausgemergelten Hände auf den Stuhl neben ihrem aufstützte. Adie versteifte sich sofort. Er lehnte sich ein wenig auf sie zu und schaute tief in ihre Augen. »Ich will Ihr Geld nicht, Dr. Hamilton.«

Adies Stuhl schabte laut über den Boden, als sie von ihrem Sitz aufsprang. Sie geriet leicht ins Stolpern, konnte sich dann aber am Tisch festhalten.

»Bitte, setzen Sie sich, meine Liebe.« Ihsan wies auf ihren Stuhl, aber Adie ignorierte ihn. Sie zog es vor, auf den Beinen zu sein, falls sie davonrennen musste. Ihsan schüttelte den Kopf und gab einen Seufzer von sich. »Also gut. Ich möchte Ihnen etwas zeigen.«

Er zog ein Päckchen aus seiner Jackentasche, knapp dreißig Zentimeter lang. Adie starrte verwunderte auf den zerknautschten gepolsterten Umschlag und war gespannt. In der Tüte befand sich ein länglicher Gegenstand, der durch einen mit Noppen versehene Kunststofffolie geschützt wurde. Ihsan befreite den Gegenstand von der Noppenfolie und enthüllte einen glatten Penis aus Marmor, der abgeschnittene Stolz irgendeiner antiken Statue. Adie runzelte die Stirn. Was erwartete er von ihr – sollte sie das Ding identifizieren?

»Griechisch, glaube ich«, sagte er, womit sie ihre erste Annahme ausschließen konnte. »Wahrscheinlich 50 vor Christus. Es wurde mir vergangene Woche von Alexandria aus geschickt. Ich habe schon einen Käufer, aber er hat einen ziemlich ausgefallenen Geschmack, und das ist der Grund, warum ich Sie um Ihre Hilfe bitte.«

Adies Stirnfalten vertieften sich. Ihr Blick wandte sich unbehaglich vom weißen Marmorpenis zu Ihsans verschlagenem Lächeln und wieder zurück. »Was genau wollen Sie mir sagen?«

»Betrachten Sie es als Austausch von Gefälligkeiten. Ich liefere Ihnen alle Informationen, die Sie benötigen, um Ihr kostbares fehlendes Fragment zu finden, und als Gegenleistung liefern Sie ein bisschen Gleitcreme für dieses Gerät.« Sie sahen sich wieder in die Augen.

Adie setzte sich verdutzt hin. Er sprach ganz bestimmt nicht von einem Gleitmittel aus der Tube. Ihr Mund öffnete sich, aber kein Laut konnte ihre Wut ausdrücken. Sie wollte ablehnen, aber kein Wort kam über ihre Lippen. Ohne Ihsans Hilfe würde sie das Fragment niemals finden.

»Soll ich damit masturbieren?«, brachte sie mit quiekender Stimme hervor. Es war eigentlich nicht zu glauben. Nur ein Vorhang aus Perlen trennte dieses Zimmer von der Bar, und jeden Augenblick konnte jemand hereinkommen.

Ihsan grinste und zeigte eine Reihe gelblicher Zähne. »Um es ungeschminkt zu sagen – ja. Stimmen Sie meinem Vorschlag zu? Ich brauche ein Foto als Beweis.« Er stand auf und nahm eine Polaroidkamera von einem Regal.

Adie schluckte den Kloß in ihrer Kehle. Wenn sie nicht zustimmte, würde Dareth Sadler ganz sicher eine Frau finden, die ihm zuliebe mit dem Marmorschwanz hantieren würde. Bestimmt würde Lana es machen.

»Ich weiß nicht«, sagte sie zögernd. »Jemand könnte durch den Vorhang hereinkommen.«

»Niemand wird hereinkommen. Ich gebe Ihnen mein Wort.«

Adie schüttelte den Kopf. Es war zu riskant. Es war zu schmutzig. War es die Sache wert, sich für Killian und das Projekt zu prostituieren? Aber dies war die einzige Spur, die sie hatte, und die Zeit wurde knapp. Fünf oder zehn Minuten einer mehr oder weniger gelungenen Vorführung, von der niemand jemals erfahren musste.

»Mein Kopf soll auf den Fotos nicht zu sehen sein«, forderte Adie.

Er hob die Schultern, dann nickte wer.

»Und versuchen Sie nicht, mich reinzulegen«, fuhr Adie schroff fort.

Ihsan reichte ihr den steinernen Penis. »Ich verspreche, Ihnen die exakte Position eines Pakets zu nennen, das meines Wissens nach das enthält, was Sie suchen.«

Benommen nahm Adie den marmornen Gegenstand in die Hand.

Er fühlte sich kalt an und war viel schwerer, als sie vermutet hatte. Sie umfasste ihn mit den Fingern und betrachtete die knollenförmige Spitze. Der Marmorpenis war detailreicher als jeder Vibrator, den sie je besessen hatte. Solche Apparate gab es nicht im Sex-Shop.

Ihsan hob einen Stuhl mit einer Hand hoch und stellte ihn links vom Perlenvorhang hin. Sie sah ihm zu, wie er in die verräucherte Bar schaute, dann ließ er sich auf dem Stuhl nieder. »Fangen Sie an, wenn Sie bereit sind.«

Adie zögerte und spürte plötzlich die Hitze in ihren Wangen. Sie fühlte sich schrecklich verlegen. Sie schämte sich. Sie würde so tun müssen, als wäre er gar nicht da. Sie schaute auf die kunstvollen Dekorationen an den Wänden, die sie an Antons Seidenpalast erinnerten. Gehemmt strich sie mit der kühlen Spitze des Dildos über ihr Schlüsselbein und von dorthinunter zu einer Brust. Sie umkreiste den Nippel. Sie empfand keine lüsterne Aufgeregtheit, nur ein dumpfes Gefühl der Unwirklichkeit. Am liebsten wäre sie geflohen.

»Entspannen Sie sich«, versuchte Ihsan sie aufzumuntern. »Stellen Sie sich vor, Sie würden Ihrem Geliebten eine Schau bieten. Ich bin sicher, dass Sie einen Freund haben. Vielleicht ist es ja Dr. Kelly.« Er grinste wissend. »Denken Sie an ihn.«

Das versuche ich doch schon, hätte sie ihm gern geantwortet. »Ich glaube, es ist besser, wenn Sie nichts sagen«, meinte sie und schloss die Augen.

Sie zog die Schultern zusammen und saß gebückt da, völlig verspannt. Sie konzentrierte sich auf die Erinnerungen an den seidenen Pavillon. Allmählich beruhigten sich die trüben Vorstellungen in ihrem Kopf, und aus den vielen Bildern schälte sich eine Vision von Anton heraus. Seine dunklen Haare legten sich über ihren Körper, genau wie damals, nachdem sie sich im Zelt geliebt hatten. Das war noch vor seiner Begegnung mit Killian gewesen.

Plötzlich waren ihre Gedanken voll von Killian. Sie sah ihn, wie er gestern Abend gewesen war, wütend und schmallippig, aber die dunkle Vision zerbrach unter ihrem Streicheln und wurde ersetzt durch ein Bild von ihm, wie er vor dem Eingang zur Grabkammer stand. Der Sonnenuntergang von Saqqara vergoldete seine weißen Haare. Das Licht fügte einen Hauch von Lavendel zu seinen Pupillen, und dadurch sahen sie genauso aus wie in den Minuten seines Orgasmus.

Schließlich wich die Anspannung aus ihren Knochen. Sie knöpfte ihre Bluse auf, und während sie immer noch das Bild Killians vor Augen hatte, strich sie mit dem steinernen Phallus über die entblößte Haut. Der Marmor war kalt, aber das war ein angenehmes Gefühl, und sie rieb ihn um ihre aufgerichteten Brustwarzen, bevor sie tiefer zum Bauch glitt.

Dies war ausschließlich für Killian. Bisher war es immer so gewesen – alles, was sie seit jener schicksalhaften Nacht vor Joes Büro getan hatte, war für Killian gewesen. Es war nur gerechtfertigt, dass er auch diesen Teil ihrer Reise mit ihr erleben sollte, und so war es seine Hand, die den steinernen Penis führte und jetzt den Reißverschluss ihrer Jeans öffnete.

Die glatte Spitze stieß gegen ihr Höschen, und plötzlich spürte sie ein unerwartetes lustvolles Erschauern. Die Schwerkraft sorgte dafür, dass ihre Jeans langsam nach unten glitt; sie blieb noch kurz an den Schenkeln hängen, sackte dann aber zu Boden. Adie trat sie von den Füßen, dann klammerte sie die Füße um die Vorderbeine des Stuhls. Sie stellte sich vor, dass Killian sie auf diese Weise gefesselt hätte.

Sie riskierte einen Blick auf Ihsan. Der schmächtige ehemalige Gelehrte kauerte auf seinem Stuhl und stieß eine Hand in seine weite weiße Hose hinein. Ihre Blicke begegneten sich, aber sie sah nicht ihn, sondern Killian, und unter seiner konzentrierten Aufmerksamkeit strich sie mit der Zunge über die Spitze des Dildos, bevor sie die Lippen um den Marmor schloss.

Ihsans Salz-und-Pfeffer Haar klebte auf seiner Stirn, gehalten von dicken Schweißtropfen. Er stieß seinen Atem aus, und die Hand bewegte sich schneller. Adie rutschte auf dem Stuhl weiter nach unten. Mit einer Hand zog sie den Stoff beiseite und tupfte mit einem Finger auf ihre Klitoris. Sie war nass von den Gedanken an Killian, und unter ihrem Finger begann ihr Verlangen zu prickeln.

Ihr Schoß kreiste, während sie die richtige Stelle suchte, dann ersetzte sie die Hand mit dem schweren Schaft. Er glänzte von ihrem Speichel und glitt in sie hinein. Er polierte ihren zuckenden Knopf, bis ihr Unterleib in einem eigenen Rhythmus zuckte. »Killian, Killian«, murmelte sie und stellte sich seine Lippen auf ihrem Hals vor und seinen Penis zwischen ihren Beinen, bereit, sie zu nehmen. Sie hob die Hüften an, und ihr Fleisch schloss sich um den Schaft. Die Kühle drang wie eine Lanze in sie ein, dann brach der Orgasmus über sie herein.

Killian lächelte sie an, dann schwand das herbeigewünschte Bild, und zu ihrem Entsetzen starrte sie auf Ihsan. Er hielt ihrem Starren stand, während er sich mit einer Serviette säuberte. Beschämt schaute Adie auf ihren halb nackten Körper und auf den steinernen Dildo, der obszön zwischen ihren Schenkeln herausragte. Eine tiefe Röte der Verlegenheit überflutete ihr Gesicht. Sie zog die Bluse über ihren Oberkörper und schloss rasch die Knöpfe. Sie ließ den Dildo auf den Tisch fallen, wodurch eine weitere Delle entstand.

Sie stieg hastig in ihre Jeans. Es war vorbei. Jetzt brauchte sie nur noch die Information, dann würde sie verschwinden.

Ihsan nahm den Phallus wieder an sich, rollte ihn in die Noppenfolie ein und verstaute ihn behutsam in seine Tasche, in der auch die kopflosen Polaroids landeten. Adie hatte gar nicht darauf geachtet, dass er sie fotografiert hatte.

»Jetzt müssen Sie Ihr Versprechen halten«, sagte Adie.

Er klopfte mit einer Hand auf seine Tasche und lächelte. »Natürlich.«

Adie bewegte sich vorsichtig durch die Lagerräume des Cairo Museums. Gleißendes Licht aus fluoreszierenden Röhren an der Decke beschien die einzelnen Reihen mit Kartons und Kisten und aufgerissenen Paketen, die auf Metallregalen standen.

Sie war durch Kairo gehetzt, und Schweiß und Wind hatten den Geruch von Sex aus ihren Kleidern vertrieben, aber trotzdem fühlte sie sich noch verdreckt und verderbt durch ihr Erlebnis in der Bar. Sie wusste nicht, ob sie Ihsan Fuad trauen konnte oder ob ihre Suche in elender Frustration enden würde – aber hier stand sie kurz vor ihrem Ziel.

Sie überprüfte die nummerierten Kisten und Kartons, als sie an ihnen vorbeiging, während sie auf Schritte achtete. Ihsan hatte ihr den Weg zu den Lagerräumen beschrieben, und in einem unbewachten Augenblick hatte sie sich unter den halbhohen Absperrseilen in den Bereich geschlichen.

Plötzlich sah sie eine Gestalt in einer Lücke zwischen den Regalen. Eine lebensgroße Statue von Anubis mit einem fehlenden Ohr starrte sie aus den Schatten an. Ihsan hatte ihr gesagt, dass sie sich den Standort der Statue merken sollte. Wenn ihr das Glück treu blieb, würde sie keinen menschlichen Aufpassern begegnen.

Adie schlich zu einer neuen Regalreihe. Was sollte sie unternehmen, wenn sie das fehlende Fragment des Wandgemäldes nicht fand? Es musste nicht sein, dass Ihsan sie belogen hatte, schließlich waren zwanzig Jahre vergangen, seit er das Fragment hier versteckt hatte. Und konnte sie sich überhaupt auf das Gedächtnis des alten Mannes verlassen?

Positiv denken, forderte sie sich auf. Ihr Herz begann zu rasen. Sie ging jetzt schneller und nahm die Nummern der Kisten und Kartons nur noch flüchtig auf. Verblichene arabische Schriftzeichen gaben ihr nur wenige Hinweise über den Inhalt der Kisten, aber aus einigen ragten traurige Teile von zerbrochenen Figuren aus antiker Zeit.

Da!

Die griechische Urne, die sie laut Ihsan suchen sollte! Adie streckte einen Arm aus und bemerkte, dass ihre Hände zitterten. Sie nahm einen tiefen Atemzug, um ihr Gleichgewicht zu halten, dann hob sie den Deckel von der Urne. Der strenge Gestank einer verfaulten Maus schlug ihr entgegen.

Adie wischte ihre verschwitzten Hände an ihrer Hose ab und stieß dann eine Hand nervös in das Dunkel der breiten, tiefen Urne. Ihre Finger griffen zu und zogen eine kartonierte Schachtel heraus. Sie war ein wenig angefressen, und ein Teil des umhüllenden Stoffs war wie geschreddert, aber das Gewicht, fand Adie, sollte ermutigend sein.

Uralte Klebstreifen sicherten die Schachtel von beiden Seiten ab. Auf der Rückseite kreuzten sich die Streifen. X markiert die Stelle, die man sucht, dachte Adie. Ihr Herz verdoppelte noch einmal die Schläge. Ihre Erregung strahlte bis in die Fingerspitzen aus, und als sie die Klebstreifen lösen wollte, stellte sie sich so ungeschickt an, dass ihr das Päckchen fast auf den Boden gefallen wäre. Der Deckel hob sich, und Adie starrte auf das fehlende Stück aus dem Wandgemälde.

Es war, als könnte sie ihren Augen nicht glauben; ihr Blick war verschwommen. Sie hatte keine Zeit für eine längere Betrachtung; sie musste sofort nach Saqqara. Vorsichtig wickelte sie das Fragment in ihren Schal, schmiegte es dicht an ihren Körper und hastete zurück in die öffentlichen Bereiche des Museums.

Am Eingang überlegte sie, wie sie sich an den Sicherheitsleuten vorbeistehlen konnte, aber gerade in diesem Augenblick brach auf der Treppe ein heftiger Tumult aus. Sadler trat auf, flankiert von Journalisten, von hinten beschützt von Lana.

Er konnte nur aus einem einzigen Grund hier sein, fuhr es Adie durch den Kopf. Ihsan Fuad hatte die Informationen gleich zweimal verkauft, und jetzt war Sadler hier, um das Fragment abzuholen. Er würde nicht sehr glücklich sein, wenn er erfahren musste, dass er nur zweiter Sieger in diesem Wettbewerb geworden war.

Adie senkte den Kopf und schob sich am abgelenkten Sicherheitsposten vorbei. Sie hoffte, dass sie sich unter die Touristen schummeln konnte, die sich vor dem Eingang versammelt hatten. Als sie die Treppe hinuntergehen wollte, sah sie, wie Lana an Sadlers Arm rüttelte und mit stürmischen Gesten in ihre Richtung zeigte.

»Miss Hamilton! Bleiben Sie stehen!«

Sie wandte der Stimme ihren Rücken zu und rannte hinaus ins Sonnenlicht, überquerte den Vorplatz und sprintete waghalsig über die Uferstraße des Nils.

Die Hauptdurchgangsstraße entlang des Nils brummte

vom Verkehr. Ohne auf Gefahren zu achten, zwängte sich Adie zwischen einem Eselskarren und einem Minibus hindurch; sie überquerte eine Spur nach der nächsten. Lana und Sadler würden nicht weit hinter ihr sein, dachte sie, und vielleicht war es ihnen sogar gelungen, das Personal des Museums zu alarmieren. Verwirrt und unsicher, wohin sie sich wenden konnte, lief sie am Ufer entlang. Nach kurzer Zeit sprang sie zurück auf die Straße, wieder mitten in den Verkehr hinein, und stürzte in eine kleine Telefonzelle.

Sie fand Antons Nummer, die er auf den Zettel geschrieben hatte, und konnte nur hoffen, dass er sich meldete und nicht irgendein Fremder.

»Hallo.«

Die Verbindung war gut. »Anton, ich werde gejagt«, platzte sie heraus. »Ich weiß nicht, was ich tun soll. Sie sind direkt hinter mir.«

»Wo bist du?«

»Kurz vor der Tahrir-Brücke«, antwortete Adie, erleichtert über seine gelassene Reaktion.

»Hör zu, ein wenig südlicher gibt es eine Anlegestelle. Nimm eine Fähre. Ich treffe dich stromaufwärts in Gizeh. Glaubst du, das zu schaffen?«

»Ich muss.«

»Dann lauf los.«

Die Leitung war tot. Adie ließ den Hörer fallen. Sie hatte das Schiff schon gesehen, als sie am Fluss entlang gelaufen war. Bis zur Anlegestelle war es nicht weit. Adie steckte den Kopf durch die Tür der Telefonzelle. Sie konnte Sadler auf der Brücke erkennen. Sie wog die Möglichkeiten ab, dann begann sie zu laufen.

Sechzehntes Kapitel

»Anton! Gott sei Dank!«

Adie lief über den Kai auf ihn zu und hielt das zerbrechliche Fragment immer noch in ihren Armen. »Ich habe es!«, keuchte sie. »Es war im Museum!«

»Adie«, sagte er ernst.

Sie nahm seinen finsteren Blick nicht wahr. »Ich hatte solche Angst! Sadler ist hinter mir her. Er hat gesehen, wie ich aufs Schiff gelaufen bin. Aber wenn er die nächste Fähre nimmt, kann er frühestens in einer halben Stunde hier sein, das habe ich dem Fahrplan entnommen. Nur jedes zweite Boot fährt so weit flussabwärts.« Sie hielt das Fragment an ihre Brüste gepresst. »Ich muss es nach Saqqara bringen. Schnell.«

»Adie!«

Sie musste erst einmal Luft schnappen.

»Sage mir, dass du mit einem Artefakt nicht einfach aus dem Cairo Museum gelaufen bist.«

Ihre Wangen färbten sich rot.

»Verdammt, Adie! Du bist doch nicht Lara Croft! Du kannst nicht einfach nehmen, was du haben willst. Du musst zuerst die ganzen Formulare ausfüllen. Ich dachte, du wärst ein Profi.«

»Dafür haben wir keine Zeit«, blaffte sie ihn an. »Dies ist ein Notfall. Wenn ich das nicht zurück in die Grabkammer bringe, können wir das ganze Projekt abschreiben, und Sadler wird uns vorführen.«

»Sadler hat nichts gegen euch in der Hand. Wenn jemand das Projekt scheitern lässt, dann ist das ein Mitglied des Grabungsteams, das wegen des Diebstahls einer Antiquität verhaftet worden ist.«

Adie runzelte die Stirn. Sie schürzte die Lippen, während die mit Mühe zurückgehaltenen Tränen in ihre Augen bissen. »Ich hatte keine andere Wahl. Wenn ich versucht hätte, das Fragment legal zu erhalten, hätte Sadler seine Beziehungen spielen lassen. Er kennt die richtigen Leute.« Sie hatte nie erwogen, mit legalen Mitteln das Fragment für das Team zu beschaffen, aber das brauchte Anton nicht zu wissen. »Er hätte Killian damit endgültig ruiniert«, fuhr sie fort.

»Da wir gerade von ihm sprechen – ist dir bewusst, dass er auf sämtliche Palmen steigt, wenn er davon erfährt? Oder hast du bei seiner Lektion gestern Abend nicht zugehört?«

»Natürlich habe ich zugehört.« Adie kaute auf ihrer Unterlippe. Sie hatte die Lektion absichtlich ignoriert. Jetzt wurde ihr bewusst, dass Killian das Fragment erst akzeptieren würde, wenn sie nachwies, dass sie es legal an sich gebracht hatte. Und was würde er jetzt tun? Würde er befehlen, dass sie es zurückbrachte? Nun ja, jetzt wussten sie wenigstens, wo es war, und die Ägyptische Organisation für Antiquitäten würde es auch wissen. Sadler würde nicht mehr behaupten können, dass es sich um seinen Fund handelte.

»Glaubst du, ich sollte es zurückbringen?«

»Dafür ist es jetzt zu spät. Der Schaden ist angerichtet.« Anton rieb sich mit einer Hand über die Stirn und schob die Haare vor seinen Augen zurück. »Sadler hat wahrscheinlich schon das Amt für Antiquitäten informiert. Fahren wir nach Saqqara, dann sehen wir ja, was da passiert.«

Adie nickte. »Kommst du mit mir?«

Anton stieß einen Seufzer aus. »Ja, gut, aber ich will nicht noch einmal mit Killian zusammentreffen. Und wir halten uns besser von der Straße fern. Du willst schließlich nicht auf Sadler stoßen und auf alle, die er inzwischen alarmiert hat.

Wenigstens steht ihm Jamal nicht zur Verfügung. Die Polizei hat ihn am Sonntagmorgen festgenommen.«

Auf der Pyramidenstraße mieteten sie sich Pferde. Adies Erfahrungen als Reiterin waren beschränkt, aber sie war zu sehr mit ihren Gedanken beschäftigt, um nicht den wilden Galopp durch die Wüste zu genießen. Es war fast drei Uhr, als sie die Ausgrabungsstätte erreichten, die das Zentrum hektischer Aktivitäten geworden war. Sie sahen einen Van mit einer Satellitenschüssel auf dem Dach und einem Schriftzug der BBC auf der Seite, und mehrere fremde Männer trieben sich vor dem Eingang herum.

Adie entdeckte Sian, die in einiger Entfernung mit ihrem Land Rover stand.

»Jemand hat die Kavallerie gerufen«, rief Sian humorlos, als sie sich dem Fahrzeug näherten. »Killian hat mir die Anweisung übertragen, dir zu sagen, dass du gefeuert bist.« Sie wandte sich Anton zu, offenbar überrascht, ihn noch einmal zu sehen.

Ungeschickt ließ sich Adie aus dem Sattel gleiten. Dies mochte ihr letztes verzweifeltes Spiel sein, und sie war überzeugt, dass sie ein As im Ärmel hatte. »Ich habe es«, sagte sie.

Sian richtete ihre Aufmerksamkeit wieder voll auf die Freundin. »Nun, worauf wartest du noch? Es ist zwar keine Life-Übertragung, aber die Kameras surren schon. Lucas hat eine Pressemitteilung verfielfältigt. Der Fund wird in einigen Stunden weltweit verbreitet sein. Oh, und da haben wir auch den Repräsentanten vom Amt für ägyptische Antiquitäten.«

Anton deutete über den Sand in die Richtung des Eintrittskartenkiosks. »Da können wir noch einige andere Parteien erwarten«, sagte er.

Adie folgte seinem Blick. Sadler war mit einigen dunkel

gekleideten ägyptischen Herren eingetroffen, begleitet von ein paar Mitgliedern der Touristenpolizei. Sie waren in eine hitzige Diskussion verstrickt, die abrupt endete, als sie sich Adie näherten.

Anton fasste sie an der Schulter an. »Zeit für deinen Auftritt.« Adie sprintete auf den Eingang der Grabkammer zu. Sie ignorierte die umstehenden Männer und duckte sich, um sich am niedrigen Eingang den Kopf nicht anzustoßen.

Stimmen drangen von unten herauf. Adie murmelte ein kurzes Gebet an jeden Gott, der ihr zuhörte, dann ging sie vorsichtig die Treppenstufen hinunter.

Niemand beachtete sie, als sie in den Raum mit dem Wandgemälde schlüpfte. Killian stand mit einem Reporter und einem anderen Ägypter vor dem Wandgemälde, während sich Kameramann und Tontechniker in einiger Entfernung hielten und ihre Aufgaben mit professioneller Gelassenheit ausführten.

»Ja, es ist schade, dass dieses sonst so hervorragende Wandgemälde unvollkommen ist«, sagte der Ägypter in einem gelehrten Tonfall. »Haben Sie die Hoffnung, das fehlende Fragment doch noch zu finden?«

Das war der Moment.

»Hier ist es.« Adie trat vor, und der Kameramann erfasste sie voll.

Killian stand wie erstarrt da.

Adie wickelte das Fragment aus dem schützenden Schal und überlegte einen Moment, bevor sie es an Killian weitergab. Er starrte sie an, die grauen Augen wie Feuerstein, dann trat er wortlos vor und drückte das Gemäldeteil an die richtige Stelle.

Es passte nicht genau. Ein Jahrhundert der Erosion hatte die Spalten, die Jacobs Meißel geschlagen hatte, verbreitert, und einige Absplitterungen waren sicherlich verloren gegangen, aber wichtiger war, dass es nun wieder ein komplettes Bild gab, denn trotz der Spalten konnte man die Übergänge genau verfolgen.

»Oh, Mann«, sagte der Vertreter der Antiquitätenbehörde.

»Oh, verdammt, das muss doch wehgetan haben«, murmelte der Tontechniker.

Adie starrte auf das komplette Bild. Die Wochen, die sie in nächster Nähe gearbeitet hatte, waren dafür verantwortlich, dass die Wirkung auf sie nicht mehr so groß war, aber sie würde die Schönheit und die Kraft des Gemäldes nie vergessen können, seit sie es das erste Mal gesehen hatte. Dieses Gefühl kehrte zurück, und ihr Mund weitete sich zu einem breiten Lächeln.

Einen Moment später schwand ihr Lächeln, als Sadler in die Grabkammer trat; seine Gefolgschaft im Schlepptau.

»Sehr interessant«, sagte der Vertreter der Antiquitätenbehörde. Die Kamera surrte noch. »Jetzt können wir es endlich in seiner Gesamtheit bewundern. Sie haben Glück mit Ihrer Assistentin, die soviel Initiative zeigt, Dr. Carmichael. Können Sie uns die Bedeutung Ihrer Entdeckung erläutern?«

Killian warf einen Blick auf Adie, dann setzte seine instinktive Professionalität ein. Er strich mit einer Hand über seine Haare und wandte sich seitlich dem Wandgemälde zu. »Das ist vielleicht eine einzigartige Entdeckung. Die Szenen auf dem Gemälde deuten an, dass sich Pharao Huni einer rituellen Kastration unterwirft. Das ist das Zeichen der Wiederbelebung des Osiris-Mythos. Wie allgemein bekannt ist, wurde Osiris von seiner Schwester und Gattin Isis zerstückelt aus dem Nil gefischt, nachdem sein neidischer Bruder Seth ihn auf schreckliche Weise getötet hatte. Isis fand alle vierzehn Teile des Körpers, nur der Phallus fehlte. Sie formte einen neuen, der ihm, nachdem Isis ihn zum Leben erweckt hatte, wieder Potenz verlieh.«

»Und warum war dieses Kastrationsritual für den Pharao so wichtig?«, fragte der Reporter.

»Osiris war einer der bedeutendsten Götter des alten Ägypten. Wir können nur annehmen, dass Huni ihm nacheifern wollte und sich durch die Kastration ebenfalls einen göttlichen Status versprach.«

Während Killian sprach, bemerkte Adie, wie Sadlers Gesicht schneeweiß wurde. Er trat zwei Schritte zurück in die Schatten, und sackte auf eine Treppenstufe. Den sind wir los, dachte Adie. Sie würde gern dabei sein, wenn dieses Ritual auch an ihm vollzogen würde.

Killians improvisierte Erklärung war beendet. Der Reporter bedankte sich, dann spendete der Repäsentant der Behörde spontan Beifall. Seine Kollegen schlossen sich an, ebenso die Vertreter der Touristenpolizei. Adie klatschte mit. Es sah so aus, als würde alles gut ausgehen.

Nachdem Adie hinunter in die Grabkammer gegangen war, sah Sian, wie Sadler ihr folgte. »Das war's dann wohl«, murmelte sie. Seit die Reporter eingetroffen waren, hatte sie sich überflüssig wie ein Kropf gefühlt. Jetzt würde der Fund dem ägyptischen Staat gehören – und der ganzen Welt. Killian würde die ganze Zeit Interviews geben und Vorträge halten, und die Kameradschaft der letzten Wochen würde für immer vorbei sein.

»Du siehst enttäuscht aus«, sagte Anton in ihre schweren Gedanken hinein.

»Nein. Doch.« Sian schaute hoch zu Killians ehemaligem Partner. »Wenn Adie das durchzieht, und ich bin sicher, dass ihr das gelingt, wird das Leben hier ziemlich langweilig sein.«

»Gefällt es dir denn nicht, Archäologin zu sein?« Seine Augen lächelten.

»Du machst dich lustig über mich. Ich liebe die Arbeit vor Ort. Und ich bin gern die Erste, die etwas entdeckt.«

»Das ist eine ehrliche Antwort. Du würdest eine gute Grabräuberin sein.«

Sian trat gegen einen Hinterreifen ihres Land Rovers. »Ich dachte, du hättest was gegen Stehlen.«

»Es ist kein Diebstahl, wenn man die Beute zurückgibt.«

»Richtig.« Sian verdrehte die Augen zum Himmel. Der *khamseen* hatte sich über Nacht gelegt, und es war nur eine leichte Brise geblieben. Sie blickte wieder zu Anton, dessen Haare um seine Schultern wehten. »Hast du schon mal Gold gefunden?«

»Noch nicht.« Anton betrachtete Sians Gesicht. »Aber morgen fahre ich nach Westen ins Tal der Goldenen Mumien. Willst du mitkommen?«

Sian lachte. »Mitkommen in ein kriminelles Leben?«

»In ein abenteuerliches Leben.«

Sian hörte auf zu lachen. »Ich kenne dich doch kaum. Und was ist mit Adie?«

»Mit uns hätte es nie geklappt. Sie ist ihm viel zu ähnlich und würde nie im Schattenreich arbeiten. Sie ist nicht dafür gemacht, alten Geschichten nachzuspüren und die Geheimnisse von Orten aufzudecken, die auf keiner Landkarte verzeichnet sind. Sie will öffentliche Anerkennung.«

Sian trommelte mit den Fingern gegen das glühende Metall der Karosserie. Sie überlegte sich ihre Antwort gut. Es stimmte – Adie würde nie damit zufrieden sein, nur neue Dinge zu entdecken. Sie wollte, dass die Welt davon erfuhr.

Anton beugte sich vor und nahm die Zügel von Adies Pferd in die Hände. »Ich warte morgen bei Sonnenaufgang am Nilufer auf dich. Vielleicht treffen wir uns da.« Er richtete sich auf, trat seinem Pferd in die Seiten und ritt langsam davon. Wie ein Prinz, dachte Sian.

Sie sah ihm nach und leckte sich über die Lippen.

Nach einiger Zeit hatten sich alle verabschiedet, nur Adie und Killian blieben in der Grabkammer zurück. Sie schaute ihm zu, wie er die Kammer abschritt, die Lichter löschte, bis nur noch ein einziger Scheinwerfer den instand gesetzten Pharao anstrahlte.

»Ich nehme an, du erwartest, dass ich dir jetzt gratuliere«, sagte Killian. Seine Stimme klang distanziert. Er starrte auf das Wandgemälde. »Zweifellos sieht es jetzt besser aus, weil es wieder komplett ist. Masud wird sich freuen. Wo hast du das Fragment gefunden?«

Adie nagte an ihrer Unterlippe.

Sie hatte damit gerechnet, dass er diese Frage stellte. Auf dem Weg nach Saqqara hatte sie ihre Antwort schon eingeübt. Aber als er das Fragment an die richtige Stelle steckte, hatte sie gedacht, damit wäre alles erledigt, und sie würde nichts mehr erklären müssen. »Ich habe es aus dem Museum geholt«, antwortete sie schließlich.

Killian neigte den Kopf, als hätte er keine andere Antwort erwartet. »Und du hast wahrscheinlich mit Fuad gehandelt, um dort auf den verborgenen Schatz zu stoßen. Die Tatsache, dass die Polizei dir folgte, legt den Schluss nahe, dass du das Fragment gestohlen hast.«

Adie atmete tief ein. »Entschuldige.«

Killian wandte sich ihr zu. Seine Augen waren kalt. »Ich bin froh, dass du dich entschuldigst. Ich finde, du solltest deine Entschuldigung auch an den Rest des Teams richten. Matthew und Sadler haben uns fast das Genick gebrochen, aber du auch.«

»Ich weiß«, sagte sie kleinlaut.

»Ich werde dich nicht feuern, Adie.« Er wandte sich wieder dem Wandgemälde zu. »Aber wenn du im Team bleiben willst, musst du lernen, mir zu vertrauen, und du musst dich an die Regeln halten. Von jetzt an keine Geheimnisse mehr, keine weiteren Händel mit Kriminellen. Ist das klar?«

Adie nickte, und als ihr bewusst wurde, dass er sie nicht anschaute, sagte sie: »Ja.«

»Gut. Dann hast du deinen Job noch. Du kannst deine Bereitschaft beweisen, indem du Lucas suchst und ihm bei dem neuen Text für die Pressemitteilung hilfst. Ich weiß, dass es schwierige Formulierungen geben wird. Ich will den Redakteuren keine Vorlage liefern, die sie zerstückeln können, bis wir falsch zitiert werden.«

Adie zögerte. Es gab noch unerledigte Themen zwischen ihnen. Sie musste wissen, ob sie noch eine Beziehung hatten.

»Du bist ja noch da«, sagte er.

»Killian«, begann sie leise, »was ist mit uns? Ich weiß, ich habe dein Vertrauen missbraucht, aber …« Sie wusste nicht weiter, und unbewusst klopfte sie mit dem Ehering gegen ihre Zähne.

Killian drehte sich um. Er schien ein wenig überrascht zu sein, als ob er nie darüber nachgedacht hätte. »Aber was?« Er hob eine Augenbraue. »Erwartest du, dass ich dich bestrafe?«

Adie schlurfte verlegen herum, ohne ihren Standort zu verlassen. Sie hatte gegen seine Anweisungen verstoßen, und er wusste nicht mal die Hälfte von ihren weiteren Verstößen. Aber wenn er sie übers Knie legte und sie wegen ihres Ungehorsams und ihrer Ungezogenheit klatschte, dann hatten sie eine richtige Beziehung, nicht wahr?

Ihr Herz tat einen erregten Sprung, als sie daran dachte, wie sein Schwanz sich gegen ihren Bauch pressen würde, während er ihre entblößten Backen mit seiner Hand wärmte. Sie stellte sich vor, dass ein richtiges Spanking von ihm wahnsinnig sinnlich sein musste.

Sie hob ihr Kinn leicht an. »Habe ich denn keine Bestrafung verdient?«

»Verdient?« Killian zuckte die Achseln. Er schritt durch die düstere Kammer zu einer der Gerätetruhen und nahm eine

Rolle Klebeband heraus. »Du brauchst es, das trifft eher zu.«

Adie beobachtete ihn besorgt. Wenn er ihren Hintern versohlte, wozu brauchte er das Klebeband?

»Worauf wartest du? Zieh dich aus«, forderte Killian sie auf. »Du willst doch eine Bestrafung, oder nicht?«

Adie öffnete langsam ein paar Knöpfe ihres Hemds. »Übernimmst du das nicht?«

»Nein. Dann wäre es keine Bestrafung, sondern eine Belohnung.«

Adie runzelte die Stirn und öffnete auch noch die übrigen Knöpfe. Dann zog sie sich das Unterhemd über den Kopf. Sie schob Jeans und Höschen nach unten, und mit ein bisschen Zerren und Zurren gelang es ihr, sie über die Stiefel zu ziehen.

»Komm hierhin. Wo könntest du besser über deine Irrwege nachdenken als hier?« Er nahm eine Querstange aus der Gerätetruhe und befestigte sie an einen Pfosten, direkt vor den wiederhergestellten Pharao. Adie schlurfte hinüber, und er nutzte das Klebeband, um ihre Handgelenke an die Querstange zu binden. »Jetzt Kopf hoch, Hintern raus und bring dein Rückgrat in eine Position wie ein S.«

Adie tat wie befohlen und schwenkte den Po, während sie das brennende Klatschen seiner Hand erwartete. Als der Schlag nicht kam, begann sie erneut den Po zu schwenken, weil sie Killian erregen wollte.

»Halt still.«

Er legte ein Tuch vor ihre Augen und band es am Hinterkopf fest. Sie konnte nichts mehr sehen.

»Jetzt wieder Verbände wie an dem Abend bei Masud?«, fragte sie.

»Halt still und rede nur, wenn du gefragt wirst.«

»Ja, Herr«, sagte sie frech.

Killian reagierte nicht darauf. Adies Stirn legte sich unter dem Tuch in Falten. Da sie nichts mehr sehen konnte, fragte sie sich, ob er sie da stehen und vor sich hin schwitzen lassen würde. Sollte das ihre Bestrafung sein? Sie strengte ihre Ohren an, um herauszufinden, wo er sich befand. Furcht und Hilflosigkeit erhöhten ihr Bewusstsein, und sie konnte jede winzige Bewegung in der stillen Kammer wahrnehmen. Ihr eigener Atem hörte sich laut in ihren Ohren an, und Killians Schritte schienen einmal nah und dann wieder fern zu sein. Jeden Moment, dachte sie, würde der erste Schlag kommen. Ihre Anspannung wuchs von Minute zu Minute.

Nichts.

Dann spürte sie einen Spritzer auf der Haut. Irgendwas Glitschiges kitzelte eine Stelle zwischen den Schulterblättern. Er klebte fest mit seinem eigenen Gewicht, dann begann er langsam, ihr Rückgrat hinunter zu kullern und reizte dabei jedes Härchen, jedes Nervenende. Adie schüttelte sich, aber die Tropfen setzten unbeirrbar ihren quälenden Weg fort.

Es gab einen zweiten Spritzer, und ein zweiter Tropfen begann die Reise nach unten, gefolgt von einem anderen, die alle die eine langsame, sinnliche Route wählten. Sie liefen zusammen am Ende des Rückens und leckten an ihrem Steißbein. Schließlich sickerte ein einzelner dicker Öltropfen zwischen ihre Pobacken, was bei ihr den Wunsch auslöste, die Muskeln zusammenzupressen und den Po hin und her zu schwingen.

Eine zweite Lache bildete sich auf ihrem Anus, und sie begann voller Erwartung einer süßen Invasion eines Fingers oder sogar eines Penis zu erschauern. Aber Killian berührte sie nicht.

Adie konnte sein kontrolliertes Atmen hören, während ihr eigenes Atmen immer abgehackter wurde. Das Öl rutschte weiter, ihrer Pussy entgegen. Sie brannte darauf, ihre Schenkel gegeneinander zu reiben.

Der erste Tropfen erreichte ihre Klitoris, wo er hängenblieb, bis er zu schwer wurde, als ein kleinerer Tropfen hinzukam.

Hitze erblühte auf ihrem Gesicht und im Nacken. Ihre Beine zitterten. Würde er sie nach dem Öl klatschen oder in sie eindringen?

Der schwere Tropfen fiel und spritzte auf ihren Fuß.

»Oh!«, stieß sie keuchend aus. Irgendwas wühlte ihr Inneres auf, und ihr Körper reagierte mit einem Ausstoß ihrer Säfte. Adie hielt sich am Querbalken fest, um ihr Gleichgewicht nicht zu verlieren.

Killian legte eine Hand auf ihren herausgestreckten Po. »Du hast die Grenze überschritten«, sagte er, und sie begriff, dass das, was nun folgen würde, ihre Zukunft bestimmte. Ihm gehorchen und vertrauen, und sie würden Partner sein. Wenn sie aber versuchte, ihn übertreffen zu wollen, wäre er nie etwas anderes als ihr Boss.

Sie fühlte seinen Atem auf ihrem Rücken, der eben erst durch das Öl so sensibilisiert worden war. Sein Daumen strich zwischen den Backen entlang und umkreiste ihren Anus. Er fuhr mit der offenen Handfläche über ihre inneren Schenkel, wobei seine Berührung federleicht war. Die Luft wehte über ihre Haut, als er um sie herum trat.

»Du musst lernen, geduldig zu sein.« Seine Zunge stieß gegen eine Brustwarze und umkreiste sie dann. »Du bist immer zu schnell mit den Dingen, die du erreichen willst.«

Er nahm sich nun die andere Brustwarze vor, dann lenkte er seine Aufmerksamkeit auf ihren Nabel. Er massierte den delikaten Knopf mit der Zunge, bis sie vor Lüsternheit zitterte.

Ihre Nerven dröhnten; es schien eine direkte Linie zwischen Nabel und Muschi zu geben. Adie wimmerte leise. Seine Langsamkeit brachte sie rasch hoch.

»Killian, bitte, nicht mehr ... Ich halte es nicht länger aus.«

»Du bettelst?« Er klang amüsiert.

Adie begriff, dass es Zeit war, klein beizugeben. »Ja«, sagte sie. »Ja, ja.«

»Also gut.« Er trat zurück, und einen Moment später packte er sie fest an den Hüften und zog sie zurück gegen seine Erektion. Die Hitze seiner Lenden wärmte ihren Po, während sein Schaft in sie hineinschlüpfte, was durch die kleine glitschige Öllache leichter wurde. Ah, darauf hatte sie gewartet, hatte ewig darauf gewartet. Sie wollte sich am liebsten zurück in seine Arme kuscheln, während seine Hände ihren Körper erforschen sollten. Sie wollte, dass er sie langsam zum Orgasmus führte, aber sie behielt ihre Position gehorsam bei.

»Langsam«, flüsterte sie, und er begann, in sie hineinzustoßen. Adie umklammerte die Querstange noch fester und stellte sich auf die Zehenspitzen, dabei sie ihm eine tiefere Penetration ermöglichen konnte. Ihre ganzen Sinne schienen sich an der Stelle des Kontakts zusammen zu verbinden. Sie umfing ihn mit ihren Muskeln und liebte seinen prallen Schaft. Die Position war ein wenig gefährlich, fühlte sich aber exquisit an.

Killian schmiegte sich an ihren Rücken. Sein Atem war so heiß wie seine Lippen, die sie auf ihren Schultern spürte, während seine Hände über ihre Brüste streiften, über den Bauch und hinunter zu ihrem Dreieck.

Adie stöhnte. Das Geräusch schwoll an, als käme es aus der Tiefe ihrer Seele. In diesem Moment war sie in ihm verloren; sie lebte, atmete und liebte mit jeder Pore.

Sein Penis bockte in ihr, und seine Finger glitten über ihren blanken Schoß zu ihrer geschwollenen Klitoris. Es war zu viel für sie. Ihre Muskeln zogen sich zusammen, und plötzlich spürte sie, wie sie in den Orgasmus geschleudert wurde.

Sie fiel nach vorne, wurde aber von den Fesseln gehalten. Killians harter Schaft stieß wieder zu und traf sie erneut in ihrem Zentrum. Er ritt sie bis zu seinem eigenen Höhepunkt, der sie beide schwanken ließ wie Blätter im Sturm. Adie wurde von einer neuen Welle des Orgasmus erfasst, als er in ihr pulsierte.

Im Nachglühen ihrer Höhepunkte hielt er sie fest umschlungen, und die Echos der Orgasmen erstarben langsam. Dann nahm er ihr die Augenbinde ab und zog das Klebeband von ihren Handgelenken.

Sie starrten einander an.

Adie schwankte, ein wenig benommen und desorientiert, weil ihre Sicht so plötzlich zurückgekehrt war. Killian stützte sie, dann küsste er sie leicht auf die Stirn. Sie berührte seine Wange, und ihre Augen bettelten um mehr. Er gab ihr einen Kuss auf den Mund.

»Betrachte dich als bestraft.«

»Das war aber als Abschreckung nicht geeignet.«

Er hob die Schultern.

Adie rieb sich die Handgelenke, damit sie wieder durchblutet wurden. »Was ist mit Matthew?«

»Er ist schon durch sich selbst bestraft. Ich glaube, ich werde dass noch eine Weile genießen.«

Killian begann sich anzuziehen, und Adie schloss sich ihm an, aber als sie die Jeans hochziehen wollte, hielt er ihre Hände fest. Er zog die Hose wieder hinunter und kennzeichnete ihren Hintern mit einem X.

»Was soll denn das?«

»Das ist die Stelle, die ich klatschen werde, wenn du keine verdammt gute Pressemitteilung schreibst. Hör auf zu grinsen, und mach, dass wir hier verschwinden.«

Adie folgte ihm aufs Wort und stolperte auf die Treppe zu. Das X fühlte sich köstlich viel versprechend an, aber die Pressemitteilung war verdammt wichtig, und sie würde sie nicht gefährden, nur um ihm einen Vorwand zu liefern. Sie würde noch einen anderen Weg finden, damit er seine Ankündigung in die Tat umsetzen konnte, denn sie glaubte noch immer, dass es eine Menge Spaß bringen würde, wenn er ihr den Hintern versohlte.

»Adie?«, rief er ihr nach, als sie schon halb oben war. Sie

schaute über die Schulter nach unten. Das trübe Licht der Taschenlampe fing sich in seinen silbergrauen Augen und füllte sie mit Wärme.

Er lächelte.

»Gut gemacht.«

Ende

Eine Seefahrt, die ist lustig

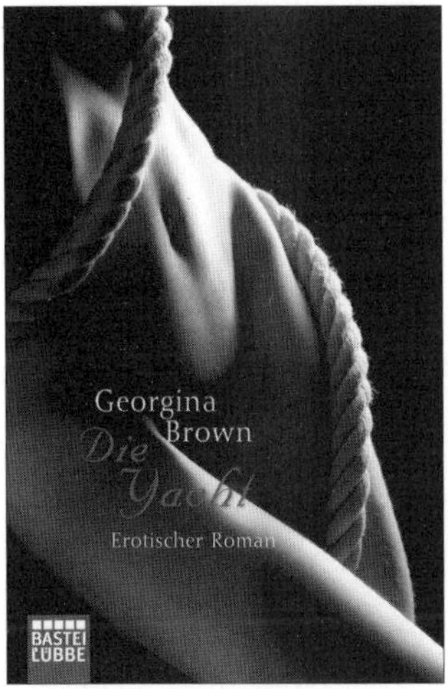

Georgina Brown
DIE YACHT
Erotischer Roman
Aus dem Englischen
von Sandra Green
336 Seiten
ISBN 978-3-404-16711-1

Von der Liebe enttäuscht, heuert Antonia auf der Yacht von Philippe an, einem verheirateten Mann aus gutem Hause. Sofort fühlt sich die junge Frau zu dem adretten Yachtbesitzer hingezogen - und erfährt bald am eigenen Leib, wie stürmisch die Liebe auf hoher See sein kann ...

Bastei Lübbe Taschenbuch